# Der Fluch der Maya

Lyn Hamilton

# Der Fluch der Maya

Aus dem Englischen
von Wolfgang Neuhaus

Weltbild

Originaltitel: *The Xibalba Murders*
Originalverlag: The Berkley Publishing Group, New York





Die Autorin

Lyn Hamilton ist die Autorin einer sehr erfolgreichen Serie archäologischer Mystery-Krimis. In Toronto geboren und aufgewachsen, hat die Kanadierin durch ihr Studium der Anthropologie und Archäologie ein leidenschaftliches Interesse für alte Kulturen entwickelt, das sie in ausgedehnten Reisen um den ganzen Globus führt. Sie besucht jeden der Schauplätze, über die sie schreibt, um vor Ort sorgfältig zu recherchieren. Neben diversen Tätigkeiten in der Verlags- und Medienbranche leitete Lyn Hamilton auch viele Jahre eine archäologische Landesbehörde. Einige ihrer Romane wurden für den renommierten *Arthur Ellis Award* nominiert. Lyn Hamilton lebt in Toronto und hat wie die Protagonistin ihrer Romane ein Faible für Antiquitäten.

**Weltbild** Taschenbuch

Für meine Eltern

Danksagungen

Wer mehr über die Maya erfahren will, dem möchte ich aus der Fülle der Literatur speziell vier ausgezeichnete Bücher empfehlen, die mir besonders geholfen haben: *The Maya* von Michael D. Coe, *A Forest of Kings, the Untold Story of the Ancient Maya* von Linda Schele und David Freidel, die Übersetzung des *Popol Vuh* von Dennis Tedlock sowie *Time among the Maya* von Ronald Wright, der den Kalender der Maya erklärt, und mit Informationen über die Maya in der heutigen Zeit aufwartet. Jedes dieser Bücher hat mir wertvolles Wissen vermittelt. Natürlich habe ich mir literarische Freiheiten genommen, doch sind sämtliche Irrtümer bei mir zu suchen.

# Prolog

Man nennt mich Rauchender Frosch, nach einem der größten Krieger in der Geschichte meines Volkes, dem Eroberer von Uaxactún.

Ich bin kein Krieger. Ich bin bloß ein Schreiber, und zwischen der Zeit, in der ich lebe, und den Zeiten jenes großen Eroberers liegen viele, viele Wanderungen der Venus über die Sonnenscheibe.

Aber vielleicht ist es passend, daß ich diesen Namen trage. Denn mein Namensvetter Rauchender Frosch, der gewaltige Kriegsherr, machte seine Eroberungen während der ruhmreichsten Epoche meines Volkes, während ich vermutlich das Ende dieses großen Zeitalters erleben werde.

Die Männer mit den hellen Bärten, die über das große Wasser kamen, sind keine Götter, wie wir anfangs glaubten. Statt dessen sind sie Sendboten der Herren von Xibalba, der Fürsten des Todes.

Bald werden sie uns unterworfen haben.

Nicht mit Waffen, und auch nicht durch ihre schrecklichen Krankheiten, sondern indem sie unsere Worte vernichten, unsere Geschichte und unsere Götter und sie durch die ihren ersetzen.

Ich habe gesehen, wie sie unsere *kulché* zerschmetterten, die Abbilder unserer Gottheiten. Und es ist erst vier Nächte her, daß ich aus meinem großen Kanu beobachtet habe, wie ein rotes Leuchten den Himmel über der Insel der Göttin Ix Chel erhellte – das Glühen eines Scheiterhaufens, auf dem die Fremden unsere heiligen Texte verbrannten.

Doch das Uralte Wort ist ewig. Ich trage es bei mir, auch wenn es meinen Tod bedeutet, sollte man mich damit finden.

Ich werde zu den heiligen Flüssen der Itzá reisen, sogar in den Schlund von Xibalba, und das Uralte Wort werde ich dort verbergen.

Sollte ich diese Zeiten überleben, werde ich es zurückholen und mein Volk an die Lehren erinnern, die diese Schrift verbreitet.

Sollte dies nicht geschehen, werde ich dafür beten, daß unsere Worte in einer besseren Zeit gefunden werden, auf daß sie wieder über das Land erschallen und es durch ihre Macht erbeben lassen.

# Imix

Viele Leute haben mich gefragt – und der nächste wird wohl ein mexikanischer Richter oder Staatsanwalt sein –, weshalb ich Tausende von Kilometern geflogen bin, um jemandem, den ich gar nicht so gut kannte, dabei zu helfen, ein kleines pelziges Wesen mit langen Ohren, rosiger Nase und literarischen Ambitionen zu suchen.

Eine gezieltere Frage würde lauten, weshalb ich meine Suche fortführte, ohne mich von rätselhaften Todesfällen aufhalten zu lassen.

Eigentlich ist mein Exmann Clive an der ganzen Sache schuld. Exgatten sind bequeme Sündenböcke für fast alles. Und es lag nun mal an Clive, daß ich so viel Zeit hatte.

Der wahre Grund ist natürlich sehr viel komplizierter. Rückblickend glaube ich, es lag daran, daß ich der Meinung war, ich hätte nichts mehr zu verlieren; denn ich hatte zuvor schon alles verloren, was ich für wichtig hielt: ein Geschäft, das ich über mehrere Jahre hinweg aufgebaut, und eine unglückliche Ehe, an die ich mich geklammert hatte.

Deshalb trat ich diese Reise an – eine spirituelle Reise in die Finsternis und zu Menschen, die mit den Fürsten des Todes zu tun hatten, wie ich erfahren sollte.

Am Beginn dieser Reise stand ein Anruf von Dr. Hernan Castillo Rivas, eines gelehrten Herrn, der sich für die uralten Zivilisationen Mexikos begeisterte. Sein Enthusiasmus und sein Wissen erweckten in mir ein unauslöschliches Interesse für diesen Teil der Erde. Dr. Castillo war leitender Direktor eines privaten Museums in Mérida, Mexiko, gewesen, das auf die archäologischen Hinterlassenschaften der Maya spezialisiert war. Nach seiner Pensionierung wurde Hernan Castillo der mexikanische Agent meines Geschäfts – meines ehemaligen Geschäfts, sollte ich besser sagen: ein Antiquitätenladen. Ich kaufte und verkaufte Stücke aus aller Welt, wirklich wundervolle Dinge.

»Lara«, begann Dr. Castillo, »ich habe von der Familie Ortiz gehört, daß Sie sich an der Universität eingehend mit einem Fachgebiet beschäftigen, das mich sehr interessiert.« Die Ortiz waren alte Freunde von mir; sie hatten mich auch mit Dr. Castillo bekannt gemacht – oder Don Hernan, wie ich ihn gern nannte.

»Ich habe einen hoffentlich interessanten Vorschlag für Sie«, fuhr er fort. »Wenn ich mich nicht irre, beginnen bald die Semesterferien, und dann haben Sie viel Zeit zur freien Verfügung. Ich möchte gern, daß Sie nach Mexiko kommen und mir bei einem Projekt helfen, an dem ich gerade arbeite. Ich brauche einen Partner. Zur Zeit kann ich Ihnen noch nicht mehr darüber sagen, aber ich kann Ihnen versichern, daß es… wie sagt man bei euch in Amerika?… genau auf Ihrer Wellenlänge liegt. Es wird Sie interessieren. Ach, was sage ich. Es wird Sie begeistern!«

Ich lachte. »Das müssen Sie mir schon eine bißchen genauer erklären.«

»Es handelt sich um eine Sache, die man nicht am Telefon besprechen sollte«, erwiderte Don Hernan. »Es wäre zu… riskant.«

Als ich nichts entgegnete, rückte er schließlich doch ein bißchen mit der Sprache heraus. Wahrscheinlich befürchtete er, daß ich auf seine vagen Andeutungen hin nicht nach Mexiko kommen würde.

»Also gut. Da Sie die Geschichte der Maya studieren, werde ich Ihnen einen Hinweis geben. Wir suchen, was das Kaninchen schreibt.«

Bei dieser mehr als rätselhaften Bemerkung beließ er es.

Es war ein lächerlicher Vorschlag, also machte ich mich natürlich auf die Reise.

Wie ich schon sagte: Zeit genug hatte ich. Einige Monate zuvor war ich in eine Phase erzwungener Untätigkeit geraten, worauf ich beschlossen hatte, wieder die Universität zu besuchen, um das Studium der Maya fortzuführen, einer alten mittelamerikanischen Kultur, die ihren Höhepunkt, die klassische Zeit, zwischen dem vierten und zehnten nachchristlichen Jahrhundert erlebte, und zwar in den Gebieten des heutigen Guatemala, Belize, Honduras und der mexikanischen Halbinsel Yucatán.

Zuvor war ich einer von zwei Besitzern des erwähnten Antiquitätenladens gewesen – der andere Besitzer war mein Mann, Clive Swain. Es war ein sehr gut gehendes Geschäft mit Namen ›McClintoch und Swain‹ in Yorkville, einem vornehmen Stadtviertel Torontos.

Meiner Meinung nach konnte Clives Arbeitsmoral mit dem Begriff ›katastrophal‹ noch am freundlichsten umschrieben werden. Doch als unsere Ehe im Sterben lag, entwickelte er unerklärlicherweise eine ausgesprochene Begeisterung für unser Geschäft.

Der Preis für meine Freiheit war die Hälfte des Verkaufserlöses für McClintoch und Swain sowie die Ermahnung meiner Anwältin, mindestes ein Jahr lang die Finger von diesem Geschäft zu lassen – und von jedem anderen.

»Falls Sie sofort einen neuen Laden eröffnen, Lara«, hatte sie mich gewarnt, »wird Clive noch mehr Geld verlangen. Er versucht, Ihnen alles wegzunehmen, was Sie haben.«

Dieses eine Jahr ohne Einkünfte konnte ich mir bequem leisten. Die Hälfte des Verkaufserlöses machte mich zwar nicht zur reichen Frau, doch mit ein bißchen Bedacht konnte ich ein Jahr gut überstehen. Aber es stieß mir sauer auf, Clive die Hälfte des Geldes zu überlassen, wo er doch viel weniger als die Hälfte der Arbeit geleistet hatte, und ich litt noch immer unter der bitteren Schärfe unserer Trennung und dem peinlichen Eingeständnis vor mir selbst, mich in Clive geirrt zu haben.

Mein einziger Trost begegnete mir in Gestalt der Frau, an die ich das Geschäft verkauft hatte, Sarah Greenhalgh. Sie schien den Laden genauso zu lieben, wie ich ihn geliebt hatte.

Ich versuchte, eine Zeitlang ein Leben in Muße zu führen, doch je weniger ich zu tun hatte, um so mehr Zeit blieb mir, über meine Situation nachzugrübeln. Dann kam mir die Idee, wieder zur Uni zu gehen. Doch ich mußte die Feststellung machen, daß das akademische Leben – so interessant es sein mochte – seinen angestrebten Zweck nicht erfüllte, meine Gedanken von dem finanziellen und gefühlsmäßigen Ruin abzulenken, den ich erlitten hatte. Ich muß gestehen, daß Don Hernans Anruf für mich so etwas wie eine Erleichterung war. Schon wenige Minuten nachdem ich mit ihm gesprochen hatte, rief ich im Reisebüro an und buchte ein Ticket nach Mérida.

Es war an dem Tag, der bei den Maya ›Imix‹ geheißen hatte – der Tag des Erdengottes –, als ich die Tür meines kleinen viktorianischen Häuschens verschloß und die Schlüssel meinem Nachbarn Alex Stewart zur Aufbewahrung gab, der mir versprach, sich um mein Haus und meine getigerte Katze zu kümmern, die auf den Namen Diesel hörte. Diesel war die offizielle ›Ladenkatze‹ gewesen und im Grunde das einzig Wertvolle – jedenfalls in meinen Augen –, das ich nach zwölf Jahren Arbeit vorweisen konnte.

Die Reise führte mich zuerst nach Miami, dann weiter nach Mérida. Ich hatte den Flug nach Mérida zuvor schon jedes Jahr drei- oder viermal aus geschäftlichen Gründen unternommen, aber auch deshalb, weil ich diesen Ort aus vielen Gründen liebte. Diesmal ertappte ich mich dabei, wie ich aus dem Fenster des Flugzeugs nach irgendwelchen Spuren Ausschau hielt, die das gewaltige Reich hinterlassen hatte, das die spanischen Konquistadoren entdeckten, als sie diesen Teil der Neuen Welt zum erstenmal betreten hatten. Ich nehme an, es lag an meinen Studien.

Wie sehr mußten diese frühen Besucher gestaunt haben, als

sie Städte erblickten, die größer waren als sämtliche Metropolen in Spanien oder sonstwo in Europa. Es gab bereits riesige Maya-Städte, als Paris noch ein schmutziges Kuhdorf war. Heute sind diese Städte größtenteils verschwunden. Lediglich grüne Hügel, die sich aus dem Teppich der Urwälder erheben, künden von ihrer einstigen Existenz.

Doch gerade weil ich von meinem Aussichtsplatz am Flugzeugfenster nur wenige sichtbare Überreste der Maya-Kultur entdeckte, konnte ich um so mehr die phantasievolle Weltsicht dieses Volkes bewundern. Die Maya betrachteten die Erde als Imix, ein Seerosen-Ungeheuer, eine Art Reptilienwesen – manchmal eine Schildkröte, doch meist ein gewaltiges Krokodil, das in einem riesigen Teich liegt und die Erde auf seinem gekrümmten Rücken trägt.

Unter dem Leib der Kreatur befindet sich Xibalba, die Unterwelt, der Ort der Furcht, dessen Atmosphäre das Wasser des Teiches ist, in dem Imix ruht, der Erdengott. Auf dem nächtlichen Abschnitt ihrer Reise muß die Sonne durch diese Wasserwelt, und indem sie Xibalba durchquert, verwandelt sie sich in den furchterregenden Jaguar-Gott. Über der Erde ringelt sich die doppelköpfige Himmelsschlange, deren Schuppenmuster die Zeichen der Himmelskörper sind.

Wenn man aus 7000 Metern Höhe in die Tiefe blickt, kann man sich leicht vorstellen, wie das Seerosen-Ungeheuer in den Gewässern des Golfs von Mexiko ruht und wie der Körper der Himmelsschlange sich von einem Horizont zum anderen wölbt. In gewisser Weise war ich enttäuscht, als das Flugzeug die Urwälder hinter sich ließ, in denen sich einst die Welt der Maya befunden hatte, und mit dem Landeanflug auf Mérida begann.

Ich stieg rasch aus der Maschine und kam ohne Schwierigkeiten durch den Zoll. Da ich hier alles schon von meinen Einkaufsreisen kannte, bahnte ich mir schnell einen Weg durch die dichten Gruppen der Straßenverkäufer und Marktschreier, die einem schlichtweg alles versprachen, von billigen Unterkünften bis hin zu Vergnügungen jeder Art. Ich war froh, als ich Isabella Ortiz entdeckte, die auf mich wartete. Offenbar war Isabella von Mexiko City hierher geflogen, nachdem sie von meinen Reiseplänen erfahren hatte.

Ich war seit fünfundzwanzig Jahren mit Isa befreundet, seit mein Vater, der bei den Vereinten Nationen gearbeitet hatte, nach Mexiko entsandt worden war. Meine Eltern und ich verbrachten zwei Jahre in Mexiko. Damals lernte ich die Ortiz und ihre Tochter Isabella kennen. Isa und ich – damals beide im Teenageralter – wurden die besten Freundinnen.

Isa hat in Mexiko City ein sehr erfolgreiches Unternehmen aufgebaut: Sie produziert und verkauft die klassischen Frauenkleider aus ihrer Heimat Yucatán, die bestickten *huipil*, in moderner Machart. Ihre wunderschönen Kleider treffen genau den Geschmack der mexikanischen Frauen, und inzwischen zieren sowohl Isas Gesicht als auch ihre Modelle regelmäßig die Titel- und Innenseiten von Haute-Couture-Zeitschriften. Isa hat einen neuen Lebensgefährten, Jean Pierre, der für eine französische Bank in Mexiko arbeitet und überdies als Isas inoffizieller Finanzberater fungiert.

»*Bienvenidos*, Lara. Herzlich willkommen.« Isa lächelte, umarmte mich und reichte mir einen Strauß Paradiesvogelblumen. »Wir alle freuen uns sehr, daß du wieder zu Besuch gekommen bist.«

Ich ließ meinen häßlichen Matchbeutel auf die Rückbank ihres Mercedes-Cabrios fallen – Isas Geschäfte liefen offenbar prächtig –, und wir fuhren zu dem Hotel, das den Ortiz gehört, die Casa de las Buganvillas, wörtlich übersetzt ›Das Haus der Bougainvillea‹. Das Hotel liegt an einer stillen Seitenstraße des Paseo de Montejo. Ich wohne stets in der Casa, wenn ich Mérida besuche.

Wir stiegen die gewundene Steintreppe hinauf, die mit farbenprächtigen Fliesen in Blau und Weiß verkleidet ist; dann ging es durch handgeschnitzte Holztüren in eine kühle, dunkle Eingangshalle mit Kuppeldach; der Boden ist mit Terrakotta-Fliesen ausgelegt, die Wände sind kunstvoll im Kolonialstil verputzt. Die Eingangshalle und die Flure werden von großen gußeisernen Kandelabern mit Lampenschirmen aus mundgeblasenem Glas beleuchtet, und die Holzdecken sind mit traditionellen Mustern handbemalt.

Das Hotel ist das alte Herrenhaus der Familie Ortiz – ein Haus, das viel zu groß ist, als daß es praktisch sein könnte. Da Isas Vater, Santiago Ortiz Menendez, der im Dienst des diplomatischen Korps von Mexiko gestanden hat, oft auf langen Reisen war, hatte seine Frau, Francesca, vor Jahren damit begonnen, zeitweilig Zimmer zu vermieten, um die Casa dann nach und nach zu dem wunderschönen Hotel mit Restaurant auszubauen, das es heute ist.

Doch es gibt noch immer Erinnerungen an stillere Zeiten. Zum Beispiel den Empfangsschalter – ein riesiger, alter, geschnitzter Schreibtisch, der einst von den Ahnen der Ortiz auf einem spanischen Segler über den Atlantik gebracht worden war. An diesem Schreibtisch saß nun Santiago Ortiz Menendez und lächelte, als er mich sah. Von einer schwächenden Muskelerkrankung geplagt, die zunehmend schlimmer wird, war er frühzeitig aus dem diplomatischen Dienst ausgeschieden. Nun saß er im Rollstuhl, leitete trotz seiner Behinderung aber das Hotel.

Ich beugte mich vor und küßte Santiago auf europäische Art auf beide Wangen. Die vielen Jahre im diplomatischen Dienst hatten Spuren bei ihm hinterlassen, zu denen eine gewisse steife Förmlichkeit gehörte, wenn er sich mit jemandem unterhielt – seine beiden kleinen Enkelkinder eingeschlossen.

»Wir fühlen uns sehr geehrt, dich wieder bei uns zu haben«, sagte er würdevoll, »und wir freuen uns darauf, zu erfahren, wie es deiner Familie geht und wie es mit deiner Arbeit aussieht. Aber du hast gewiß einen langen Tag hinter dir und möchtest dich erst ein wenig ausruhen und dich frisch machen. Dann werden wir dich und Don Hernan im Speisesaal fürstlich bewirten. Das Essen wird gegen neun Uhr serviert. Don Hernan hat schon den Tisch für euch bestellt. Meine Familie und ich würden uns sehr darüber freuen, wenn du dich anschließend in unseren Privatzimmern auf einen späten Kaffee zu uns setzt. Meine Frau kann es jetzt schon kaum erwarten, dich zu sehen und Neuigkeiten über deine Eltern zu erfahren.«

Er reichte mir die Zimmerschlüssel. Zu meiner Freude war es mein Lieblingszimmer, das am Ende des Flurs im ersten Stock lag und einen Blick auf den parkähnlichen Hinterhof gewährte. Ein junger Mann, den ich nie zuvor im Hotel gesehen hatte, nahm meinen Matchbeutel und führte mich die steinerne Treppe hinauf in den ersten Stock. Vermutlich gehörte der junge Mann zu den entfernten Verwandten der Ortiz, von denen viele ihre ersten Schritte in die Berufswelt taten, indem sie hier im Hotel aushalfen.

Nachdem die Zimmertür sich hinter mir geschlossen hatte, ging ich zum Fenster, öffnete die Läden und blickte auf den Hinterhof hinunter, in dessen Mitte sich ein kleiner Teich befindet, über den die Terrakottastatue einer Maya-Gottheit wacht. Selbst im verblassenden Licht des frühen Abends konnte ich die herrlichen lila Bougainvilleen sehen, nach denen das Hotel benannt war. Die Blumen rankten sich die weiß verputzten Mauern des Hinterhofs hinauf.

Auf einer Seite des Hofes erblickte ich das Dach der Veranda: verblichenes Eichenspalier, von Säulen aus heimischem Canterastein gestützt. Die Tische im Speisesaal, den ich von hier aus einsehen konnte, waren schon für die *cena* gedeckt, das Abendessen. Norberto, der ältere Sohn der Ortiz, überzeugte sich bereits davon, daß alles seine Richtigkeit hatte, obwohl das Abendessen, den spanischen Gebräuchen entsprechend, ziemlich spät serviert wurde, erst in zwei oder drei Stunden.

Mit dem Flugzeug zu reisen oder an Flughäfen zu warten ist sicherlich eine der größten Strapazen, deren man sich unterziehen kann. Wie dem auch sei – jetzt, da ich wußte, daß bis zum Abendessen noch einige Stunden vergehen würden, legte ich mich aufs Bett und spürte, wie die Müdigkeit mich tatsächlich übermannte.

Doch bevor ich in Schlaf fiel, glaubte ich ein Streitgespräch zu hören, das zwei oder drei Männer unten im Hof führten, unter meinem Fenster. Sie redeten in einer Sprache, die ich nicht verstand. Es war weder Englisch noch Spanisch. Möglicherweise war es eine der vielen Mayasprachen. Es hörte sich nach einem ziemlich heftigen Streit an, aber ich hatte keine Ahnung, worum es ging.

Ich schreckte aus dem Schlaf, als das Telefon neben dem Bett klingelte. Der Anrufer war Dr. Castillo. Er sagte mir, er sei verhindert und könne leider nicht kommen, um mit mir zu Abend zu essen. Er müsse die Stadt verlassen, erklärte er, und wisse nicht, ob er früh genug zurück sei, um pünktlich zum Abendessen zu erscheinen. Er würde sich nach seiner Rückkehr aber sofort melden, um sich mit mir zu verabreden.

»Ich bedaure, unser Treffen heute abend verschieben zu müssen, *amiga*«, sagte er, »aber ich versichere Ihnen, daß meine Fahrt sich für uns beide lohnen wird. Und Sie verbringen ja ohnehin einen angenehmen Abend mit der Familie Ortiz. Lassen Sie mich nur soviel sagen: Die Sache wird jetzt erst richtig interessant!«

Damit legte er auf.

Ich ging unter die Dusche und versuchte, die Müdigkeit zu verscheuchen und einen klaren Kopf zu bekommen. Mein nachmittägliches Nickerchen war nicht gerade geruhsam gewesen. Der Gedanke, daß ich allein zu Abend essen mußte, bedrückte mich, und ich ärgerte mich darüber, daß ich alles hatte stehen und liegen lassen und Tausende von Meilen geflogen war, um ein mysteriöses schreibendes Kaninchen zu suchen, was immer Don Hernan damit gemeint hatte.

Ich packte meine Sachen aus. Wenn man mit einer erfolgreichen Modeschöpferin befreundet ist, besteht einer der

Nachteile darin, daß man hin und wieder an die Unzulänglichkeiten der eigenen Garderobe erinnert wird. Zum damaligen Zeitpunkt beschränkte meine Kleidung sich im wesentlichen auf schwarze und khakibraune Sachen aus Jeansstoff – meine Studentenuniform, wie ich es nenne. Mein Nachbar Alex sagt immer, ich würde mich kleiden, als wollte ich mir absichtlich die Männer von Leibe halten. Wahrscheinlich hat er recht. Für den heutigen Abend wählte ich eine Seidenbluse in gebrochenem Weiß und eine graue Gabardinehose. Das mußte genügen.

Als ich oben an der Treppe erschien, die hinunter zur Eingangshalle führte, sah ich Isa und ihren Vater. Sie waren in ein leises Gespräch vertieft; Isa hatte den Kopf verschwörerisch zu dem ihres Vaters vorgebeugt. Beide strahlten eine unbestimmbare Aura der Unruhe und Anspannung aus, doch als ich die Treppe hinunterstieg, unterbrachen sie ihr Gespräch. Isa lächelte mich an, aber es kam mir dennoch so vor, als würde mit meinen Freunden irgend etwas nicht stimmen.

Norberto führte mich über die von Kerzen erhellte Veranda in den Speisesaal an einen Tisch, von dem ich über den ganzen Hof schauen konnte. Diesen Tisch, erfuhr ich von Norberto, hatte Dr. Castillo für unser Abendessen reserviert, und er habe darum gebeten, mir eine Flasche Wein meiner Wahl bringen zu lassen, als kleine Entschädigung für seine Absage.

Ich ließ mir einen Calafi bringen, einen Wein von der mexikanischen Westküste. Als ich am Glas nippte, ließ ich den Blick in die Runde schweifen und betrachtete die anderen Gäste.

Heute saßen zumeist Mexikaner an den Tischen. Wahrscheinlich kamen viele von ihnen aus der Nachbarschaft; einige waren vermutlich Hotelgäste – wie Dr. Castillo, der ständig in der Casa wohnte, nachdem vor etwa zwei Jahren seine fünfundvierzigjährige Frau gestorben war.

Bei Touristen aus dem Norden ist das Hotel zwar nicht

sonderlich bekannt, doch in Mérida hat es einen beinahe legendären Ruf. Während Doña Francescas Ahnen Maya waren, ist ihr Mann, Don Santiago, spanischer Abstammung. Beide sind liebenswürdige und kultivierte Gastgeber, was vermutlich am aristokratischen Elternhaus Don Santiagos liegt, oder an den vielen Jahren, die er im diplomatischen Dienst verbracht hat.

Doña Francesca ist eine ausgezeichnete Köchin, was für Mexiko insofern ungewöhnlich ist, als viele mexikanische Frauen aus reichem Hause das Kochen gar nicht erst lernen, ja entsetzt darüber wären, müßten sie in einer Küche hantieren.

Doña Francesca verbindet bei ihren zu Recht berühmten Gerichten die Traditionen der spanischen Küche mit den kulinarischen Künsten der Maya. Eine ihrer Spezialitäten heißt *pescado borracho*, wörtlich ›betrunkener Fisch‹; ein anderes ihrer Spezialgerichte trägt den Namen *faisan en pipian verde de Yucatán* – ›Fasan in grüner Sauce à la Yucatán‹. Diese Köstlichkeiten ziehen nicht nur Hotelgäste an, sondern lokken Leute aus der ganzen Gegend ins Restaurant.

An diesem Abend stand der Fasan auf der Speisekarte, was sich offensichtlich herumgesprochen hatte, denn die Veranda und der Speisesaal füllten sich rasch.

Die Dauergäste waren leicht zu erkennen. Es handelte sich zumeist um ältere Leute, wie Dr. Castillo, die ihre Tische im Speisesaal als ihr persönliches Eigentum betrachteten. Jeder wurde bei seiner Ankunft mit Namen begrüßt, und die Gäste begrüßten auch einander, als sie an ihre Tische geführt wurden, die auf eine Weise gedeckt waren, daß sie ihren ganz persönlichen Bedürfnissen und Wünschen entsprachen. Auf einigen dieser Tische stand eine bereits entkorkte Flasche Wein.

Einer der Dauergäste, eine alte Dame, sah besonders interessant aus. Sie saß allein am Tisch neben dem meinen. Die Frau war nach meiner Schätzung Mitte Achtzig und nach ihrem würdevollen, vornehmen Auftreten zu schließen eindeutig das Produkt einer versunkenen Epoche, in der man noch mehr Wert auf Etikette gelegt hatte als heutzutage. Höchstwahrscheinlich war diese Frau Witwe, denn sie war ganz in Schwarz gekleidet und trug eine schwarze Mantilla über dem weißen Haar.

Ihre Augen, die sich hin und wieder auf mich richteten, waren von einem intensiven Blau – ungewöhnlich für diesen Teil der Welt und für das Alter der Frau –, und auf den Tisch neben ihr hatte sie sorgfältig einen schwarzen Fächer aus Seide und ein Paar schwarze Spitzenhandschuhe gelegt. Sie kam mir wie die personifizierte Kultiviertheit vor, doch unter dem liebenswürdigen Äußeren konnte ich einen eisernen Willen spüren. Ich bemerkte, daß die Bedienungshilfen im Speisesaal besonders auf der Hut waren, wenn sie der alten Frau servierten. Offensichtlich stellte sie höchste Ansprüche. Leider saß die alte Dame zu nahe bei mir, als daß ich Norberto hätte fragen können, wer sie war.

Von der alten Frau und mir selbst abgesehen, wirkten nur zwei weitere Personen in dieser Umgebung fehl am Platze – zwei Männer an einem Tisch in der Ecke.

Beide waren ziemlich attraktiv, wenn auch auf sehr unterschiedliche Weise. Einer war Mexikaner, dunkelhäutig, Mitte Vierzig, mit ziemlich langem dunklem Haar und dunklen Augen. Was ihn aus den anderen Gästen heraushob, war sein Aufzug – schwarze Jeans und schwarzes T-Shirt, was ganz und gar nicht zur eleganten Umgebung des Speisesaals paßte.

Der andere Mann war in den Fünfzigern und gut gekleidet: graue Flanellhose, blauer, zweireihiger Blazer, weißes Hemd, burgunderfarbene Krawatte. Sein Haar war sorgfältig frisiert, von grauen Strähnen durchzogen und über den Ohren leicht gewellt.

Ich hatte den Eindruck, daß die beiden Männer mich ebenso eingehend-unauffällig musterten wie ich sie, doch nach einigen Minuten verließ der Dunkle den Speisesaal.

Ich beobachtete den Mann, der sitzen geblieben war, verstohlen über den Rand meines Weinglases hinweg; dann widmete ich mich eine Zeitlang dem Essen, versuchte, meine Gedanken zu ordnen und dem Fasan die Aufmerksamkeit zukommen zu lassen, die er verdiente. Doch unweigerlich schaute ich wieder zu dem Mann hinüber, und diesmal erwiderte er meinen Blick und lächelte mich an, statt so zu tun, als würde er mich nur beiläufig mustern.

Kurz darauf verließ auch er den Speisesaal und machte einen kleinen Umweg an meinem Tisch vorbei. Er neigte ganz leicht den Kopf, als er an mir vorüberging, und lächelte erneut sein strahlendes Lächeln. Ich bedauerte, daß dieser attraktive Bursche den Speisesaal so rasch verließ.

Später am Abend saß ich am Tisch der Ortiz in Doña Francescas gekachelter Küche. Der größte Teil der Familie war versammelt: Isa mit ihrer Mutter und ihrem Vater, und Norberto mit seiner Frau Manuela. Es fehlten nur die beiden Enkelkinder, die inzwischen in den Betten lagen, und Alejandro, der jüngere Bruder von Isa und Norberto.

Als ich mich nach Alejandro erkundigte, bemerkte ich wieder die eigenartige Spannung, die mir schon am frühen Abend bei Isa und Don Santiago aufgefallen war. Alle schwiegen für einen Moment, bis Isa mir schließlich erklärte: »Wir bekommen Alejandro in letzter Zeit selten zu sehen. Er führt sein eigenes Leben und hat seine eigenen Freunde.«

»Ja, er geht seinen eigenen Weg«, pflichtete Norberto seiner Schwester bei, »und kümmert sich um seine eigenen Angelegenheiten, die uns nichts angehen.«

Es war nicht zu überhören, daß die Familie dieses Thema damit als erledigt betrachtete. Allerdings muß ich zugeben, daß ich den Ortiz auch nicht allzu viel über meine Scheidung erzählte, was sie mir jedoch nicht übelzunehmen schienen, denn der Abend verlief recht angenehm, und ich ging spät zu Bett.

In dieser Nacht wurde ich von einem scheußlichen Traum geplagt – der erste in einer Reihe ständig wiederkehrender

Alpträume, die noch folgen sollten. Ich schwebte durchs All und blickte auf die Erde hinunter, die sich in eine schlangenartige Kreatur verwandelte. Das gräßliche Wesen reckte sich zu mir empor, als ich darüber hinwegflog, und verschlang mich. Ich fiel durch eine schwarze Leere in die Tiefe und hörte wütende Stimmen in der Finsternis. In meinem Traum wußte ich, was geschah. Ich war in den Schlund Xibalbas gestürzt, und die Stimmen, die ich vernahm, gehörten den Fürsten der Unterwelt.

Obgleich ich zu ständig wiederkehrenden Träumen neige, brauche ich immer ziemlich lange, um mir darüber klarzuwerden, was mein Unterbewußtsein mir mitteilen will. Vor einigen Jahren hatte ich eine andere Aufeinanderfolge von Träumen, in denen ich stets in einem Türeingang stand, mein Reisegepäck vor mir auf dem Boden, und keine Ahnung hatte, wo ich war oder wohin ich wollte. Es brauchte sechs oder sieben Wiederholungen dieses Traumes, bis ich die Botschaft verstand, meine Siebensachen packte und Clive für immer verließ.

Heute weiß ich, daß ich dem Traum dieser Nacht – und denen, die noch folgten – mehr Beachtung hätte schenken sollen. Dann hätte ich im schlechtesten Fall einige dumme Entscheidungen vielleicht nicht getroffen. Und im besten Fall hätte der Tod mindestens eines Menschen abgewendet werden können.

# Ik

Mérida mag seinen Ruf als Ciudad Blanca, als ›Weiße Stadt‹, verdient haben, als schönster und saubeerster Ort in Mexiko. Für mich aber ist Mérida eine Stadt, deren Anfänge in Blut getaucht sind, was für viele spanische Kolonialstädte gilt. Selbst heute noch sind in Mérida die Spannungen zwischen den Indios und den einstigen Kolonialherren zu spüren – eine seltsame Unrast, die der Stadt eine gespannte Energie verleiht.

An Tag nach meiner Ankunft in Mérida trafen Isa und ich uns auf dem größten Platz der Stadt zum *almuerzo*, einem späten Frühstück. Wir setzten uns in ein Café am Plaza Grande, wie die Méridanos ihn nennen, ließen uns *huevos rancheros* schmecken und plauderten darüber, wie es uns ergangen war, seit wir uns das letzte Mal gesehen hatten.

Wir hatten gerade Platz genommen, als eine Gruppe müder Méridanos das Café verließ – Männer und Frauen, die von den Feiern der gestrigen Nacht übriggeblieben waren und nun endlich zu Bett gehen wollten. Mérida gehört zu jenen mexikanischen Städten, in denen man den Karneval todernst nimmt; wenngleich er nur in der Woche vor Beginn der Fastenzeit gefeiert wird, beginnen manche Méridanos schon sehr früh mit den Festivitäten.

Der Platz, an dem Isa und ich saßen, trägt den offiziellen Namen ›Plaza de la Independencia‹. Er ist das Herz Méridas und liegt an genau derselben Stelle, wo einst das Herz der riesigen Mayastadt Tihó geschlagen hatte. An einer Seite des Platzes steht die Kathedrale, die in der zweiten Hälfte des sechzehnten Jahrhunderts aus den Steinblöcken niedergerissener Pyramiden Tihós errichtet wurde. An der Südseite des Platzes befindet sich die Casa de Montejo, die heute eine

Bank beherbergt. Einst war sie der Palast von Francisco de Montejo, dem Gründer Méridas – und Zerstörer von Tihó. All jenen, die nicht wissen, was Sache ist, wird auf einem Relief an der Fassade des Palasts gezeigt, wie zwei Konquistadoren auf den Köpfen erschlagener Maya-Krieger stehen.

Auch auf Isa verfehlte der Anblick – Kirche, Palast und Rathaus auf dem Boden einer geschliffenen Maya-Metropole –, offensichtlich nicht seine Wirkung.

»Müßte ich den Charakter dieser Stadt beschreiben«, sagte sie gedankenversunken, »würde ich den Ausdruck schizophren benutzen.«

Womit sie vollkommen recht hatte.

»In eingeschränktem Maße sind Mérida und die gesamte Halbinsel Yucatán geographisch von Mexiko abgeschnitten«, fuhr Isa fort. »Deshalb hat sich hier die Möglichkeit zur Herausbildung eines unverwechselbaren Charakters geboten. Mérida, zum Beispiel, ist eine Kolonialstadt. Sieh dir nur die Gebäude um die Plaza herum an. Doch die Maya-Wurzeln sind noch überall, buchstäblich dicht unter der Oberfläche. Offen gesagt – eigentlich sind *sie* es, die diesem Ort seine ganz besondere Atmosphäre verleihen. Eine ziemlich erregende Mischung, nicht wahr? In gewisser Weise ist die mexikanische Kultur die einzige in ganz Amerika, bei der die Alte und die Neue Welt tatsächlich zusammentreffen und verschmelzen. Manchmal sind beide Welten in einem empfindlichen Gleichgewicht, und manchmal nicht.« Sie lächelte. »So ähnlich wie in meiner Familie.«

Ich gestand Isa, daß ich am gestrigen Tag das Gefühl gehabt hatte, mit den Ortiz stimme irgend etwas nicht; daß es offenbar Spannungen gäbe. Und ich erzählte ihr von dem Streitgespräch, das ich kurz vor dem Einschlafen unter dem Fenster meines Hotelzimmers gehört hatte.

»Ich bin ziemlich sicher, eine Mayasprache gehört zu haben«, sagte ich. »Möglicherweise yukatekisch. Aber vielleicht habe ich mir die ganze Sache auch nur eingebildet.«

Für einen Moment wirkte Isa besorgt. »Ich kann dir nichts über diesen Streit sagen«, meinte sie schließlich. »Ich habe nichts gehört. Wahrscheinlich hast du's dir wirklich nur eingebildet. Und was meine Familie betrifft – vielleicht ist mein Vergleich mit Mérida sehr treffend. Alejandro hat seine Maya-Herkunft entdeckt. Wiederentdeckt, genauer gesagt. Deshalb die Spannungen in meiner Familie. Alejandro beschuldigt Mutter, unser Erbe an die Spanier zu verkaufen. Indem sie unseren Vater geheiratet hat, will er damit wohl sagen.« Wieder lächelte sie. »Na ja, jeder Heranwachsende durchlebt Zeiten, in denen er die Eltern aufs Korn nimmt, habe ich recht? Aber bei Alejandro sieht die Sache etwas anders aus. Offenbar ist er an der Uni mit einer Gruppe junger Leute in Kontakt gekommen, die meinen Eltern und mir alles andere als sympathisch sind. Wenn Alejandro sich mal dazu herabläßt, mit uns zu sprechen, redet er nur über den Kampf gegen die Ungerechtigkeit – mit einem Beiklang, bei dem *alle* Eltern es mit der Angst zu tun bekämen. Aber ich bin sicher, Alejandros Gerede über Rebellion ist nichts weiter als jugendliches, pseudo-intellektuelles Imponiergehabe, wie bei vielen Universitätsstudenten. Andererseits haben die Indígenas tatsächlich sehr unter der spanischen Eroberung gelitten, und der Wunsch nach Aufstand, nach Rache schlummert oft dicht unter der Oberfläche. Erinnerst du dich an die Aufstände in Chiapas? Ist noch gar nicht so lange her.«

Ja, ich konnte mich erinnern. Damals war ich sogar dort gewesen, auf einer Einkaufsreise. Die Aufstände waren am Neujahrstag aufgeflammt und hatten bis weit in den Januar hinein angedauert.

»Ich weiß es noch sehr gut«, sagte ich. »Es steckte eine Organisation dahinter, die sich zapatistische Befreiungsarmee nannte. Sie hatten alles so eingefädelt, daß die Unruhen genau an dem Tag losbrachen, als das nordamerikanische Freihandelsabkommen in Kraft trat.«

»Stimmt. Damals munkelte man, die Zapatistas wären

zehn Jahre lang im Dschungel militärisch ausgebildet worden, bevor sie am Neujahrstag zuschlugen«, erklärte Isa. »Aber das waren natürlich nur Gerüchte. Es dürfte unmöglich sein, eine solche Sache zehn Jahre lang vorzubereiten und dabei völlige Geheimhaltung zu wahren. Doch als es dann geschah, traf es die Regierung völlig unvorbereitet. Seit der Revolution hatte man so etwas in Mexiko nicht mehr erlebt. Die ganze Sache war ziemlich schnell wieder vorbei, doch seitdem sind immer wieder Unruhen aufgeflammt. Manchmal setzen die Regierung und die Zapatistas sich an einen Tisch und verhandeln; dann wieder gibt es lange Zeit keine Verständigung zwischen beiden Parteien. Die Möglichkeit eines plötzlichen Gewaltausbruchs ist jederzeit gegeben.

Wie dem auch sei – die Probleme in unserer Familie spiegeln in gewisser Weise die Spannungen in unserer Gesellschaft wider«, fuhr Isa fort. »Alejandro redet viel über Ausbeutung und Unrecht und macht Andeutungen, daß es eine Revolution geben wird. Mutter ist natürlich entsetzt über seine Äußerungen. Schließlich ist Alejandro immer noch ihr kleiner Junge. Mutter hat ihn ziemlich spät bekommen, wie du weißt. Ich war weit über Zwanzig, als Alejandro geboren wurde. Eine Zeitlang habe ich ihn als kleinen Bruder betrachtet, ein süßes Baby, aber ich muß zugeben, daß ich mich nie *wirklich* um ihn gekümmert habe. Der Altersunterschied zwischen uns beiden war einfach zu groß. Und heute? Heute ärgere ich mich über Alejandro, auch wenn ich in vielen Dingen mit ihm übereinstimme.

Aber er verachtet mich, weil ich in den Vereinigten Staaten studiert habe, wie viele Kinder aus wohlhabenden Familien in dieser Stadt. Er selbst hat beschlossen, hier in Mérida zu studieren – und dafür bewundere ich ihn. Aber ich habe es ihm nie gesagt. Damit würde ich bloß Öl in die Flammen gießen.«

»Ich bin sicher, dein Bruder wird seine rebellische Phase früher oder später überwinden«, erwiderte ich. »Als ich zur Uni ging, kam meine Mutter mir wie der konservativste

Mensch auf der Welt vor. Heute weiß ich, daß sie in Wahrheit ihrer Zeit voraus war. Sie ging ihren eigenen Weg. Sie ließ sich nicht von den ungeschriebenen gesellschaftlichen Regeln vorschreiben, was eine Frau zu tun und zu lassen hat.«

»Ich hoffe, du hast recht, was Alejandro betrifft«, erwiderte Isa. »Ich hoffe es sehr.«

Kurz darauf verabschiedeten wir uns. Isa machte sich auf den Weg zu der kleinen Näherei, in der die von ihr entworfenen Kleider hergestellt wurden, während ich zum Museum schlenderte – dem Museo Emilio Garcia, nach seinem Gründer benannt, einem reichen Philanthropen aus Mérida. Das *museo* war in einem einstigen Kloster untergebracht, nur wenige Querstraßen von der Plaza Grande entfernt.

Ich glaube, ich hatte darauf gehofft, Dr. Castillo Rivas zu begegnen, der im *museo* ein Büro hatte. Santiago Ortiz hatte mir gesagt, Don Hernan sei in der letzten Nacht nicht auf sein Zimmer im Hotel zurückgekehrt; doch so etwas käme des öfteren vor, und niemand mache sich groß Gedanken darüber. Ich wußte, daß Don Hernan häufig auf irgendeiner heißen Spur war, die zu diesem oder jenem archäologischen Schatz führte. Immer wenn das der Fall war, neigte Don Hernan zur Vergeßlichkeit, was von Jahr zu Jahr schlimmer wurde. Ich hatte seine Eigenarten und seine Besessenheit stets als Zeichen seines Genies betrachtet – Don Hernan, der zerstreute Professor. Wenn ich mich recht entsinne, hatte seine Frau es weniger liebenswert ausgedrückt.

Ich schlich am PROHIBIDO-ENTRAR-Schild an der Tür zum Aufenthaltsraum der Museumsangestellten vorbei, stieg bis in die oberste Etage hinauf und ging zu Don Hernans kleinem Büro. Es war dunkel darin, und die Tür war abgeschlossen.

Ich beschloß, den Versuch zu unternehmen, jenes Rätsel zu lösen, das er mir am Telefon aufgegeben hatte – die Sache mit dem schreibenden Kaninchen. Ich hielt das Ganze für ein bißchen kindisch, doch Don Hernan und ich hatten so manchen wundervollen gemeinsamen Tag mit der Suche nach Antiquitäten für mein Geschäft verbracht, und ich war fest entschlossen, der Sache auf den Grund zu gehen, um ihm vielleicht helfen zu können.

Zuerst brachte ich das Rätsel mit dem Tzolkin in Verbindung, dem Kalender der Maya, über den Don Hernan mich vieles gelehrt hatte. Von ihm wußte ich, daß die Maya zwei Kalender kannten, die eine wesentliche Grundlage ihrer Religion darstellten. Der Jahreskalender war in 18 Monate zu je zwanzig Tagen eingeteilt; hinzu kamen fünf Tage, um die Gesamtzahl von 365 Tagen zu erreichen. Bedeutender jedoch war der zweite, ›rituelle‹ Kalender, der 260 Tage umfaßte und in zwanzig Wochen zu je dreizehn Tagen eingeteilt war. Jede der ›Dreizehn-Tage-Wochen‹ begann mit der Zahl 1, verbunden mit einem der zwanzig verschiedenen Tagesnamen. Somit ist jeder Tag durch eine Zahl und einen Namen gekennzeichnet 1 Imix, 2 Ik, 3 Akbal und so weiter. Dies hatte eine große religiöse Bedeutung. Menschen, selbst Herrscher, wurden nach dem Tag benannt, an dem sie geboren wurden. So gab es den König 2 Wind, 5 Eidechse oder 18 Kaninchen. Weil es im Kalender mehr Namen als Zahlen gab, wurde dem vierzehnten Namen wieder die Zahl 1 zugeordnet. Bei dreizehn Zahlen und zwanzig Namen kommt man auf die genannten 260 Tage des rituellen Kalenders, bevor der ursprüngliche Tag und die Zahl, in meinem Beispiel also 1 Imix, wieder erscheinen.

Bei einem meiner früheren Besuche – es war schon eine ganze Weile her – saß ich spätabends bei einer Tasse starkem mexikanischem Kaffee im Speisesaal der Casa de las Buganvillas, während Don Hernan mir dies alles erklärte.

»Um die Maya verstehen zu können, müssen Sie ihr Zeitverständnis begreifen«, hatte er zu mir gesagt. »Wie wir hatten auch die Maya Methoden entwickelt, den Zeitablauf einzuteilen, und ein entsprechendes System entworfen. Wie wir gaben auch die Maya den verschiedenen Tagen Namen, doch im Unterschied zu uns ordneten sie jedem Tag ein Tageszeichen zu. Die meisten von uns wissen nichts mehr über die Ursprünge unserer Tagesnamen – der Donnerstag, zum Beispiel, leitet sich von ›Thors Tag‹ ab, nach dem nordischen Donnergott. Die meisten Maya dagegen kennen diese historischen Wurzeln noch heute. In ihrer Vorstellungswelt wird alles, auch das persönliche Schicksal, vom Zeichen des jeweiligen Tages beeinflußt, von der Zahl des Tages und dem Zeichen des *haab* – wir würden es Monatszeichen nennen –, und schließlich vom Charakter des Zeichens für den jeweiligen Quadranten, für die vier Götter standen, die durch eine bestimmte Farbe gekennzeichnet waren: rot für den Osten, schwarz für den Westen, weiß für den Norden und gelb für den Süden. Jeder dieser Götter, Kawils genannt, beherrscht einen Quadranten von achthundertneunzehn Tagen.«

»Dann war es so ähnlich wie bei uns, nicht wahr?« entgegnete ich. »Auch wir bringen ja astrologische Zeichen mit bestimmten menschlichen Eigenschaften in Verbindung. Und auch wir versuchen, bestimmte Ereignisse vorherzusagen, indem wir den Lauf der Sonne, des Mondes und der Planeten durch die Tierkreiszeichen deuten. Man weiß sogar von einigen amerikanischen Präsidenten, daß sie an die Astrologie glaubten. Und Verbindungen zwischen Zahlen und Tagesnamen kennen wir ebenfalls. Denken Sie nur an Freitag, den Dreizehnten.«

»Stimmt. Aber wie Sie noch sehen werden, ist das System der Maya sehr viel komplizierter, und es bewegt sich über riesige Zeitspannen in die Zukunft und die Vergangenheit. Während wir große Zeitläufe in Jahren, Jahrzehnten oder Jahrhunderten messen, haben die Maya die Zeit in *katuns* gemessen, in Zyklen von zwanzig Jahren, und in *baktuns* – zwanzig mal zwanzig Jahre –, also Zyklen von vierhundert Jahren. Und während unsere größte gebräuchliche Zeiteinheit das Millenium ist, das Jahrtausend, sind diese Einheiten bei den Maya sehr viel größer. Beispielsweise kennen sie das *calabtun*, einen Zeitabschnitt, der einhundertsechzigtausend Jahren entspricht. Und sie messen die Zeit von der Entstehung des gegenwärtigen Kosmos an. Nach ihrer Auffassung leben wir nämlich im vierten Kosmos, der geschaffen wurde.

Bei einigen Mayatempeln gibt es in Stein gehauene Zahlen und Datumsangaben, die in der Zeit viel weiter zurückreichen als bis zum Urknall, der Entstehung des Universums, wie unsere Physiker es kennen. Außerdem sagen diese Maya-Inschriften Ereignisse voraus, die viele Jahrtausende in der Zukunft liegen. Was ich Ihnen damit zu sagen versuche – für die Maya ist die Vergangenheit immer noch bei uns. Sie ist immer noch lebendig.«

Während ich nun an dieses Gespräch zurückdachte, schlenderte ich durch das *museo* und versuchte, eine Verbindung zu dem Rätsel zu finden. Der heutige Tag war Ik, der Tag des Windes, des Atems und Lebens. Was hatte das mit einem Kaninchen zu tun? Nichts. Im Geiste ging ich die anderen zwanzig Tagesnamen durch. Beim Tag Lamat – von heute an gerechnet in sechs Tagen – gab es gewisse Verbindungen mit einem Kaninchen und dem Mond oder dem Planeten Venus, doch falls irgendein unmittelbarer Zusammenhang bestand, konnte ich ihn nicht entdecken.

Möglicherweise, überlegte ich, ist es ein Wortspiel; vielleicht eine Übersetzung ins Spanische. Aber mir fiel nichts ein.

Weil die Antwort, wie ich glaubte, irgendwo im Museum zu finden war, verbrachte ich einen großen Teil des Nachmittags damit, über die Flure zu schlendern und mir die Ausstellungsstücke auf der Suche nach einem Maya-Kaninchen anzuschauen. Vergeblich.

Ich hatte mich gerade über Artefakte gebeugt, die man aus einer heiligen Cenote geborgen hatte – einem natürlichen Brunnen, die oft als Opferstätten benutzt wurden –, als ich plötzlich eine Stimme hinter mir hörte.

»Sagen Sie, sind meine Blicke den Ihren nicht quer durch einen Speisesaal begegnet?« fragte die sehr britische Stimme.

Ich drehte mich um. Es war der Mann, den ich am Abend zuvor am Tisch im Hotel gesehen hatte – und er sah tatsächlich gut aus, wie ich hinzufügen möchte. Hinter ihm stand sein dunkelhäutiger Freund.

»Mrs. McClintoch, wenn ich nicht irre«, sagte er und streckte die Hand aus.

»Sie kommen im Augenblick ziemlich ungelegen«, erwiderte ich.

»Das tut mir leid. Mein Name ist Jonathan Hamelin. Das ist mein Partner, Lucas May. Ich konnte Norberto Ortiz davon überzeugen, daß Sie eine Schulfreundin von mir waren, die ich wiedererkannt habe. Mein Trinkgeld war großzügig genug, daß er mir sogar Ihren Namen verraten hat.« Er lächelte. »Da wir uns offenbar häufig an den gleichen Orten aufhalten – dürfen Mr. May und ich uns erlauben, Sie zu einem Drink einzuladen? Ein Glas Wein? Oder eine Tasse Kaffee? Wir könnten einen kleinen Spaziergang machen, wenn Sie möchten. Ich kenne eine wunderschöne Bar am Paseo de Montejo.«

Er strahlte eine solche Aura gelassener Zuversicht aus, daß ich mich geschlagen gab. Die beiden Männer führten mich aus dem Museum und geleiteten mich ein paar Seitenstraßen in Richtung *paseo*, einer von Bäumen gesäumten Prunkstraße sehr europäischen Zuschnitts, die von den Méridanos – ein bißchen optimistisch – als ›ihre‹ Champs-Élysées bezeichnet wird. Um die Jahrhundertwende gab es eine Zeit, da viele Spanier im Sisal-Handel ein Vermögen machten und Mérida zu den reichsten Städte der Welt zählte. Und der *paseo* war das Herzstück dieser Stadt, in der die Häuser – eher schon Paläste – der Reichen standen, in Blau, Rosa, Lederbraun und Pfirsich, mit schmiedeeisernen Toren und kunstvoll behauenen Simsen, die eher dem Pariser Stil nachempfunden waren als dem amerikanischen, eher Belle Époque als Kolonialstil.

Die Villen gibt es immer noch, doch die meisten alten Bewohner sind fortgezogen, weil der Unterhalt angesichts schrumpfender Familienvermögen zu teuer wurde. Einige Häuser sind liebevoll restauriert und beherbergen nun Banken und andere Unternehmen, die es sich leisten können; andere alte Villen jedoch verfallen – einige mit Würde, andere in hoffnungsloser Tristesse.

Wir betraten eines dieser alten Häuser. Es gehörte zu jenen, die sorgfältig restauriert worden waren und wieder ihren alten Glanz besaßen. In diesem Fall war das Haus zur Eingangshalle des Hotels Montserrat umgebaut worden, in dem sich auch die Bar und das Restaurant befanden. Gleich hinter der alten Villa ragte ein Stuck- und Glasturm auf, der architektonisch halbwegs mit dem alten Bauwerk harmonierte und in dem sich die Gästezimmer befanden. Wir gingen zur Bar, einem riesigen Raum im vorderen Teil des Eingangsbereichs. Offensichtlich war Jonathan Hamelin in der Bar gut bekannt, denn binnen weniger Augenblicke wurden wir zu einem Tisch mit wunderschönem Blick auf den *paseo* geführt.

Jonathan schien sich in dieser Umgebung sehr wohl zu fühlen. Selbst in der eher sportlichen Kleidung, die er heute trug, sah er sehr elegant aus. Sein Partner dagegen war fast genauso gekleidet wie am gestrigen Abend, nur daß er heute eine schwarze Jacke trug. Wieder wirkte er ziemlich fehl am Platz.

Die Bar hieß Ek Balam, der Schwarze Jaguar. Maya-Motive beherrschten das Dekor. An einer Seite des Raumes standen zwei schummrig beleuchtete Schaukästen aus Glas, in denen präkolumbianische Ausgrabungsstücke ausgestellt wurden; jedenfalls hatte es auf diese Entfernung den Anschein.

Aber damit erschöpfte sich auch schon jeder Bezug zu dieser Stadt und dem Land. Die Bar des Ek Balam war viel zu groß, als daß sie gemütlich hätte sein können, und das Dekor war in blassen, gedämpften Farbtönen gehalten, denen die strahlende Leuchtkraft der Tropen fehlte. Keine Mariachi- oder Nuevo-Flamenco-Klänge attackierten die empfindsamen Ohren der Gäste; statt dessen spielte ein Streichquartett Salonmusik von Ravel und Haydn, Copland und Strauss.

Die Luft in der Bar war erfüllt von Zigarrenrauch und dem Geruch teuren Parfums. Unverkennbar trafen sich hier die Reichen und Schönen von Mérida, um zu sehen und gesehen zu werden. Und die Person, der es offensichtlich am meisten darauf ankam, gesehen zu werden, saß an einem Tisch in einer schummrigen Ecke. Genauer gesagt: Er hielt dort hof.

Er war ein kleiner, etwa sechzig Jahre alter, dicklicher Mann, nicht besonders attraktiv, doch vom Geruch des Geldes umgeben und mit einer Aura persönlicher Anziehungskraft gesegnet, so daß er die Aufmerksamkeit fast aller anwesenden Frauen erregte – und den Neid sämtlicher Männer. Zwei der anderen Personen an seinem Tisch machten auf mich den Eindruck von Leibwächtern, nicht zuletzt deshalb, weil ihre Blicke ständig durch den Raum schweiften und ihre Fähigkeit, Konversation zu machen, gleich Null zu sein schien.

»Señor Diego Maria Gomez Arias«, sagte Jonathan, als er sah, in welche Richtung ich schaute.

»Der Name kommt mir irgendwie bekannt vor.«

»Er ist sehr reich. Ihm gehört das Hotel. Und er ist ein leidenschaftlicher Sammler.«

»Was sammelt er denn?«

»Alles, was schön ist.« Jonathan lächelte.

»Frauen eingeschlossen?« fragte ich und beobachtete wieder, wie die Blicke fast aller Damen in der Bar auf Señor Gomez Arias gerichtet waren.

»Frauen eingeschlossen«, erwiderte Jonathan.

»Gehören ihm auch die Artefakte in den Glaskästen?«

»Oh, ja. Ich vermute es jedenfalls stark.«

»Wären die Stücke im Museum nicht besser aufgehoben?«

»Schon möglich.« Er zuckte die Achseln.

»Gomez Arias... Ich glaube, ich habe seinen Namen tatsächlich schon mal gehört. Ist er ein Kunde von Hernan Castillo Rivas?«

»Das *war* er, soviel ich weiß. Mir ist zu Ohren gekommen, daß die beiden einen Streit hatten. Aber woher kennen Sie Don Hernan?« fragte Jonathan.

Ich erzählte ihm von McClintoch und Swain.

»Tja, McClintoch haben wir jetzt ja kennengelernt. Und wer ist Swain?«

»Mein Exgatte.«

»Oh.«

»Mit ›oh‹ ist ungefähr alles über meinen Verflossenen und unsere Ehe gesagt.«

Dann erzählte ich ihm vom Verkauf des Geschäfts und dem Anruf, der mich tags zuvor nach Mérida geführt hatte.

Das schien die Aufmerksamkeit beider Männer zu erregen. Sogar Lucas, der bis jetzt kaum ein Wort gesagt hatte, beugte sich erwartungsvoll vor.

»Spannen Sie uns nicht auf die Folter, Lara«, sagte Jonathan. »Worum geht es?«

»Das weiß ich nicht. Ich habe Don Hernan noch nicht getroffen. Er wollte gestern mit mir zu Abend essen, hat aber abgesagt. Er müsse Mérida verlassen, weil er auf einer heißen Spur sei.«

Ich machte vage Andeutungen über das schreibende Kaninchen, doch irgend etwas hielt mich davon ab, die Geschichte zu Ende zu erzählen. Ich glaube, ich hatte die Befürchtung, daß sich bei Don Hernan das Alter bemerkbar machte. Vielleicht war er nicht mehr ganz richtig im Kopf, nicht mehr ganz zurechnungsfähig. Immerhin ging er auf die Achtzig zu, und ich hatte ihn eine ganze Weile nicht gesehen. Und ich wollte nicht, daß er – oder ich – wegen dieser Kaninchengeschichte in Jonathan Hamelins Augen wie ein Dummkopf dastanden.

Wie dem auch sei, ich verstummte mitten im Satz. Lucas starrte mich durchdringend an, so als wüßte er, daß an dieser Geschichte mehr dran sein mußte, als ich erzählt hatte. Dann aber kam der Ober mit unseren Getränken – Margaritas für Jonathan und für mich, ein Bier für Lucas –, und unser Gespräch verlagerte sich auf jene Banalitäten, die man für gewöhnlich in einer Bar zu hören bekommt.

Wie ich bei unserem Spaziergang hierher zum Hotel Montserrat erfahren hatte, war Jonathan Archäologe von der Universität Cambridge in England. Lucas May war der hiesige Archäologe, der von den mexikanischen Behörden damit beauftragt war, mit Jonathan zusammenzuarbeiten.

Die beiden Männer – eigentlich nur Jonathan, da Lucas sich nun wieder auf die Rolle des stummen Zuhörers beschränkte – erzählten mir von ihrer Arbeit an einer Grabungsstätte, die nur ein paar Meilen von Chichén Itzá entfernt war, der großen, berühmten postklassischen Maya-Stadt unweit von Mérida mit ihren vielen beeindruckenden Tempeln und Heiligtümern. Ich war schon viele Male in Chichén Itzá gewesen, fand es aber immer wieder einen Besuch wert, und das sagte ich den beiden Männern auch.

Jonathan, mit seinem schrecklich vornehmen englischen Akzent, berichtete mir gerade von den interessanten Kalksteinhöhlen und unterirdischen Flüssen in diesem Teil von Yucatán und erzählte mir dann Geschichten über die Opferung schielender Jungfrauen in den heiligen Cenotes, als etwas höchst Außergewöhnliches geschah.

Zwei ganz in Schwarz gekleidete Personen mit schwarzen Gesichtsmasken kamen in die Bar gestürmt. Sie sahen wie *bandidos* aus. Die eine trug ein Gewehr bei sich, die andere ein Brecheisen. Bevor jemand reagieren konnte, gingen sie mit schnellen Schritten zu einem der Schaukästen am Ende der Bar, zerschmetterten das Glas und schnappten sich eines der Artefakte. Dann verließen sie die Bar so schnell, wie sie hereingekommen waren.

Für einen Moment herrschte fassungslose Stille; dann brach ein Höllenspektakel los. Einige Barbesucher lachten. Zweifellos hielten sie die Sache für einen vorgezogenen Karnevalsscherz. Derweil wurde Gomez Arias von seinen zwei Leibwächtern aus dem Raum gedrängt.

Ich schaute meine beiden Begleiter an. Jonathan machte einen ziemlich verdutzten Eindruck; Lucas blickte so unbeteiligt drein wie immer. Doch in seinen Augen lag ein Ausdruck, den ich als stille Bewunderung bezeichnet hätte, würde jemand mich gefragt haben.

Alle Gedanken an einen Karnevalsscherz verflüchtigten sich, als wenig später die Bundespolizei eintraf.

Der leitende Einsatzbeamte machte zumindest auf mich nicht den Eindruck eines Mannes, dem man uneingeschränkt vertrauen konnte. Er war dünn und hochgewachsen, mit eindrucksvollem Schnauzbart, und sah irgendwie hager und hungrig aus. In den Augen des Mannes lagen stählerne Härte und ein Ausdruck, als würde er zur Grausamkeit neigen. Oder war es nur der Ausdruck bitterer Enttäuschung? Ich konnte es nicht sagen.

Ich weiß wirklich nicht, was mir diesen Mann beinahe auf Anhieb unsympathisch machte. Vielleicht lag es daran, daß er so herrisch mit uns und den anderen Gästen in der Bar umsprang. Oder es lag an dem Unterton von Brutalität, die er beim Umgang mit seinen Untergebenen und den Hotelangestellten an den Tag legte. Vielleicht lag es auch an der Überheblichkeit, mit der er verkündete, daß die Schuldigen sehr schnell gefaßt würden, wobei er uns auf eine Weise anschaute, die erkennen ließ, daß er *jeden* für irgendwie schuldig hielt.

Jonathan und Lucas, die der Polizei gut bekannt zu sein schienen, wurden aufgefordert, zu dem zerschmetterten Glaskasten zu kommen und festzustellen, welcher Gegenstand geraubt worden war. Dann wurden sämtliche Gäste vernommen und aufgefordert, eine Anschrift oder Telefonnummer zu nennen, unter der sie zu erreichen wären. Schließlich durften wir gehen.

Jonathan brachte mich zu einem Taxi. Die Polizei hatte ihn

gebeten, noch zu bleiben, um bei den Nachforschungen zu helfen. Inzwischen waren die Presse und Fernsehteams eingetroffen; draußen vor dem Hotel wimmelte es von Reportern und Neugierigen.

»Ich möchte meine Frage wiederholen«, sagte ich. »Wären die Artefakte in den Glaskästen nicht besser im Museum aufgehoben?«

»Touché!« Jonathan lächelte.

»Im Ernst. Wie kommt es überhaupt, daß Gomez Arias solche Stücke in einer Bar aufbewahrt?«

»Vielleicht, weil er seine Sammlung der Öffentlichkeit zugänglich machen will.«

»Die Öffentlichkeit, so, wie ich den Begriff verstehe, geht nicht in eine Bar«, erwiderte ich gereizt. »Ich habe eher den Eindruck, er will jedem Barbesucher zeigen, daß er sich diese Stücke leisten kann. Warten wir mal ab, ob er es sich auch leisten kann, die Stücke zu *verlieren.*«

Wir schüttelten uns die Hände, und ich fuhr mit dem Taxi zurück zur Casa de las Buganvillas. Als ich dort eintraf, hatte die Neuigkeit sich bereits verbreitet; alle redeten wild durcheinander, und es gab nur ein Thema: den Raubüberfall.

Ein ziemlich mürrischer Alejandro saß mit seinem Vater am Empfangsschalter. Sein Gesicht hellte sich ein wenig auf, als er mich sah. »Ich habe dich vorhin im Fernsehen gesehen«, sagte er. »Erzähl doch mal, wie das passiert ist.«

Mit müden Schritten ging ich zu ihm. Plötzlich spürte ich meine Erschöpfung und dachte mit Grausen daran, daß ich mich zum Abendessen umziehen mußte. Ich erzählte Alejandro von meinen Abenteuern. Als ich geendet hatte, schlug er vor, mir eine Schüssel *sopa de frijol* aufs Zimmer bringen zu lassen – schwarze Bohnensuppe, die seine Mutter gekocht hatte. Dankbar nahm ich sein Angebot an.

Ich duschte und zog mich an. Dann öffnete ich die Tür, als es klopfte. Isa brachte mir die *sopa*, dazu frischen Käse und knusprige Tortillas. Sie stellte das Essen auf einen Beistelltisch am Fenster, zog sich einen Stuhl heran und sagte: »Okay, erzähl mir alles.«

Ich seufzte leise. Nicht schon wieder! Dann aber berichtete ich auch Isa, was geschehen war.

»Wir haben es in den Nachrichten gesehen«, sagte sie. »Eine Gruppe, die sich ›Kinder des Sprechenden Kreuzes‹ nennt, hat sich zu der Tat bekannt und erklärt, die Statue ihren rechtmäßigen Eigentümern zurückgeben zu wollen, den Maya.«

»Kinder des Sprechenden Kreuzes? Ist das eine... na ja, eine der vielen Terroristengruppen oder so was? Ich habe noch nie davon gehört.«

»Soviel ich weiß, hat noch niemand von ihnen gehört«, erwiderte Isa. »Ich ganz bestimmt nicht.«

»Weiß man, um was für eine Statue es sich handelt?« fragte ich und dachte an Jonathan und Lucas.

»Ja. Zwei Archäologen – Freunde von dir? – waren am Tatort. Sie sagten, daß es sich um eine Statue des gefiederten Schlangengottes Itzamná handelt.«

Itzamná – auf yukatekisch bedeutet Itzam ›Eidechse‹ – war die höchste aller Maya-Gottheiten, der Himmelsgott.

Nachdem Isa den Tisch abgeräumt hatte und nach unten zu ihrer Familie gegangen war, stieg ich todmüde ins Bett.

Trotz meiner Erschöpfung wollte der Schlaf nicht kommen, denn mir wurde klar, daß ich in einer Zwickmühle steckte. Als ich Isa von dem Vorfall erzählte, hatte ich eine schwere Unterlassungssünde begangen. Die große Frage lautete, ob ich ihr sagen sollte, daß ich trotz der Gesichtsmaske Alejandro als einen der Täter im Ek Balam erkannt hatte. Oder sollte ich es Alejandro selbst sagen? Oder der Polizei? Dann dachte ich daran, welch unsympathischen Eindruck Major Martinez, der leitende Beamte auf mich gemacht hatte. Und ich beschloß zu schweigen.

# Akbal

Vor langer Zeit hatte ich einen Freund, der jeden Bekannten einem bestimmten Autotyp zuordnete. Am schlechtesten schnitten jene ab, die er mit einem Kleintransporter verglich.

Zu mir sagte er, ich wäre wie ein 56er Thunderbird Cabrio. Da ich nicht viel von Autos, Modelljahren und dergleichen verstand, war ich nicht sicher, wie ich bei dieser Einschätzung abschnitt. Eines Tages – ein paar Jahre nachdem wir uns getrennt hatten – sah ich einen dieser Wagen, in Silber, auf einer sich drehenden Plattform bei einer Show klassischer Automobile. Vielleicht hatte mein Freund mich mehr geliebt, als ich damals geahnt hatte.

Ich kann mich zwar kaum noch daran erinnern, wie der Bursche ausgesehen hat, doch diese eigenartige Methode, Menschen zu kategorisieren, habe ich von ihm übernommen. Isa zum Beispiel entspricht genau dem Wagen, den sie fährt. Ein elegantes, flottes Mercedes-Cabrio 580 SL.

Jonathan? Ein englischer Rover, racinggrün, mit Vollleder-Ausstattung. Schick und teuer, aber unaufdringlich, und vielleicht ein kleines bißchen angeberisch.

Lucas? Bei ihm bin ich mir noch nicht sicher. Doch welches Modell es auch sein mag, es ist auf jeden Fall schwarz.

Als ich am nächsten Morgen die Treppe hinunterging, um zu frühstücken, wartete am Empfangsschalter ein Mann, den ich bereits als Lastwagen eingestuft hatte. Als einen dieser riesigen Trucks, die plötzlich hinter der Stoßstange des eigenen Wagens auftauchen, so daß im Innenspiegel nur der silberne Kühlergrill zu sehen ist, wie riesige, funkelnde Haifischzähne, und voller Entsetzen erwartet man, jeden Augenblick von der Frontstoßstange dieses Ungeheuers zerquetscht zu werden wie ein armseliger Käfer. Und dann ist man unendlich erleichtert, wenn dieses Ungetüm ausschert und mit einer Urgewalt auf der Überholspur vorüberdonnert, daß der eigene Wagen durchgeschüttelt wird und man das Lenkrad krampfhaft festhalten muß, um nicht aus der Spur zu geraten.

Der Mann war der leitende Polizeibeamte, Major Ignacio Martinez, den ich am Abend zuvor in der Bar gesehen hatte. Martinez gehörte eindeutig zu den Leuten, die erst schießen und dann fragen und die sich bereits zu einem sehr frühen Zeitpunkt der Ermittlungen eine Meinung darüber bilden, wer schuldig ist und wer nicht, und dann alle Anstrengungen unternehmen, entsprechende Beweise zu erbringen, und mag es noch so offensichtlich sein, daß sie im Irrtum sind.

Der Mann, den Major Martinez als Schuldigen beim Raub der Statue des Itzamná auserkoren hatte, war Don Hernan Castillo, wie ich bald erfahren sollte.

Ich war spät aufgewacht. Es war ein düsterer Tag – passend zu Akbal, dem heutigen Tag im Maya-Kalender, einem Tag des Bösen und der Finsternis. Ich hatte in der Nacht zuvor aller Hirnakrobatik zum Trotz keinen Ausweg aus meiner Zwangslage gefunden. Doch als ich Martinez nun am Empfangsschalter stehen sah, glaubte ich, meine Probleme hätten sich von selbst gelöst, wenngleich auf die schlimmstmögliche Art und Weise.

Doch Martinez war nicht wegen Alejandro gekommen, sondern wegen mir. Und er wollte über Don Hernan sprechen.

Wir gingen in den kleinen Salon neben der Eingangshalle.

»Was hat Sie nach Mexiko geführt, Señora?« begann der Polizeimajor.

»Ich habe meine Studien unterbrochen und mache hier Urlaub«, antwortete ich.

»Weshalb haben Sie sich Mérida als Urlaubsort ausgesucht?«

»Weil ich die Geschichte und die Sprachen der Maya studiere«, sagte ich.

Eine Pause trat ein. »Ich glaube, Ihre Antworten sind nicht ganz... wie soll ich sagen?... vollständig. Woran liegt das?«

»Vielleicht daran, daß Sie die verkehrten Fragen stellen«, erwiderte ich schroff. »Was genau wollen Sie wissen?«

»Ich möchte wissen, wo Dr. Hernan Castillo sich momentan aufhält. Ich glaube, Sie kennen die Antwort«, sagte er.

»Was hat Dr. Castillo denn mit dieser Sache zu tun, um Himmels willen? Sie glauben doch nicht im Ernst, daß er in den Raub der Statue verwickelt ist? Er ist ein angesehener Gelehrter.«

»Ich stelle hier die Fragen, Señora, nicht Sie. Natürlich glaube ich nicht, daß Castillo persönlich in die Bar gekommen ist und die Tat begangen hat. Aber ich bin sicher, er ist in diese Sache verwickelt. Er und Señor Gomez Arias haben sich wegen der geraubten Statue erst vor wenigen Wochen heftig gestritten.«

»Ich weiß nicht, wo Dr. Castillo ist«, erwiderte ich. »Aber ich weiß ganz genau, daß er sich niemals auf eine so schäbige Sache einlassen würde.«

Martinez beachtete meine letzte Bemerkung gar nicht. »Sie sind nach Mérida gekommen, um sich mit Dr. Castillo zu treffen, nicht wahr?« Offensichtlich hatte sich entweder Jonathan oder Lucas bei der Vernehmung ›vollständiger‹ geäußert als ich.

»Ja. Aber er hat unser Treffen vorgestern abgesagt. Wir wollten hier im Hotel zu Abend essen. Seitdem habe ich nichts mehr von ihm gehört.«

»Und was war der Grund für seine schlechten Manieren?«

»Schlechte Manieren?«

»Wenn man ein Abendessen mit einer gutaussehenden ausländischen Besucherin absagt, die man noch dazu selbst eingeladen hat, kann man schwerlich von guten Manieren sprechen, finden Sie nicht auch? Nicht einmal in Kanada...«

Ich ignorierte den Seitenhieb.

»Weshalb wollte er sich mit Ihnen treffen? Sollten Sie für

ihn vielleicht gestohlene Antiquitäten aus dem Land schmuggeln? Ich habe gehört, Sie verstehen einiges vom Import- und Exportgeschäft.«

Ich mußte mich ganz schön zusammenreißen, um nicht die Beherrschung zu verlieren. »Ich weiß wirklich nicht, worüber Dr. Castillo mit mir reden wollte. Für mich war seine Einladung eine willkommene Gelegenheit, eine Zeitlang von meinen Studien wegzukommen und vor dem kanadischen Winter zu flüchten«, entgegnete ich. Doch selbst in meinen eigenen Ohren hörte sich diese Erklärung ziemlich fadenscheinig an. Außerdem sah ich für eine Studentin zweifellos ein bißchen zu alt aus.

Wieder trat eine längere Pause ein. Vielleicht, überlegte ich, ist das eine Technik von Martinez: Man braucht nur lange genug zu warten, und der Befragte brüllt vor Wut irgend etwas Unbedachtes heraus.

»Dürfte ich bitte Ihren Paß sehen?«

Aha. Er versuchte es auf eine neue Tour. Ich reichte ihm den Paß und beobachtete fassungslos, wie er ihn in seiner Jackentasche verschwinden ließ und sich erhob.

»Das können Sie nicht tun!« stieß ich hervor.

»O doch, kann ich. Sie dürfen diese Stadt vorläufig nicht verlassen, wie es in den amerikanischen Filmen immer so schön heißt, Señora.«

Und dann war er verschwunden.

Mein erster Gedanke war, meinen Vater anzurufen; vielleicht konnte er seine diplomatischen Verbindungen für mich spielen lassen. Es ist erstaunlich, daß wir uns immer noch an die Eltern klammern, wenn wir in der Patsche sitzen, egal wie alt wir sind. Aber jetzt, da mein Vater in den Ruhestand getreten war, reisten meine Eltern viel durch die Welt; ihre Wanderlust war immer noch nicht gestillt. Und zumeist besuchten sie reichlich obskure Länder. Zur Zeit waren meine Eltern, wenn ich mich recht erinnerte, mit einem Bummelzug nach Ulan Bator unterwegs.

Also machte ich mich auf die Suche nach Don Santiago und entdeckte ihn im Wohnzimmer. Nachdem er seinem Unmut mit ausgesprochen undiplomatischen Worten Luft gemacht hatte, fuhr er in seinem Rollstuhl zum Telefon und machte sich daran, mehrere alte Bekannte aus dem Diplomatischen Korps anzurufen.

Als ich das Wohnzimmer verließ, kam ich an Alejandro vorbei, der am Empfangsschalter stand.

»Wir müssen uns unterhalten, Alejandro«, raunte ich ihm im Vorbeigehen zu.

Für einen winzigen Moment blickte er verblüfft drein, dann aber lächelte er und nickte.

»Wir treffen uns in einer Stunde im Café Escobar«, sagte ich. Das Escobar war ein kleines Restaurant, nur ein paar Querstraßen vom Hotel entfernt.

Nach meinem kurzen Gespräch mit Santiago Ortiz und seinem Versprechen, den Schlamassel mit meinem Paß aus der Welt zu schaffen, war ich verständlicherweise beruhigt, als ich in die Küche zu Isa und ihrer Mutter ging. Die Frauen saßen an dem großen Eichentisch und tranken Kaffee. Ich setzte mich zu ihnen; kurz darauf gesellte sich auch Don Santiago zu uns. Ich erzählte ihnen vom bisherigen Verlauf des Tages, bevor ich mich nach Don Hernan erkundigte.

»Er ist immer noch nicht zurück«, sagte Francesca, »und bis jetzt haben wir auch noch nichts von ihm gehört. Allmählich machen wir uns Sorgen.«

»Ach was. Es wäre nicht das erste Mal, daß er für ein paar Tage sang- und klanglos verschwindet«, meinte Santiago.

»Stimmt, aber bis jetzt hat er noch jedesmal angerufen«, konterte Francesca.

»Ich bin gestern zu seinem Büro gegangen, aber die Tür war abgeschlossen«, meldete ich mich zu Wort. »Ich hatte gehofft, ihn im Museum anzutreffen oder wenigstens Hinweise darauf zu finden, wohin er gereist ist.«

Die Ortiz tauschten Blicke, und Francesca erhob sich und verließ das Zimmer.

»Wir haben einen Schlüssel«, sagte Santiago. »Don Hernan hat seinen immer verlegt, deshalb hat er uns einen Zweitschlüssel gegeben. Francesca holt ihn dir. Ich bin sicher, Don Hernan hätte nichts dagegen.«

Als ich die Ortiz wenige Minuten später verlassen wollte, den Schlüssel in der Hand, klingelte in der Küche ein Glöckchen. Das Casa de las Buganvillas verfügte immer noch über die Einrichtungen eines Herrenhauses aus einer versunkenen Epoche, wozu auch ein Klingelsystem gehört, das die verschiedenen Etagen und Zimmer mit der Küche verbindet. Wenn die einstigen aristokratischen Bewohner an einer Kordel zogen, klingelte ein Glöckchen, wodurch die Dienerschaft aufgerufen wurde, nach oben zu kommen und sich Anweisungen zu holen, nach unten zu gehen und die Anweisungen zu befolgen, und dann wieder nach oben zurückzukehren, wenn die Aufgabe erledigt war.

Heutzutage riefen die meisten Hotelgäste natürlich die Rezeption an, wenn sie irgendeinen Wunsch hatten.

»Ich dachte, ihr hättet das Klingelsystem schon vor Jahren abmontieren lassen«, sagte ich zu Isa.

»Haben wir auch.« Sie seufzte. »Nur im Zimmer der Kaiserin nicht.«

Francesca erhob sich aus dem Stuhl, um zum Zimmer der ›Kaiserin‹ zu gehen.

»Die Kaiserin?« fragte ich.

»Señora Josefina Ramirez de Leon Tinoco!« sagte Isa zornig. »Sie behandelt meine Familie wie Leibdiener!«

Ich will nicht so tun, als verstünde ich das Prinzip der mexikanischen Namengebung, doch ich hatte ganz allgemein den Eindruck, daß in Mexiko eine Person gesellschaftlich um so höher steht, je länger ihr Name ist. In Anbetracht ihres Namens wäre Doña Josefina vermutlich eine Angehörige der kaiserlichen Familie gewesen, hätte es in Mexiko noch eine solche gegeben. Jedenfalls hatte sie es offensichtlich nie für nötig erachtet, die Benutzung eines Telefons zu erlernen.

»Trägt sie eine Mantilla?« fragte ich.

»Immer.« Isa lächelte.

»Dann weiß ich Bescheid.« Ich lächelte zurück und verließ das Zimmer.

Kurz darauf machte ich mich auf den Weg zum Café Escobar. Ich hatte keine Ahnung, ob Alejandro erscheinen würde oder nicht.

Das Restaurant war alles andere als schick: viel Resopal und Plastik und billiger Firlefanz. Aber das Essen war gut und reichlich, und es gab ein Wandgemälde im Stil von Diego Rivera, das bei Studenten und alternden Dissidenten sehr gut ankam. Meiner Meinung nach würde Alejandro sich im Café Escobar sehr wohl fühlen.

Während ich auf ihn wartete, versuchte ich, ein bißchen innere Ruhe zu finden. Es war weit nach Mittag, und ich hatte noch nichts gegessen, nur mehrere Tassen sehr starken schwarzen Kaffee getrunken, was die Sache nicht besser machte. Zusammen mit den Ereignissen dieses Tages, die meinem Nervenkostüm arg zugesetzt hatten, war mir beinahe schwindelig von Koffein, Adrenalin und ängstlicher Erwartung.

Ich bestellte Hühnchen-*chilaquiles* – einen Schmortopf aus Tortillas, kleingehacktem Hühnchen, *tomatillos*, Chili, Sahne und Käse. Um das Essen herunterzuspülen, ließ ich mir dazu ein Bier bringen. Falls Alejandro nicht auftauchte, hatte ich wenigstens zu Mittag gegessen. Ich saß auf einer kleinen gepolsterten Bank in einer Wandnische, behielt die Tür im Auge und überlegte mir, wie ich das Thema zur Sprache bringen sollte, das mir am Herzen lag.

Dann erschien Alejandro. Frech wie Oskar.

Er setzte sich mir gegenüber und bestellte sich ein Bier. Offensichtlich kannte man ihn hier sehr gut; er brauchte nicht einmal die Marke zu nennen.

»Du wolltest dich mit mir unterhalten?« Er lächelte. – »So ist es, Alejandro. Über den Raubüberfall in der Bar Ek Balam. Ein Überfall, den ich miterlebt habe, wie du weißt.«

Seine gelassene Miene blieb unverändert.

»Ich habe den Überfall nicht nur miterlebt«, fuhr ich fort, »ich bin auch darin verwickelt.«

»Verwickelt?« Jetzt blickte er mich erstaunt an.

»Ja. Die Polizei glaubt sogar, daß ich Informationen habe, die zum Täter führen.«

Nervös schob er den Bierdeckel auf der Tischplatte hin und her. Offenbar hatte ich eine empfindliche Stelle bei ihm getroffen.

»Falls ich mich dazu entschließe, könnte ich der Polizei sogar helfen. Ich könnte sie zu *einem* der Täter führen. Ironischerweise ist es aber nicht die Person, nach der gesucht wird.«

»Ich fürchte, ich kann dir nicht ganz folgen«, sagte er, blickte nun aber ein bißchen unbehaglich drein.

»Vielleicht interessiert es dich, daß die Polizei Dr. Castillo für den Hintermann des Raubüberfalls hält. Und daß er nun von diesem sehr unangenehmen Major Martinez gesucht wird.«

Ein Ausdruck der Besorgnis huschte über Alejandros Gesicht.

»Ich kann mir nicht vorstellen, weshalb die Polizei Don Hernan verdächtigen sollte.« Mehr sagte er nicht. Doch ich hatte einen wunden Punkt getroffen.

»Sag mal, wer sind eigentlich die Kinder des Sprechenden Kreuzes?« fragte ich.

»Keine Ahnung.«

»Oh, das glaube ich aber doch, Alejandro. Warum haben diese Leute, wer immer sie sein mögen, gerade die Statue des Itzamná gestohlen und keine andere?«

»Wahrscheinlich aus irgendwelchen politischen Gründen, die du sowieso nicht verstehen würdest«, sagte er bedächtig.

»Vielleicht ist es auch nur eine Bande junger Rabauken, die

sich gegen die Eltern auflehnen und zur Plage werden, weil sie Unschuldige in ihren gefährlichen Unfug mit hineinziehen.«

Er bedachte mich mit einem Blick, den ich nicht deuten konnte, warf ein paar Münzen für das Bier auf den Tisch und stürmte aus dem Restaurant.

Oh, das hast du großartig gemacht, sagte ich mir. *Er* weiß nun alles, was du weißt, und *du* weißt nicht mehr als zuvor. Überdies wird er kein Wort mehr zu dir sagen, weil er jetzt davon überzeugt ist, daß du eine dumme alte Kuh bist.

Ich bezahlte mein Essen und fuhr mit einem Taxi in Richtung *museo*. Ich ließ den Fahrer eine Querstraße vor meinem Ziel halten und ging den Rest des Weges zu Fuß.

Ich bezahlte das Eintrittsgeld und tat dann ein paar Minuten so, als würde ich die ausgestellten Artefakte betrachten. Dann schlich ich – wie schon am Tag zuvor – an der Tür mit der Aufschrift PROHIBIDO ENTRAR vorbei, betrat so leise wie möglich Don Hernans Büro und schloß sorgfältig die Tür hinter mir ab. Ich wollte nicht von irgend jemandem überrascht werden, am allerwenigsten von Major Martinez.

Wenngleich Don Hernan das Pensionsalter längst überschritten hatte, ließ der Verwaltungsrat des Museums ihn sein kleines Büro behalten als Anerkennung für seine Leistungen auf dem Gebiet der Maya-Forschung im allgemeinen und seine Großzügigkeit dem Museum gegenüber im besonderen. Denn viele der Ausstellungsstücke hatte Don Hernan gestiftet.

Eigentlich war es gar kein richtiges Büro, eher eine winzige dunkle Kammer am Ende des langen Flures im obersten Stock. In dem kleinen Raum roch es noch immer nach Don Hernans Zigarren. Behutsam öffnete ich das Fenster und schob es einen Spaltweit hoch, um ein bißchen frische Luft ins Innere zu lassen.

Es herrschte nur spärliches Licht, was vor allem daran lag, daß es ein trüber, trister Tag war, doch ich wagte nicht, die Leselampe einzuschalten. Wenn jemand einen Blick in den Flur warf, würde ihm das Licht im Büro sofort auffallen.

Ich spürte, wie mein Gesicht bei dem bloßen Gedanken, in Don Hernans Büro ertappt zu werden, vor Scham rot anlief. Was würdest du dann sagen, fragte ich mich. Daß Dr. Castillo dich geschickt hat, um ihm etwas zu holen? Und was sollte dieses Etwas sein?

Im Grunde mußte ich mir ohnehin die Frage stellen, was ich hier eigentlich zu suchen hatte. Was hoffte ich zu finden? Eine Straßenkarte, auf der Don Hernans derzeitiger Aufenthaltsort eingetragen war? Ich spürte, wie Zorn auf mich selbst in mir aufloderte. Don Hernan hatte mir gesagt, er müsse für kurze Zeit aus der Stadt und würde nach seiner Rückkehr anrufen. So hatte er es immer gemacht. Wahrscheinlich war er wohlauf, und ich Närrin trieb mich in seinem Büro herum.

Trotzdem. Diesmal war es anders. Diesmal verspürte ich bei dem Gedanken an Don Hernan eine unerklärliche nagende Angst. Außerdem war ich nun schon einmal hier, hatte das Büro ohne Erlaubnis Don Hernans betreten und damit gegen das Gesetz verstoßen. Also kannst du genausogut weitermachen, sagte ich mir.

Ich schaute mich um. Das Büro sah im wesentlichen so aus, wie ich es in Erinnerung hatte: Überall lagen Stapel von Büchern und Papieren; uralte Tonscherben waren auf der Schreibtischplatte verstreut. Es würde schwierig sein, in diesem Durcheinander irgend etwas Aufschlußreiches zu finden. Dann aber stöberte ich Don Hernans Tischkalender auf – ein logischer Ausgangspunkt für meine Suche.

Ich setzte mich aufs Fensterbrett. Hinter dem Fenster befand sich der Absatz einer Feuertreppe, wie sie für viele alte Gebäude typisch ist. Dann machte ich mich daran, die Eintragungen zu lesen, die Don Hernan mit seiner Krakelschrift in seinem Tischkalender gemacht hatte.

Ich wollte es mir gerade gemütlich machen, als ich Schritte auf dem Flur hörte.

Ich fuhr in die Höhe und stand regungslos da, wagte kaum

zu atmen. Die Schritte verstummten genau vor der Bürotür. Ich hörte Schlüssel klirren, als der Unbekannte draußen versuchte, die Tür zu öffnen. Mit den ersten beiden Schlüsseln gelang es ihm nicht, doch ich bezweifelte nicht, daß irgendeiner passen würde. In panischer Angst ließ ich den Blick durchs Zimmer huschen, auf der Suche nach einem Versteck.

In diesem Moment erklang ein Stück den Flur hinunter ein lautes Rumpeln, als sich der veraltete Lastenaufzug in Bewegung setzte. Wer immer vor der Tür stand, hielt inne und verharrte regungslos. Die Person – oder Personen – wollte offenbar genausowenig in Don Hernans Büro erwischt werden wie ich.

Während der Lastenaufzug rasselnd und klirrend in die Tiefe fuhr, schob ich vorsichtig das Fenster auf, kroch hinaus auf die Feuerleiter und schob das Fenster hinter mir wieder zu – gerade in dem Moment, als ich sah, wie die Tür langsam geöffnet wurde. Rasch drückte ich mich neben dem Fenster mit dem Rücken an die Mauerwand.

Es dauerte ein paar Minuten, bis ich den schlimmsten Schreck überwunden hatte und meine nähere Umgebung betrachten konnte, wobei ich versuchte, so still wie möglich zu stehen. Es war keine leichte Aufgabe, denn ich leide ein bißchen unter Höhenangst, und oben auf der Feuerleiter eines vierstöckigen Gebäudes zu stehen hätte mir sogar unter den günstigsten Umständen zu schaffen gemacht – und davon konnte nun wirklich keine Rede sein.

Als ich nach rechts und in die Tiefe schaute, sah ich, daß die Feuerleiter gar nicht bis ganz nach unten führte – vermutlich, um Einbrecher zu entmutigen –, sondern an einem Fenster zwei Stockwerke tiefer endete.

Der Gedanke, in das Büro irgendeines Museumsangestellten einzusteigen, behagte mir ganz und gar nicht. Aber das war eine ohnehin rein akademische Überlegung; denn um die Feuerleiter hinuntersteigen zu können, hätte ich am Fenster von Don Hernans Büro vorbeigemußt. Und da es einen Spaltweit geöffnet war, wußte ich, daß der ungebetene Besucher sich immer noch darin befand und es systematisch durchsuchte. Ganz kurz kam mir der Gedanke, daß es vielleicht Don Hernan selbst war. Aber er hätte niemals so viele Schlüssel ausprobieren müssen, um die Tür zu öffnen, und er hätte sein eigenes Büro bestimmt nicht so methodisch durchsucht.

Ich blickte senkrecht in die Tiefe und sah, daß ich mich auf der Rückseite des Museums befand. Ganz unten war eine Art Durchgang zu sehen, der in eine größere Straße mündete. Auf der anderen Seite des Durchgangs stand ein anderes Gebäude; auf der mir zugewandten Seite besaß es keine Fenster. Meine ohnehin lebhafte Phantasie gaukelte mir vor, daß im Schatten des Durchgangs Komplizen des Einbrechers lauerten.

Je länger ich dort stand, desto schlimmer wurde es. Der Adrenalinstoß, der mich so schnell aus dem Fenster befördert hatte, trug nun seinen Teil zu einem ausgewachsenen Panikanfall bei. Mein Herz hämmerte so laut, daß ich sicher war, der Besucher im Büro könnte es hören, und ich schien nicht genug Luft zu bekommen, egal wie oft oder wie tief ich einatmete. Ich versuchte mich darauf zu konzentrieren, ganz still stehen zu bleiben und normal zu atmen, doch das Verlangen, von meinem gefährlichen und exponierten Standplatz auf der Feuerleiter wegzukommen, war schier überwältigend, mochte das Risiko noch so groß sein.

Doch ein kleiner, vernunftbeherrschter Teil meines Gehirns funktionierte plötzlich wieder und schätzte meine Lage nüchtern ein. Ich nehme an, es lag daran, daß ich mit einem Mal spürte, daß ich an irgend etwas Unbequemem lehnte – einer Eisenleiter, wie mir schließlich klar wurde. Ich legte den Kopf in den Nacken und sah, daß die Leiter aufs Dach führte, bei dem es sich offenbar um ein Flachdach handelte. So langsam und leise ich konnte, drehte ich mich um, stellte den Fuß auf die erste Sprosse und machte mich in Zeitlupe an den Aufstieg.

Ich war dem Ende der Leiter schon ganz nahe, als ich auf

eine lockere Sprosse trat. Während ich mich krampfhaft festhielt, löste sie sich aus der Wand und fiel mit dem lauten Klirren von Metall auf Metall in die Tiefe. Es kam mir so vor, als hätte ich noch nie einen solchen Lärm gehört.

Dann hörte ich, wie jemand das Fenster hochschob. Im gleichen Augenblick zog ich mich mit letzter Kraft in die Höhe und schwang mich über die Dachkante. Dann lag ich mit dem Gesicht nach unten auf der kiesbedeckten Oberfläche des Flachdaches. Meine Hände bluteten, und das Herz schlug mir bis zum Hals. Ich verharrte völlig regungslos. Entsetzt stellte ich mir vor, daß plötzlich jemand über dem Dachrand auftauchte. Doch nichts dergleichen geschah. Es schien eine halbe Ewigkeit vergangen zu sein, als ich hörte, wie jemand das Fenster schloß; dann vernahm ich ein lautes Klikken, als von innen der Riegel vorgeschoben wurde.

Nach einigen weiteren Minuten völliger Regungslosigkeit drehte ich mich auf den Rücken und setzte mich auf, blickte über die Schulter und sah einen großen Tankbehälter aus Metall, der an einer Ziegelsteinmauer stand, bei der es sich vermutlich um das obere Ende des Aufzugsschachts handelte.

Ich bewegte mich langsam auf den Tank zu, um dort Schutz und Deckung zu suchen. Auf dem Flachdach war ich unerwünschten Blicken noch mehr ausgesetzt als auf der Feuerleiter; deshalb wollte ich mich in irgendeine dunkle Ecke verkriechen, bis die Gefahr vorüber war, und da kam der Tank mir sehr gelegen. Außerdem konnte ich im Schatten des Tanks frische Kräfte sammeln und überlegen, was ich als nächstes tun sollte.

Schließlich erreichte ich den Tank und versuchte, mich in den Schatten zwischen dem Behälter und der Mauer zu zwängen. Als ich den Arm vorstreckte, berührte meine Hand die eines anderen Menschen.

Die Hand war kalt. So kalt wie der Tod.

# Kan

Ich trage ein Bild in meinem Innern. Es ist das Bild von Hernan Castillo Rivas an diesem schicksalhaften Tag: Kan, dem Tag der Eidechse, das Symbol für den Gott des Mais, der Überfluß und Fülle bringt.

Ich konnte damals einen Teil der Geschehnisse rekonstruieren, und nun, nachdem einige Zeit vergangen ist, sehe ich vor meinem inneren Auge, wie Don Hernan auf der Veranda vor einer winzigen Cantina in einem kleinen staubigen Dorf an einer Landstraße sitzt. Eine Straße, die ins Nirgendwo führt.

Das Dorf besteht aus der winzigen Cantina, einer Tankstelle mit einer einzigen Zapfsäule und ein paar Geschäften, darunter ein Souvenirladen – der Sieg der Hoffnung über die Vernunft, da sich nur sehr wenige Touristen in dieses Dorf verirrten.

Außerdem gibt es eine kleine Arztpraxis, die der Doktor aber nur jeden Donnerstag aufsucht, sowie fünf oder sechs kleine Häuser mit weiß verputzten Wänden und Strohdächern; auf den Vorderhöfen tummeln sich Hühner und kleine Kinder.

Ungeachtet der ärmlichen Verhältnisse – oder wie zum Trotz gegen diese Armseligkeit – wachsen an hölzernen Spalieren vor jedem Haus leuchtend rote Blumen, während sich hinter den Gebäuden die *milpas* der Bewohner befinden: Gärten und Maisfelder, die mit steinernen Mauern von denen der Nachbarn abgegrenzt sind. Trotz des Staubes kann ich Orangenbäume riechen.

Weil es so heiß ist, sitzt Don Hernan im Schatten eines Sonnenschirms an einem der beiden Tische auf der Veranda des

Lokals. Und weil heute der Tag der Eidechse ist, stelle ich mir vor, wie eines dieser Tiere von Zeit zu Zeit über die Fliesen der Veranda flitzt und das blumenüberwucherte Holzgitter hinaufhuscht.

Guadelupe, die Frau des Lokalbesitzers und Mutter des dreijährigen Arturo, bringt ihrem Gast *panuchos* – kleine Tortillas, dick mit Hühnchen, Avocados, Bohnen und hartgekochten Eiern belegt. Dazu ein kaltes Bier mit Zitrone.

Don Hernan ist ein massiger, hochgewachsener Mann. Seine Körpergröße ist beeindruckend – wie auch seine buschigen, ausdrucksvollen Brauen, die seine dunklen Augen betonen. Er trägt einen markanten Schnauzer und einen eleganten Spitzbart und hat dichtes graues Haar, das sorgsamer Pflege bedarf.

Trotz seiner Körpermaße und seines Alters war Don Hernan stets ein lebhafter, flinker Mann. Seit seine Frau gestorben ist, achtet er nicht mehr so sehr auf sein Äußeres, wodurch er ein leicht zerknittertes Aussehen angenommen hat, wenn auch auf würdevolle Art und Weise. Stets ist er von Kopf bis Fuß in Sachen gekleidet, die das satte Braun der Tropen aufweisen.

Selbst kinderlos, ist Don Hernan in die Sprößlinge anderer Leute vernarrt. Ich kann mir vorstellen, wie der kleine Arturo auf die Veranda kommt, um den Fremden neugierig zu beäugen, und wie Don Hernan dem Jungen entzückt ein paar Pesos zusteckt.

Einige Tage, vielleicht auch Wochen zuvor hat Don Hernan die ungezählten Schränke und Truhen im *museo* durchstöbert, hat sich Stück für Stück durch sein Vergrößerungsglas angeschaut, das er ständig an einer dünnen Kette um den Hals trägt, und hat dabei jene Botschaft entdeckt und entschlüsselt, die ihn in diese winzige Cantina in diesem abgelegenen Nest führte.

Er weiß, daß er jüngere, schärfere Augen und stärkere Arme und Beine brauchen wird. Er braucht einen Helfer. Und so überlegt er, wer dafür in Frage kommt. Es muß jemand sein, der gegen den Rummel und den Neid und die Habgier gefeit ist, die seine Entdeckung unweigerlich nach sich ziehen wird. Und dann macht Don Hernan den Anruf, der mich nach Mexiko führt.

Kurze Zeit später – vielleicht flog meine Maschine gerade über die Karibik – kommt Don Hernan der Verdacht, jemand anders könnte die gleiche Entdeckung gemacht haben wie er, und so macht er sich überhastet und schlecht vorbereitet auf die Reise.

Weil er befürchtet, verfolgt zu werden, kehrt er gar nicht erst in sein Hotelzimmer zurück. Statt dessen verläßt er sein winziges Büro im *museo*, steigt in ein Taxi, läßt sich über Nebenstraßen in einem weiten Kreis durch die Stadt fahren, um mögliche Verfolger abzuschütteln, und geht das letzte Stück zu Fuß, keuchend vor Erschöpfung; dann steigt er in den Bus nach Valladolid, wo er ein, zwei Tage bleibt, um seine Vorbereitungen zu treffen. Schließlich fährt mit einem Mietwagen in dieses Dorf.

Im Gemischtwarenladen kauft er eine Taschenlampe, einen Kompaß und ein Stück Seil.

Irgendwann im Laufe dieses Tages fällt ihm ein, daß er am Abend mit mir zum Essen verabredet ist. Er ruft mich in der Casa de la Buganvillas an und sagt unser Abendessen ab, erzählt mir aber nichts von seiner Entdeckung.

Und so sitzt er nun dort, das zerknitterte Stück Papier in der Tasche, das ihn hierher geführt hat, und wartet. Worauf? Auf Hilfe? Auf Rettung? Auf seinen Mörder?

Er ruft mich nicht wieder an, auch keinen Freund oder Kollegen. Vielleicht bemerkt er den altersschwachen blauen Lieferwagen, der ein wenig zu oft am Lokal vorbeifährt auf einer Straße, die nach Nirgendwo führt. Vielleicht spürt er, wie sich Kräfte um ihn zusammenballen – manche gut, manche böse –, und er möchte uns andere schützen.

Es gibt eine Person, die Don Hernan retten könnte, die sogar jetzt verzweifelt versucht, Hinweise darauf zu finden, wo er sich aufhält. Doch woher soll der alte Mann das wissen? Wie sollte er unterscheiden können zwischen den Menschen, die ihm helfen könnten, und denen, die seinen Tod wollen? Er kann es nicht.

Der Tote hinter dem Wassertank war ein junger Mann namens Luis Vallespino, wie ich einen Tag später erfuhr.

Bis heute kann ich mich nur sehr verschwommen daran erinnern, was geschah, nachdem ich seine kalte, tote Hand berührte. Ich weiß nur, daß ich sein Gesicht nie mehr vergessen werde. Es war noch immer glatt. Der junge Mann hatte lange Wimpern und einen Flaum feiner Härchen über der Oberlippe – vielleicht der erste Versuch, sich einen Schnäuzer wachsen zu lassen. Er war ein junger Bursche an der Schwelle zum Erwachsenen, nicht älter als fünfzehn oder sechzehn.

An einer Seite seines Kopfes war die Wunde zu sehen, die von dem Schlag herrührte, der ihn getötet hatte, und sein schlaffer, lebloser Körper, der pietätlos zwischen Mauer und Wassertank gequetscht worden war, verstärkte noch den Eindruck der Kindlichkeit und Verletzlichkeit.

Wie Luis Vallespino im Leben auf andere Menschen gewirkt hatte, konnte ich nur erahnen. Im Tod jedenfalls haftete ihm etwas Reines und Unschuldiges an. Auf seinem Gesicht lag ein Ausdruck von Trauer, als hätte er in seinen letzten Augenblicken voller Wehmut daran gedacht, daß das Leben mit all seinen Möglichkeiten noch vor ihm gelegen hätte. Vielleicht spiegelte sich auf dem regungslosen jungen Gesicht aber auch nur meine eigene Trauer wider.

Als ich ihn betrachtete, schien die Zeit für einige Augenblicke stillzustehen. Dann erst überkam mich die schockhafte Erkenntnis, daß ich auf eine Leiche starrte. Wie in einem Alptraum versuchte ich zu schreien, brachte aber keinen Laut über die Lippen. Ich wollte vor ihm zurückweichen, konnte mich aber nicht rühren.

Als die Starre sich endlich löste, sprang ich auf und krallte mich an einer Falltür fest. Sie war nicht verschlossen, und ich riß sie auf und rannte auf wackeligen Beinen eine Treppe hinunter, die ins darunterliegende Stockwerk führte, und dann zu einem Treppenhaus, das sich auf der Rückseite des *museo* befand und bis zum Hinterausgang führte.

Ich kann mich verschwommen erinnern, daß ich auf der Plaza vor dem Gebäude ein Taxi heranwinkte und dem Fahrer sagte, er solle mich zur Casa de las Buganvillas bringen. Ich weiß auch nicht mehr genau, was ich zu Don Santiago sagte, nachdem ich im Hotel eingetroffen war; jedenfalls rief Santiago die Polizei und einen Arzt an. Der Arzt gab mir eine Spritze, und ich schlief bis zum nächsten Morgen.

Als ich aufstand und die Tür öffnete, stellte ich fest, daß ein Polizeibeamter vor meinem Zimmer Posten bezogen hatte. Das paßte weder zum Ambiente des Hotels, noch trug es dazu bei, meine Stimmung zu heben.

Vermutlich rief der Polizist, nachdem ich den Kopf zur Tür hinausgestreckt hatte, seinen Vorgesetzten an und teilte ihm mit, daß ich wach sei; denn als ich geduscht und mich angezogen hatte, wartete unten mein Lieblingspolizist, Ignacio Martinez.

Jetzt hieß es aufpassen. Zweifellos würde seine erste Frage so ähnlich lauten wie: »Was genau haben Sie auf dem Dach des *museo* getan, Señora?«

Unter der Dusche hatte ich mir mehrere Antworten zurechtgelegt. Wie jeder von uns weiß, besteht das Problem beim Lügen darin, wieder den Weg zurück zur Wahrheit zu finden, wenn man erst einmal mit dem Lügen angefangen hat.

Und ich hatte mich insofern einer Lüge schuldig gemacht, als ich Martinez verschwiegen hatte, was ich über den Raub in der Bar wußte und daß ich wegen der seltsamen Andeutungen Don Hernans bei seinem Anruf hierher nach Mexiko gekommen war und nicht, um Urlaub zu machen. Ich kann von mir behaupten, normalerweise keine Lügnerin zu sein, doch Martinez gehörte nicht zu jenen Leuten, denen ich meine Freunde ausliefern wollte oder mich selbst, was das angeht. Ich war nicht sicher, wie er reagieren würde, wenn ich ihm erzählte, daß ich Don Hernans Büro durchsucht hatte; also beschloß ich, wieder bei einer Lüge Zuflucht zu suchen. Aber was sollte ich ihm antworten?

»Ich bin im *museo* die Treppe hinaufgegangen, weil ich gehofft hatte, Don Hernan zu finden, habe mich dann im Treppenhaus verirrt und fand mich schließlich auf dem Dach wieder.«

Oder sollte ich ihm die Antwort geben, die der Wahrheit ein bißchen näher kam? »Ich wollte zu Don Hernan. Ich hatte die Schlüssel zu seinem Büro, aber er war nicht drinnen. Da bin ich hinaus auf die Feuerleiter gestiegen (warum, weiß Gott allein), als plötzlich das Fenster hinter mir zufiel. Also mußte ich die Leiter hinauf bis aufs Dach, um das Gebäude verlassen zu können.«

Doch Martinez überraschte mich. Denn er sagte: »Ich glaube, Ihr Leben ist in Gefahr, Señora.«

Für einen Augenblick war ich sprachlos.

»Sie müssen mir unbedingt sagen, wo Dr. Castillo Rivas sich aufhält.«

»Wollen Sie damit andeuten, daß irgendein Zusammenhang zwischen Dr. Castillo und der Bedrohung für mein Leben besteht?« brachte ich hervor.

Er schaute mich an, als wäre ich nicht zurechnungsfähig.

»Da Sie offenbar keine Leuchte sind, will ich Ihnen wieder mal auf die Sprünge helfen, Señora«, erklärte er schließlich in herablassendem Tonfall. Dieser Mann erhob die Arroganz zu einer Kunstform. »Señor Gomez Arias hat ausgesagt, er und Dr. Castillo hätten sich wegen einer Statue gestritten, wie ich Ihnen schon sagte. Dieselbe Statue, die kurz darauf von einer Organisation, die sich Kinder« – er betonte das Wort *Kinder* – »des Sprechenden Kreuzes nennt, gestohlen wird. Am Tag nach dem Raub der Statue stirbt ein junger Mann im

Museum – in diesem besonderen Fall *auf* dem Museum –, mit dem Dr. Castillo seit Jahren eng verbunden ist. Ein Zufall, Señora? Ich glaube nicht.«

Ich war geneigt, ihm soweit beizupflichten, wenngleich meine Schlußfolgerungen ganz anders aussahen.

»Sehr interessant, das muß ich zugeben. Aber«, wie es in amerikanischen Filmen immer so schön heißt, fügte ich in Gedanken hinzu, »bis jetzt deuten alle Indizien darauf hin, daß kein Zusammenhang zwischen dem Verschwinden Dr. Castillos und dem ermordeten Jungen besteht. Oder können Sie irgendwelche Fakten vorweisen, die Ihre Vermutung stützen? Und weshalb ist mein Leben in Gefahr? Ich habe die Leiche dieses Jungen gefunden. So schrecklich das auch ist – ich sehe keinen Grund zu der Annahme, daß jemand mich deshalb ermorden will.«

»Es geht nicht um den Jungen«, erwiderte Martinez, »sondern darum, daß Sie zuviel wissen, Señora.«

Ich mußte schon wieder an amerikanische Filme denken. Was würde er als nächstes sagen? *Hasta la vista, Baby?* Oder: *Schau mir in die Augen, Kleines?*

»Ich weiß gar nichts«, sagte er. »Ich stehe vor einem Rätsel. Wie Sie offensichtlich auch.«

Ich ignorierte die Stichelei.

»Sie wußten, wo die Leiche zu finden war«, fuhr er fort. »Noch kein Besucher unseres *museo* war von den Ausstellungsstücken dermaßen fasziniert, daß er sich veranlaßt fühlte, auch das Dach zu besichtigen.«

Punkt für ihn.

»Ich hatte mich verirrt. Ich wollte nachsehen, ob Dr. Castillo in seinem Büro ist...«

»Und? War er?«

»Nein. Aber ich habe mich im Treppenhaus verirrt und sah Blut auf dem Dach. Ich dachte, vielleicht ist jemand verletzt...« Offenbar mußte ich doch zu einer meiner zuvor zurechtgelegten Antworten greifen.

»Das reicht jetzt!« Martinez erhob sich vom Stuhl. »Ich bin für Ihre Sicherheit verantwortlich, und wenn Sie mir noch soviel Unsinn erzählen. Sie werden hier im Hotel bleiben, unter dem Schutz meiner Beamten, bis wir Dr. Castillo gefunden haben.«

Gestern hatte er mir verboten, die Stadt zu verlassen, und meinen Paß beschlagnahmt. Heute untersagte er mir, das Hotel zu verlassen. Natürlich alles zu meiner eigenen Sicherheit. Ich fragte mich, wie weit er noch gehen würde.

Ich folgte Martinez zur Eingangstür.

»Sie haben mir nicht einmal gesagt, wer der junge Mann auf dem Dach gewesen ist«, beklagte ich mich.

»Ich dachte, das wüßten Sie. Luis Vallespino.«

Mir sagte der Name nichts – aber vermutlich Alejandro, der zur Zeit am Empfangsschalter Dienst tat.

Denn ihm zitterten die Hände, als er einem anderen weiblichen Hotelgast den Zimmerschlüssel und die Post reichte.

Sehr interessant, dachte ich. Kannte ich nun beide Räuber, die in der Hotelbar gewesen waren?

Ich hätte gern mit Alejandro gesprochen, doch solange er an der Rezeption stand, war das nicht möglich. Wie sich herausstellte, sollte ich ihn für längere Zeit zum letztenmal sehen. Kurz nachdem sein Vater ihn am Empfangsschalter abgelöst hatte, verschwand er.

Überflüssig zu sagen, daß ich den Rest des Tages im Hotel verbrachte, unter den wachsamen Augen zweier Polizeibeamter. Der eine stand an der Eingangstür auf Posten, während der andere über die Flure patrouillierte.

Obgleich es mir im Hotel an nichts fehlte, kam ich mir vor, als würde ich unter Hausarrest stehen, mochte Martinez noch soviel davon reden, dies alles geschähe nur zu meinem persönlichen Schutz.

Stundenlang ging ich in meinem Zimmer auf und ab und ließ mir die Geschehnisse noch einmal durch den Kopf gehen. Gab es wirklich eine Verbindung zwischen dem Raub im Hotel Montserrat und der Ermordung Luis Vallespinos? War Alejandro in den Mord verwickelt? War er in Gefahr? War ich in Gefahr? Wo steckte Hernan Castillo, und was hatte er mit der ganzen Geschichte zu tun, falls überhaupt? Wer waren die Kinder des Sprechenden Kreuzes?

Mir war klar, daß sich im Hotelzimmer keine dieser Fragen beantworten ließ, und die Untätigkeit trieb mich beinahe in den Wahnsinn. Ich mußte irgend etwas unternehmen.

Das Hotelzimmer ist mein Lieblingszimmer; ich erwähnte es bereits. Und das nicht nur wegen des wunderschönen Ausblicks auf den Hinterhof. Als Isa und ich als Teenager unsere zwei gemeinsamen Jahre in Mérida verbrachten, hatten wir dieses damals noch unbenutzte Zimmer gewissermaßen als unseren Stützpunkt benutzt. Wenn im Hotel alles ruhig geworden war, waren wir mit Hilfe des Hauptschlüssels in dieses Zimmer eingedrungen. Wir hatten damals einen Weg hinaus entdeckt: Durchs Badezimmerfenster gelangte man auf einen breiten Sims, der auf die Rückseite des Hotels führte; von dort konnte man auf einen großen Baumwollbaum klettern.

Stundenlang saßen Isa und ich damals in den Ästen dieses Baumes und tratschten über die Jungen in unseren Schulklassen – damals besuchten Isa und ich die Internationale Schule – und rauchten, natürlich verbotenerweise. Falls unsere Eltern davon wußten, waren sie nachsichtig genug, es nicht zu erwähnen.

Irgendwann im Laufe des Schuljahres entdeckten wir, daß einer der langen Äste des Baumwollbaumes unser Gewicht so weit hielt, daß wir uns auf die Mauer hinunterlassen konnten, die um das Hotel herum führte; von dort aus konnten wir auf die Straße klettern. Wir wagten es aber nur ein paarmal; das Zigarettenrauchen war schon riskant genug. Aber der Weg auf die Straße war eines der großen Geheimnisse, die nur Isa und ich kannten.

Und so löschte ich gegen 11 Uhr abends das Licht in meinem Zimmer, als wollte ich zu Bett gehen, nachdem ich mir eine schwarze Hose, einen dunklen Rollkragenpullover und Sportschuhe angezogen hatte. Ich stellte einen Stuhl in die Badewanne, wie Isa und ich es damals schon getan hatten, zog mich durchs Fenster und stieg auf den Sims.

Es war schwieriger, als ich es in Erinnerung hatte. Verständlicherweise kam mir das Fenster kleiner vor als damals, als wäre es im Laufe der Jahre geschrumpft, und der Sims erschien mir schmaler. Außerdem hing es mir zum Hals heraus, auf Simsen und Feuerleitern herumzuklettern. Gott sei Dank gab es den Baum noch immer, und seine Äste trugen mein Gewicht auch jetzt noch, und so war ich nach wenigen Minuten über die Mauer gestiegen und bewegte mich so schnell und leise ich konnte über die dunklen Straßen.

Nach kurzer Zeit hatte ich das Escobar erreicht. Ich erkundigte mich, ob jemand Alejandro gesehen hätte, was aber nicht der Fall war. Daraufhin fragte ich, ob ich das Telefon benutzen dürfe, und wurde zu einem Münztelefon in der Nähe der Eingangstür geschickt. Von dort aus rief ich Alex Stewart im heimatlichen Toronto an.

Es war ein Glücksfall, daß Alex mein Nachbar wurde, als ich mir nach der Trennung von Clive das kleine viktorianische Haus in dem alten Stadtviertel Torontos gekauft hatte.

Alex ist ein lebhafter kleiner Mann, der gut dreißig Jahre bei der Handelsmarine gearbeitet hatte, bevor er sich das Häuschen neben dem meinen kaufte. Er verbringt sein Rentnerdasein mit der Aufzucht einheimischer Pflanzen – die anderen Nachbarn bezeichnen sie als Unkraut – und ist bei verschiedenen Umwelt- und Wohltätigkeitsorganisationen tätig. In den ersten Monaten unserer Bekanntschaft schleifte Alex mich zu mehreren Sitzungen seiner Vereine mit, servierte mir nach den Treffen Kräutertee in seinem Wohnzimmer und erzählte mir Geschichten über sein Leben auf hoher See.

Trotz seines fortgeschrittenen Alters ist Alex ein Computerfreak, der viel Zeit und Geld für das Surfen im Internet aufwendet. Ich weiß nicht, ob er mich gewissermaßen in seine Familie aufnahm oder ich ihn in meine, aber mit der Zeit wurde ich für ihn zu einer Art Tochterersatz. Alex erinnert mich an meinen längst verstorbenen Lieblingsgroßvater, und ich bewundere diesen alten Herrn. In den für mich bewegten Zeiten des vergangenen Jahres war Alex so etwas wie mein emotionales Rettungsseil gewesen, ein sicherer Hafen, den ich ansteuern konnte, wenn ich vom Kurs abzukommen drohte.

Alex ist ein Nachtmensch. Trotz des Zeitunterschieds von zwei Stunden – in Toronto war es jetzt halb zwei Uhr morgens – konnte ich fast sicher sein, daß er noch auf war. Ich ließ mir ein R-Gespräch nach Toronto geben.

Alex nahm sofort den Hörer ab, begrüßte mich überschwenglich und erklärte, er sei selbstverständlich gern bereit, die Kosten für das Gespräch zu übernehmen – was mehr als freundlich war, wenn man die Uhrzeit und die Tatsache bedenkt, daß Alex nur von seiner Rente lebt. Schon als ich seine Stimme hörte, fühlte ich mich besser.

Wir unterhielten uns kurz über meine Katze, die ich zu meinem Erstaunen tatsächlich vermißte, und über mein kleines Haus. Beiden ginge es gut, erklärte Alex. Dann kam ich auf den eigentlichen Grund meines Anrufs zu sprechen.

»Alex«, sagte ich, »du arbeitest bei verschiedenen Organisationen mit und kommst mit vielen Leuten in Kontakt. Hast du jemals von einer Gruppe gehört, die sich Kinder des Sprechenden Kreuzes nennt?«

»Kinder des Sprechenden Kreuzes? Nein. Aber es gab mal die *Anhänger* des Sprechenden Kreuzes, des *Kruso'ob*. Für dich als Altertumsforscherin dürfte diese Geschichte aber viel zu neu sein. Hat sich erst im letzten Jahrhundert ereignet. Du beschäftigst dich ja mit viel älteren Dingen. Aber die Sache ist trotzdem interessant.«

»Danke für deine Ermahnung, mich mehr um das aktuelle Tagesgeschehen zu kümmern, Alex«, lachte ich. »Aber jetzt erzähl mir lieber von diesem Sprechenden Kreuz.«

»Soviel ich weiß, ist das Sprechende Kreuz zum erstenmal um das Jahr 1850 in jenem Teil der Welt erschienen, für den du dich besonders interessierst«, begann er. »In Yucatán.«

»Also kurz nach dem Kastenkrieg«, erwiderte ich und fügte hinzu: »Ich sage das nur, damit du siehst, daß mein Wissen über die mittelamerikanische Geschichte sich nicht ausschließlich auf die klassische Maya-Zeit beschränkt.«

»Vielleicht habe ich dich unterschätzt.« Er kicherte. »Aber du hast recht. Wie du weißt, waren die Spanier nicht in jeder Hinsicht erfolgreich, als sie die Maya unterwarfen. Dafür gibt es mehrere Gründe, nicht zuletzt die Grausamkeit der spanischen Eroberer. Die Maya mußten Zwangsarbeit für sie leisten und ihnen den gefürchteten *encomienda* entrichten, den Tribut.

Doch viele Maya wehrten sich gegen diese Unterdrückung. Der sogenannte Kastenkrieg, wie die Europäer ihn bezeichnen, begann im Jahre 1847, als die Maya von Yucatán sich gegen ihre Beherrscher erhoben, die Abkömmlinge der Spanier, von Wut und Verzweiflung getrieben. Sie konnten erstaunliche Erfolge verbuchen. Bald war der einzige Teil Yucatáns, den die Spanier noch halten konnten, die Stadt Mérida, die im Mai 1848 kurz vor der Eroberung durch die Maya stand. Das Ende des Krieges ist Legende. Die Regenzeit begann, und der Mais mußte angepflanzt werden. Die Maya, seit ewigen Zeiten Bauern, begaben sich zurück in ihre Dörfer, auf ihre Felder. Ihr Heer zerfiel, und die Spanier eroberten nach und nach alles zurück, was sie an die Maya verloren hatten.«

»Und damit endete die Geschichte?«

»Oh, nein. Um 1850 wurde in der Nähe eines kleinen Dorfes in Yucatán von einem wundersamen Sprechenden Kreuz berichtet, das zu einem gewissen José Maria Barrera sprach. Es war nur ein kleines Kreuz aus Mahagoni neben einer Wasserstelle, doch es prophezeite einen heiligen Krieg gegen die spanischen Unterdrücker. Dort, wo das Kreuz zum erstenmal sprach, errichteten die Maya das Dorf Chan Santa Cruz – Kleines Heiliges Kreuz. Hin und wieder flammten tatsächlich noch einmal Kämpfe auf, bis der Krieg im Jahre 1901 endgültig mit einem spanischen Sieg endete. Aber immer wieder tauchten in Yucatán solche Sprechenden Kreuze auf, bis in die heutige Zeit. Bestimmt gibt es auch aus den letzten Jahren Berichte über Sprechende Kreuze.«

»Viele Leute betrachten sie wahrscheinlich als abergläubischen Unsinn. Wie denkst du darüber?« fragte ich.

»Nun ja, natürlich glaube ich nicht daran, daß tote Gegenstände reden können, welcher Art sie auch sein mögen. Ich bin schließlich kein Verrückter. Aber ich bin davon überzeugt, daß diese Kreuze machtvolle Symbole des Widerstands gegen die Unterdrückung waren – und daß sie es vielleicht bis in die heutige Zeit sind. Interessant, daß es sich ausgerechnet um Kreuze handelt, nicht wahr? Wie du weißt, besaßen die Maya einen tiefen Glauben an Rituale, was der spanischen Kirche bei der Missionierung natürlich sehr zugute kam. Allerdings hatten die Maya den christlichen Symbolismus nur übernommen, um ihn *gegen* ihre Unterdrücker zu richten.«

»So, als würde man mit dem eigenen Gewehr erschossen, meinst du?«

Alex lachte.

»Hier hat vor einigen Tagen eine Rebellenorganisation eine Statue des Itzamná gestohlen. Hast du eine Erklärung dafür?« fragte ich.

»Nun ja, da wäre natürlich erst einmal der materielle Wert einer solchen Statue. Du weißt ja, welche Preise heutzutage für präkolumbianische Kunst bezahlt werden, sofern man solche Stücke überhaupt aus dem Land schaffen darf. Aber war Itzamná nicht eine der höchsten Gottheiten der Maya? Der Himmelsgott? Möglicherweise könnte man eine solche Statue zu einem neuen Symbol des Widerstands erheben – sozusagen eine aktuelle Version des Sprechenden Kreuzes in den späten 90er Jahren. Aber ich weiß es wirklich nicht. Über die Gründe für einen solchen Raub könnte man endlos spekulieren.«

Wir unterhielten uns noch eine Zeitlang. Ich sagte Alex, daß ich ihm später das Geld für das R-Gespräch zurückgeben würde; dann erzählte ich ihm kurz, was ich in den letzten Tagen erlebt hatte. Ich konnte die Besorgnis in seiner Stimme hören, als er antwortete.

»Keine Bange, Alex. Mir wird schon nichts passieren«, sagte ich, hängte ein und fragte mich, ob ich recht hatte.

Ich ging durchs Lokal, wo ich von sämtlichen spätabendlichen Gästen gemustert wurde, trat hinaus auf die dunkle Straße und ging zurück zur Mauer am Hotel. Isa und ich waren damals hinaufgeklettert, indem wir einen lockeren Stein ein kleines Stück aus dem Mauerwerk herausgezogen hatten, so daß er uns als Trittstufe dienen konnte. Gott sei Dank gab es den Stein nach all den Jahren immer noch.

Ich kehrte auf dem gleichen Weg in mein Zimmer zurück, auf dem ich es verlassen hatte, und legte mich im Dunkeln ins Bett.

# Chicchan

Chicchan ist der Tag der Himmelsschlange, jener doppelköpfigen Kreatur, die sich über die Erde wölbt und das Firmament bildet. Im Maya-Kalender wird der Chiccan als einer der ›guten‹ Tage betrachtet, und das war er im großen und ganzen auch für mich: eine Oase der Ruhe zwischen der Tragödie, die geschehen war, und dem Schrecken, der noch folgen sollte.

Der Tag begann verheißungsvoll. Es war noch dunkel, als ich durch ein leises, aber beharrliches Klopfen an der Tür geweckt wurde. Es war Jonathan.

»Sie dürfen raus«, flüsterte er. Ich war noch ein bißchen schlaftrunken und wußte nicht, was er damit meinte.

»Santiago hat seine Verbindungen spielen lassen. Bis heute abend um neun Uhr dürfen Sie in Isas und meiner Obhut das Hotel verlassen. Also los, beeilen Sie sich, Lara. Holen Sie Ihren Badeanzug und einen Sonnenhut.«

Nach zehn Minuten kam ich geduscht und angezogen in die Halle. Lucas und Isa warteten bereits. Offenbar waren Lucas und Jonathan am gestrigen Abend im Hotel gewesen, um nach mir zu sehen, nachdem sie von Major Martinez' Anordnung erfahren hatten, daß ich das Hotel nicht verlassen durfte. Dann hatten sie Isa getroffen und mit ihr den Plan ausgeheckt, mir diesen ›freien Tag‹ zu ermöglichen, um mich ein bißchen aufzumuntern.

Auf Zehenspitzen schlichen wir alle zur Tür hinaus, um keinen der anderen Gäste zu wecken, und gingen zu einem geparkten Jeep Cherokee.

Isa setzte sich mit Lucas nach vorn, während Jonathan und ich hinten Platz nahmen. Als ich wieder einzunicken drohte, hörte ich Isa, die tapfer versuchte, Lucas in ein Gespräch zu verwickeln oder ihm wenigstens ein paar Worte zu entlocken. Es war nicht einfach. Ich hatte den Kopf an Jonathans Schulter gelegt und bemühte mich, nicht einzuschlafen. Auch das war nicht einfach.

Wir bogen auf die Fernstraße 180 ein. Da zu dieser gottlosen Stunde kein Verkehr herrschte, schaffte Lucas die etwa hundertzwanzig Kilometer bis Chichén Itzá in Rekordzeit, obwohl wir die neue Mautstraße mieden und statt dessen die alte Fernstraße nahmen, die durch unzählige kleine Orte führte, deren charakteristische Merkmale Rüttelschwellen und Heerscharen räudiger Hunde waren. Meine Lieblingsstadt hieß Libre Unión – was man als ›freier Ehebund‹ übersetzen könnte –, da ein hoher Prozentsatz der dort ansässigen Paare, wie Isa uns erzählte, ohne den Segen der Heiligen Mutter Kirche zusammenlebte. Angesichts meiner leidvollen Erfahrungen auf diesem Gebiet war das Städtchen mir auf Anhieb sympathisch.

Gegen sieben Uhr früh gelangten wir zu den Ruinen und fuhren in Richtung El Castillo, der berühmten ›Pyramide der Gefiederten Schlange‹ von Chichén Itzá, um zu erleben, wie die morgendliche Sonne den Nebel fraß, der noch über der Ruinenstadt waberte. Der Torwächter kannte Lucas und ließ uns durch. Weil die archäologische Stätte zu dieser frühen Stunde noch nicht für die Öffentlichkeit zugänglich war, hatten wir sie ganz für uns allein.

Chichén Itzá war einst eine prachtvolle Metropole gewesen, die über mehrere Jahrhunderte und viele Generationen hinweg von den Herrschern der nördlichen Maya erbaut worden war. El Castillo war und ist das eindrucksvollste Bauwerk dieser versunkenen Stadt. Auch als Tempel von Kukulcan bekannt, erhebt sich diese vierseitige, perfekt symmetrische Pyramide, die heute auf einem grasbewachsenen Platz steht, 25 Meter in die Höhe. Wir stiegen auf einer der vier restaurierten Treppen des Tempels bis zur kleinen Plattform auf dem Tempelbau hinauf, der die Pyramide krönt.

Die Sonne warf ihre ersten Strahlen auf den Tempel der Krieger, der unter uns lag, ein paar hundert Meter entfernt auf der Ostseite der Plaza. Dieser Tempel ist ein dreistufiges, pyramidenartiges Bauwerk mit einer einstigen Säulenhalle, deren Dachgebälk inzwischen fehlt. Am oberen Ende der Eingangstreppe steht eine Chac-Mool-Figur, eine bedrohlich aussehende Gestalt, die den Eingang hütet, flankiert von zwei riesigen gefiederten Schlangensäulen, die offenbar das ursprüngliche Portal des Tempels bewacht haben.

Für einen Augenblick erleuchteten die ersten Sonnenstrahlen die Chac-Mool-Figur von hinten und tauchten die ohnehin furchteinflößende Skulptur in flammende Glut.

Ich ging auf dem Dach des Tempels auf der Pyramidenplattform umher und blickte über das riesige Meer des Waldes hinweg, aus dem nur hier und da ein grüner Hügel ragte, der eines Tages ein weiteres, noch unbekanntes Bauwerk preisgeben würde. Im Süden beleuchtete die Sonne nun die Spitze des El Caracol, des ›Schneckenhauses‹, das über den Bäumen aufragte – ein ungewöhnliches, rundes Bauwerk, das die Archäologen für eine einstige Sternwarte halten, von der aus die Astronomen der Maya den Lauf des Planeten Venus mit großer Genauigkeit bestimmt hatten.

Als ich meine Runde beendet hatte und mich zu den anderen gesellte, die sich hingesetzt hatten, griff Isa in die große Einkaufstasche, die sie stets bei sich trug, und brachte eine Thermosflasche mit *café con leche*, vier Plastikbecher und Biskuits zum Vorschein. Dann saßen wir in vertrauter Runde schweigend beisammen, mit dem Rücken zur Tempelwand, und beobachteten, wie die glühende Kugel der Sonne sich aus den Dunstschleiern erhob.

Bald würden die ersten Touristenbusse eintreffen; aber noch gehörte diese versunkene Welt uns allein. Endlich konnte ich das Gesicht des ermordeten Luis Vallespino wenigstens für ein paar Minuten vergessen, gefangen vom Zauber dieses Ortes.

Längere Zeit genossen wir schweigend die Aussicht. Tief unter uns trafen inzwischen die Verkäufer mit ihren Waren ein – alkoholfreie Getränke und Andenken für die Touristen. In der Stille wurden ihre Gespräche vom sanften Wind über den riesigen Platz hinweg bis hinauf zu unserem Aussichtspunkt getragen.

Wir wurden aus unseren Betrachtungen gerissen, als der Lärm der ersten Touristengruppe erklang, die durch den Eingang strömte. Der Horde voraus liefen zwei Jungen, die ein Wettrennen veranstalteten, wer als erster die Spitze der Pyramide erreichte. Keuchend folgten ihnen die Mütter und riefen ihnen zu, sie sollten vorsichtig sein.

»Laßt uns zusehen, daß wir den Leuten immer einen Schritt voraus sind«, sagte Jonathan, und wir packten rasch zusammen und stiegen die steile Treppe hinunter, wobei ich mich an der dicken Metallkette festhalten mußte und mit dem Hinterteil unsanft über die Stufen rutschte. Eine Pyramide im Eiltempo hinaufzusteigen mag ermüdend sein; sie hinunterzusteigen ist der reinste Horror.

Rasch überquerten wir den Platz zum pyramidenförmigen Tempel der Krieger. Als ich mich dem Ende der Treppe näherte, die zur gut zehn Meter hohen und vierzig Meter langen Plattform führte, verharrte ich kurz und genoß einen Augenblick der gespannten Erwartung.

Als ich zum erstenmal hier gewesen war, im Teenageralter, hatte dieser Tempel mir am besten gefallen – und mich am meisten erschreckt. Immer wenn Isa und ich damals in dem Baumwollbaum am Hotel saßen, erzählten wir uns Gespenstergeschichten, in denen Chac Mool jedesmal die Hauptrolle spielte.

Die Figur aus gehauenem Stein ruht mit angezogenen Knien rücklings auf dem Boden; der Kopf ist nach Westen gedreht in jene Richtung, die von den Maya als die des Todes und der Dunkelheit betrachtet wurde. Er – Chac Mool konnte nur ein ›Er‹ sein – schaut mit düsterem Blick in die

Ferne und trägt eine flache Platte auf dem Bauch, auf der die noch zuckenden, pochenden Herzen der Geopferten dargebracht wurden, wie die Überlieferung berichtet. Diese Menschenopfer wurden gebracht, um die Götter zu besänftigen.

Doch noch schlimmer als diese gräßliche Vorstellung ist der plötzliche Blick in die toten, leeren Augen, sobald man das Ende der Treppe erreicht. Chac Mool blinzelt niemals. Er weiß alles. Er wartet. Isa und ich hatten uns damals für ziemlich abgebrühte Teenager gehalten, doch als wir das Ende dieser Treppe erreichten, hielten wir uns fest bei den Händen und kicherten, um unsere Angst und Unsicherheit zu überspielen.

Plötzlich schaute Lucas mich an und lächelte. »Er ist ziemlich einschüchternd, nicht wahr?« Lucas war mir direkt sympathisch, als er diese Bemerkung machte. Vielleicht steckte mehr in diesem Mann, als seine schweigsame, undurchdringliche Fassade bis jetzt vermuten ließ.

Dann tauchte Isa hinter mir auf, hakte sich bei mir ein und sagte: »Da wären wir wieder, Lara, und führen die Götter in Versuchung.«

»Es ist bloß eine Statue«, spöttelte Jonathan. »Und wie ich finde, nicht mal ein besonders interessantes Exemplar toltekischer Steinmetzkunst. Eigentlich ist der Chac Mool nur deshalb interessant, weil er den Bildhauer Henry Moore inspiriert hat, einen sehr begabten Landsmann von mir.« Er lächelte. »Wir haben dem alten Chac Mool einige berühmte Skulpturen Moores zu verdanken.«

»Fürchten Sie nicht den Zorn der Götter, wenn Sie so respektlos über sie reden, Jonathan?« meinte Isa kichernd.

»Frauen sind gefährlicher.«

»Oh, ich weiß nicht«, meinte ich und ließ den Blick mit gespielter Furcht in die Runde schweifen. »Ich glaube, ich habe erst vor kurzem gelesen, daß hier ein englischer Archäologe ums Leben kam.«

»Ja, genau. Er wurde vom Blitz getroffen, wenn ich mich recht entsinne«, sagte Isa.

»Das könnte sogar stimmen«, erklärte Jonathan. »Diese Tempel sind bei einem Gewitter nicht ganz ungefährlich. Ein sehr bekannter Kollege von mir hatte das Pech, sich bei einem Unwetter auf dem höchsten Punkt des Tempels der Krieger aufzuhalten. Er wurde tatsächlich vom Blitz erschlagen.«

»Dann war Chac Mool bestimmt für kurze Zeit besänftigt«, sagte ich. »Denn wenn er auch nicht reden kann – ich habe den Verdacht, daß Henry Moore für ihn nichts weiter als einen Lidschlag im ewigen Kreislauf der Zeit darstellt.«

Lucas lächelte das zweite Mal, seit ich ihn kennengelernt hatte.

»Oh, nein«, stöhnte Isa. »Da kommen diese kleine Ungeheuer schon wieder.«

Die ›kleinen Ungeheuer‹ waren die beiden Jungen, die lärmenden Anführer der Touristenhorde, die sich näherten, ihre schwitzenden und keuchenden Mütter noch immer im Schlepptau.

Jonathan ergriff meine Hand, und wir stiegen die Treppe hinunter und wandten uns nach Norden, überquerten noch einmal den Platz, kamen an der sogenannten Venus-Plattform vorüber und gelangten schließlich auf eine gepflasterte Straße, die von zahllosen Verkaufsständen gesäumt war und in östliche Richtung führte.

»Diese Straße kommt Ihnen wahrscheinlich ziemlich modern vor«, sagte Jonathan, der immer noch meine Hand hielt, »aber in Wahrheit handelt es sich um die Überreste einer alten Maya-Straße oder *sache*. Spuren solcher *sachaob* oder *sachéob* finden sich auf der ganzen Halbinsel, und viele davon waren Verbindungsstraßen zwischen den verschiedenen großen Mayastädten, wie man heute weiß.«

Jonathan erzählte weiter und wies auf andere interessante Einzelheiten hin, doch ich hörte ihm nur noch mit halbem Ohr zu. Denn ich fragte mich, wie lange es her war, daß ich die Hand eines Mannes gehalten hatte, und genoß das Gefühl. Solche schlichten Gesten, die einem zeigten, daß man einem anderen Menschen nahe war, hatte ich so lange Zeit vermißt – sogar während meiner Ehe, wo wir schon dabei sind, daß ich Jonathans Hand am liebsten gar nicht mehr losgelassen hätte.

Viel zu schnell gelangten wir an das Ende der Mayastraße und standen dann am Rand des Heiligen Brunnens, der Cenote de los Sacrificos oder ›Quelle der Opfer‹.

Die Cenote, oder *dzonot* in der Mayasprache, ist riesig. Ein nahezu perfektes Rund von sechzig Metern Durchmesser; von der höher gelegenen Seite aus blickt man mindestens dreißig Meter in die Tiefe auf die Wasseroberfläche; die Cenote selbst ist etwa fünfunddreißig Meter tief. Die Seitenwände bestehen aus Kalkstein mit Schliffen und Schrammen, in denen sich kleine Sträucher festkrallen.

Freudig nahm Jonathan seine Rolle als Professor und Reiseführer wieder auf.

»So eindrucksvoll eine Cenote als Naturphänomen auch sein mag – sie entsteht nämlich, wenn aufgrund des einsickernden Regenwassers die Decken unterirdischer Höhlen, Kavernen, Kanäle und Flußläufe einstürzen, die sich im Kalkstein gebildet haben, und dann bis zur Oberfläche durchbrechen –, ist das wirklich Interessante die Benutzung durch den Menschen ...«

»Der schielende Jungfrauen hineingeworfen hat«, unterbrach Isa ihn und zwinkerte mir zu. Sie bezog sich auf die weitverbreitete Meinung, daß die Itzá-Maya in der Cenote schielende Jungfrauen geopfert hätten, um die Götter versöhnlich zu stimmen.

»Obwohl Wasser in dieser Gegend sehr rar ist«, fuhr Jonathan unbeeindruckt fort, »glauben wir Archäologen nicht, daß die Cenote zur Bewässerung benutzt wurde. Viel wahrscheinlicher ist, daß sie rituellen Zwecken diente – als ein Ort, an dem Opfer dargebracht wurden. Der Grund des Brunnens wurde mehrere Male mit Schleppnetzen abgesucht, wobei eine Vielzahl kostbarer Artefakte gefunden wurde – aus Jade,

Gold und anderen Materialien. Außerdem etwa fünfzig Skelette.«

»Ah, endlich kommen wir zu den schielenden Jungfrauen«, sagte Isa respektlos.

»Ganz und gar nicht«, sagte Jonathan. »Denn wie sich herausstellte, stammen die Skelette von Erwachsenen und Kindern, von weiblichen *und* männlichen Individuen.« Er legte eine Pause ein; dann fügte er trocken hinzu: »Falls diese Individuen tatsächlich geschielt haben sollten, oder Jungfrauen gewesen sind, lassen die Skelette leider keine dahin gehenden wissenschaftlichen Beweise zu.«

Er schmunzelte, und wir anderen lachten prustend.

»Ich finde, das Interessanteste an Orten wie diesem ist die Atmosphäre«, sagte ich. »An heiligen Stätten wie dieser hat man immer das Gefühl, irgend etwas zu spüren ... irgendeine unsichtbare Kraft.«

Lucas blickte mich verwirrt an, während Jonathan einen erstaunten Eindruck machte.

»Was meinen Sie damit?«

»Man kann verstehen, warum diese Brunnen etwas so Besonderes waren. Man hielt sie für Eingänge in die Unterwelt, eine Wasserwelt ... Xibalba, das Reich der Fürsten des Todes. Achten Sie doch einmal darauf, wie gesättigt die Luft hier ist, wie schwer und feucht. Und dann diese Stille. Beinahe schon beängstigend. Auf der Plaza wehte eine angenehme Brise. Warum nicht auch hier? Ich bin sicher, es gibt irgendeine physikalische Erklärung dafür .... wir befinden uns hier in einer Art Senke, nicht wahr? Aber wie dem auch sei – ich finde, diese Stätte hat irgend etwas Hypnotisches. Vielleicht wurden die Menschen, die hier geopfert wurden, durch diese Kraft vom Tod angezogen.«

»Oder sie sind bloß ins Wasser gefallen«, meinte Jonathan. »Dieser Ort war jahrhundertelang bewohnt. Über einen solchen Zeitraum hinweg sind fünfzig Todesopfer nicht allzu viele.«

»Wenn die Leute hineingefallen sind, weshalb sind sie dann nicht wieder herausgeklettert?« wollte Isa wissen.

»Schauen Sie sich doch an, wie tief der Wasserspiegel liegt. Und die Seitenwände sind vom Wasser glattgeschliffen, besonders im unteren Teil. Da hinaufzuklettern ist praktisch unmöglich«, erklärte Jonathan.

»Die Itzá waren angeblich so etwas wie Wassermagier, nicht wahr?« fragte Isa.

»Das stimmt«, antwortete Jonathan. »So lautet die wörtliche Übersetzung von Itzá. Chichén Itzá bedeutet soviel wie Mund oder Öffnung des Brunnens der Itzá. Hier war einst ein heiliger Ort, wie Lara schon sagte. Tja, jetzt haben wir so viel über Wasser gesprochen, daß ich Durst bekommen habe. Wie wär's, wenn wir jetzt zu Mittag essen? Wenn ich mich recht entsinne, gibt es in der Nähe ein kleines Restaurant. Nichts Besonderes, aber das Essen ist gut. Es wird besonders Ihnen gefallen, Isa. Dort gibt's ein wundervolles Wandgemälde, auf dem heiratsfähige schielende Jungfrauen zu sehen sind, alle gefesselt, wie sie in die Cenote geworfen werden. Und lüsterne Götter schauen dabei zu.«

»Nichts wie hin«, sagte Isa grinsend.

Wir machten uns auf den Weg zurück zur *sache* und blieben stehen, um eine Touristenhorde vorbeizulassen, die einem Reiseführer folgte, der einen Sonnenschirm trug.

»Perfektes Timing«, murmelte Isa. »Nichts wie raus hier!«

Wir machten einen Umweg über den berühmten Ballspielplatz, fast hundert Meter lang und an die vierzig Meter breit, auf dem einst Spiele auf Leben und Tod ausgetragen worden waren. Jonathan erzählte uns, daß die Itzá-Maya ihre Geschichte nicht in Hieroglyphenschrift niedergelegt hatten, wie etwa die Maya in der klassischen Zeit, sondern daß sie die steinernen Wände des Ballspielplatzes mit den erstaunlichsten Bildreliefs verziert hatten. Einige zeigten die Schöpfungsmythologie der Itzá, viele andere Abbildungen der rituellen Ballspiele.

»Bei diesem Spiel betrachteten die Itzá den Ball als Symbol für die Bewegung der Sonne am Himmel. Aus diesem Grund war das Spiel selbst von größter ritueller Bedeutung«, sagte Jonathan. »Zu verlieren hieß zu sterben durch Enthauptung, oder indem das Herz aus der Brust geschnitten wurde. Ein solcher Tod sorgte dafür, daß das All sich weiterhin so entfaltete, wie es der religiösen Vorstellungswelt der Itzá-Maya entsprach.«

Während Isa, Jonathan und ich die Reliefs betrachteten und den Sonnenschein genossen, ging Lucas davon, um mit einigen Touristenführern und Wachmännern zu reden.

Später überquerten wir den großen Platz und blieben gerade lange genug stehen, um zu beobachten, wie Horden von Touristen den El Castillo hinauf- und hinunterstiegen wie Ameisen an einem Picknickkorb. Es war in der Tat ein perfektes Timing.

Wir stiegen in den Jeep und fuhren in Richtung Westen. Diesmal saß Jonathan am Steuer. Er fuhr auf der alten Fernstraße 180 bis zu dem Restaurant, von dem er gesprochen hatte.

Jonathan hatte recht, was das Ambiente betraf. Es gab tatsächlich ein Wandgemälde, auf dem zu sehen war, wie junge Frauen in die Cenote geworfen wurden. Was dem Künstler an Talent fehlte, hatte er durch Begeisterung wettgemacht. Wir beschlossen, draußen auf dem kleinen Hof zu essen.

Nach dem Mittagessen – es gab *sopa de lima* und gegrillten Fisch – ließen wir uns Zeit, saßen bei Wein und Bier zusammen und plauderten. Natürlich kamen auch der Mord an Luis Vallespino und das Verschwinden Don Hernans zur Sprache.

»Habt ihr vielleicht einen Verdacht, wo Don Hernan stekken könnte?« wollte Jonathan von Isa und mir wissen.

»Nein«, lautete unser beider Antwort.

»Ich finde, wir können froh sein, daß die Polizei nach ihm sucht, wenn auch aus den verkehrten Gründen«, sagte ich, auch wenn ich nicht ganz überzeugt davon war.

Alle nickten zustimmend.

»Glaubt jemand von euch, Don Hernan hat tatsächlich mit dem Raub zu tun?« fragte Isa.

»Oder mit dem Mord?« fügte ich hinzu.

Die anderen blickten mich erstaunt an. Ich erzählte ihnen von meinem Gespräch mit Major Martinez. »Er scheint tatsächlich der Ansicht zu sein, daß Don Hernan in die Sache verwickelt ist. Und wo wir gerade von Martinez sprechen – wie hat Don Santiago es eigentlich geschafft, daß ich die Casa heute verlassen durfte, Jonathan?«

»Er hat einige seiner früheren Kollegen aus dem Diplomatischen Korps angerufen, die heute für die Regierung arbeiten«, erwiderte Isa an Jonathans Stelle und warf ihm einen raschen Blick zu. Er nickte, und Isa fuhr fort: »Aber wir sollten dir noch etwas anvertrauen, Lara. Mein Vater hat gewisse Dinge über diesen Major Martinez gehört, die ihm ganz und gar nicht gefallen. Er befürchtet, daß deine Freiheit nicht von langer Dauer sein wird. Martinez wird alles daransetzen, daß du wieder unter Hausarrest gestellt wirst.«

»Deshalb sollten Sie Ihre Freiheit genießen, solange Sie noch können, Lara«, sagte Jonathan.

Ich nickte bloß. Was brachte es, sich jetzt darüber den Kopf zu zerbrechen?

»Weiß jemand von euch irgend etwas über Luis Vallespino?« fragte ich.

»Ich weiß nur, daß sein älterer Bruder zusammen mit Alejandro ein Seminar an der Uni besucht«, sagte Isa. »Und niemand hat den Ermordeten auf irgendeine Weise mit Don Hernan in Zusammenhang gebracht.«

»Und ich weiß nur, daß der Tote auf dem Museumsdach gefunden wurde«, erklärte Jonathan. »Sozusagen über Don Hernans Kopf.«

Während wir uns unterhielten, verließ Lucas uns erneut. Ich beobachtete, wie er sich an der Eingangstür des Restaurants angeregt mit dem Ober unterhielt. Offensichtlich war er in Gesellschaft anderer nicht so schweigsam wie bei uns.

»Ich habe einen Vorschlag«, sagte Jonathan und ging zu einem erfreulicheren Thema über, nachdem Lucas an unseren Tisch zurückgekommen war. »Hier gibt es zwar noch viel mehr von Chichén Itzá zu sehen, daß wir leicht den ganzen Nachmittag hier verbringen könnten. Aber Lucas und ich arbeiten nicht weit von hier an einem sehr interessanten Projekt. Wir machen Ausgrabungen in einer unterirdischen Höhle. Möchten Sie es sich einmal anschauen?«

»O ja!« sagten Isa und ich wie aus einem Munde.

Diesmal fuhr wieder Lucas. Es ging zurück zur alten Schnellstraße und in Richtung Osten.

Mehrere Meilen von Chichén Itzá entfernt bog Lucas auf eine staubige, unbefestigte Straße ab, die mit einem Schild mit der Aufschrift KEINE ZUFAHRT gekennzeichnet war. Wir fuhren ungefähr drei Kilometer auf dieser Rüttelpiste, fast bis zu ihrem Ende.

Dann lenkte Lucas den Jeep von der Straße und parkte neben zwei alten Lieferwagen und drei vorsintflutlichen VW-Käfern.

»Unsere Flotte«, sagte Jonathan und wies lächelnd auf die Fahrzeuge.

Wir gingen ein Stück durch den Wald und folgten einem Pfad, der provisorisch durch den dichten Pflanzenwuchs gehauen worden war.

Nach einiger Zeit erreichten wir eine Verwerfung aus Kalkstein.

Jetzt, aus der Nähe, konnten wir den schmalen Eingang zu einer Höhle erkennen, vor dem ein kleiner, von einem Benzinmotor betriebener Generator ratterte und schnaufte.

Dieser Teil Yucatáns ist sehr eben; nur grüne Hügel, in denen sich nicht selten vorzeitliche Ruinen verbergen, ragen da und dort aus dem Meer des Waldes hervor. Und hier gibt es keine oberirdischen Wasserläufe; nur die unsichtbaren Flüsse und Höhlen unter der Erdoberfläche aus Kalkstein.

»Das erste Stück ist ein bißchen unbequem«, sagte Jonathan, als Lucas einen steilen Hang in der Kalksteinwand hinunterrutschte, gefolgt von Jonathan, der Augenblicke später aus unserem Blickfeld verschwand.

»Ihr könnt nachkommen!« hallte seine Stimme dann zu uns herauf.

Isa warf mir einen gespielt entsetzten Blick zu; dann folgte sie Lucas.

Ich kam als letzte.

Der Eingang zur Höhle führte steil in die Tiefe und war ziemlich rutschig. Wie die anderen schlitterte auch ich die Schräge hinunter.

Ich war froh, daß Lucas mir die Hand hinstreckte, um mich aufzufangen, bevor ich den ebenen Boden der Höhle erreichte. Jonathan folgte mir dichtauf.

Wir befanden uns in einem Tunnel, der von mehreren kahlen Glühbirnen erhellt wurde, die an einem langen Stromkabel hingen, das von dem Generator oben vor dem Höhleneingang bis hier hinunter führte.

Hier, am Ende der Schräge, konnten wir alle einigermaßen bequem stehen, selbst Jonathan, der uns alle um einen Kopf überragte; doch ein Stück voraus erkannte ich mehrere sehr niedrige Überhänge.

Lucas ging voran. Er folgte dem Verlauf des Hauptstollens, der an manchen Stellen kaum breit genug war, daß eine Person hindurchkam. Arbeiter eilten geschäftig umher. Als einer uns mit einer Schubkarre entgegenkam, mußten wir uns dicht an die Wand des Stollens pressen, damit der Mann vorbeikonnte.

Dann und wann mußten wir auf Händen und Knien unter den niedrigen Überhängen hindurchkriechen. Von Zeit zu Zeit konnte ich Seitengänge sehen, die vom Hauptstollen abzweigten und in die Dunkelheit führten.

Der Hauptstollen selbst führte stetig in die Tiefe; die Luft wurde immer wärmer und stickiger, je weiter wir vordrangen.

Nach einigen Minuten – wir mußten uns bereits viele Meter unter der Erdoberfläche befinden – endete der Gang abrupt, und wir fanden uns in einer großen runden Höhle wieder, die mehrere Meter Durchmesser besaß.

Hier war ein sehr heller Scheinwerfer aufgestellt, in dessen Licht drei oder vier Arbeiter an einer Seite der Höhle geduldig die Felsoberfläche abbürsteten.

Die Höhle wurde von zwei großen, aus Stein gehauenen Masken beherrscht, die zu beiden Seiten standen. Wenngleich zum Teil noch von Schlamm bedeckt, waren die Masken jetzt schon beeindruckend. Sie waren ungefähr dreieinhalb Meter hoch, mit großen Augen, starren Pupillen und langen Nasen. Die Ohrläppchen waren mit großen runden Ornamenten verziert. Die Münder standen offen; die Lippen waren zurückgezogen, und die Zungen ragten weit heraus. Es waren Chacs, Regengötter der Maya, die zur Zeit der spanischen Eroberung besonders von den Yucatán-Maya verehrt wurden.

Mehrere Minuten starrte ich wie hypnotisiert auf die maskenhaften Gesichter; dann erst wurde mir bewußt, daß ich irgendwo das Geräusch von Wasser hörte. Auf der gegenüberliegenden Seite der Höhle befand sich ein weiterer Gang, der jedoch jäh in die Finsternis abfiel.

Wir gingen hinüber.

Ich sah, daß es unmittelbar hinter der Höhlenwand steil in die Tiefe ging.

Jonathan erklärte uns, daß es sich ebenfalls um eine Cenote handelte – eine kleinere Version der ›Quelle der Opfer‹, die wir einige Stunden zuvor in Chichén Itzá besichtigt hatten.

Ein ziemlich wackeliger Zaun aus in die Erde gerammten Holzpflöcken, die durch ein Seil verbunden waren, grenzte die Höhle von der Cenote ab.

Selbst wenn man sich weit über diesen Zaun beugte, konnte man die Wasseroberfläche nicht sehen. Jonathan ließ einen Stein in die Tiefe fallen. Mit klickerndem Geräusch prallte er zweimal gegen die Seitenwände; dann klatschte er ins Wasser. Der Brunnen mußte sehr tief sein.

»Gibt es dort unten Artefakte?« fragte ich.

»Das wissen wir noch nicht«, erwiderte Jonathan. »Wir wollen die Cenote erst genauer untersuchen, wenn wir hier oben mit der Arbeit fertig sind. Es wird noch einige Wochen dauern. Sie können sich gewiß vorstellen, daß es in dieser völligen Finsternis ein hartes Stück Arbeit für uns wird.«

An einer Wand der Höhle lag ein kleiner Berg aus Felsbrocken, Knochenstücken, Tonscherben und anderen Dingen.

»Was ist das dort drüben?« fragte ich.

»Das nennen wir Archäologen liebevoll einen WDT-Haufen.« Jonathan lächelte. »Weiß der Teufel. Wir werden uns später mit der Identifizierung der Fundstücke beschäftigen. Aber kommen Sie, und schauen Sie sich an, was wir bereits entdeckt haben.« Jonathan führte uns zu mehreren flachen Holzkisten, etwa drei mal vier Meter groß, in denen auf einer Unterlage aus ungebleichter Baumwolle Tonscherben lagen, jede sorgfältig numeriert und katalogisiert, sowie Perlen, die offenbar aus Jade gefertigt waren. In einem Fach befanden sich wunderschön gearbeitete Klingen aus Flintstein; keine Klinge war wie die andere, und jede war ein kleines Kunstwerk.

»Bis jetzt haben wir acht von diesen Klingen gefunden«, erklärte Jonathan.

»Fehlt nur noch eine, denn insgesamt müßten es neun Stück sein«, sagte Lucas. »Neun Klingen für die neun Fürsten der Finsternis.« Seine unregelmäßigen Beiträge zu unseren Gesprächen überraschten mich immer wieder.

»Da könnte Lucas recht haben«, pflichtete Jonathan ihm bei. »Fraglos wurden diese Höhlen als Eingänge zur Unterwelt Xibalba betrachtet. Vermutlich war diese Cenote eine sehr heilige Stätte. Wir kennen nicht den genauen Grund dafür, weshalb diese Klingen hier versteckt wurden oder welche unterirdischen Zeremonien hier stattfanden, aber wir sind überzeugt davon, daß es sehr bedeutsame Dinge waren. Vielleicht stehen wir genau hier an einem jener Orte, an die sich der *ahau*, der König, zurückzog, um ganz allein zu fasten und mit seinen Ahnen und Göttern zu reden. Nach tagelangem Beten und Fasten, wenn er einen tranceartigen Zustand erreicht hatte, durchstach sich der König mit dem Stachel eines Stachelrochens die Zunge oder die Genitalien. Das Blut, das dabei vergossen wurde, fing er mit einem Stück Papier auf, das dann als Opfergabe an die Götter verbrannt wurde. Schließlich trat der König vor sein Volk – in seinem weißen Umhang, der mit dem eigenen Blut befleckt war. So schaurig es uns heute erscheinen mag, für die Maya hatte das Blut eine mystische Bedeutung. Sie glaubten, das Blut enthielte die Seele. Deshalb war es ein machtvolles Ritual für sie, so bedeutsam wie das Ballspiel. Es sorgte dafür, daß der Kreislauf von Werden und Vergehen nicht unterbrochen wurde.«

»Man kann sich kaum vorstellen, daß die Menschen hier unten ohne elektrisches Licht gearbeitet und diese prachtvollen Masken geschaffen haben«, sagte Isa ehrfürchtig.

Sie hatte recht.

Während Freunde und Familienangehörige hoch über ihnen ein Leben in Licht und frischer Luft führten, mußten die Künstler der Maya die schlimmste aller menschlichen Urängste überwinden, die Angst vor der Dunkelheit.

Nur mit Hilfe von Fackeln waren sie in diese Höhle hinabgestiegen und hatten die ehrfurchtgebietenden Masken aus dem Stein gehauen.

Als wir uns zum Gehen wandten, sah ich um die Tunnelöffnung herum die schwachen Umrisse eines Reliefs, das die Arbeiter noch nicht ganz freigelegt hatten. Es war ein sehr kompliziertes Muster, bei dem es sich um zwei Ranken zu handeln schien, die sich wie erhobene Arme in die Höhe reckten; der untere Teil erinnerte an zwei Schlangenleiber, die ineinander verschlungen waren.

Ich hätte gern mehr über dieses gespenstische Relief erfahren und einen näheren Blick darauf geworfen, doch wir hatten schon sehr viel Zeit hier unten verbracht und mußten uns dringend auf den Weg zur Oberfläche machen.

Jeder war in seine eigenen Gedanken vertieft, als wir die Höhle verließen und langsam den Weg emporstiegen, den wir gekommen waren.

Wir gingen zum Jeep und fuhren zurück in Richtung Mérida. Doch ungefähr auf halber Strecke bogen wir von der Straße ab und hielten vor einem bezaubernden kleinen Haus.

»Mein bescheidenes Heim«, verkündete Jonathan. »Jedenfalls solange ich die Grabungen leite. Also los, gehen wir schwimmen!«

Das Haus war zwar klein, bot aber fast alle erdenklichen Annehmlichkeiten: eine große offene Küche, einen Kamin im kombinierten Arbeits- und Wohnzimmer, ein sehr schönes Schlafzimmer mit Blick auf einen Innenhof und einen Swimmingpool. Wir zogen uns um und sprangen hinein. Nachdem wir geschwommen waren, tranken wir neben dem Pool kühle Drinks.

Nach ungefähr einer Stunde, als die Sonne sich dem Horizont näherte, machten wir uns auf die lange Rückfahrt nach Mérida.

Nicht einmal der Anblick von Major Martinez, der am Empfangsschalter saß, konnte mir den Tag verderben, wenngleich mein Entrinnen ihn offensichtlich noch mürrischer gestimmt hatte als üblich. Er räusperte sich bloß übertrieben laut, als er mich sah, und blickte mit großem Gehabe auf seine Uhr.

Aber wir waren nicht zu spät gekommen; Martinez konnte mir nichts anhaben.

Ich lud die anderen zum Abendessen ein, doch keiner hatte

Zeit: Isa mußte ihrer Mutter in der Küche helfen; Lucas und Jonathan hatten einen Termin.

Bevor sie gingen, streichelte Jonathan mir kurz die Hand. »Ich hoffe, Sie kommen mich recht bald in meinem kleinen Haus besuchen. Sie allein. Tun Sie mir den Gefallen?«

»Sehr gern«, sagte ich und meinte es ehrlich.

Als ich nach oben auf mein Zimmer ging, hatte ich das starke Gefühl, daß jemand darin gewesen war. Nicht die junge Frau, die die Zimmer machte, sondern jemand anders.

Es ist seltsam, wie deutlich man so etwas spürt, auch wenn alles im Zimmer genauso zu sein scheint wie zuvor.

Ich versuchte, diesen Gedanken zu verscheuchen, wobei mir die Vorstellung sehr half, einen Abend mit Jonathan in seinem wundervollen kleinen Haus zu verbringen.

# Cimi

Cimi. Ein weiterer Tag des Todes.

Im Popol Vuh, dem großen Epos der Quiché-Maya, wird eine mystische Schlacht zwischen den Fürsten des Todes, den Bewohnern der Unterwelt mit Namen Xibalba und den Heldenzwillingen geschildert. Diese Zwillinge heißen Hunahpú und Ixbalanqué und sind Kinder des Maisgottes und einer verbannten Prinzessin aus Xibalba. Tagsüber spielen die Zwillinge mit den Bewohnern der Unterwelt Ball, während sie Nacht für Nacht einer Reihe von Proben unterzogen werden.

Sie bestehen die Feuerprobe, die Regen- und die Hagelprobe; sie überleben furchtbare Prügel und riesige scharfkantige Felsbrocken, die plötzlich zum Leben erwachen und die Zwillinge zu erschlagen versuchen. Einer wird enthauptet; sie werden ertränkt, ihre Knochen werden zermalmt und ins Meer geschleudert. Doch immer wieder retten sie sich durch ihre magischen Kräfte, überlisten zum Schluß die Fürsten des Todes, tragen den Sieg davon und steigen zum Himmel auf, wo sie zur Sonne und zum Mond werden. Durch ihren Sieg, heißt es, hätten die Heldenzwillinge den Menschen die Hoffnung gebracht: Eine Seele, die nach Xibalba gerufen wird, kann die Fürsten der Unterwelt genauso besiegen wie die Zwillinge und über den Tod triumphieren.

Heute ist Don Hernans letzter Tag, wenngleich ich es noch nicht weiß. Heute ist der Tag, da seine Seele in den Schlund Xibalbas eintritt und die Schlacht mit den Fürsten des Todes aufnimmt. Don Hernan stirbt, ohne daß er gefunden hat, wonach er suchte.

Daß er gerade am Tag Cimi sein Leben läßt – an dem Tag,

der in den Maya-Hieroglyphen durch einen menschlichen Schädel symbolisiert wird –, wäre den alten Maya ganz normal erschienen.

Doch der Tod Don Hernans war alles andere als normal. Wer immer der menschliche Abgesandte der Fürsten von Xibalba gewesen ist, der den Tod des alten Mannes herbeiführte, er hat einen Sinn für die Geschichte und für das Dramatische.

An diesem Tag stand ich wieder unter polizeilichem Ausgehverbot. Isa und ich nahmen mit Francesca und Santiago in der Küche ein spätes Frühstück ein, bei dem Santiago mir erzählte, was er unternommen hatte, um mich erneut aus der Gefangenschaft zu befreien.

Doch ich unternahm auch eigene Schritte und rief bei der kanadischen Botschaft in Mexiko City an. Nach mehreren schweißtreibenden Versuchen, mich durch den bürokratischen Morast zu wühlen, bekam ich endlich eine Frau an die Strippe, die mir vielleicht helfen konnte, eine gewisse Margaret Semple, die einige Jahre zuvor für meinen Vater gearbeitet hatte. Sie sagte, sie würde sich umgehend um die Sache kümmern.

Da ich wußte, wie lange dieses ›umgehend‹ in Mexiko dauern konnte, beschloß ich, auszuspannen und den Tag bei der Familie Ortiz zu genießen.

Alejandro war im Hotel. Er sah blaß und müde aus und hatte gar nichts mehr von dem großspurigen jungen Burschen, mit dem ich zwei Tage zuvor ein Bier getrunken hatte. An diesem Morgen hatte er gemeinsam mit einigen Freunden an der Beerdigung von Luis Vallespino teilgenommen, und dieses Erlebnis hatte ihn offenbar mitgenommen.

»Tut mir leid, Alejandro, daß ich vorgestern so grob zu dir war«, sagte ich, als wir ein paar Minuten allein waren. »Aber ich mache mir schreckliche Sorgen um Don Hernan. Ich weiß nicht, worum es bei dieser ganzen Geschichte eigentlich geht, aber ich verspreche dir, daß ich keinem ein Wort darüber sagen werde. Ich möchte nur, daß du mir von der Sache erzählst.«

Seine Lippen bewegten sich, als wollte er etwas erwidern; dann aber wandte er sich um und eilte davon.

Am frühen Nachmittag gingen Isa und ich im hoteleigenen Pool schwimmen. Dann legten wir uns in die Sonne und schwatzten über dies und das, wobei wir von der ›Kaiserin‹, Doña Josefina, überwacht wurden, die aus dem Schatten der Veranda mit hoheitsvollen Blicken das Kommen und Gehen der Gäste und Besucher beobachtete.

»Erzähl mir von deinem Freund, Isa«, sagte ich.

»Er ist sehr nett. Banker von Beruf, aber nicht allzu spießig. Kommt aus Frankreich und ist vor zwei Jahren nach Mexiko versetzt worden – zum Glück für mich. Wir haben uns kennengelernt, kurz nachdem er hierherkam. Ich glaube nicht, daß er seine Stelle als Job fürs Leben betrachtet, wenn man bedenkt, wie unbeständig der mexikanische Peso ist. Also stellt sich die Frage, was ich tun soll, wenn er von seiner Bank wieder nach Paris zurückgerufen wird.«

»Womit beschäftigt er sich genau?«

»Mit Devisenhandel. Internationale Geldtransfers für Großkunden und so was. Er hat mir bei meinen Geschäften sehr geholfen. Gibt mir immer Ratschläge, wann ich amerikanische Dollar oder europäische Währungen kaufen oder verkaufen soll. Er ist sehr begabt ...«

»Und was noch?«

»Sehr nett. Sehr französisch, sehr charmant, sehr freundlich, sehr humorvoll. Immer gut gekleidet. Und er kommt prima mit meiner Familie aus, sogar mit Alejandro. So, und jetzt bist du an der Reihe. Wie sieht's mit den beiden Archäologen aus? Du steht auf diesen Engländer, Jonathan, habe ich recht?«

»Ehrlich gesagt, habe ich gerade an Alejandro gedacht. Er ist in den letzten Tagen ziemlich still, nicht wahr?«

»Ja. Wir machen uns schon Sorgen um ihn. Ich glaube, es war heute die erste Beerdigung, die er besucht hat. Wie ich dir schon sagte, war Luis der jüngere Bruder von Ricardo Vallespino, einem Freund von Alejandro. Ich wußte zwar, daß sie zur gleichen Clique gehören, aber daß sie so gut befreundet waren, habe ich nicht gewußt. Ich nehme an, in dem Alter ist der Tod, besonders ein gewaltsamer Tod, etwas vollkommen Unbegreifliches. Aber ich wollte gar nicht das Thema wechseln. Kommen wir auf die Archäologen zurück.«

Ich lächelte. »Du weißt, wie es mir mit den Männern ergangen ist. Ich falle immer auf die miesen Typen herein. Was willst du eigentlich hören?«

»Na ja, mit wem von den beiden man sich besser unterhalten kann, dürfte wohl klar sein. Und auch, wer besser gekleidet ist. Schuhe von Gucci. Nicht übel, dieser Jonathan.«

»Was für Schuhe?« stellte ich mich dumm.

Isa seufzte. »Ich glaube, ich muß dir mal Nachhilfestunden in Sachen Mode erteilen. G-u-c-c-i. Italienisch. Schick. Exklusiv. Jonathan ist der bestgekleidete Archäologe, den ich je gesehen habe. Sogar seine Freizeitkleidung ist erste Sahne. Savile Row! Und er ist ein sehr angenehmer Gesprächspartner, was man von Lucas nicht behaupten kann. Der kriegt ja kaum ein Wort heraus.«

»Dafür ist er wie ein Archäologe angezogen. Ich nehme an, ich sollte dich besser nicht fragen, wer oder was ›Savile Row‹ ist, oder?«

Isa überging diese Frage mit der angemessenen Verachtung. »Jedenfalls können wir mit Bestimmtheit davon ausgehen, daß Jonathan nicht bloß von seinem Gehalt als Archäologe lebt. Er muß von Haus aus wohlhabend sein. Vielleicht gehört er zu den oberen Zehntausend! Privatschule, Studium in Oxford, Tee im Buckingham Palace und so weiter. Ich glaube, bei dem Burschen lohnt es sich, mal Nachforschungen anzustellen.«

In diesem Moment kam Norberto mit zwei Margaritas zu uns. »Auf Kosten des Hauses.« Er lächelte. »Mutter sagt, ihr könnt euch zu essen nehmen, was die Küche zu bieten hat. Sie ist zu Luis' und Ricardos Mutter auf Beileidsbesuch.«

»Hast du irgend etwas Neues über die polizeilichen Nachforschungen gehört, Isa?« fragte ich, als Norberto wieder im Hotel verschwunden war.

»Die Polizei vermutet, daß es eine Art Bandenkrieg gewesen ist«, antwortete Isa.

»Das mag die Polizei offiziell behaupten, Isa. Aber die Geschichte hat mit einem Bandenkrieg nicht das geringste zu tun. Wie ich dir schon sagte, hat Martinez Andeutungen gemacht, daß Don Hernan in die Sache verwickelt ist.«

»Das ist ja lächerlich!«

»Sag das mal Martinez. Und Luis wurde auf dem Dach des *museo* gefunden. Was, um alles in der Welt, hätte er dort bei einem Bandenkrieg zu suchen?«

Wir dachten eine Zeitlang darüber nach.

»Ich möchte dich um einen Gefallen bitten, Isa«, sagte ich schließlich.

»Nur zu.«

»Ich brauche die Anschrift von Diego Maria Gomez Arias. Und eine Beschreibung, wie ich dorthin komme.«

Isa hob eine Braue.

»Arias' Name taucht häufig in Don Hernans Tischkalender auf, wenn ich mich recht entsinne. Genauer gesagt, seine Initialen. D. M. G. A.«

»Wie willst du denn das Hotel verlass … – *der Baum!*«

Ich nickte.

Kurz darauf machte Isa sich auf den Weg. Nach knapp zwei Stunden kam sie zurück und reichte mir einen Zettel, auf dem eine Adresse stand; darunter war eine handgezeichnete Straßenkarte. Zusammen mit dem Zettel gab Isa mir einen Anhänger mit Autoschlüsseln.

»Du brauchst einen fahrbaren Untersatz«, flüsterte sie mir

verschwörerisch zu. »Mein Wagen steht heute abend um elf Uhr in der Seitenstraße. Parke ihn dort, wenn du zurückkommst. Ich werde ein paar Stunden bei Freunden verbringen. Dann hole ich den Wagen auf dem Heimweg ab und fahre ihn in die Garage.«

Der Tag zog sich endlos hin, von der halben Stunde abgesehen, die ich mit Jonathan bei einem Drink verbrachte. Er hatte auf einen ›Gefangenenbesuch‹ im Hotel vorbeigeschaut, wie er es nannte. Leider konnte er nicht zum Abendessen bleiben. Er müsse noch arbeiten, sagte er. Ich betrachtete seine Schuhe mit neuem Respekt. Italienisch, schick, teuer…

Dann schaute ich mir in der Küche die Nachrichten an. Die Ermordung Luis Vallespinos hatte in der Stadt Trauer und einen Sturm der Entrüstung ausgelöst. Seine Beerdigung war die Nachricht des Tages, und es hatten sich sehr viele Trauergäste eingefunden. Ich hielt nach Alejandro Ausschau, konnte ihn aber nirgends entdecken.

Kurz vor elf Uhr knipste ich das Licht aus, zog wieder die dunkle Hose und den Rollkragenpullover an und kletterte aus dem Badezimmerfenster, genau wie vor zwei Tagen.

Im Baum mußte ich warten, bis ein Pärchen vorüberspaziert war; dann ließ ich mich auf die Mauer herunter, kletterte auf die Straße und flitzte um die Ecke.

Wie versprochen, stand Isas Mercedes am Bordstein. Ich stieg ein und fuhr so schnell los, wie ich konnte.

Isas Straßenplan führte mich nach Norden, zur Verlängerung des Paseo de Montejo und in einen Stadtteil, der als bevorzugtes Wohngebiet der Neureichen und Berühmten bekannt war. Als der Sisal-Boom verebbte – die Pflanzenfasern wurden ein Opfer der chemisch hergestellten Faserstoffe –, waren Unterhalt und Modernisierung der Häuser am *paseo* für die nachfolgenden Generationen zu teuer geworden, und die Reichen zogen nach Norden, an die Straße in Richtung Progreso.

Betrachtet man die Plaza Major als das Herz von Mérida, ist es tatsächlich so, daß die Leute um so reicher werden, je weiter man nach Norden kommt. Und die Familie Gomez Arias lebte sehr weit im Norden, sogar ein gutes Stück hinter dem Country Club. Die Häuser in dieser Gegend waren riesig, und wenngleich es inzwischen auf Mitternacht zuging, waren die meisten noch hell erleuchtet – ein Zeugnis für die Vorliebe der Mexikaner, die halbe Nacht aufzubleiben.

Ich war froh, daß ich den Mercedes fuhr, denn die Straßen wurden von privaten Sicherheitsleuten überwacht; manche patrouillierten mit Hunden zu Fuß, andere fuhren in Autos umher. In dieser Gegend erregte das Mercedes-Cabrio keinen Verdacht.

Ich hatte leichte Schwierigkeiten, den richtigen Weg durch die gewundenen Straßen zu finden, doch schließlich lenkte ich den Wagen zum Tor des palastartigen Anwesens, das Diego Maria Gomez Arias sein Zuhause nannte. Ich hielt, drückte auf den Knopf einer Gegensprechanlage, nannte meinen Namen und fragte in meinem besten Spanisch, ob ich Señor Gomez Arias sprechen könne. Eine längere Pause trat ein, und erst jetzt wurde mir klar, wie verrückt mein Vorhaben eigentlich war. Natürlich würden die Gomez einer Fremden, die kurz vor Mitternacht bei ihnen erschien, niemals das Tor öffnen. Und wenn sie jetzt noch die Hunde auf mich hetzten …

Ich wollte schon aufgeben und zurück zum Hotel fahren, als die riesigen gußeisernen Torflügel aufschwangen.

Ich lenkte den Mercedes über eine lange, sanft geschwungene Auffahrt. Die Scheinwerfer beleuchteten Hibiskussträucher, die bei Tageslicht wunderschön aussehen mußten.

Das Haus selbst kam mir ein wenig fehl am Platze vor, wenn ich an die prächtigen alten Villen in Mérida dachte. Die Architektur war eher englisch oder französisch geprägt als traditionell spanisch: strenge, klare Linien, Eingang mit Portikus, Bleiglasfenster. Alles wirkte ziemlich nüchtern. Keine Spur von den üppigen Holzarbeiten, den farbenprächtigen

Blumen, den Erkern und Fenstern, die ich zu sehen erwartet hatte.

Mein Eindruck wurde bestätigt, als auf mein Klingeln die Tür geöffnet wurde. Ein Hausmädchen führte mich in eine Eingangshalle mit schwarzen und weißen Marmorfliesen und einer Unzahl von Spiegeln. Das Hausmädchen war ebenfalls in Schwarz und Weiß gekleidet und betrachtete meinen Aufzug mit sichtlicher Herablassung. Ich tröstete mich mit dem Gedanken, daß ich in meiner schwarzen Kleidung immerhin zum Dekor paßte.

Das Mädchen bat mich zu warten, was mir Gelegenheit gab, mich umzuschauen. Ein riesiger Kristallüster zierte die Eingangshalle; an einer Seite führte eine gewundene Treppe nach oben, während sich hinter der Tür zu meiner Rechten ein Wohnzimmer befand, wie ich bald erfahren sollte.

An sämtlichen Wänden hingen Spiegel. Vor den Spiegeln wiederum hingen Gemälde an dünnen Drähten, die an der Decke befestigt waren: eine Affektiertheit, die ich nie gemocht hatte. Dennoch waren die Gemälde eindrucksvoll. Eines war ein echter Picasso, da war ich sicher; ein anderes ein Matisse. Señor Gomez Arias kam offensichtlich gut über die Runden. Und er hatte einen guten Kunstgeschmack.

Eine andere Tür zu meiner Linken führte in ein Speisezimmer, in dem ein weiterer Kristallüster hing. Beide Lampen waren so riesig, daß ich mich fragte, ob Don Diego Maria sich ein Reservepaar Kronleuchter aus dem Ballsaal seines Hotels geborgt hatte.

Nach einigen Minuten hörte ich, wie jemand die Treppe herunterkam. Es war nicht Don Diego, sondern eine schick gekleidete Frau von ungefähr vierzig Jahren; in der einen Hand hielt sie ein Glas Martini, die andere klammerte sie um den Handlauf der Treppe.

Sie stieg mit einiger Vorsicht die Stufen herunter.

Die Frau war attraktiv. Ihre Lieblingsfarbe schien Beige zu sein: Ihr beige-blondes Haar war lang und nach hinten gekämmt; dazu trug sie einen beigefarbenen Kaschmir-Pullover und einen Wildlederrock von gleicher Farbe.

»Sheila Stratton Gomez«, wandte sie sich auf spanisch an mich. »Diegos Frau. Seine dritte Frau, um genau zu sein. Und Sie sind …?«

»Lara McClintoch.«

»Bei einem solchen Namen müssen Sie Englisch sprechen. Gott sei Dank. Gehen Sie nur hinein«, sagte sie und wedelte mit der Hand in die ungefähre Richtung der Tür zu meiner Rechten. Die Frau trug Schuhe mit sehr hohen Absätzen. Männer mögen solche Schuhe, aber ich bekomme in den Dingern immer Höhenangst. Ich hatte keine Ahnung, wie die Frau auf diesen Stöckeln überhaupt gehen konnte, selbst in nüchternem Zustand. Und dem Martiniglas in ihrer Hand und der leicht schwankenden Gehweise nach zu urteilen, war sie nicht mehr ganz nüchtern.

»Möchten Sie einen Drink? Natürlich möchten Sie«, sagte sie, als wir in großen samtbezogenen Sesseln vor einem riesigen marmornen Kamin von fürstlichen Ausmaßen Platz genommen hatten. Ich vermutete stark, daß vor allem die Frau selbst noch einen Drink wollte.

Das Hausmädchen erschien, und Sheila Gomez bestellte Weißwein für mich und einen weiteren Martini für sich selbst.

Während sie sich mit mir auf englisch unterhielt – sie war eindeutig Amerikanerin –, bestellte sie die Drinks in einem förmlichen kastilischen Spanisch, eine Sprache, die ich bei Einheimischen exotisch finde. Bei jemandem wie Sheila jedoch hörte es sich affektiert an, zumal ihr leicht angeschlagener Zustand ihre ohnehin schleppende Sprechweise noch verstärkte.

»Mein Mann ist nicht zu Hause. Kann ich etwas für Sie tun?« fragte sie, als das Hausmädchen die Drinks brachte.

»Ich suche jemanden«, sagte ich, »und ich hatte gehofft, Señor Gomez Arias könnte mir vielleicht helfen.«

»Wie wunderbar geheimnisvoll«, meinte Sheila. Beim Wort *geheimnisvoll* hatte sie gewisse Schwierigkeiten. »Erzählen Sie mir mehr darüber.«

»Ich versuche, Señor Hernan Castillo zu finden. Ich bin erst vor wenigen Tagen nach Mexiko gekommen, auf seine Bitte hin. Doch am ersten Abend nach meiner Ankunft rief er mich an und sagte mir, er müsse die Stadt verlassen. Seitdem habe ich nichts mehr von ihm gehört.«

»Don Hernan. Ein reizender Mann. Freundlich, kultiviert. Ich war sehr traurig, als er nichts mehr von uns ... als er nicht mehr zu uns kam. Er hatte uns oft zum Dinner besucht. Wir haben uns über New York unterhalten, und Boston, und meine Heimatstadt Philadelphia. Don Hernan interessierte sich sehr für Amerika. Ein reizender Mann«, wiederholte sie.

»Seit wann kam er denn nicht mehr zu Ihnen?« fragte ich und versuchte, unser Gespräch in den gewünschten Bahnen zu halten, bevor der nächste Martini seine Wirkung entfaltete.

»Vor ungefähr einem Monat, glaube ich. Don Hernan und Diego hatten einen Streit ... sie waren in Diegos Arbeitszimmer, und die Tür war zu. Deshalb weiß ich nicht, worum es ging. Aber es hörte sich ziemlich unerfreulich an.«

»Hatten Ihr Mann und Don Hernan geschäftliche Beziehungen?« fragte ich.

»Ich glaube schon. Diego sitzt im Verwaltungsrat des Museums. Aber er redet nicht viel über seine Geschäfte. Er betrachtet mich als eine Art Trophäe, wissen Sie. Eine Frau aus guter amerikanischer Familie. Für meinen Mann ist das gleichbedeutend mit *reicher Familie*. Ich werde von Diego nur bei gesellschaftlichen Anlässen gebraucht. Vorgezeigt, gewissermaßen, wie eines seiner Sammlerstücke«, sagte sie voller Bitterkeit.

»Das tut mir leid.«

»Oh, er ist kein übler Kerl, wirklich nicht. Ich weiß, daß er den Ruf hat, ein knallharter Geschäftsmann zu sein, aber ...« Sie verstummte.

Wir beide hörten Schritte in der Eingangshalle. Eine junge, sehr attraktive Frau Mitte Zwanzig mit dunklem Haar und dunklen Augen steckte den Kopf ins Zimmer. Sie kam mir irgendwie bekannt vor.

Die Frau warf einen Blick auf das Martiniglas in Sheilas Hand, schaute dann kurz mich an und verschwand, ohne ein Wort zu sagen.

Sheila blickte erschrocken drein.

»Wer war das?« fragte ich.

»Montserrat«, sagte Sheila. »Diegos Tochter, von seiner heißgeliebten ersten Frau. Andauernd streiten sich die beiden, aber Diego betet sie an.«

»Hat er sein Hotel nach ihr benannt?«

»Ja.« Sheila hielt inne; dann kicherte sie in ihr Martiniglas. »Jedenfalls hoffe ich, daß es nicht umgekehrt ist. Es wäre nicht schön für ein junges Mädchen, nach einem Hotel benannt zu werden, stimmt's? Jedenfalls ist Montserrat die Geschäftsführerin des Hotels und stellvertretende Direktorin verschiedener anderer Unternehmen meines Mannes. Er ist sehr stolz auf sie.«

»Sie sieht ihrem Vater kein bißchen ähnlich, finden Sie nicht auch?« fragte ich und dachte an den ziemlich unattraktiven Mann, den ich in der Ek-Balam-Bar gesehen hatte.

»Stimmt. Sie schlägt nach ihrer Mutter, Innocentia. Sie starb, als Montserrat noch sehr jung war. Überall im Haus hängen Bilder von Innocentia.« Sheila sah aus, als würde sie jeden Augenblick in einem Alkoholnebel zu schluchzen anfangen.

»Erzählen Sie mir von den Geschäften Ihres Mannes«, sagte ich und versuchte, sie vom Abgrund des Selbstmitleids fortzuziehen. »Da wäre zunächst einmal das Hotel, nicht wahr?«

»Ja. Das Hotel. Aber das Geschäft, das ihn reich gemacht hat, ist Wasser.«

»Wasser?«

»Genau. Wie in den kleinen Würfeln, die in meinem Martini schwimmen.« Sie kicherte wieder. »Aber mal im Ernst – haben Sie in der Gegend hier irgendwo Quellen oder Teiche gesehen? Das Wasser für Mérida stammt aus wasserführenden Schichten unter der Stadt.«

»Natürlich – die Windmühlen!« sagte ich und erinnerte mich an diese Wahrzeichen Méridas, die ich als junges Mädchen gesehen hatte, als ich zum erstenmal in dieser Stadt gewesen war.

»Genau. Sämtliches Wasser in Mérida wurde von den Windmühlen an die Oberfläche gepumpt, die hier früher überall zu sehen waren. Deshalb wurde Mérida manchmal auch die Stadt der Windmühlen genannt. Diegos Vater starb, als er noch sehr jung war. Seine Mutter hielt es offenbar nicht für nötig, dem Jüngsten eine gute Ausbildung zukommen zu lassen. Deshalb ist Diego Autodidakt. Er hat sich fast alles selbst beigebracht. Damals erkannte er, daß die Wasserversorgung dieser Stadt immer ein Problem darstellen wird. Also hat er sich alles über Erdschichten und unterirdische Flüsse und so weiter angelesen und dann eine bessere und effektivere Windmühle entworfen. Der Rest ist Geschichte, wie man so sagt. Als Mérida ein städtisches Wasserversorgungssystem bekam, kaufte Diego die alten Mühlen für einen Apfel und ein Ei, baute sie um und verkaufte sie mit Riesengewinn auf dem Lande.«

»Hat er mit Ihnen über den Raub dieser Statue aus der Bar seines Hotels gesprochen?« fragte ich.

»Diego ist am Boden zerstört. Die Statue war eines seiner Lieblingsstücke. Um ehrlich zu sein – wegen dieser Statue haben Diego und Don Hernan sich an dem Abend vor einigen Wochen gestritten.«

Ich wartete geduldig, als sie einen weiteren Schluck Martini nahm.

»Um Diego verstehen zu können, müssen Sie eines wissen: Es genügt ihm nicht, seltene oder schöne Dinge zu bewundern. Er will sie besitzen. Und je seltener sie sind oder je schwieriger man an sie herankommt, desto versessener ist er darauf.

Bestimmt ist Ihnen die Eigenart dieses Hauses aufgefallen. Ein gewaltiger Unterschied zu den Nachbarvillen, nicht wahr? Diego hat dieses Herrenhaus auf einem Anwesen in England gesehen. Der Besitzer war ein Earl oder so was. Er sagte, er würde das Haus um keinen Preis der Welt verkaufen, weil es seit Hunderten von Jahren seiner Familie gehöre. Aber Diego hat es irgendwie hingekriegt. Wahrscheinlich hat er irgend etwas über diesen Earl herausgefunden, das die Öffentlichkeit besser nicht erfuhr, und den Earl ... überzeugt, daß er lieber verkaufen sollte. Dann ließ Diego das Herrenhaus abreißen, Stein für Stein, alles hierhertransportieren und in ursprünglichem Zustand wiederaufbauen. Glücklicherweise besitzt er unter anderem eine kleine Flotte von Frachtschiffen.« Sie lachte.

»Und dann gibt's da noch mich ... Wir haben uns bei einem offiziellen Dinner im Gouverneurspalast kennengelernt. Diego gehörte zu den geladenen Gästen. Ich war damals verheiratet, aber so was stellt für Diego kein Hindernis dar. Er hat mich mit einer Hingabe umworben, die äußerst schmeichelhaft für mich war. Tja, jetzt gehöre ich zu seinen Besitztümern.«

»Und die Itzamná-Statue?«

»Offenbar war sie uralt und ein sehr heiliger Gegenstand für die Maya. Don Hernan hat stets die Meinung vertreten, daß solche Stücke ins Museum gehören, nicht in Privatsammlungen. Nach mehreren Besuchen in amerikanischen Museen gelangte er dann zu der Überzeugung, daß der gemeinsamen Verwaltung, wie er es nannte, die Zukunft gehört. Gemeinsame Verwaltung bedeutet, daß der Besitz an alten Stücken – und die Verantwortung dafür – zwischen einer Institution wie dem *museo* und den Menschen geteilt wird, die diese Stücke ursprünglich besessen haben.

Jedenfalls hatte Don Hernan von der Itzamná-Statue gehört und sie Diego gegenüber erwähnt. Beide waren hinter dem Stück her. Aber Diego bekam die Statue natürlich zuerst – aus Gründen, die ich Ihnen schon genannt habe. Das war der Anfang vom Ende der Freundschaft zwischen Don Hernan und Diego. Es war ein sehr trauriger Tag für mich.«

Sheila betrachtete ihr leeres Martiniglas und klingelte nach dem Hausmädchen. Doch anstelle des Mädchens erschien Montserrat.

»Ich glaube, du hast jetzt genug, Sheila«, sagte sie.

Sheila blickte eingeschüchtert drein. Montserrat nickte mir flüchtig zu und verließ das Zimmer.

»Vielleicht sollte ich jetzt gehen«, sagte ich und sprach das Offensichtliche aus. »Vielen Dank für Ihre Gastfreundschaft.«

»Ich nehme an, daß Sie nicht noch einmal wiederkommen möchten?« fragte Sheila wehmütig.

»Doch. Sehr gern«, erwiderte ich und vergaß dabei völlig, daß ich unter Hausarrest stand.

»Wo kann ich Sie finden?«

»Casa de las Buganvillas.«

»Wo Don Hernan gewohnt hat? Es soll dort sehr schön sein, habe ich gehört.«

Wir schüttelten einander die Hände, und ich verabschiedete mich, fuhr den Zufahrtsweg hinunter und in Richtung Hotel.

Jetzt wußte ich, weshalb Sheila eine vollkommen Fremde mitten in der Nacht ins Haus gelassen hatte. Sie war eine sehr einsame und traurige Frau.

Aber irgend etwas an unserem Gespräch ließ mich nicht los, als ich zurück zum Hotel fuhr. Ich hatte ungefähr die Hälfte der Strecke hinter mir, als mir klar wurde, daß Sheila ständig in der Vergangenheit von Don Hernan gesprochen hatte.

Und dann fiel mir auch ein, woher ich Montserrat kannte. Ich hatte sie im Fernsehen gesehen, in der Menschenmenge am Grab von Luis Vallespino.

Ich parkte den Mercedes in der Seitenstraße, schlich über den Bürgersteig bis zur Mauer, stieg hinauf, kletterte den Baum empor und kroch durchs Fenster auf den Stuhl in der Badewanne.

In diesem Augenblick sah ich den schmalen Lichtstreifen unter der Tür zum Wohnzimmer. Zitternd vor Furcht und Anspannung öffnete ich.

Isa saß auf meinem Bett, die Augen vom Weinen gerötet. »Don Hernan ist tot«, sagte sie.

# Manik

Don Hernan war vom Reinigungspersonal gefunden worden. Er saß auf dem Fußboden seines kleinen Büros im *museo*, die Knie an die Brust gezogen, Oberkörper und Gesicht zur Tür gedreht. Da die Leichenstarre bereits eingesetzt hatte, sah sein Körper wie eine menschliche Karikatur des Chac Mool aus, der den Tempel der Krieger in Chichén Itzá bewacht.

Jemand hatte Don Hernan einen Dolch ins Herz gestoßen. Doch auf dem Fußboden war nur wenig Blut, und von der Tatwaffe fehlte jede Spur.

Als einer der ältesten Freunde Don Hernans wurde Santiago Ortiz Menendez am nächsten Morgen mit der wenig beneidenswerten Aufgabe betraut, den Toten zu identifizieren. Isa und ich begleiteten ihn. Ich durfte das Hotel auf persönliche Anweisung Major Martinez' verlassen, ja, er ermutigte mich sogar, Isa und Santiago zu begleiten. Francesca dagegen blieb im Hotel, um den anderen Dauergästen die traurige Nachricht zu überbringen.

Es war Manik, der Tag der Jagd im Kalender der Maya. Jener Tag – um einen analogen Vergleich anzubringen –, an dem mir klar wurde, daß Don Hernans Jagd nach dem ›schreibenden Kaninchen‹, wie er sich am Telefon ausgedrückt hatte, nicht die Spinnerei eines schrulligen alten Mannes gewesen war, sondern etwas ähnliches wie ein Match auf dem Ballspielplatz in Chichén Itzá: ein todernster Wettkampf, bei dem der Verlierer mit seinem Leben bezahlt.

Wir nahmen den Familienkombi der Ortiz, der dafür ausgestattet war, den Rollstuhl Santiagos aufzunehmen, und fuhren zur Leichenhalle.

Major Martinez erwartete uns bereits, als wir eintrafen.

Don Santiago hatte genau dies vorhergesehen und mir unterwegs den Vorschlag gemacht, ich solle ihn für ein symbolisches Honorar von zehn Pesos als meinen Rechtsvertreter verpflichten, falls Martinez zugegen sei. Santiago hatte als Anwalt gearbeitet, bevor er dem Diplomatischen Korps beigetreten war; wenngleich sein Spezialgebiet das internationale Recht war, beruhigte es mich, zu wissen, Santiago auf meiner Seite zu haben.

Martinez führte uns über sterile Flure und Treppen ins Kellergeschoß und zu einem Schalter, über dem ein Schild mit der Aufschrift EMPFANG hing. Hinter dem Schalter saß ein junger Mann und verschlang Tacos – mit Schweinefleisch gefüllt, sofern meine Nase mich nicht täuschte, was ich an einem Ort wie diesem allerdings nicht mit Sicherheit sagen konnte. Eine dicke, rotbraune Flüssigkeit lief dem jungen Burschen übers Kinn und tropfte auf ein Stück Wachspapier, das vor ihm auf dem Schreibtisch lag. In einer Leichenhalle zu arbeiten brachte offensichtlich nicht jeden um den gesunden Appetit.

Martinez zückte seine Dienstmarke; dann trugen wir alle uns ins Besucherbuch ein, und der junge Mann drückte mit einem fettigen Finger auf einen Knopf, mit dem die Tür neben dem Schalter geöffnet wurde. Wir gingen hindurch und gelangten ins Herz des Leichenschauhauses.

Martinez ging voran. Wir kamen in einen Raum, dessen eine Seitenwand aus großen stählernen Schubfächern bestand, in denen die Leichen lagen. Der Raum kam mir kalt und klamm vor; ich sah, wie Isa schauderte. Ob es wirklich so kalt war, konnte ich nicht sagen.

Das Schubfach, in dem die sterbliche Hülle Don Hernans lag, wurde von einer jungen Frau in einem Laborkittel herausgezogen. Dann schlug sie das Tuch zur Seite, mit dem die Leiche bedeckt war, so daß Don Santiago ins Gesicht seines toten Freundes blicken konnte.

Ich glaube, in diesem Augenblick hofften wir alle wider

besseres Wissen, daß es sich um einen Irrtum handeln möge und daß ein völlig Fremder in dem Schubfach lag.

Aber es war kein Irrtum. Don Santiago nickte stumm, und wir wurden rasch aus dem Raum geführt. Santiagos Hände zitterten, als er die dünne Decke zurechtrückte, die über seinen knochigen, abgemagerten Beinen lag. Isa legte ihm eine Hand auf die Schulter, als wir zurück zu dem Schalter gingen, hinter dem der junge Bursche mit den Tacos saß. Er blickte ein bißchen mürrisch drein, als er seine Mahlzeit ein zweites Mal unterbrechen mußte, ließ sich aber dazu herab, Martinez eine Schachtel zu reichen. Dann wurden wir in ein kleines Zimmer geleitet, das mit einem Tisch und ein paar Stühlen möbliert war, und gebeten, uns den Inhalt der Schachtel anzuschauen.

Sie enthielt sämtliche Gegenstände, die der ermordete Don Hernan bei sich gehabt hatte. Da war seine Uhr, ein eleganter Chronometer aus dem späten neunzehnten Jahrhundert. Da war die Kette, die von seiner Mutter stammte und an der eine silberne Kapsel mit einem winzigen Bild seiner verstorbenen Frau hing. Da waren seine Kleidung, eine vollkommen leere Brieftasche, ein paar Pesomünzen. Nur ein Gegenstand erschien mir fehl am Platze: eine kleine grüne Perle aus Jade. Die Frau im Laborkittel, die uns begleitet hatte, bemerkte, wie ich die Perle betrachtete.

»Die haben wir in seinem Mund gefunden«, sagte die Frau. »Jemand muß sie ihm ein paar Stunden nach seinem Tod hineingesteckt haben.«

»Wann ungefähr wurde die Tat verübt?« fragte ich.

»Gestern, in den frühen Morgenstunden, würde ich sagen«, erwiderte die Frau und ignorierte den warnenden Blick, den Martinez ihr zuwarf. Doch in der Leichenhalle hatte der Major nicht das Sagen.

Während Martinez Santiago fragte, ob er sich erinnern könne, daß die Gegenstände Don Hernan gehört hätten, strich ich mit der Fingerspitze über die cremefarbenen Schuhe. Mit bloßem Auge war es kaum zu erkennen; nun aber sah ich, daß die Schuhe mit feinem Staub bedeckt waren. Staub wie von einer Landstraße. Auch die Aufschläge der Hose waren staubig.

Vielleicht hätte ich lieber die Frage stellen sollen, *wo* Don Hernan gestorben war, und nicht wann.

»Wer hat das nur getan?« fragte Santiago mit leiser Stimme, kaum mehr als ein Flüstern.

»Fest steht jedenfalls, daß es sich um einen Raubüberfall handelt«, sagte Martinez. »Die Brieftasche ist leer«, fügte er hinzu, als Santiago zu ihm hochblickte. »Wir werden selbstverständlich alle Anstrengungen unternehmen, den oder die Täter zu fassen.«

»Selbstverständlich«, sagten wir anderen wie aus einem Munde.

»Allerdings werden hier jeden Tag viele Raubüberfälle begangen. Es wird einige Zeit dauern, die Nachforschungen abzuschließen.«

»Wo wurde Don Hernan ermordet?« fragte ich Martinez.

»Das untersuchen wir noch. Doch vorerst gehen wir davon aus, daß er in seinem Büro getötet wurde«, erwiderte der Major. Die junge Frau im Laborkittel blickte ihn skeptisch an, sagte aber nichts.

Ich glaubte auch nicht, was Martinez sagte, schwieg aber ebenfalls. Isa und ich erkundigten uns, wie lange die Polizei brauchen würde, den Leichnam zu untersuchen. Martinez antwortete, daß der Tote wahrscheinlich am heutigen Abend oder morgen früh freigegeben würde.

»Ich glaube, wir können mit Sicherheit davon ausgehen, daß wir es hier nicht bloß mit Raub, sondern mit einem Mord zu tun haben, bei dem der oder die Täter noch unbekannt sind«, schloß Martinez.

Wir verließen das Gebäude, und Don Santiago nutzte die Gelegenheit und wandte sich in seiner neuen Funktion als mein Rechtsvertreter an Martinez.

»Señora McClintoch hat mich in dieser Sache als ihren Anwalt verpflichtet«, verkündete er, »und ich...«

»Ach, wirklich?« wurde er von Martinez unterbrochen. »Wieso glaubt die Señora denn, daß sie einen Anwalt braucht?«

»Weil Sie auf so unerhörte Weise ihren Paß beschlagnahmt und ihr befohlen haben, das Hotel nicht zu verlassen. Aber Sie werden mir gewiß zustimmen, daß diese Maßnahmen nun hinfällig sind, weil sie im Zusammenhang mit der Frage nach dem Verbleib Dr. Castillos getroffen wurden. Da der gegenwärtige Aufenthaltsort Dr. Castillos nunmehr sehr genau bekannt ist, fordere ich Sie auf, meiner Mandantin ihren Paß zurückzugeben und sie nicht mehr in ihrer Bewegungsfreiheit einzuschränken. Überdies kann meine Mandantin unmöglich mit Dr. Castillos Tod zu tun haben. Falls Sie sich entsinnen können, wurde sie nämlich vor mehreren Tagen von Ihnen persönlich unter Hausarrest gestellt, was von mir und vielen anderen Personen bezeugt werden kann.«

»Falls Señora McClintoch der Meinung ist, sie kann auf polizeilichen Schutz verzichten, liegt die Entscheidung ganz bei ihr«, erwiderte Martinez gelassen. »Und was den Paß betrifft... Ihnen ist sicher nicht entgangen, daß wir nun in zwei Mordfällen ermitteln. Ich muß erst eingehende Gespräche mit meinen Vorgesetzten führen, um entscheiden zu können, ob wir Señora McClintoch erlauben dürfen, das Land zu verlassen, bevor die Untersuchungen abgeschlossen sind.«

Somit hatten wir einen Gleichstand – ein Punkt für ihn, einer für mich. Doch es war eine große Erleichterung, daß ich nun wenigstens das Hotel verlassen konnte, wann ich wollte – noch dazu durch die Tür, statt durchs Badezimmerfenster. Mit dem Paß wollte ich mich später beschäftigen.

In bedrücktem Schweigen gingen wir zum Kombi und fuhren zurück zum Hotel. Es war Isa, die sich schließlich zu Wort meldete.

»Es war schrecklich traurig, Don Hernans Habseligkeiten

in einer Kiste zu sehen, nicht wahr?« sagte sie. »Und es waren nur so wenige Sachen! Seltsam bei einem so großen Mann. Und ich meine nicht nur seine körperliche Größe, auch seine Persönlichkeit. Und dann diese paar Sachen. Es kam mir beinahe so vor, als wären es zu wenige.«

»Es *waren* zu wenige«, sagte ich.

Isa und Don Santiago schauten mich verwundert an.

»Keine Brille, kein Gehstock.«

Pause.

»Du meinst also, er wurde gar nicht in seinem Büro ermordet, weil diese beiden Dinge fehlen«, murmelte Isa. »Da ist was dran. Ohne seine Brille konnte Don Hernan nirgendwo hin, und ohne seinen Gehstock kam er auch nicht sehr weit. Vielleicht ist beides noch in seinem Büro.«

Vielleicht auch nicht, dachte ich. Aber ich wußte, ich würde es herausfinden.

In der Casa de Las Buganvillas kümmerten Francesca und ihre Schwiegertochter Manuela sich um die Dauergäste des Hotels.

Die meisten waren ältere Herrschaften, wie Don Hernan, und ihr Entsetzen und die Fassungslosigkeit waren beinahe mit Händen zu greifen. Mutmaßungen wurden angestellt; Tränen strömten. Jeder versuchte auf die ihm eigene Weise, mit diesem schrecklichsten aller Verbrechen fertig zu werden.

Im Salon saß Doña Josefina, die Kaiserin mit der Mantilla, wie eine zerbrochene Gliederpuppe in einem Stuhl, der plötzlich viel zu groß für sie zu sein schien. Ihr Gesicht war schlaff, ihre Gesten fahrig. Manuela saß neben ihr und versuchte sie dazu zu bringen, heißen Zitronentee zu trinken.

Manuela tat mir leid. Doña Josefina war ein Modell, das bester Pflege und Wartung bedurfte, wie ich solche Kunden in meinem Laden immer genannt hatte. Die alte Frau erwartete einfach, daß man sich mehr um sie kümmerte als um alle anderen.

Doch Don Hernan hatte sehr gut mit ihr umgehen können,

wie ich gehört hatte. Höflich, geduldig, hatte er sie sogar zum Lächeln gebracht. Es gab Gerüchte in dieser kleinen Gemeinschaft, daß Doña Josefina ein Auge auf Don Hernan geworfen hatte – der jüngere Mann als ihr zweiter Gemahl.

Jonathan kam in den Salon, der von der Furcht und Trauer der alten Leute erfüllt war. Wie fast immer hatte er Lucas May im Schlepptau. Sofort spürte er die gedrückte Stimmung, sah die hektischen roten Flecken auf Doña Josefinas Wangen und bestellte eine Runde Stärkungsmittel: Xtabentun, den mexikanischen Anislikör. Manuela eilte los, das Bestellte zu holen.

Kurz darauf tranken alle ein Gläschen starken Schnaps, während Jonathan im Zimmer umherging und sich leise mit jedem der Anwesenden unterhielt. Nach wenigen Minuten tauten die alten Leute auf und erzählten einander ihre Lieblingsgeschichten über Don Hernan. Lucas setzte sich neben Doña Josefina und hielt schweigend ihre Hand.

Plötzlich kam Leben in die alte Frau.

»Er war irgendeiner sehr wichtigen Sache auf der Spur«, sagte sie mit so lauter Stimme, dass sie im ganzen Zimmer zu hören war. »Etwas sehr Bedeutendes. Und ich weiß, was es war.«

Aller Blicke richteten sich erwartungsvoll auf Doña Josefina. Doch mehr sagte sie nicht. Ein Ausdruck der Angst legte sich auf ihr Gesicht, als wäre ihr zum erstenmal bewußt geworden, daß diese ›sehr wichtige Sache‹, worum es sich auch handeln mochte, der Grund für die Ermordung Don Hernans gewesen sein könnte.

Lucas flüsterte ihr irgend etwas zu; dann ging Jonathan durchs Zimmer und fragte die alte Frau, was sie gemeint hatte.

Doch sie schüttelte den Kopf und preßte die Lippen zu einem dünnen Strich zusammen.

Auch ich wollte zu Doña Josefina, um auf sie einzureden, von Frau zu Frau, und ihr die Information zu entlocken, entschied mich dann aber dagegen. Die alten Leute im Salon hatten sich ein wenig entspannt; die Familie Ortiz schien alles unter Kontrolle zu haben. Mir war klar, daß ich mit Doña Josefina reden *mußte* – aber nicht hier, vor aller Augen und Ohren. Außerdem wollte ich vorher etwas anderes erledigen.

Jonathan und Lucas begleiteten mich, als ich den Salon verließ und mich in Richtung Ausgang wandte. »Wo möchten Sie hin?« fragte Jonathan.

»Zurück zur Leichenhalle«, erwiderte ich. Er blickte mich verdutzt an, erbot sich dann aber, mich hinzufahren und in die Halle zu begleiten.

Wir parkten den Jeep vor dem tristen Gebäude, nahmen den gleichen Weg, den Martinez uns vor einigen Stunden geführt hatte, und gelangten zum Empfangsschalter.

Anstelle des jungen Mannes mit den fettigen Tacos saß jetzt eine dünne junge Frau hinter dem Schalter und machte sich die Nägel.

»Entschuldigung«, sagte ich, »ich war heute früh schon mal hier, um bei der Identifizierung eines Toten zu helfen.«

Sie nickte, als wäre so etwas die selbstverständlichste Sache der Welt.

»Es war ein sehr nette Frau dabei«, fuhr ich fort. »Ich glaube, sie arbeitet hier. Sie trug einen Laborkittel. Sie hat uns sehr geholfen. Ich habe versäumt, mich bei ihr zu bedanken, und möchte das gern nachholen, falls sie noch da ist.«

Jonathan bedachte mich mit verwunderten Blicken, schwieg aber.

»Sie hat Feierabend«, sagte die Frau.

»Ist sie morgen wieder hier?« erkundigte ich mich. Die junge Frau seufzte, erhob sich – wobei sie die Hände vor der Brust hielt, um ihren Nageln keinen Schaden zuzufügen – und warf einen Blick auf einen Dienstplan an der Wand, auf dem die Namen mit so großen Buchstaben eingetragen waren, daß ich sie aus der Entfernung lesen konnte.

»Sie kommt erst in vier Tagen wieder«, sagte die Frau. »Wir haben gleitende Arbeitszeit.« In Mexiko ist immer und überall gleitende Arbeitszeit, hätte ich am liebsten geantwortet, behielt es aber für mich.

Immerhin kannte ich nun ihren Namen. Es stand nur eine Frau auf dem Plan, die heute Dienst gehabt hatte und in vier Tagen wieder herkam: Eulalia Gonzales.

»*Gracias*«, sagte ich und machte mich mit Jonathan auf den Weg zum Ausgang.

»Was hat das alles zu bedeuten, wenn ich fragen darf?« wollte er wissen, als wir das triste Gebäude verlassen hatten und wieder frische Luft atmen konnten.

»Ich wollte mit der Frau sprechen, die bei der Identifizierung des Toten dabei war. Vielleicht kann sie uns weitere Informationen darüber geben, was Don Hernan passiert ist«, erwiderte ich.

»Sollten Sie das nicht lieber der Polizei überlassen?«

»Ich glaube nicht, daß Martinez gründliche Nachforschungen anstellt. Er hat es ohnehin sehr eilig, wenn man bedenkt, wie bedeutend dieser Fall ist. Schließlich hatte Don Hernan einen internationalen Ruf auf seinem Fachgebiet. Aber Martinez scheint es lieber in Kauf zu nehmen, gewisse Ungereimtheiten zu übersehen, als sich gründlich mit der Sache zu beschäftigen.«

»Welche Ungereimtheiten?«

»Zum Beispiel, was den Schauplatz des Mordes angeht. Und das ist wohl eine der wichtigsten Fragen bei der Aufklärung eines Verbrechens, meinen Sie nicht auch? Als wir den Leichnam identifizierten, sagte Martinez, Don Hernan sei wahrscheinlich in seinem Büro ermordet worden. Das glaube ich nicht. An seinen Schuhen und den Aufschlägen der Hose war Staub – Straßenstaub. Wie soll der dorthin gekommen sein, wenn Don Hernan am Schreibtisch gesessen hat? Und ich hatte den Eindruck, daß auch Eulalia Gonzales – die Frau, nach der ich vorhin gefragt habe – der Meinung war, daß Don

Hernan nicht in seinem Büro ermordet wurde. Muß man sich da nicht fragen, weshalb ausgerechnet Martinez so sehr auf dieser Theorie beharrt?«

»Vielleicht sind Sie der Polizei gegenüber unfair, Lara. Es könnte doch sein, daß Martinez sich mit seinen Äußerungen zurückhält, damit nichts an die Öffentlichkeit dringt. Kommen Sie, ich fahre Sie jetzt zur Casa. Nach diesen Strapazen sollten Sie sich ein wenig ausruhen.«

Ein Teil von mir pflichtete ihm bei. Doch ich hatte einen anderen Plan. Ich ließ mich von Jonathan zum Hotel bringen. Auf der Rückfahrt nahm er meine Hand und drückte sie.

»Sobald das alles vorüber ist, würde ich gern noch einmal mit Ihnen aufs Land fahren, so wie gestern. Aber diesmal nur Sie und ich allein.«

»Einverstanden.« Ich lächelte ihn an. »Hoffentlich haben wir bald die Gelegenheit.«

Den Rest des Tages verbrachte ich damit, den Ortiz bei den Vorbereitungen für Don Hernans Beisetzung zu helfen. Die Polizei hatte versprochen, den Leichnam noch am Abend freizugeben; die Beerdigung sollte in zwei Tagen stattfinden.

Völlig erschöpft, gingen wir alle früh zu Bett. Doña Josefina hatte sich bereits vor meiner Rückkehr ins Hotel auf ihr Zimmer zurückgezogen. An diesem Abend sah ich sie nicht mehr.

Ich stellte den Wecker auf drei Uhr früh und brauchte zwei, drei Minuten, um richtig wach zu werden, als das Klingeln mich aus dem Schlaf riß. Kurz darauf hatte ich wieder meine schwarzen Sachen angezogen. Mein Plan machte es erforderlich, daß ich noch einmal den Weg durchs Badezimmerfenster nahm. Denn ich wollte nicht, daß jemand beobachtete, wie ich zu dieser frühen Stunde das Hotel verließ.

Das *museo* war nur gut einen Kilometer vom Hotel entfernt. Ich mied die Hauptstraßen, bewegte mich im Laufschritt über stille Gassen und Nebenstraßen und hielt mich im Schatten, wo immer möglich. Als ich mein Ziel erreicht hatte, versteckte ich mich eine Zeitlang in dem kleinen Garten hinter dem Gebäude, um zu Atem zu kommen. Ich schaute mich um. Von der Polizei war nichts zu sehen – keine Wachposten, keine Fahrzeuge.

Ich besaß immer noch den Schlüssel zu Don Hernans Büro. Da er im Hotel nur diesen einen Schlüssel hinterlassen hatte, war ich ziemlich sicher, daß es sich um einen Universalschlüssel handelte. – Überdies stand ›MUSEO‹ darauf, nicht ›BÜRO‹. Und Don Hernan war schließlich leitender Direktor des Museums gewesen. Vorsichtig schlich ich zur Hintertür.

Binnen weniger Sekunden war ich drinnen und stieg so leise die Treppe hinauf, wie ich konnte. Als ich ins oberste Stockwerk gelangte, wartete ich eine Zeitlang, bis meine Augen sich an das Halbdunkel gewöhnt hatten. Ich sah, daß die Polizei ein breites Plastikband vor die Tür des Büros gespannt hatte, doch Wachen waren nicht aufgestellt. Die Ermittlungsarbeiten waren weitgehend abgeschlossen.

Ich schlich den Flur hinunter. Es war sehr einfach, unter dem gelben Band hindurchzukriechen und die Bürotür zu öffnen.

Aus der Hotelküche hatte ich eine Taschenlampe mitgebracht. Ich knipste sie an und ließ den Lichtstrahl rasch durch das Büro schweifen. Keine Brille. Kein Gehstock. Nur die Kreidemarkierung an der Stelle, an der man den Toten gefunden hatte, war zu sehen.

Den Tischkalender, den ich bei meinem letzten Besuch hatte fallen lassen, als ich so eilig aus dem Fenster flüchten mußte, hatte jemand zwischen das Fensterbrett und einen kleinen Aktenschrank gesteckt. Offensichtlich hatte die Polizei den Kalender bei der flüchtigen Durchsuchung des Büros übersehen. Ich zog ihn hervor, verließ das Büro und ging auf dem gleichen Weg zurück, auf dem ich gekommen war. An der Eingangstür des *museo* hielt ich kurz inne, um mich davon zu überzeugen, daß niemand draußen war. Dann verließ ich das Gebäude und trat hinaus auf den Platz.

Gegen halb fünf lag ich wieder im Bett. Aber ich schlief nicht. Ich mußte über vieles nachdenken.

Bis jetzt hatte ich mich nur am Rande der Wahrheit bewegt. Aber das war so, als würde man versuchen, am Abgrund des Niagarafalls entlangzugehen. Früher oder später wurde man in die Tiefe gerissen. In meinem Fall wurde ich unaufhaltsam in eine Welt der Masken hinuntergezogen, in eine Welt des Bösen.

Vielleicht, ging es mir durch den Kopf, wurde der Alptraum bald Wirklichkeit, der mich in der ersten Nacht in Mérida heimgesucht hatte. Vielleicht stürzte ich hinunter in die schwarze Welt von Xibalba, wo die Fürsten des Todes warteten.

Warum wehrte ich mich nicht dagegen?

Vielleicht lag es daran, daß erst jetzt irgendein schlummerndes Gen in mir erwachte, das mich zum Handeln trieb. Vielleicht richteten sich all mein Schmerz und Zorn des zurückliegenden Jahres auf die Geschehnisse. Oder ich verlor schlicht und einfach den Verstand.

Doch ich glaube, es war etwas anderes. Etwas Grundlegendes, Fundamentales: Don Hernan hatte mich stets *amiga* genannt, Freundin.

Und er hatte bei der Suche, die ihn wahrscheinlich das Leben gekostet hatte, einen Partner gebraucht und sich an mich gewandt.

Ich stand in seiner Schuld. Ich *mußte* einfach etwas tun.

Morgen war Lamat.

Ein Tag im Maya-Kalender, der mit dem Kaninchen zu tun hatte. Ein Tag, der so gut wie jeder andere geeignet war, mit der Suche zu beginnen. Ich mußte das Rätsel lösen, das schreibende Kaninchen finden und ihm folgen, wohin es mich auch führte.

Ich hatte bereits zwei ungesetzliche Handlungen begangen. Zum einen Diebstahl, noch dazu am vermeintlichen Schauplatz eines Mordes. Zum anderen hatte ich der Polizei Informationen über ein Verbrechen vorenthalten: den Raub der Statue aus der Hotelbar. Bevor diese verflixte Sache zu Ende war, würde ich mich vielleicht noch weiterer Vergehen schuldig machen.

Das würde der Polizei ganz und gar nicht gefallen, am allerwenigsten Major Ignacio Martinez.

Doch wenn es erst hart auf hart ging, war es mir ziemlich egal, was Major Martinez dachte.

# Lamat

Das letzte Ballspiel zwischen den mythischen Heldenzwillingen und den Fürsten von Xibalba neigt sich dem Ende zu. Es sieht nicht gut aus für die Zwillinge. Die schrecklichen Fürsten der Finsternis haben Hunahpú den Kopf abgeschlagen und diesen gegen den Ball ausgetauscht…

Doch der andere Zwilling, Ixbalanqué, hat einen Plan. Er will es den Bewohnern Xibalbas heimzahlen. Er bittet ein Kaninchen, in den Sträuchern am Rande des Ballspielplatzes zu warten; dann tut er so, als würde er den Kopf seines Bruders in die Richtung werfen, die er dem Kaninchen gewiesen hat.

Das Tier rennt unverzüglich los, und genau zum rechten Zeitpunkt. Denn die Bewohner Xibalbas halten das Kaninchen für den abgetrennten Kopf Hunahpús und jagen kreischend hinterher. Nachdem er seine Gegner auf diese Weise abgelenkt hat, bleibt Ixbalanqué Zeit genug, seinem Bruder den Kopf wieder auf die Schultern zu setzen. Der Sieg über die Bewohner der Unterwelt ist für die Zwillinge in greifbare Nähe gerückt.

In der Mythologie und der Geschichte der Maya tauchen häufig Kaninchen auf, wie ich feststellte, als ich mich in die Handbibliothek des *museo* einlas. Es war eine mühselige Angelegenheit. Das *museo* ist eine private Einrichtung und leidet unter chronischem Geldmangel. Während das Verwaltungsbüro sich eines Computers rühmen kann und die Museumssammlungen zumindest zum Teil elektronisch archiviert und katalogisiert werden, sind die Bestände der Handbibliothek noch immer auf Pappkarten verzeichnet, die in kleinen Schubfächern untergebracht sind.

Doch an diesem Tag fand ich einiges über Kaninchen in der Maya-Mythologie heraus.

An der Ostküste der Halbinsel Yucatán zum Beispiel, südlich des Tulum-Pueblo, steht die Ruine eines im klassischen Stil errichteten Bauwerks, das den Namen Muyil trägt. Und Muyil heißt nichts anderes als ›Platz der Kaninchen‹.

Die Mondgöttin – eine junge Frau, die in der Sichel des Mondes sitzt – wird häufig mit einem Kaninchen auf dem Schoß abgebildet, wie aus einigen Büchern hervorging. Der Grund dafür mag darin zu suchen sein, daß die Maya in den dunklen Gebieten des Erdtrabanten, die bei Vollmond zu sehen sind, die Gestalt eines Kaninchens zu erkennen glaubten, so, wie wir heute das Gesicht des Mannes im Mond.

Außerdem werden Kaninchen in der *Relación de las cosas de Yucatán* des Diego de Landa genannt – eine Schrift, die dieser berüchtigte spanische Priester und spätere Bischof von Mérida im Jahre 1566 verfaßte, um sich gegen die Anschuldigung zu verteidigen, er habe die Maya mit übertriebener Härte behandelt. Und das zu Zeiten der Inquisition! Diego de Landa schrieb über die in Yucatán beheimateten Kaninchen, sie seien ›groß und schmackhaft‹.

Ich entdeckte sogar ein altes, volkstümliches Rezept: Kaninchen in Sherry, Tomaten und Jalapeno-Pfeffer gekocht.

Doch soviel mir bekannt ist, hat keines dieser Kaninchen irgendwelche Schriftstücke hinterlassen.

Die Bibliothek im *museo* war ein staubiger, schummriger Raum mit nur einem Fenster – ein kleines Reich, über das Señor Dr. Antonio Velasquez wachte.

Velasquez hatte eine wahre Besessenheit für Ruhe, Ordnung und Vorschriften aller Art entwickelt, was in seinem Beruf als Bibliothekar allerdings nicht ungewöhnlich sein dürfte. Ich glaube nicht, daß jemand Velasquez in seinen heiligen Hallen jemals mit ›Antonio‹ angeredet hat.

Ich stand an diesem Tag früh auf und erfuhr, daß Doña Josefina immer noch indisponiert sei, so tief habe der Schock über den Tod Don Hernans sie getroffen. Da ich also noch nicht mit der ›Kaiserin‹ sprechen konnte, machte ich mich unverzüglich auf den Weg zur Bibliothek, als das *museo* um neun Uhr öffnete. Genau zu der Zeit, die draußen angeschlagen stand – um Viertel nach neun, öffnete Velasquez die Türen der Bibliothek. Eine solche Pünktlichkeit ist in Mexiko fast so selten wie eine Sonnenfinsternis.

In Anbetracht der Ereignisse der letzten Tage war diese Pünktlichkeit besonders erstaunlich, doch Velasquez gehörte nicht zu den Leuten, die sich ihren Dienstplan von einem oder zwei Morden durcheinanderbringen ließen. Er war in den Fünfzigern, mit dichtem grauem Haar, und hatte die Gewohnheit, geistesabwesend imaginäre Fusseln zu zupfen, von seinem Schreibtisch, seiner Kleidung, seinen Büchern – von überall. Er musterte mich über den Rand seiner Brille hinweg und erklärte mir dann mit ziemlicher Bestimmtheit, daß die Bibliothek nicht für die Allgemeinheit, sondern nur für Personen zugänglich sei, die ernsthafte wissenschaftliche Forschungen betrieben.

Glücklicherweise hatte ich meinen Studentenausweis von der Universität Toronto dabei, aus dem hervorging, daß ich einen Abschluß in mittelamerikanischer Geschichte besaß. Dies genügte, um eingelassen zu werden, wenn auch nicht als willkommene Besucherin.

»Señor Doktor«, begann ich und merkte erst jetzt, daß ich flüsterte, obwohl sich außer uns beiden niemand in der Bibliothek aufhielt. »Ich arbeite an einem Forschungsprojekt über den naturalistischen Symbolismus bei der Darstellung von Maya-Gottheiten. Man hat mich zu Ihnen geschickt, weil ich hier seltene Sekundärliteratur finde, wie mir gesagt wurde.«

»Und wer hat Sie zu mir geschickt?« Velasquez zog die Nase hoch.

»Dr. Hernan Castillo«, log ich. Wie üblich hatte ich mir diese Lüge vorher zurechtgelegt, so daß sie mir mit staunenswerter Glaubwürdigkeit über die Lippen kam. »Dr. Castillo hat mir bei meinen Forschungen sehr geholfen. Er hielt das Thema für hochinteressant und äußerst ergiebig. Ich habe mehrmals von Toronto aus mit ihm telefoniert und hatte gehofft, ihn bei meinem Besuch hier in Mérida anzutreffen, aber ich konnte ihn nicht erreichen«, fuhr ich fort.

Für einen Moment sah es so aus, als würde Velasquez' kühle Zurückhaltung von ihm abfallen. Dann aber gewann der Bibliothekar in ihm wieder die Oberhand.

»Dr. Castillo ist tot. Ihm ist ein bedauerliches Unglück zugestoßen«, sagte er und ignorierte dabei – genau wie ich – die schreierischen Schlagzeilen, die auf den Titelseiten sämtlicher lokaler Zeitungen geprangt hatten. Ich machte ein angemessen entsetztes Gesicht, was mir nicht schwerfiel. Ich konnte sogar nur mit Mühe die Tränen zurückhalten, als ich so unvermittelt an Don Hernans Tod erinnert wurde.

»Seine Sachkenntnis hat die meine bei weitem in den Schatten gestellt«, fuhr Velasquez im Flüsterton fort, »aber ich werde versuchen, Ihnen zu helfen, so gut ich kann. Für welche speziellen Formen des naturalistischen Symbolismus interessieren Sie sich?«

»Für Kaninchen.«

Er stutzte; dann nickte er ernst. Falls er erstaunt war, ließ er sich nichts anmerken. Wahrscheinlich wurde man in einer Bibliothek wie dieser mit den seltsamsten Anfragen konfrontiert. Velasquez führte mich zum Kartenkatalog und erklärte mir, wie ich ihn benutzen mußte. Während er redete, schob er jede Karte, die die Dreistigkeit besaß, auch nur einen Millimeter aus dem kerzengeraden Stapel herauszuragen, mit dem Zeigefinger zurecht.

»Wir haben hier alles nach Fachgebiet und Verfasser geordnet, entsprechend der bibliothekarischen Dezimalklassifikation. Ich kenne allerdings die meisten unserer Bücher aufgrund meiner Studien und kann Ihnen einige Werke zeigen, mit denen Sie Ihre Arbeit aufnehmen können. Bei seltenen

Büchern und Erstausgaben müssen Sie einen schriftlichen Antrag auf Einsichtnahme stellen und das Formular in meinem Büro einreichen. Kein Band darf aus der Bibliothek entfernt werden. Und natürlich ist hier weder essen noch trinken gestattet«, schloß er.

Er hätte mir das alles gar nicht zu sagen brauchen. Überall hingen Schilder.

Ich ging zu einem Tisch im hinteren Teil des Raumes, geschützt von einem Stapel Bücher, und zog mir einen Stuhl heran. Er machte schabende Geräusche, als die Beine über den Marmorfußboden schleiften, was mir den unvermeidlichen tadelnden Blick des Bibliothekars einbrachte. Ich mußte mich hier offensichtlich auf meine besten Bibliotheksmanieren besinnen.

Nach zwei Stunden hatte ich die bereits erwähnten Kaninchen gefunden, mußte aber noch eine ganze Reihe von Büchern durcharbeiten. Es war eine schwierige und langwierige Arbeit, alles von Hand zu notieren, was mir interessant erschien. Doch weit und breit war kein Fotokopiergerät zu sehen, und ich traute mich nicht, Velasquez zu fragen, ob es irgendwo eins gab. Denn ich war hier sichtlich nur geduldet und wollte dem Bibliothekar keinen Vorwand geben, mich an die Luft zu setzen.

Noch hatte ich keinem Menschen von dem seltsamen ›schreibenden Kaninchen‹ Don Hernans erzählt, und ich hätte mir liebend gern einen Ratschlag von jemandem eingeholt, der sich auf diesem Gebiet besser auskannte als ich. Meine bisherigen Studien hatten sich auf die Maya-Sprachen und die Hieroglyphenschrift beschränkt. Wenngleich man dabei sehr viel über die Zivilisation eines Volkes lernt, war mein Wissen immer noch sehr lückenhaft.

Jetzt, nach dem Mord an Don Hernan, kannte ich nur noch zwei Menschen persönlich, die mir vermutlich hätten helfen können: Jonathan und Lucas.

Aber was wußte ich schon über die beiden, außer daß sie

Archäologen waren? Von Jonathan Hamelin wußte ich, daß er Brite war – von der Universität Cambridge, hatte er mir gesagt –, blaß und aristokratisch, und daß er teure Schuhe trug und in einem kleinen, luxuriösen Haus wohnte. Und daß ich gern seine Hand hielt.

Und Lucas May? Der Düstere, Schweigsame? Der nur hin und wieder ein seltsames Lächeln zeigte und ganz selten eine Bemerkung machte? Über ihn wußte ich noch viel weniger. Ich hatte keine Ahnung, wo er wohnte oder wo er Archäologie studiert hatte. Ich hatte das Gefühl, dieser Mann verbarg irgend etwas, hielt es tief in seinem Inneren versteckt. Aber das war nur ein Gefühl.

Für einige Minuten war ich in Gedanken versunken und betrachtete Staubteilchen, die in einem Lichtstrahl schwebten, den eine Lampe auf den Tisch warf. Lautlos erschien Dr. Velasquez neben mir und flüsterte mir zu, daß er die Bibliothek nun leider schließen müsse; aber zwischen vier und sechs Uhr wäre sie wieder geöffnet.

Voller Verwunderung erkannte ich, daß bereits drei Stunden vergangen waren. Und ich war dem Geheimnis des schreibenden Kaninchens kein Stück näher gekommen. Ich bedankte mich bei Velasquez für seine Hilfe – mein Lohn war eine knappe Verbeugung – und sagte ihm, daß ich um vier Uhr wiederkäme.

Über die Hintertreppe verließ ich das *museo* und stand Augenblicke später blinzelnd im nunmehr ungewohnten Sonnenlicht, wie eine Eidechse, deren dunkles Versteck plötzlich freigelegt worden war.

Doch mir war beim Hinausgehen etwas Interessantes aufgefallen: Man brauchte zwar einen Schüssel, um ins Gebäude zu kommen; um es zu verlassen, mußte man lediglich einen Riegel an der Tür zur Seite schieben. Falls also jemand nach Schließung des *museo* irgendeine Schandtat vorhatte, brauchte er sich bloß zu verstecken und zu warten, bis alle Mitarbeiter gegangen waren. Dann konnte er tun, was immer er wollte, und das Gebäude später nach Belieben verlassen.

Ich schlenderte ziellos umher, um die Zeit bis zur nachmittäglichen Öffnung der Bibliothek totzuschlagen, und gelangte bei meinem Bummel auf den Marktplatz. Ich nahm den Anblick in mich auf, die Geräusche, die Gerüche, und war wie immer überwältigt von den Farben, die für mein nordamerikanisches Auge ungewohnt bunt und strahlend waren.

Es war Karnevalszeit. Der Aschermittwoch war zwar nicht mehr fern, doch überall beherrschten noch bunte bemalte Masken und Umhänge die Szenerie. Hier war es wieder: das Zusammenleben von Alter und Neuer Welt. Auch wenn der Karneval christlichen Ursprungs ist, waren die Kostüme eindeutig von der Maya-Kultur geprägt: Dämonen, Tierwesen und die verschiedensten Geschöpfe aus Xibalba mit grotesken gehörnten Fratzen. Ein geschäftstüchtiger Ladenbesitzer bot Kostüme der ›Kinder des Sprechenden Kreuzes‹ an, komplett mit Kampfanzug, schwarzer Kapuze und Holzgewehr.

Es gab Stände, an denen Obst und Gemüse angeboten wurden; einige Früchte kannte ich, andere nicht. Andere Händler verkauften Bündel getrockneten schwarzen Pfeffers, der sein würzig-stechendes Aroma verströmte; mexikanische Tomaten, *tomatillos*, kleine grüne Früchte in einer natürlichen braunen, stoffähnlichen Hülle; die stacheligen *nopales*, kaktusartige Pflanzen, deren Stacheln erst entfernt werden müssen, bevor die Früchte für Salate und *moles* benutzt werden können; und schließlich die süß oder scharf, duftig oder streng riechenden Gewürze – *epazote, achiote, annatto*-Samen, Kreuzkümmel, Chili, Safran.

Nach einiger Zeit wurde ich des Umherschlenderns müde und setzte mich auf die Veranda vor einem Restaurant, um ein mexikanisches Sandwich zu essen, eine *torta*, gefüllt mit *frijoles* – gebackene schwarze Bohnen –, Avocado und *Anejo*-Käse; dazu eine Portion Jalapeno-Pfeffer, gefüllt mit Shrimps und Käse und leicht angebraten.

Die Luft war angenehm warm, und als ich nach dem Essen auf der Veranda saß und ein Bier trank, versuchte ich, meine bisherigen Erkenntnisse zusammenzufassen und zu ordnen und mir über meine eigene Rolle in dieser Geschichte klarzuwerden.

Ein Raub in aller Öffentlichkeit und zwei Morde. Und es schien Fäden zu geben – wie dünn sie auch sein mochten –, die diese drei Verbrechen miteinander verknüpften.

Zuerst der Raub. Alejandro war mit Sicherheit darin verstrickt. Die Tat war in der Bar eines Hotels verübt worden, das Diego Maria Gomez Arias gehörte. Der geraubte Gegenstand war eine Statue, wegen der es vor kurzem einen Streit zwischen Hernan Castillo und Gomez Arias gegeben hatte. Die Statue wurde von einer selbsternannten Terroristengruppe geraubt, die sich als Kinder des Sprechenden Kreuzes bezeichnete. Aber wer hat schon von einer Terroristengruppe gehört, die antike Statuen aus Hotelbars raubt? Banküberfälle, Flugzeugentführungen, Autobomben und dergleichen – solche Greueltaten sind bei Terroristen üblich. Aber der Raub von präkolumbianischen Statuen?

Dann der Mord an Luis Vallespino. Luis' Bruder ist ein Freund von Alejandro, und Montserrat, die Tochter von Gomez Arias, nimmt an der Beerdigung Luis' teil. Und nicht zu vergessen: Luis wurde auf dem Dach des *museo* gefunden, und sowohl Don Hernan als auch Gomez Arias gehören dem Verwaltungsrat des Museums an. Don Hernan ist überdies ein Mitarbeiter und bedeutender Gönner des *museo*.

Dann der Mord an Don Hernan. Der wahrscheinlich nicht in seinem Büro verübt wurde, sondern irgendwo anders. Doch Don Hernans Leiche wird im *museo* aufgefunden. Mit einer Perle aus Jade im Mund. Was das zu bedeuten hatte, wußte ich nicht. Don Hernan hatte nach irgend etwas gesucht, das offensichtlich mit den Maya zu tun hatte, zumal er beim Telefongespräch mit mir sagte, die Sache würde in mein Studiengebiet fallen. Und sie war wichtig genug, daß er mich gebeten hatte, deshalb nach Mérida zu kommen.

Don Hernan arbeitete mit Gomez Arias zusammen, bis sie Streit bekamen. Gomez Arias ist ein besessener Sammler. War es möglich, daß diese beiden Männer ein und dasselbe gesucht hatten? Und falls es so war – wie weit war Gomez Arias zu gehen bereit, um zu bekommen, was er wollte?

Es mußte irgend etwas oder irgend jemanden geben, der eine Verbindung zwischen all den Vorfällen, all den beteiligten Menschen darstellte. Im Augenblick schien ich selbst diese Person zu sein: Ich war auf Don Hernans Aufforderung hierhergekommen; ich war Augenzeugin des Raubes gewesen; ich hatte die Leiche von Luis Vallespino gefunden. Allmählich hatte ich sogar Verständnis dafür, daß Major Martinez ein so mißtrauisches Auge auf mich geworfen hatte.

Ich schlenderte zurück zum *museo*, blieb wieder kurz in dem kleinen Garten hinter dem Gebäude stehen, ließ den Blick in die Runde schweifen und dachte dabei über meine Besuche bei Don Hernan nach und über die interessanten Zeiten, die wir gemeinsam verbracht hatten. Es fiel mir schwer. Erst mußte ich mit aller Kraft die Erinnerung an die Bilder und Gerüche im Kellergeschoß der Leichenhalle verdrängen.

Dann sah ich, wie Antonio Velasquez erschien und durch die Hintertür, die ich selbst mehrere Male benutzt hatte, das Gebäude betrat. Ich fragte mich, wie viele Leute den Schlüssel für diese Tür besaßen.

Wieder ging ich zur Bibliothek und wartete, bis Velasquez, pünktlich wie immer, die Türen öffnete. Auf meinem Tisch im hinteren Teil des Raumes lag ein neuer Stapel Bücher.

»Weitere Kaninchen.« Mehr sagte Velasquez nicht. So langsam fühlte ich mich in dieser kleinen dunklen Ecke heimisch, und kurz darauf stürzte ich mich mit frischem Eifer auf die Bücher. Während ich arbeitete, ging Velasquez seinen Aufgaben als Bibliothekar nach, indem er Ordnung in den Regalen schaffte und Besucher abwimmelte.

Ich las, daß im Jahre 695 im geheimnisumwitterten Stadt-Reich Copán im Südteil der Halbinsel Yucatán, im heutigen Honduras, ein interessanter Thronwechsel stattgefunden hatte: ›18 Kaninchen‹ – er trug diesen Namen dem Tag seiner Geburt entsprechend – war König von Copán geworden. Er regierte zweiundvierzig Jahre, bis er von Cauac aus dem benachbarten Königreich Quiriga besiegt und den Göttern geopfert wurde. Doch 18 Kaninchen, ein eifriger Förderer der Künste, hatte während seiner Regierungszeit einige der eindrucksvollsten Monumente der Maya-Kultur errichten lassen, darunter Tempel mit steinernen Standbildern und Reliefs, die in der Welt der Maya unübertroffen waren. Sein Bildnis ist noch heute auf einer wundervollen steinernen Bildsäule in der Nähe von Copán zu besichtigen. Auf dieser Stelle hat er sich als Reinkarnation der Heldenzwillinge und verschiedener anderer Maya-Gottheiten abbilden lassen.

Doch von einem rivalisierenden König besiegt und geopfert zu werden – insbesondere vom König eines Nachbarreiches, dem 18 Kaninchen einige Jahre zuvor auf den Thron verholfen hatte – ist so ziemlich das schmählichste Ende, das man sich für einen Herrscher vorstellen kann. Erst sein Urenkel Yax Pac sorgte ungefähr dreißig Jahre später dafür, daß der Name seines Ahnen reingewaschen und die Erinnerung an 18 Kaninchen wieder in Ehren gehalten wurde.

Ich versuchte vergeblich, weiteres Material zu finden. Nach ungefähr einer Stunde fruchtloser Suche wollte ich schon aufgeben, als ich den Entschluß faßte, Diego Velasquez zu fragen, ob er Bücher über den Kastenkrieg und jene Städte und Dörfer besaß, in denen die mysteriösen Sprechenden Kreuze erschienen waren.

Wie sich herausstellte, hatte mein Nachbar Alex recht gehabt, was diese wundersamen Sprechenden Kreuze anging. Im Jahre 1850 war tatsächlich in der Nähe der späteren Stadt Chan Santa Cruz ein solches Kreuz erschienen – ein Kreuz, das in einen Baum geschnitzt war. Es hatte zu den Maya gesprochen und sie aufgefordert, sich gegen ihre spanischen Unterdrücker zu erheben und sie ein für allemal zu vernichten. Das Kreuz von Chan Santa Cruz war das erste in einer langen Reihe Sprechender Kreuze, die alle die gleiche Botschaft übermittelt hatten.

Ich entnahm diesem Bericht zwei interessante Informationen.

Erstens hatten die Maya immer schon gewußt, daß die Sprechenden Kreuze keine Stimmen waren, die von einer Gottheit gesandt wurden, sondern lediglich die Stimmen ihrer Mitmenschen. Einige vertraten allerdings die Meinung, daß es *doch* die Stimme eines Gottes sei, der sich durch bestimmte Menschen mitteilte. Andere waren machiavellistischer gewesen: Sie hatten es verstanden, diese Stimmen als machtvolles Symbol des Widerstandes darzustellen und für ihre eigenen Ziele zu benutzen. Wie dem auch sei – die Maya errichteten eine Art Hauptstadt in Chan Santa Cruz, jener Stadt, in der das Kreuz zum erstenmal erschienen war.

Der zweite Gegenstand meines Interesses war komplizierter; außerdem wußte ich nicht, wie wichtig die Sache für meine Nachforschungen war. Ich überflog einen Bericht über die Schlachten zwischen Spaniern und Maya, über die Siege und Niederlagen auf beiden Seiten, über den Vormarsch der mexikanischen Armee auf die Maya-Stadt Chan Santa Cruz, als mir plötzlich ein Name ins Auge fiel: General Francisco May.

Nachdem die Mexikaner um die Jahrhundertwende Gebiete zurückeroberten, die sie im Kastenkrieg verloren hatten, wurden weiterhin Guerilla-Überfälle durch die Maya verübt, bis die mexikanische Armee sich 1915 wegen der mexikanischen Revolution vom Kriegsschauplatz zurückziehen mußte.

Nach dem mexikanischen Rückzug stieg ein General namens Francisco May zur Macht auf; er errichtete sein Hauptquartier in einer Stadt namens Chan Coh Veracruz, ›Kleine Stadt des Wahren Kreuzes‹.

Dann aber unternahm General May einen Schritt, der ihm in den Annalen des Maya-Widerstands einen für immer verhaßten Namen bescherte: Er schloß Frieden mit der mexikanischen Regierung.

Die Mexikaner kehrten zurück und beraubten May seiner Macht; der Widerstand verlagerte sich auf andere Menschen, an andere Orte.

May starb 1969. Ich las, daß eine Gedenktafel, die an seinen Tod erinnert, sich heute in Felipe Carrillo Puerto befindet – eine Stadt, die einst den Namen Chan Santa Cruz trug und in der das Sprechende Kreuz das erste Mal erschienen war.

Francisco May. Ein interessanter Name, der in einem interessanten Zusammenhang mit den Städten stand, in denen Sprechende Kreuze erschienen waren. Als ich mir den Gesichtsausdruck von Lucas May in Erinnerung rief – in jenen Minuten, als die Itzamná-Statue aus der Ek-Balam-Bar geraubt worden war –, kam mir der Gedanke, daß Lucas möglicherweise eine größere Rolle spielte, als ich bisher angenommen hatte.

Inzwischen war es kurz vor Schließungszeit der Bibliothek, und ich packte meine Sachen zusammen, um zu gehen. Am Schalter bedankte ich mich bei Velasquez. Er fragte, ob ich noch einmal wiederkäme, was ich bejahte.

»Aber morgen haben wir leider nicht geöffnet«, sagte er darauf, zögerte einen Moment und fügte dann hinzu: »Ich war nicht ganz ehrlich zu Ihnen. Dr. Castillo ist kein... Unglücksfall zugestoßen, wie ich Ihnen heute morgen sagte. Er wurde brutal ermordet. Das *museo* wird morgen geschlossen, damit die Mitarbeiter an der Beisetzung teilnehmen können.«

Ich schaute diesen Mann mit dem dichten grauen Haar und den nervösen Gesten an und sah, daß ihm Tränen in den Augen standen.

»Ich war auch nicht ganz ehrlich zu Ihnen«, erwiderte ich.

»Auch ich werde morgen an der Beisetzung teilnehmen. Don Hernan war ein Freund von mir.«

Er schaute mich erstaunt an.

Dann fragte er nervös: »Suchen Sie wirklich nach Maya-Symbolen? Nach Kaninchen?«

»Ja«, erwiderte ich. »Aber nach einer besonderen Art von Kaninchen. Und ich tue es für Don Hernan.«

Velasquez blickte mich fragend an.

Ich holte tief Atem und wagte den Sprung ins kalte Wasser. »Ich suche nach einem schreibenden Kaninchen. Es wäre mir lieb, wenn Sie niemandem davon erzählen. Denn ich habe das schreckliche Gefühl, daß diese Suche gefährlich ist.«

Meine Äußerung hatte zur Folge, daß Velasquez wie ein Verrückter imaginäre Fusseln von seiner Kleidung zupfte, doch schließlich brachte er ein Nicken zustande. »Verstehe«, flüsterte er.

So nahe am Äquator bricht die Nacht rasch herein, und es war schon dunkel, als ich wieder einmal die Hintertreppe des *museo* hinunterstieg und das Gebäude verließ.

Ich blickte zu den Lichtern des Paseo de Montejo hinüber, der zwei, drei Querstraßen entfernt war, beschloß aber, über Seitenstraßen zum Hotel zurückzukehren, wie in der Nacht zuvor.

Ich hatte das Gefühl, wenn nicht verfolgt, so doch beobachtet zu werden, als ich mich auf den Weg zur Casa de las Buganvillas machte.

Mehrmals blickte ich über die Schulter, entdeckte aber niemanden, nur eine flüchtige Bewegung in den Schatten, die vermutlich von den Autoscheinwerfern auf der ein gutes Stück entfernten Hauptstraße herrührte oder die von einem Licht verursacht wurde, das in einem der Häuser entlang des Weges aufflammte.

Als ich zum Hotel gelangte, erwarteten mich dort weitere schlechte Neuigkeiten. Irgendwann im Laufe des Tages war Francesca aufgefallen, daß die Glocke im Zimmer der Kaiserin seit mehreren Stunden nicht betätigt worden war. Als Francesca auf dem Zimmer nachschaute, hatte sie Doña Josefina bewußtlos aufgefunden. Die alte Frau hatte offenbar einen Schlaganfall erlitten. Man hatte sie sofort in ein Krankenhaus gebracht, doch ihr Zustand war bedenklich, wie die Ärzte erklärten.

Doña Josefina konnte nicht mehr reden und nur noch auf einem Auge sehen. Was immer sie über diese Sache wußte, würde sie für unbestimmte Zeit niemandem mitteilen können.

Vielleicht nie mehr.

# Muluc

Wie sehr man Don Hernan geschätzt hatte, war schon an der riesigen Schar von Trauergästen und den vielen Beileidsbekundungen anläßlich seiner Beerdigung zu erkennen.

In der Kathedrale gab es keinen freien Platz mehr. Abgesandte von Universitäten und Museen waren gekommen, sogar aus dem fernen Europa, und viele Persönlichkeiten des öffentlichen Lebens. Es wurde gemunkelt, daß sogar der mexikanische Präsident an der Beisetzung teilnehmen würde. Doch falls er gekommen war, sah ich ihn nicht.

Wahrscheinlich hatte er andere Sorgen. Der Kurs des Peso befand sich in freiem Fall, und Meldungen über Korruption und andere Fehltritte verschiedener Regierungsmitglieder hatten sich bis in die Familie des Präsidenten hinein ausgeweitet. Mit anderen Worten: In Mexiko City herrschten die altbekannten politischen Verhältnisse.

Auch Jonathan war zur Beerdigung erschienen. Er wäre in jedem Fall gekommen, um mir Gesellschaft zu leisten, sagte er mir, doch die Universität Cambridge hatte ihn gebeten, als ihr offizieller Vertreter an der Beisetzung Don Hernans teilzunehmen, und so saß Jonathan bei der offiziellen Delegation. Von Lucas sah ich keine Spur.

Die Beerdigungsfeierlichkeiten fanden in der großen Kathedrale an der Plaza Grande statt. Ich betrachtete das als irgendwie passend, wenn man Don Hernans Interesse an den Maya berücksichtigte. Hunderte von Maya-Arbeitern hatten sechsunddreißig Jahre gebraucht, um diese gewaltige Kirche zu errichten – mit Steinen aus ihrer eigenen, von den Spaniern geschliffenen Stadt.

Die Kathedrale ist ein ziemlich schmuckloses und düsteres

Bauwerk. Kirchen aus dieser Zeit hatten oft zugleich als Festungen gedient, da die Maya noch nicht völlig unterworfen waren. Bei der Kathedrale war der Festungscharakter unübersehbar. Statt der großen, prachtvollen Buntglasfenster, die man gemeinhin mit solchen Gotteshäusern verbindet, gab es hier nur Schießscharten. Die Hauptfassade ist ausgesprochen schmucklos. Gleiches gilt für das Innere, das im Maya-Stil errichtet ist.

Die Kathedrale von Mérida ist die älteste auf dem nordamerikanischen Festland, und das Kreuz über dem Hauptaltar ist angeblich das zweitgrößte der Welt. Wahrscheinlich war es einst ganz mit Gold verziert, von dem das meiste jedoch im Laufe der Revolutionswirren verschwunden ist.

Während die Menschenmenge ins Innere der Kirche strömte, dachte ich über ein Gespräch nach, das ich an diesem Morgen mit Doña Francesca geführt hatte. So gut ich konnte, hatte ich ihr in der Küche geholfen und den Gästen Tabletts mit Kaffee und Gebäck serviert. Viele waren aufgrund der Ereignisse der letzten Tage völlig verzweifelt und am Rande der Hysterie.

Nachdem ich eine gute halbe Stunde zwischen Küche und Speisesaal hin- und hergelaufen war, schlug Francesca mir vor, eine Kaffeepause einzulegen, was ich dankbar akzeptierte. Wir setzten uns, tranken *café con leche* und redeten über Doña Josefina.

»Ich finde, ihr alle wart ausgesprochen geduldig mit ihr«, sagte ich. »Sie war bestimmt nicht leicht zufriedenzustellen.«

»Das mag schon sein«, erwiderte Francesca, »aber sie war auch eine außergewöhnliche Frau. Doña Josefina hatte es nicht leicht im Leben. Sie wurde nicht in Mexiko geboren, sondern in England, weißt du. Ich glaube, ursprünglich hieß sie Josephine. Ihren Nachnamen kenne ich allerdings nicht. Ich weiß nur aus verschiedenen Hinweisen, daß ihre Familie sehr arm war und daß sie mehrere Jahre lang sparen mußte, um das Geld für die Überfahrt nach Nordamerika zusammenzubekommen. Natürlich wollte sie nach New York. Will das nicht jeder? Aber das Schiff nach Mérida war billiger. Ich glaube, sie sagte einmal, daß sie auf einem Frachtschiff gereist ist.«

»Wann war das?«

»Vor langer Zeit. Doña Josefina sagte, daß sie damals noch sehr jung war. Ende der zwanziger Jahre, würde ich sagen.«

»Man hat es damals bestimmt als sehr wagemutig betrachtet, wenn eine junge Frau eine solche Reise machte«, meinte ich.

»Oh, ja. Ganz gewiß. Aber ich glaube, in ihrem Fall war die Verzweiflung größer als der Wagemut oder die Furcht vor Gefahren. Wie dem auch sei – Doña Josefina hat mir mal erzählt, daß sie zuerst als Kindermädchen für eine wohlhabende mexikanische Familie gearbeitet hat. Hin und wieder erlaubte man ihr, sich bei Dinnerpartys zu den Gästen zu gesellen. Und auf einer dieser Partys hat sie die Liebe ihres Lebens kennengelernt.

Er war ein verheirateter Mann, so daß eine rechtmäßige Ehe von vornherein unmöglich war. Kurz nachdem Doña Josefina den Mann kennengelernt hatte, wurde sie schwanger. Er hat sie und das Kind vier Jahre lang finanziell unterstützt. Josefina und ihr Geliebter beteten den Jungen förmlich an, vor allem Josefina. Das Kind war ihr ein und alles. Vielleicht auch für ihren Geliebten, wenn man bedenkt, was dann geschah.

Eines Tages kam Josefina von einer längeren Einkaufsreise zurück und stellte fest, daß ihr Sohn verschwunden war. Die Frau, die auf den Jungen aufpaßte, hatte man in einen Schrank gestoßen und darin eingesperrt. Sie hatte die Männer nicht erkannt, die den Jungen entführt hatten. Doch Josefina konnte sich sehr gut vorstellen, wer dahintersteckte. Sie eilte zum Haus ihres Geliebten, fand es aber verlassen vor. Man sagte ihr, die Familie wollte ins Ausland übersiedeln. Josefina suchte sämtliche Anlegestellen im Hafen nach einem

Schiff ab, das nach Europa fuhr, und sie wartete Tag und Nacht am Haus ihres Geliebten. Doch sie sah ihren Sohn nie wieder. Tja, Doña Josefina blieb in Mérida und wartete seither auf die Rückkehr der Familie. Sie hoffte, irgendwann ein Wort von ihr zu hören oder wenigstens zu erfahren, was aus ihrem Sohn geworden war.

Um sich ihren Lebensunterhalt zu verdienen, mußte sie einen schrecklichen Schritt tun. Da sie nach ihrer Ankunft in Mexiko einige Jahre für eine vornehme Familie in Mérida gearbeitet hatte, besaß sie geschliffene gesellschaftliche Umgangsformen. Als junges Mädchen war sie nicht allzu gebildet gewesen, doch sie hatte sich in der Bibliothek ihrer früheren Arbeitgeber sehr großes Wissen angelesen.

Doña Josefina wurde eine Kurtisane, um es höflich auszudrücken. Sie bezeichnete sich aber stets als Witwe, und ich glaube, in gewisser Weise war sie das auch. Ich weiß, daß viele Leute sie für einen schwierigen Menschen halten. Aber im Grunde war sie gar nicht schwierig. Es war eine innere Härte, eine charakterliche und seelische Kraft, die ihr geholfen hat, das Leben durchstehen.«

Ich spürte, wie mir die Kehle eng wurde, als Francesca mir die Geschichte dieser Frau erzählte, die ich zuerst für unnahbar, ja ein bißchen lächerlich gehalten hatte. Nun aber, als ich in der Kathedrale saß, fühlte ich, wie mir Tränen in den Augen brannten. Diese Frau mit dem aristokratischen Namen hatte fünfzig Jahre in Mérida ausgeharrt und vergeblich auf ihren Sohn gewartet. Und um leben zu können, um *warten* zu können, hatte sie ihren Körper an Männer verkauft. Am heutigen Tag, so schien es mir, war auch ein Gebet für Doña Josefina angebracht.

Als die Lichter über dem Hauptaltar aufflammten und der Gottesdienst begann, überkam mich eine seltsame Empfindung: eine geistige Benommenheit und Orientierungslosigkeit. Ich versuchte, mich auf die Worte der Predigt zu konzentrieren und Trost darin zu finden, doch es gelang mir nicht.

Der Geistliche sprach über Christus als Fischer von Menschen und Seelen, und ich erinnerte mich daran, daß heute Muluc war – jener Tag im Kalender der Maya, der mit Wasser und Fischen in Verbindung steht. Plötzlich kamen mir die finsteren Widersprüche in dieser Stadt – die Verschmelzung der westlichen Welt mit der Welt der Maya, die diese Kathedrale wie kaum ein anderes Bauwerk verkörperte – unheilverkündend und bedrohlich vor.

Mit einem Mal sehnte ich mich nach Kühle und Dunkelheit. Irgendwo in meinem Inneren meldete sich eine Stimme zu Wort, die von der Vernunft geleitet wurde, und erklärte, meine bedrückenden Empfindungen seien nur auf den Schock und den Schmerz in den letzten Tagen zurückzuführen. Doch die Stimme verhallte rasch, und ich verspürte das überwältigende Verlangen, in eine dunkle Ecke zu fliehen, fern vom Licht. Ich erhob mich und bahnte mir, Entschuldigungen murmelnd, einen Weg zum Seitengang neben den Kirchenbänken.

Links neben dem Hauptaltar befindet sich eine kleine Kapelle mit einer Christusstatue, die den seltsamen Namen *Christo de las Ampollas* trägt, der ›Christus mit den Brandblasen‹. Angeblich wurde er im sechzehnten Jahrhundert aus dem Holz eines Baumes geschnitzt, der vom Blitz getroffen wurde und eine ganze Nacht in Flammen gehüllt war, ohne am nächsten Tag auch nur die geringsten Brandspuren aufzuweisen. Ursprünglich stand diese Statue in einer anderen Kirche, der von Ichmul; es ist überliefert, daß diese Kirche niederbrannte und die Statue nach der Feuersbrunst lediglich geschwärzt und mit Brandblasen bedeckt gewesen war.

Ich lehnte mich erschöpft an die Wand des dunklen Seitenganges, richtete den Blick auf die kleine Kapelle und erstarrte: Vor der Christusstatue kniete eine Frau mit hellem Haar, in dunkler Kleidung, mit dunklen Handschuhen und mit schwarzer Mantilla; betend zündete sie eine Opferkerze an.

Doña Josefina.

Für einen Augenblick war ich überzeugt, tatsächlich die alte Dame zu sehen, als wäre sie wie durch ein Wunder genesen. Dann erhob sich die Frau und drehte sich in meine Richtung. Es war Sheila Stratton Gomez.

Als sie mich sah, bedachte sie mich mit einem schwachen Lächeln. Ihre Augen waren vom Weinen gerötet. Ich mußte daran denken, daß Sheila und Doña Josefina vieles gemeinsam hatten: Beide waren Ausländerinnen, beide waren einsam, wenn auch aus sehr unterschiedlichen Gründen, und beide waren in gewisser Weise die Opfer rücksichtsloser Männer.

Sheila hatte offenbar das Entsetzen auf meinem Gesicht bemerkt, denn sie kam rasch zu mir, nahm mich am Arm und zog mich zu einer Sitzbank an der Kirchenwand. Dann öffnete sie schweigend ihre Handtasche und wies auf den Inhalt. Ich sah nur zwei Dinge: eine Kreditkarte und eine kleine silberne Taschenflasche.

Sheila benutzte ein Taschentuch, um die Flasche damit zu verbergen, öffnete sie, nahm einen raschen Schluck und reichte sie mir. Auch ich trank. In der kleinen Flasche war eisgekühlter Martini. Ich muß gestehen, daß er mir half, meine noch immer flatternden Nerven zu beruhigen.

Sheila hakte mich unter, und dann saßen wir nebeneinander, während die Messe ihren Fortgang nahm. Schließlich schlossen wir uns der Prozession hinter dem Sarg an, die von Santiago in seinem Rollstuhl angeführt wurde. Norberto und Alejandro zählten zu den Sargträgern.

Sheila und ich setzten Sonnenbrillen auf, als wir die Kirche verließen und mit der Prozession zum Grab zogen. Wie für Mexiko typisch, ist auch der Friedhof von Mérida bunt und üppig – viel prächtiger als die Friedhöfe, die ich aus der Heimat kenne: Die Grabsteine sind kobaltblau, tiefrot, grün oder weiß; auf vielen ist ein Bild des Verstorbenen zu sehen, mit Blumengirlanden behängt. Die Farben dieser Blumen sind außergewöhnlich: Lilien, Nelken, Rosen und Margeriten, die von Maya-Frauen verkauft werden, die ihre kleinen, von Sonnensegeln beschatteten Stände am Hauptweg zum Friedhof aufstellen. Die Grabsteine in ihrer Vielfalt – von schlichten Kreuzen bis hin zu kleinen, wie Hochzeitskuchen verzierten Kapellen aus Marmor – legen Zeugnis ab von der Besessenheit der Mexikaner, was den Tod angeht.

Es war beinahe wie ein Festspiel, als wir zu Don Hernans Familiengruft zogen, wo er neben seiner Frau und seinen Ahnen beigesetzt wurde. Doch es gab einen störenden Beiklang: die Vielzahl von Polizisten, die sich an den Rändern der Menschenmenge postiert hatten. Ein Beamter, der sich hinter einer großen Kapelle versteckt hielt, nahm die Trauergäste sogar mit einer Videokamera auf.

Auch Major Martinez war erschienen. Ich war sicher, daß er mich die ganze Zeit keine Sekunde aus den Augen ließ. Vielleicht gaukelte es mir meine aufgewühlte Phantasie auch nur vor. Jedenfalls war es eine beeindruckende Zurschaustellung von Polizeimacht und ein Fressen für Fernsehen und Presse, die ausführlich über das Begräbnis berichteten.

Nach der Beisetzung glitt eine glänzende schwarze Limousine mit dunkel getönten Fenstern vor den Friedhofseingang. »Geht es Ihnen jetzt wieder besser?« fragte Sheila und blickte zu dem Wagen. »Ich kann Sie zum Hotel mitnehmen, wenn Sie möchten.«

Ich sagte ihr, daß ich bei den Ortiz bleiben wolle, bedankte mich aber für ihre Freundlichkeit.

Erneut bedachte sie mich mit ihrem traurigen Lächeln. »Dann möchte ich meine Bitte wiederholen, daß Sie mich recht bald noch einmal besuchen kommen. Ich möchte, daß Sie meinen Mann kennenlernen. Wie wäre es mit einem Abendessen Ende dieser Woche?«

Ich fragte mich, wie oft Gomez Arias tatsächlich zum Abendessen zu Hause war, sagte Sheila aber, daß ich gern kommen würde. Schließlich stand ihr Mann auf meiner persönlichen Verdächtigenliste, und ich wollte ihn nur zu gern kennenlernen.

Sheila stieg rasch in die Limousine, und der Wagen glitt davon.

In der Casa de las Buganvillas waren enge Freunde von Don Hernan zum Tee eingeladen. Zu meiner großen Überraschung war auch Antonio Velasquez erschienen. Er wirkte jedoch verloren, völlig fehl am Platze; erst als er in Santiagos Privatbibliothek im Wohnzimmer schmökerte, schien er in seinem Element zu sein.

»Also stimmt es wirklich, daß Sie und ich Freunde von Don Hernan sind... äh, waren«, sagte er, als ich ihm eine Tasse Tee brachte.

Ich nickte.

»Erzählen Sie mir, wie Sie ihn kennengelernt haben?« fragte er.

Und mit der Redseligkeit, die manchmal Trauer und Schmerz begleitet, erzählte ich diesem seltsamen kleinen Mann von meiner langen Freundschaft mit der Familie Ortiz, und wie die Ortiz mich mit Don Hernan bekanntgemacht hatten. Ich erzählte ihm von meinem geliebten Antiquitätengeschäft, und wie ich es verloren hatte, und daß meine Ehe in die Brüche gegangen war, und von dem Anruf, der mich nach Yucatán geführt hatte, und von Don Hernans Hinweis auf das schreibende Kaninchen. Diesmal schwieg meine vernunftbeherrschte innere Stimme, während ich redete und redete, und sie fragte mich auch nicht, ob es klug sei, sich einem Fremden so sehr anzuvertrauen, oder ob mich vielleicht jemand belauschte.

»So, und nun sind Sie an der Reihe, mir einige Dinge zu erzählen«, sagte ich, als ich meine Geschichte ausgeschöpft und meine Stimme erschöpft hatte.

»Ich wohne bei meiner Mutter«, begann Velasquez mit einem offensichtlichen Fehlschluß. »So ungefähr das, was man von einem Mann erwarten kann, der die Wirklichkeit nur in alten Büchern findet, nicht wahr?« Er lächelte ein wenig verschämt; dann fuhr er fort: »Vor ungefähr drei Jahren ist meine Mutter schwer erkrankt. Sie brauchte eine sehr kostspielige medizinische Behandlung, die ich mir nicht leisten konnte. Als ich sie aus dem Krankenhaus holen wollte, weil ich es nicht mehr bezahlen konnte, stellte ich fest, daß sämtliche Rechnungen beglichen waren.«

Erst jetzt ging mir ein Licht auf. »Don Hernan« sagte ich.

Velasquez nickte. »Lange Zeit wußte ich nicht, daß er mein Wohltäter war. Niemand im Krankenhaus wollte mir sagen, wer die Rechnungen bezahlt hatte. Eine Zeitlang glaubte ich, es wäre Diego Maria Gomez Arias gewesen. Wenn jemand sich so etwas leisten kann, dann er. Doch eines Tages sah ich Don Hernan in der Buchhaltung des Krankenhauses. Ich fragte ihn geradeheraus, und schließlich gab er es zu, wenn auch widerwillig. Er sagte, ich bräuchte mir wegen meiner Mutter keine Sorgen zu machen. Er würde schon dafür sorgen, daß man sich um sie kümmert.

»Bis zu diesem Zeitpunkt hatte ich Don Hernan immer mit ein wenig Scheu betrachtet, aus respektvollem Abstand. Schließlich war er über die vielen Jahre hinweg, die ich in der Bibliothek gearbeitet hatte, der geschäftsführende Direktor des *museo* gewesen. Ich hatte ihn immer als freundlichen, warmherzigen Menschen kennengelernt, und Jahr für Jahr hatte er um mein kleines Budget für den Ankauf neuer Bücher gekämpft. Aber meiner Mutter helfen! Dafür werde ich ihm ewig dankbar sein.«

Ich hätte mich gern noch länger mit Velasquez unterhalten, doch ich bemerkte, daß bereits viele Gäste gegangen waren. Also entschuldigte ich mich bei dem Bibliothekar und machte mich daran, den Ortiz beim Abräumen zu helfen. Francesca und Santiago sahen erschöpft aus, und bald darauf bugsierte Isa sie auf ihre Zimmer im hinteren Teil des Hotels.

Dann räumten Isa und ich auf, während Manuela mit den

Vorbereitungen für die *cena* an diesem Abend begann, wobei ihre beiden kleinen Kinder durch die Küche tollten. Norberto deckte die Tische im Speisesaal. Im Hotelgewerbe kommt die Arbeit niemals zum Stillstand, nicht einmal bei Mordfällen und Beerdigungen.

»Wurde auch Zeit, daß Sie sich mal dazu herablassen, vernünftige Arbeit zu leisten«, sagte eine englische Stimme. Natürlich gehörte sie Jonathan.

»Vielleicht könnten Sie auch mal damit aufhören, im Boden herumzugraben, und statt dessen vernünftige Arbeit tun«, erwiderte ich, reichte ihm ein Gemüsemesser und wies auf einen kleinen Berg Kartoffeln.

Gut gelaunt machte er sich darüber her. Doch als die junge Frau eintraf, die Francesca und Manuela abends in der Küche half, reichte er ihr rasch das Messer.

»Ich bin hergekommen, um Sie zu mir einzuladen«, sagte er dann. »Zu einem Abendessen. Und zu einem abendlichen Bad im Pool, vielleicht?«

Wir verabredeten uns für den übermorgigen Tag, und ich führte Jonathan zur Treppe an der Ausgangstür. Als ich mich vorbeugte, um den Duft von Blumen in mich aufzunehmen, die neben der Treppe wuchsen, spürte ich, wie Jonathans Lippen meine Wange streiften. Doch keiner von uns sagte etwas. Ich beobachtete nur, wie er in den Jeep stieg und davonfuhr, wobei er mir kurz zuwinkte.

Den Rest des Abends half ich Isa und Manuela, so gut ich konnte; dann nahmen wir in der Küche ein leichtes Abendessen ein. Isa erzählte mir, daß Don Hernans Anwalt angerufen und erklärt habe, ich solle morgen nachmittag gemeinsam mit den Ortiz zur Testamentseröffnung kommen.

Als ich spät am Abend die Treppe zu meinem Zimmer hinaufstieg, winkte Alejandro mir vom Empfangsschalter aus zu und gab mir durch Gesten zu verstehen, daß jemand mich am Telefon sprechen wollte.

Ich nahm den Anruf in dem kleinen Salon hinter dem Empfangsschalter entgegen. Antonio Velasquez' aufgeregte Stimme meldete sich.

»Ich habe es gefunden. Das schreibende Kaninchen! Können Sie morgen früh um neun zu mir ins *museo* kommen? Wie Sie wissen, ist offiziell geschlossen, aber ich warte an der Hintertür auf Sie und lasse Sie ein.«

»Großartig! Ich komme gern.« Ich erwähnte gar nicht erst, daß es kein Problem für mich darstellte, ins *museo* einzudringen – es sei denn, jemand war nach zwei Morden zur Vernunft gekommen und hatte die Schlösser ausgetauscht.

Der gute alte Antonio Velasquez. Der nervöse kleine Mann, der so tief in Don Hernans Schuld stand. Er war offenbar schnurstracks ins *museo* gegangen, nachdem er das Hotel verlassen hatte, um sich eingehend mit diesem Problem zu beschäftigen.

Als ich ins Bett ging, war ich zu Tode erschöpft. Diesmal träumte ich, wie ich ein Kaninchen jagte – ein seltsames Exemplar, das aufrecht gehen konnte, auf den Hinterläufen.

Ich verfolgte das Kaninchen durchs *museo*. Gerade als ich es packen wollte, öffnete sich ein Loch im Boden unter mir, und wieder fiel ich durch eine endlose Schwärze und vernahm Stimmengewirr um mich herum.

Ich erwachte von meinem eigenen Schrei und setzte mich ruckartig im Bett auf. Es dauerte einige Zeit, bis ich mich beruhigt hatte und wieder schlafen konnte.

Doch bevor ich einschlummerte, betete ich, Velasquez möge lange genug am Leben bleiben, um mir seine Entdeckung zeigen zu können. Denn es schien den Tod zu bringen, etwas über schreibende Kaninchen zu wissen. Und sobald auch ich etwas über dieses Wesen erfahren hatte, war auch mein Leben in Gefahr.

# Oc

Der oberste Fürst von Xibalba, der erste Tod, sitzt selbstgefällig auf seinem Thron, ein Lächeln auf dem fratzenhaften Gesicht.

Er ist der Herrscher dieser Welt. Er ist umgeben von kahlköpfigen Göttinnen, die ihm jeden Wunsch erfüllen. Eine kniet zu seinen Füßen. Andere stehen bei ihm, umschmeicheln ihn.

Zur Ergötzung des Fürsten bringen zwei Hofnarren, als Priester verkleidet, vor dem Thron ein Menschenopfer dar.

Und die Erzfeinde des ersten Todes, die Heldenzwillinge? Es gibt sie nicht mehr. Sie wurden in einem Herd gekocht; ihre Knochen wurden zu Staub zermahlen und in den Fluß der Unterwelt gestreut.

Das Leben – in diesem Fall der Tod – entwickelt sich so, wie es dem kosmischen Lauf der Zeiten entspricht.

Doch schauen wir uns die Narren näher an, die in die Rolle von Priestern geschlüpft sind. Kommen die Gesichter hinter den Masken uns nicht bekannt vor? Kann es sein, daß unsere Helden gar nicht vernichtet wurden? Das Schicksal unserer Seelen hängt an einem seidenen Faden. Gibt es noch Hoffnung?

Und wer – oder was – ist zugegen, um diesen entscheidenden Augenblick in der Geschichte der Götter niederzuschreiben? Unter der Tempelplattform, auf welcher der erste Tod residiert, ist ein kleines Wesen eifrig dabei, die Geschichte der Heldenzwillinge und ihrer Reisen in die Unterwelt niederzuschreiben …

Antonio Velasquez erwartete mich wie versprochen an der Hintertür des *museo*. Seine Hände zitterten. Ob aus Furcht oder vor Erwartung, konnte ich nicht erkennen. Bevor er die Tür hinter uns abschloß, warf er einen Blick die Straße hinauf und hinunter. Dann führte er mich zu dem alten Aufzug, mit dem wir hinunter ins Kellergeschoß des *museo* fuhren. Ich hatte den Eindruck, daß dieses Treffen das waghalsigste Unternehmen im Leben des Bibliothekars darstellte.

Das *museo* hatte geschlossen; das große Gebäude war leer und verlassen. Nur ein Wächter drehte von Zeit zu Zeit seine Runden.

Wie Oc, der mystische Hund, der die Sonne auf ihrer nächtlichen Reise durch die Unterwelt führt, geleitete Velasquez mich durch das Labyrinth der Gänge. Er schaltete keine Lampe ein, wenngleich der spärliche Schein der Notbeleuchtung und das schwache Tageslicht, das durch eine Reihe kleiner Fenster in Bodenhöhe fiel, die Flure nur schummrig beleuchtete.

Auf einigen Fluren standen lange Regale aus Blech, in denen Fundstücke aufbewahrt wurden. Einmal blieb ich kurz an einer großen flachen Holzkiste stehen. Sie hatte Ähnlichkeit mit jenen Kisten, die ich an Jonathans Grabungsstätte in der Höhle gesehen hatte.

Schließlich öffnete Velasquez eine Tür ohne Aufschrift. Wir betraten einen Raum, der wie ein Labor aussah und in dem Fundstücke konserviert und restauriert wurden. Es gab mehrere Belüftungskammern und Abzugskästen für die Arbeit mit Chemikalien sowie verschiedene Apparaturen, die mich an die Geräte im Behandlungszimmer eines Zahnarztes erinnerten. Und ich sah Flaschen, die mit giftigen Flüssigkeiten gefüllt waren, wie mir das in aller Welt bekannte Zeichen auf den Schildern verriet: ein Totenschädel über zwei gekreuzten Knochen.

In dem Raum standen zwei große Arbeitstische. Auf einem lagen die Teile eines uralten Skeletts, das behutsam zusammengesetzt wurde, Knochen um Knochen. Sämtliche Skelettteile, die noch fehlten, lagen in einer Kiste voller Erde und

Knochenresten, die unter dem Tisch auf dem Fußboden stand. Das ganze kam mir wie ein gräßliches, lebensgroßes Puzzle vor.

Mit einem triumphierenden Ausdruck auf dem Gesicht blieb Velasquez vor dem zweiten Tisch stehen. Hier hatte sich jemand mit der mühseligen Aufgabe beschäftigt, die winzigen Scherben eines cremefarbenen, mit einer wundervollen Zeichnung bemalten Terrakotta-Gefäßes zusammenzusetzen. Die Zeichnung war verwittert und auf den ersten Blick kaum zu erkennen. Ich wagte es nicht, das Gefäß zu berühren, ja, ich wagte kaum zu atmen, so zerbrechlich sah es aus. Ich beugte mich vor, um einen näheren Blick darauf zu werfen.

Auf der Zeichnung waren Schriftzeichen zu sehen, die ich zu entziffern versuchte, was mir aber nicht gelang. Doch ich erkannte die Gestalt des ersten Todes, der eine Zigarre rauchte und von mehreren vornehm gekleideten Damen umgeben war – offenbar Göttinnen Xibalbas –, die ihn umschmeichelten. Ein eigenartiger Vogel, teils Eule, teils Ara, saß hinter dem ersten Tod auf dem Thronsessel.

Der erste Tod, der höchste Fürst von Xibalba, beobachtete eine Opferzeremonie. Ich konnte auf der Zeichnung zwei axtschwingende Gestalten ausmachen. Ihr Opfer war an dem Zeichen für die Dunkelheit zu erkennen, Akbal.

»Sehen Sie es?« fragte Velasquez aufgeregt und wies auf eine winzige Gestalt unterhalb des Thrones.

Ich schaute genauer hin. Und dann sah ich es. Am Fuße der Plattform, auf welcher der Thron stand, saß ein kleines, pelziges Wesen mit langen Ohren. Es trug einen Gürtel um die Hüften, an dem Geräte befestigt waren, die es für sein Handwerk brauchte. Er – oder es – schrieb irgend etwas auf Papier, das offenbar zu einem Stapel mit festem Einband gefaltet und mit irgendeinem gefleckten Material umwickelt war, vermutlich das Fell eines Jaguars.

Es war ein schreibendes Kaninchen.

Ich richtete mich auf. »Ja«, flüsterte ich, »ich sehe es.«

»Nachdem Sie gestern die Bibliothek verlassen hatten, ging mir die Sache mit dem schreibenden Kaninchen nicht mehr aus dem Kopf«, erklärte Velasquez. »Schließlich war es eine sehr ungewöhnliche Anfrage. Und da sich auch Don Hernan mit diesem Problem beschäftigt hat, wie Sie sagten, wollte ich den Dingen unbedingt auf den Grund gehen. Ich konnte mich erinnern, irgend etwas gesehen zu haben, das mit einem schreibenden Kaninchen zu tun hatte. Dann fiel mir ein, daß einer unserer Restauratoren mich vor mehreren Monaten gebeten hat, Nachforschungen für ihn anzustellen. Der Mann war damit beschäftigt, ein bemaltes Gefäß zusammenzusetzen, das man in einem Haufen Scherben und Schutt gefunden hatte. Diesen Schutthaufen wiederum hatten Archäologen in einem Grab in einer Tempelanlage unweit der Grenze zu Guatemala entdeckt. Der Restaurator war sicher, ein ähnliches Gefäß schon einmal gesehen zu haben, und zwar in einem Buch – oder auf einer Ausstellung – über das Kunsthandwerk der Maya.

Jedenfalls war unser Restaurator der Meinung, daß die Abbildung eine Szene aus dem Popol Vuh zeigt. Ein sich wehrendes Opfer wird von den Heldenzwillingen erschlagen, dann aber durch eine List wieder zum Leben erweckt, um die Fürsten von Xibalba zu täuschen. Ich wußte, daß die Arbeit für den Restaurator sehr viel einfacher sein würde, wenn ich ihm entsprechende Unterlagen besorgen könnte. Ich stelle oft derartige Nachforschungen für die Museumsmitarbeiter an. Nun ja, ich habe tagelang nach irgendwelchen Hinweisen gesucht, in jeder freien Minute.

Dann endlich fand ich es. Das andere Gefäß, das der Restaurator gesehen hatte, befindet sich in den Sammlungen einer Universität in den Vereinigten Staaten. Ich entdeckte ein Farbfoto des Stückes in einem Ausstellungskatalog. Ehrlich gesagt, habe ich mir das Foto nicht sehr genau angeschaut. Ich bin immer sehr beschäftigt; deshalb habe ich den Katalog gleich hier heruntergebracht. Doch ich konnte mich an diese Sache erinnern, Gott sei Dank. Und hier«, er streckte die Hand aus, »ist der Katalog.«

Das Buch lehnte aufgeschlagen am Sockel einer Laborlampe, die auf dem Tisch stand, so daß der Restaurator bei der Arbeit ständig einen Blick auf das Foto werfen konnte.

»Wie Sie sehen, sind die beiden Gefäße nicht identisch, aber sehr ähnlich«, fuhr Velasquez fort. »Und der Restaurator sagte mir, daß ihm das Foto eine große Hilfe sei.«

Auch mir fiel die Ähnlichkeit der beiden Stücke sofort auf. Die handwerkliche Ausführung war unterschiedlich, gewiß, und es gab auch Unterschiede in einigen Details. Doch beide Bemalungen auf den Gefäßen schienen tatsächlich ein und dieselbe Szene zu zeigen.

Gedankenversunken blätterte ich die Seiten des Katalogs durch. Auf der Titelseite stand eine Widmung: *Unserem Kollegen und Freund Dr. Hernan Castillo anläßlich seines Besuchs in den Vereinigten Staaten, Juni 1989.* Die Unterschrift war nicht zu entziffern.

»Gehörte dieser Katalog Don Hernan?« wollte ich wissen.

»Sehr wahrscheinlich«, erwiderte Velasquez. »Er hat oft Bücher aus seiner privaten Sammlung der Bibliothek gestiftet, besonders, wenn es sich um seltene oder vergriffene Werke handelte.« Mit einem Anflug von Bedauern fügte er hinzu: »Mein Etat ist sehr klein, müssen Sie wissen.«

»Ich glaube, Sie haben in dieser Sache recht«, sagte ich. »Es spricht vieles dafür. Besonders, daß dieser Katalog Don Hernan gehörte. Und er muß von dieser Arbeit hier gewußt haben.« Ich wies auf das Gefäß. »Aber was bedeutet das?«

»Ich habe keine Ahnung. Doch Sie haben recht – Don Hernan hat hier unten viel Zeit verbracht, wenn er sich im *museo* aufhielt. Natürlich war er viel öfter in der Restaurationsabteilung, als er noch geschäftsführender Direktor des *museo* gewesen ist. Das letzte Mal habe ich ihn hier unten im Fragmentenlabor gesehen, wie wir den Raum nennen. Er befindet sich gleich gegenüber, auf der anderen Seite des Flures. Ich kann mich sogar noch erinnern, wie sehr ich ihn erschreckt habe, als ich ins Fragmentenlabor gekommen bin. Es kann aber auch sein, daß Don Hernan irgendeine faszinierende Entdeckung gemacht hatte. Jedenfalls war er sehr aufgeregt und hatte kaum Zeit, ein paar Worte mit mir zu wechseln.«

»Könnte ich vielleicht auch mal einen Blick hineinwerfen?« fragte ich. »In dieses Fragmentenlabor.«

»Warum nicht?« Velasquez seufzte. »Eigentlich dürften Sie gar nicht hier sein. Aber da Sie nun einmal hier unten sind, weshalb sollten wir Ihnen irgendwelche Beschränkungen auferlegen?«

Ich schaute ihn an, ob er einen Scherz gemacht hatte. Doch wie immer sah er schrecklich ernst aus. Sorgfältig schloß er die Labortür hinter uns; dann öffnete er die Tür gleich gegenüber auf der anderen Seite des Flures.

An drei Wänden des sehr großen Raumes, den ich betrat, reihten sich lange, breite Aktenschränke. Velasquez nahm einen Schlüssel von einem Schreibtisch in der Mitte des Raumes, öffnete einen Schrank auf der rechten Seite und trat zurück.

»Ziehen Sie irgendein Schubfach heraus«, sagte er und wies auf den Schrank.

Ich tat wie geheißen. In dem Schubfach lagen sorgfältig numerierte Tonscherben, die irgendwann einmal zusammengesetzt werden würden so wie das bemalte Gefäß, das ich im Labor gegenüber gesehen hatte.

Ich zog ein weiteres Schubfach heraus. Es waren Bruchstücke irgendwelcher Geräte darin. Nun verstand ich, weshalb dieser Raum ›Fragmentenlabor‹ genannt wurde.

In einer Ecke sah ich Bruchstücke, die zu groß waren, als daß sie in die Schubfächer hineingepaßt hätten. Neugierig ging ich hinüber. Es waren große Steinbrocken, wahrscheinlich die Fragmente eines Tempelfrieses. Einige waren an die Wand gelehnt. Ich sah zerbrochene Bildsäulen und große Stücke zerborstener Masken und Standbilder.

Ich lächelte Velasquez an. »Danke, daß Sie mir diesen Raum gezeigt haben. Er ist hochinteressant.«

»Das ist er in der Tat«, sagte Velasquez; dann schaute er mit offensichtlichem Widerwillen zum Schreibtisch hinüber.

Ich folgte Velasquez' Blick und bemerkte, daß er auf den Computer starrte.

Ich begriff sofort. »Hier wird eine Datenbank der Museumsbestände erstellt, nicht wahr?« sagte ich. »Eine Computerarchivierung?«

»Ja. Aber ich kann einfach nicht glauben, daß die Akten über unsere Sammlungen in diesem elektronischen Kasten sicher sind. Was ist, wenn mal der Strom ausfällt? Und das kommt hier oft vor, wissen Sie. Sämtliche Unterlagen könnten verlorengehen. Das wäre eine Katastrophe!«

Ich überlegte, ob ich ihm von Festplatten und Sicherheitskopien auf Disketten und so weiter erzählen sollte. Aber das hatte wohl keinen Sinn. Irgendwann, in nicht allzu ferner Zukunft, würde das Computerzeitalter auch in Velasquez' Bibliothek Einzug halten. Dann würde Antonio Velasquez entweder in den Ruhestand treten oder die Computer schlichtweg ignorieren und seine Bücher auf die herkömmliche Art und Weise katalogisieren, auf seinen geliebten kleinen Pappkarten.

Ich mußte an meinen Nachbarn Alex denken, der mindestens zehn Jahre älter war als Velasquez und fröhlich durchs Internet surfte, und ich fragte mich, weshalb manche Menschen die Zukunft so selbstverständlich willkommen hießen, während andere sich so krampfhaft an die Vergangenheit klammerten.

Aber das war eine andere Sache. Antonio Velasquez hatte mir jedenfalls sehr geholfen. Ich fragte ihn, ob ich ihn zum Essen einladen dürfe. Er warf einen skeptischen Blick auf die Uhr.

»Oder sagen wir, ich lade Sie zum *almuerzo* ein«, verbesserte ich mich, denn mir fiel ein, daß die bloße Vorstellung eines frühen Mittagessens jedem Mexikaner ein Greuel war. Wenn Velasquez noch nicht zu Mittag essen wollte – gegen ein spätes Frühstück hatte er vielleicht nichts einzuwenden. Er sagte, daß es wirklich nicht nötig sei, ihn einzuladen, erklärte sich aber einverstanden, und so saßen wir kurz darauf in einem kleinen Restaurant in der Nähe des *museo*, aßen vegetarische *quesadillas* und tranken dazu Bier mit Zitrone. Was für ein Frühstück!

»Ich möchte Ihnen noch einmal danken, Señor Velasquez«, begann ich, nachdem uns serviert worden war.

»Sagen Sie bitte Antonio, Señora.«

Ich lächelte. »Dann müssen Sie aber auch Lara zu mir sagen, Antonio.«

»Lara. Ein interessanter Name«, sagte er. »Erinnert mich an *Doktor Schiwago*.«

»Stimmt genau«, erwiderte ich. »Meine Mutter schwärmte gerade für russische Literatur, als ich geboren wurde.«

»Eine Mutter, die Literatur liebt. Wie außergewöhnlich!« sagte er. Offensichtlich galt das für seine Mutter nicht.

Ich erzählte ihm ein bißchen von meiner Familie; dann wandte ich mich wieder dem aktuellen Thema zu.

»Was hat dieses schreibende Kaninchen Ihrer Meinung nach zu bedeuten, Antonio?«

Er überlegte kurz. »Nun ja, ich bin Bibliothekar. Von daher glaube ich, daß es mit irgendeinem Buch zu tun hat.«

»Glauben Sie, daß heutzutage noch Menschen wegen Büchern einen Mord begehen? Es gab Gelehrte, die gegenseitig ihren wissenschaftlichen Ruf zerstörten, weil sie sich wegen eines Buches zerstritten hatten, aber daß jemand einen anderen Menschen eines Buches wegen *ermordet* hat, davon habe ich seit den Zeiten der Inquisition nichts gehört.«

»Tja, ich weiß nicht. Was, zum Beispiel, ist eine Gutenberg-Bibel wert?« meinte er nachdenklich. »Abermillionen Pesos. Ich könnte mir vorstellen, daß es Menschen gibt, die für ein solches Buch einen Mord begehen würden. Oder für die

Schriftrollen vom Toten Meer. Für einen altägyptischen Papyrus. Für eine alte Fassung des tibetanischen Totenbuches. Gibt es Leute, für die solche Schriften kostbarer sind als ein Menschenleben? Ich glaube schon. Ich will damit natürlich nicht sagen, daß die Leute andere dafür *töten* würden«, fügte er eilig hinzu. »Aber Sie verstehen gewiß, was ich damit sagen will.«

»Ja, sicher«, erwiderte ich. »Gibt es bei den Maya eigentlich so etwas wie ein Gegenstück zur Gutenberg-Bibel?«

»Sie meinen, was den Wert betrifft? Ich glaube schon. Die Bücher der Chilam Balam aus der frühen Kolonialzeit, die sogenannten ›Prophetenbücher des Jaguars‹ zum Beispiel. Es gibt Bücher in lateinischer Schrift, von denen man annimmt, daß sie für die Maya von ritueller Bedeutung waren. Eines dieser Werke, das Chilam Balam von Tusik – man benennt diese Bücher nach den Orten, an denen sie aufbewahrt werden –, verschwand in den siebziger Jahren. Der Besitzer kam unter ungeklärten Umständen ums Leben.«

»Interessant«, murmelte ich. »Würden Sie mir helfen, in dieser Sache Nachforschungen anzustellen?«

Er lächelte. »Sie kennen die Öffnungszeiten der Bibliothek. Natürlich werde ich Ihnen helfen, so gut ich kann.«

Plötzlich schaute er auf die Uhr und rief: »Du liebe Güte! Es ist spät geworden. Ich muß zum Anwalt von Don Hernan, um an der Testamentseröffnung teilzunehmen.«

»Ich auch«, sagte ich. »Begleiten Sie mich?«

Ich bezahlte die Rechnung, und wir fuhren gemeinsam mit dem Taxi zur Anwaltskanzlei, beide in Gedanken versunken. Erst jetzt wurde mir klar, wie wohl ich mich in Gesellschaft dieses nervösen kleinen Mannes fühlte, und ich mußte daran denken, wieviel ich ihm über mich selbst und mein Leben erzählt hatte – Dinge, die ich noch keinem anderen Menschen anvertraut hatte. Nicht Alex, nicht den Ortiz, nicht einmal Isa. Und auch nicht Jonathan, der über kurz oder lang den Versuch machen würde, mit mir ins Bett zu gehen, da war ich sicher.

Bevor ich den letzten Gedanken vertiefen konnte, trafen wir mit ein wenig Verspätung vor der Anwaltskanzlei von Rudolfo Alvarez ein. Die Ortiz waren bereits dort. Zu meinem Erstaunen war auch Sheila Stratton Gomez erschienen. Doch ich war froh, sie zu sehen. Überdies waren einige Leute gekommen, die ich nicht kannte. Antonio unterhielt sich flüsternd mit einem dieser Fremden, einem hochgewachsenen vornehmen Herrn. Wie sich herausstellte, war er der Chef der Finanzabteilung des *museo*.

Kaum hatten Antonio und ich Platz genommen, verlas Alvarez, ein trockener alter Stockfisch, das Testament von Don Hernan Castillo Rivas.

Er begann mit den üblichen Floskeln, daß der letzte Wille bei klarem Verstand abgegeben worden sei, und ohne irgendwelche Einflüsterungen und so weiter. Dann kam er zur Sache.

Die sich, wenn ich zusammenfassen darf, im wesentlichen darauf beschränkte, daß die Artefakte aus Don Hernans Privatsammlung, die dem *museo* bislang als Leihgaben zur Verfügung standen, nun in den Besitz des Museums übergingen. Bei dieser Verlautbarung lockerten sich die angespannten Schultern des Finanzchefs. Offensichtlich hatte er befürchtet, einen beträchtlichen Teil der Bestände des *museo* zu verlieren.

Doch es gab Klauseln und Einschränkungen. Die Schultern des Finanzchefs spannten sich wieder. Don Hernans Sammlung von Erstausgaben ging in den Besitz von Santiago Ortiz Menendez über; nach dessen Tod sollte Norberto Ortiz die Sammlung erben.

Doch auch hier gab es eine Ausnahme. Die Erstausgabe von John Lloyd Stephens *Incidents of Travel,* eines meiner Lieblingsbücher, wurde *Lara McClintoch* vererbt, *meiner Freundin und Kollegin, deren Liebe zur Kultur der Maya so groß ist wie die meine*. Ich war überwältigt, und Don Hernans Geschenk bestärkte mich in meiner Entschlossenheit,

Licht in das Dunkel um seine Ermordung zu bringen und für Gerechtigkeit zu sorgen.

Dann kamen die persönlichen Wertsachen an die Reihe. Francesca, Isa und Manuela Ortiz wurden mit wunderschönen alten Schmuckstücken bedacht, die im Besitz von Don Hernans Familie gewesen waren. Sheila Gomez erbte die Uhr aus dem neunzehnten Jahrhundert. Doña Josefina, die immer noch halb bewußtlos im Krankenhaus lag, bekam den mit Saphiren und Brillanten besetzten Hochzeitsring von Don Hernans Mutter, den auch seine Frau getragen hatte.

Der Großteil des Geldes, das Don Hernan hinterließ, ging an ein örtliches Krankenhaus, das von Nonnen geleitet wurde. Es war – Ironie des Schicksals – ausgerechnet jenes Hospital, in dem zur Zeit die schwerkranke Doña Josefina lag. Außerdem wurde Antonio Velasquez mit einer jährlichen Schenkung bedacht. Antonio war den Tränen nahe.

Blieb noch eine Sache übrig. Alvarez las vor: »Und meinem jungen Freund Alejandro Ortiz hinterlasse ich eines meiner kostbarsten Besitztümer, die Statue eines Maya-Ballspielers.

Spiele so gut du kannst, mein Junge, auf daß die ewigen Zyklen der Zeit fortdauern. Ich bete darum, daß dieses Wissen deine Schritte auf den rechten Weg lenken wird und dir den Frieden schenkt, den du herbeisehnst und den du verdient hast.«

Alejandro brach in Tränen aus und stürmte aus dem Zimmer, ließ seine Familie in stummer Fassungslosigkeit zurück.

Damit endete die Testamentseröffnung. Alvarez lud die Anwesenden auf ein Glas Portwein ein; dann verließen wir alle sein Büro, jeder tief in Gedanken versunken.

Don Hernans Testament gab niemandem einen Grund, einen Mord zu begehen, zumal der Großteil seiner Hinterlassenschaft an öffentliche Einrichtungen ging, an das Museum und das Krankenhaus. Der Schmuck und die Bücher waren zwar ziemlich kostbar, doch ihr Wert – jedenfalls für *diese* Erben, die ohnehin nicht am Hungertuch nagten –, war hauptsächlich ideeller Natur. Erinnerungen an Don Hernan. Und das Geld, das Antonio Velasquez erhielt, würde ihm sehr helfen, aber er hätte keinen Mord dafür begehen müssen. Überdies hatte Don Hernan ihm schon lange Zeit finanziell unter die Arme gegriffen.

Nach wie vor tappte ich völlig im dunklen.

Ich warte auf den Anbruch der Nacht, so daß ich wieder mit der Dunkelheit vertraut bin. Meine Sinne, die ich am Tag sorgfältig vor allen äußeren Einflüssen verschlossen habe, um meine geschundene Psyche zu schützen, können sich nun, in der Stille und Finsternis, voll entfalten. Sämtliche Sinneseindrücke für Auge und Ohr, Nase und Tastsinn besitzen eine Klarheit, die beinahe beängstigend ist. Ich komme mir vor wie in einem Traum, weiß aber, daß ich hellwach bin; denn alles um mich herum ist von einer solchen Deutlichkeit und Schärfe, daß es mich danach verlangt, nun endlich jenen Schritt zu tun, vor dem ich mich so sehr gefürchtet habe.

Ich verlasse die Ortiz und das Hotel und schlage den Weg zum Krankenhaus ein, in dem Doña Josefina liegt.

Leise, fast lautlos gehe ich über die dunklen, stillen, weiß getünchten Flure des Hospitals. Nur das leise Surren von Ventilatoren und das ferne, gedämpfte Murmeln der Besucher des abendlichen Gottesdienstes in der Krankenhauskapelle sind zu vernehmen.

Das Hospital ist im Stil eines spanischen Klosters errichtet, und überall hängen Kruzifixe. Ich frage mich, ob Doña Josefina ein gläubiger Mensch ist oder ob sie Gott vor langer Zeit entsagt hat.

Von einer ruhigen und freundlichen Schwester geführt, gelange ich zum Zimmer der alten Dame. Ich frage mich, ob die Schwestern wissen, daß Doña Josefina einst eine Hure gewesen ist, und ob es ihnen etwas ausmacht, falls sie es wissen. Und ob es Gott etwas ausmacht.

Das Zimmer ist dämmrig beleuchtet, doch ich kann Doña

Josefina sehr gut erkennen. Sie liegt im Krankenbett; ein Auge ist geschlossen, das andere ist halb geöffnet und blickt starr ins Leere. Eine Hand ist im Krampf zu einer Klaue erstarrt, die andere öffnet und schließt sich und krallt sich in die Bettdecke, als wollte die alte Frau auf diese Weise ihrer tiefen Verzweiflung und schrecklichen Hilflosigkeit Ausdruck verleihen.

Ich stelle mich neben das Bett. In gedämpftem Flüstern rede ich langsam und bedächtig zu Doña Josefina. Ich sage ihr, daß ich die hellhaarige Frau sei, die bei den Ortiz wohne und mit ihnen befreundet ist, und daß ich einige Abende zuvor am Tisch neben ihr gesessen hätte.

Ich sage ihr, wie sehr ich es bedaure, daß wir uns nicht unterhalten können, daß ich von Francesca Ortiz einen Teil ihrer Lebensgeschichte kenne und wie leid es mir tut, daß wir nicht über ihre Vergangenheit reden können – und meine eigene.

Ich erzähle ihr, daß ich nach Mérida gekommen bin, nachdem ich einen Anruf von Hernan Castillo erhielt, und daß ich nun, da Don Hernan tot ist, unbedingt herausfinden möchte, wonach er gesucht hat, und daß ich den Verbrecher, der ihn ermordet hat, der gerechten Strafe zuführen will.

»Doña Josefina«, sage ich zu der alten Frau, »ich weiß, daß Sie keinen Grund haben, mir auch nur ein Wort zu glauben, aber ich brauche Ihre Hilfe.«

»Ich weiß nicht, ob Sie mich hören können, ob Sie mich verstehen können, aber sollte das der Fall sein«, fahre ich fort und ergreife ihre gesunde Hand, »werden Sie dann versuchen, meine Fragen zu beantworten? Bitte, drücken Sie bei ›ja‹ einmal meine Hand, bei ›nein‹ zweimal.«

Ich spüre, wie ihre Hand schwach die meine drückt. Einmal, für ›ja‹.

»Hat Don Hernan Ihnen wirklich erzählt, wonach er gesucht hat?« frage ich.

Einmal, für ›ja‹.

»Ich weiß, daß Sie mir nicht sagen können, was es ist. Aber ist es ein Buch?«

Einmal, für ›ja‹.

»Ein seltenes Buch?«

Einmal, für ›ja‹.

»Eines der Bücher der Chilam Balam?« frage ich eingedenk der Bemerkung von Antonio Velasquez.

Zweimal, für ›nein‹.

»Aber es ist ein Buch der Maya.«

Einmal, für ›ja‹.

»*Gracias*«, sage ich.

Die Schwester kommt an die Tür.

»Sie müssen jetzt gehen«, sagt sie. »Die alte Dame braucht Ruhe.«

Ich wende mich zum Gehen, drehe mich dann aber noch einmal um.

»Heute wurde das Testament von Don Hernan verlesen. Er hat Ihnen den Ehering seiner Mutter hinterlassen«, sage ich zu der beinahe leblosen Gestalt.

Bevor ich das Zimmer verlasse, sehe ich noch, wie sich im Winkel des halb geöffneten Auges eine Träne bildet und der alten Frau langsam über die Wange läuft. Noch einmal nehme ich ihre Hand, tätschle sie sanft.

»Ich komme wieder«, sage ich. »Ich verspreche es.« Mehr fällt mir nicht ein.

Es ist so schrecklich wenig.

# Chuen

Der geprägte Umschlag aus Pergament und sein Inhalt informierten mich darüber, daß Señor Diego Maria Gomez und seine Gemahlin, Sheila Stratton Gomez, sich außerordentlich freuen würden, wenn ich ihnen am heutigen Abend die Ehre gäbe, zum Dinner zu ihnen zu kommen.

Offensichtlich waren Einladungen in die Villa der Gomez so begehrt, daß es niemandem etwas ausmachte, sie ganz kurzfristig zu erhalten, praktisch auf die letzte Minute. Doch fairerweise sollte ich hinzufügen, daß ich meine Einladung schon am Abend zuvor bekommen hätte, wenn ich das Hotel nicht durch das Badezimmerfenster, sondern durch die Eingangstür verlassen und wieder betreten hätte wie jeder andere Gast. Genauer gesagt, war die Einladung *überbracht* worden, von einem Fahrer in schwarzer Limousine.

Doch am Abend zuvor hatte ich eine meiner nächtlichen Reisen durch Mérida unternommen und Doña Josefina im Krankenhaus besucht; deshalb hatte jemand mir die Einladung ganz profan unter der Tür meines Zimmers hindurchgeschoben.

Und ob kurzfristig oder nicht, ich hatte an diesem Abend nichts vor. Außerdem hatte ich immer noch den Wunsch, Don Diego kennenzulernen und mich mit ihm über Don Hernan zu unterhalten. Und überhaupt – heute war Chuen, der Tag des Affen. Und der Affe gilt in der Mythologie der Maya als der Künstler. Deshalb war es ein angemessener Tag, Don Diego zu besuchen, war er doch ein großer Sammler und Gönner der Künste.

Außerdem gilt Chuen als einer der ›guten‹ Tage und als ein Tag des Wissens. Ich hoffte inständig, daß die Maya recht hatten und ihr Kalender sich als zuverlässig erwies. Ohne zu zögern, nahm ich die Einladung an.

Doch als ich mir noch einmal die Karte besah, entdeckte ich eine Sache, die ein bißchen besorgniserregend war. Unten links in der Ecke stand: ›Schwarze Krawatte erbeten.‹ Große Garderobe, mit anderen Worten. Ich hatte aber nichts dabei, das einer großen Garderobe auch nur annähernd hätte gerecht werden können.

Eilig machte ich mich auf die Suche nach Isa. Sie lächelte, als sie die Einladung sah. »Überlaß das mir«, erklärte sie. Ich hielt das für einen großartigen Einfall.

Ich hatte eine Menge anderer Dinge zu erledigen. Heute kehrte Eulalia Gomez, die nette Frau im Laborkittel, an ihren Arbeitsplatz in der Leichenhalle zurück, und ich mußte jede Menge Nachforschungen anstellen. Natürlich konnte ich das auch auf die harte Tour erledigen, indem ich die Bibliothek im *museo* aufsuchte und mich dort durch endlose Reihen kleiner Pappschilder hindurcharbeitete und Berge von Büchern abtrug.

Doch ich hatte eine bessere Idee.

Zuerst ging ich zum Café Escobar. Ich ließ den Blick durchs Innere schweifen, suchte nach Alejandro, doch er war nirgends zu sehen. Isa hatte mir gesagt, ihr Bruder sei nach der Testamentseröffnung auf sein Zimmer geflüchtet und habe es nicht einmal zum Abendessen verlassen. Francesca habe ihm das Essen vor die Tür gestellt; Alejandro habe zwar einige Bissen zu sich genommen, das meiste aber nicht angerührt. Wahrscheinlich, überlegte ich, ist er immer noch auf seinem Zimmer.

Ich ging zurück ins Hotel, um Alex anzurufen. Ich hatte im Laufe der letzten Tage mehrmals vom Hotel aus mit ihm telefoniert und ihn darüber informiert, was hier in Mérida geschehen war. Ich hatte ihm von Morden und Leichenhallen berichtet, während er mir von den neuesten Eskapaden meiner Katze erzählte. Alex interessierte sich durchaus für die

Geschehnisse, in die ich verwickelt war, und ich vermute, er wollte eben deshalb durch die harmlosen Alltagsgeschichten aus der Heimat eine Art Gegengewicht zu den unerfreulichen Ereignissen schaffen, denen ich hier begegnete.

Bei diesem Anruf jedoch wollte ich nicht das Telefon auf meinem Zimmer benutzen. Es waren seltsame Zeiten, und ich traute es Major Martinez durchaus zu, daß er irgendeine Möglichkeit gefunden hatte, den Apparat in meinem Zimmer anzuzapfen. Es erschien mir sicherer, das Münztelefon in der Eingangshalle zu benutzen.

»Würdest du für mich ein bißchen durchs Internet surfen, Alex?« begann ich. »Ich brauche Hilfe bei meinen Nachforschungen.«

»Natürlich!« erwiderte er, wie ich es nicht anders erwartet hatte. Es zählte zu Alex' Lieblingsbeschäftigungen, über die Datenautobahnen zu rasen. »Worum handelt es sich denn?«

»Um Bücher. Seltene Bücher, um genau zu sein. Bücher oder Schriften der Maya.« Dann fiel mir ein, was Doña Josefina mir zu verstehen gegeben hatte. »Die Bücher der Chilam Balam brauchst du nicht zu berücksichtigen. Die interessieren mich in diesem Zusammenhang nicht«, erklärte ich Alex. »Ich suche nach einem älteren, sehr seltenen Werk. Einem Gegenstück zu einer der Schriftrollen vom Toten Meer oder zur Gutenberg-Bibel.«

»Ich mache mich sofort an die Arbeit«, sagte Alex. Er meinte es wörtlich, denn ich konnte das Klicken der Tastatur hören. Noch während wir uns unterhielten, loggte er sich ins Internet ein.

»Noch etwas?« fragte er.

»Ja. Ich weiß nicht, ob so etwas möglich ist, aber vielleicht könntest du für mich einige Personen überprüfen.«

»Welche?«

»Lucas May, Diego Maria Gomez Arias, Major Ignacio Martinez und« – ich hielt ein, zwei Sekunden inne – »Jonathan Hamelin. Die erste Person, Lucas May, ist Archäologe.

Mexikaner. Das ist auch schon alles, was ich über ihn weiß. Gomez Arias ist ein wohlhabender Geschäftsmann hier aus Mérida. Er besitzt Hotels, Wassermühlen, sogar eine eigene Schiffahrtslinie. Und er ist ein bekannter Sammler von Antiquitäten…«

»Über den scheinst du jetzt schon ziemlich viel zu wissen«, unterbrach Alex mich. »Möchtest du irgendwas Spezielles über ihn erfahren?«

»Versuch einfach herauszufinden, ob es irgend etwas Ungewöhnliches über diesen Mann gibt. Und Major Martinez ist bei der Bundespolizei. Mehr weiß ich nicht über ihn. Außer, daß ich ihn nicht ausstehen kann.«

»Und der letzte Name?«

»Jonathan Hamelin. Archäologe. Brite. Universität Cambridge. Spezialist für mittelamerikanische Archäologie. Isa meint, er stammt aus reichem und vornehmem Hause.«

Ich war nicht sicher, ob ich aus persönlichen Gründen mehr über Jonathan erfahren wollte oder im Rahmen meiner Nachforschungen über die Ermordung von Don Hernan. Ich hoffte inständig, es würde sich herausstellen, daß die Informationen über Jonathan ausschließlich privaten Zwecken dienen konnten.

»Alles klar«, sagte Alex. »Um an bestimmte Informationen heranzukommen, muß ich mich möglicherweise in einen der Nachrichtendienste einklicken. Im Unterschied zum Internet kostet das 'ne Kleinigkeit. Wie dringend brauchst du die Informationen?«

»Sehr dringend. Ich werde dir natürlich sämtliche Kosten erstatten, Alex. Nimm dir von dem Geld, das ich dir fürs Haus dagelassen habe. Außerdem schicke ich dir noch etwas.« Ich hatte Alex eine größere Summe gegeben, um damit die Rechnungen zu begleichen, falls sich während meines Aufenthalts in Mexiko irgendwelche Probleme mit dem Haus ergaben.

»Alles klar. Wie kann ich dich erreichen?«

»Ruf mich im Hotel an. Falls ich hier bin, dann sag mir nur, daß im Keller meines Hauses eine Wasserleitung geplatzt ist oder so etwas. Dann weiß ich Bescheid, daß du irgendwas herausgefunden hast. Ich rufe dich dann sofort von einem öffentlichen Telefon zurück. Sollte ich nicht im Hotel sein, hinterläßt du bloß die Nachricht, daß du mich wegen eines kleineren Problems mit meinem Haus sprechen wolltest. Dann werde ich dich zurückrufen, sobald ich kann.«

»In Ordnung.«

»Noch was, Alex. Sei vorsichtig. Für die Informationen, nach denen du suchst, sind schon Menschen getötet worden. Tu also bitte nichts, das irgendwelche Aufmerksamkeit auf *dich* lenken könnte. Keine Geschwindigkeitsübertretung auf dem Datenhighway, okay?«

»Auf der Datenautobahn gibt's keine Radarfallen, Lara«, sagte er. »Aber ich hab' schon verstanden. Ich werde versuchen, so vorzugehen, daß keiner etwas merkt.«

»Gut«, sagte ich erleichtert. Nachdem wir uns verabschiedet hatten, machte ich mich auf den Weg zur Leichenhalle.

Ich konnte mich noch daran erinnern, wie ich über die Flure dieses düsteren, schmucklosen Gebäudes zu dem Schalter gelangt war. Kurz darauf stand ich wieder davor – und wieder vor dem jungen Burschen mit den fettigen Fingern, der wieder Tacos in sich hineinstopfte. Ich fragte ihn nach Eulalia Gomez.

»Wen darf ich ihr melden?« erkundigte sich der junge Mann – ziemlich förmlich für jemanden, der mit vollem Mund redete.

Ich nannte ihm meinen Namen. Er würde Eulalia Gomez zwar nichts sagen, aber was blieb mir anderes übrig?

Der junge Mann rief irgend jemanden an und drückte auf den Knopf, mit dem die Tür neben seinem Schalter entriegelt wurde. Dann deutete er auf zwei Plastikstühle, die besser in eine Küche gepaßt hätten, und ich setzte mich und wartete.

Kurz darauf erschien Eulalia. »Ich dachte mir schon, daß

Sie es sind«, sagte sie, als sie mich sah. »Ich wußte, Sie würden noch einmal kommen. Wie kann ich Ihnen helfen?«

Ich wollte ihr Fragen über Don Hernan stellen, doch sie warf einen so besorgten Blick auf den Vielfraß hinter dem Schalter, daß ich zögerte. Außerdem war irgend etwas an Eulalias Auftreten, irgendeine Distanziertheit, die mich irritierte.

»Ich bin gekommen«, sagte ich, »weil ich Ihnen für Ihre Freundlichkeit danken wollte. Wir alle waren so betroffen über Don Hernans Tod, daß wir gegangen sind, ohne Ihnen ein paar nette Worte zu sagen, und ...« Meine Stimme verebbte.

»Schon gut«, sagte sie. »Es gibt nicht viele Leute, die sich bei den Mitarbeitern der Leichenhalle für irgend etwas bedanken.«

»Darf ich Sie vielleicht zu einer Tasse Kaffee einladen? Oder auf einen Drink?«

Sie überlegte kurz. »Sicher, warum nicht?« sagte sie dann. »Zwischen eins und drei habe ich Pause. Wir treffen uns im Café Pirámide, einverstanden?« Ich hatte schon von dem Café gehört; es befand sich am Marktplatz.

»Gern. Sagen wir, um halb zwei?«

»Einverstanden. Bis dann.«

Ich mußte eine Stunde totschlagen; deshalb schlenderte ich zum *museo*, um Antonio Velasquez einen kurzen Besuch abzustatten. Ein handgeschriebener Zettel an der Tür zur Bibliothek besagte, daß er für kurze Zeit fort sei, doch ich wartete ungefähr eine Viertelstunde, ohne daß Antonio erschien, und machte mich dann auf den Weg zum Café.

Auf dem Marktplatz verlor ich ein wenig die Orientierung. Ich kam zwar rechtzeitig, gelangte aber über eine Nebenstraße zum Café und betrat es durch eine Seitentür statt über den offenen Hof vor dem Gebäude.

Im Inneren hielten sich nur sehr wenige Gäste auf, doch das Café Pirámide war offensichtlich sehr beliebt, und bei dem schönen Wetter gab es auf der Veranda kaum einen freien Platz an einem der Tische unter den bunten Sonnenschirmen.

Aus dem Halbdunkel im Inneren ließ ich den Blick über die Gäste schweifen, die draußen saßen. Es dauerte ein Weilchen, bis ich Eulalia entdeckt hatte.

In der Leichenhalle war sie nicht geschminkt gewesen, und ihr Haar war streng nach hinten gekämmt; sie hatte einen Laborkittel und weiße Schuhe getragen, wie ich sie von Krankenschwestern kannte. Nun aber trug sie einen schwarzen Minirock, eine fuchsienfarbene Bluse und flache schwarze Schuhe, und ihr langes dunkles Haar fiel ihr locker über die Schultern.

Sie saß mir zugewandt und unterhielt sich angeregt mit einem Mann, der ihr am Tisch gegenübersaß und von dem ich nur den Rücken sehen konnte. Ich zögerte und fragte mich, ob ich die beiden unterbrechen sollte, als der Mann sich plötzlich vorbeugte und Eulalia die Hand drückte. Dann stand er auf und drehte sich dabei halb zu mir um.

Es war Lucas. Noch einmal beugte er sich vor und küßte Eulalia auf die Wange, und sie streichelte ihm übers Haar. Dann schaute Lucas die Straße hinauf und hinunter – wahrscheinlich hielt er Ausschau nach mir – und verschwand in der Menschenmenge auf dem Marktplatz.

Ich konnte es nicht fassen. Ich hatte gehofft, Informationen von Eulalia zu bekommen. Nun aber wußte ich nicht mehr, wie weit ich gehen konnte. Was hatte dieses Zusammentreffen mit Lucas zu bedeuten?

Ich dachte ein paar Minuten darüber nach und gelangte zu der Ansicht, daß Lucas und Eulalia sich hier zufällig begegnet waren. Offensichtlich waren sie befreundet. Und warum auch nicht? Sie hatten vieles gemeinsam, schon beruflich: Eulalia beschäftigte sich mit den kürzlich Verstorbenen, Lucas mit den längst Verstorbenen. Wie romantisch!

Selbst unter den gegebenen Umständen mußte ich lächeln,

als ich daran dachte, worüber die beiden sich wohl bei Tisch unterhielten. Vorausgesetzt, Lucas redete mit Eulalia entschieden mehr als mit mir und Isa.

Ich beschloß, meinen Plan weiterzuführen.

»Hallo«, sagte ich, als ich an den Tisch trat. »Schön, daß Sie gekommen sind.« Eulalia blickte ein bißchen erstaunt, weil ich aus dem Café und nicht von der Straße gekommen war. Ich wäre jede Wette eingegangen, daß sie sich jetzt fragte, wie lange ich schon im Café gewesen war.

»Sie waren vor ein paar Tagen schon einmal in der Leichenhalle, um sich bei mir zu bedanken«, sagte sie. »Maria hat es mir erzählt. Aber sie sagte, sie hätte Ihnen nicht meinen Namen genannt.«

»Gleitende Arbeitszeit«, erwiderte ich. »Ich habe Ihren Namen auf dem Dienstplan gelesen.« Sie nickte.

»Und woher wußten Sie, daß ich die Besucherin war?« fragte ich. »Und daß ich Sie wieder aufsuchen wollte?«

»Maria hat Sie mir beschrieben. In der Leichenhalle bekommen wir nicht viele *gringas* zu sehen. Sie waren an dem Tag die einzige. Und daß Sie wiederkommen würden, wußte ich deshalb, weil Sie bei Ihrem ersten Besuch so viele Fragen gestellt haben und mit den Antworten nicht zufrieden zu sein schienen. Um ehrlich zu sein – ich war es auch nicht. Ich habe gesehen, wie Sie sich die Schuhe des Toten angeschaut haben. Zu welchem Schluß sind Sie dabei gekommen?«

»Die Schuhe waren sehr staubig. Ebenso die Aufschläge der Hose. Wegen der Farbe der Schuhe und des Stoffes konnte man es kaum erkennen, aber wenn man mit dem Finger darüberstrich, konnte man es ganz deutlich fühlen. So staubig können Schuhe und Hose nicht werden, wenn man im Büro sitzt.«

Sie lächelte. »Ist Ihnen auch aufgefallen, daß einer der Schuhe naß gewesen ist? Daß er sich immer noch ein bißchen klamm anfühlte?«

Ich schüttelte den Kopf.

»Auch nasse Schuhe kann man sich schwerlich in einem Büro holen, nicht wahr?«

»Wann und wo wurde Dr. Castillo Ihrer Meinung nach ermordet?«

»Nun ja, ich bin nicht der Pathologe, nur die Assistentin. Ich gehe ihm bei den Untersuchungen zur Hand und schreibe den Autopsiebericht, den der Pathologe dann unterzeichnet. Aber der Mord wurde mit Sicherheit nicht im *museo* verübt. Es gab Hinweise darauf, daß der Körper über eine längere Strecke hinweg transportiert wurde, nachdem man ihn über den Erdboden geschleift hatte. Oder über eine unbefestigte Straße. Daher rührte der Staub an den Aufschlägen der Hose.

Was den Staub betrifft, handelt es sich wahrscheinlich um Kalkstein, wie es ihn überall in den ländlichen Gegenden gibt; von daher ergeben sich keine Hinweise auf den genauen Ort, an dem die Leiche sich befand. Aber wir haben auch Spuren von Sand entdeckt. An oder in den Schuhen waren allerdings keine Spuren von Salz; also kann der Ermordete nicht an einem Strand gewesen sein. Aber er muß durch einen Wald gegangen sein. Es gab Spuren von Blättern und winzige Pflanzenteile, wie man sie in der Stadt nicht findet.

Und nun zum Zeitpunkt des Mordes. Ich würde sagen, er wurde am frühen Morgen verübt, zwischen drei und fünf Uhr, und zwar an dem Tag, an dem die Leiche gefunden wurde. Allerdings sind solche Bestimmungen nie sonderlich genau, mag es in den Büchern auch anders stehen. Der Tote wurde gegen acht Uhr morgens vom Reinigungspersonal gefunden. Die Leichenstarre löste sich zu diesem Zeitpunkt bereits wieder. Die Todesursache ist eindeutig. Mehrere schwere Stichwunden. Und die Tatwaffe war kein gewöhnliches Küchenmesser. Es war eine sehr scharfe, aber unregelmäßige Klinge.«

Der Ober brachte uns den Kaffee und Gebäck. Wir warteten, bis er außer Hörweite war, bevor wir unser Gespräch fortsetzten.

»Erzählen Sie mir über die Jadeperle«, sagte ich. – »Nun ja, wie ich schon bei Ihrem ersten Besuch sagte, vermuten wir, daß dem Opfer die Perle nach Eintritt des Todes in den Mund gesteckt wurde. Es gibt Hinweise darauf, daß jemand dem Toten den Mund mit ziemlicher Gewalt geöffnet hat, um die Perle darin plazieren zu können.«

»Aber warum?«

»Ich vermute, daß es zu irgendeinem uralten Ritual gehört. Ein Freund von mir sagte« – *Lucas?* fragte ich mich –, »daß die Maya den Toten solche Jadeperlen in den Mund steckten, um für Nahrung auf der Reise durch die Unterwelt zu sorgen.«

Ich dachte einen Augenblick darüber nach. »Aber weshalb sollte jemand ihn erst umbringen und ihm dann eine solche ... Gefälligkeit erweisen? Kommt es Ihnen nicht seltsam vor, daß ein Mörder sich um das Seelenheil seines Opfers sorgt? Vielleicht war die Perle eine Art Zeichen, die den Mord mit irgendeiner Sache in Verbindung bringen sollte, die mit den Maya zu tun hat.«

»Keine Ahnung.« Eulalia zuckte die Schultern. »Vielleicht war es ja nicht der Mörder, der dem Toten die Perle in den Mund gesteckt hat, sondern jemand anders. Irgend jemand, der Dr. Castillo Rivas mochte und für den solche rituellen Gesten von Bedeutung sind.«

Das war ein interessanter Gedanke. Überdies hatte Eulalia den Toten zum erstenmal mit Namen genannt.

»Warum erzählen Sie mir das alles?«

»Wahrscheinlich deshalb, weil ich Martinez nicht ausstehen kann. Er gehört zur alten Garde der Polizei. Hier in Mexiko haben wir ein großes Problem mit den Gesetzeshütern. Sie werden so schlecht bezahlt, daß nicht immer jene Leute in den Polizeidienst eintreten, die man dort gern sehen möchte. Selbst als Taxifahrer kann man mehr verdienen. Und von einigen Beamten weiß man, daß sie ihr Einkommen aufbessern – auf eine Art und Weise, die der Allgemeinheit nicht gerade zuträglich ist, wenn Sie verstehen, was ich meine.«

Ich nickte. Vermutlich spielte Eulalia darauf an, daß manche Polizisten Schmiergelder kassierten.

»Es wird viel unternommen, um diese Mißstände zu beseitigen. Heute werden Bewerber für den Polizeidienst gründlich unter die Lupe genommen. Sie müssen Lehrgänge besuchen, werden ständig überprüft und so weiter. Aber es ist trotzdem sehr schwierig, angesichts der wirtschaftlichen Verhältnisse in diesem Land eine unbestechliche, moralisch einwandfreie Polizeitruppe zu schaffen, und die Regierung hat noch einen weiten Weg vor sich. Unglücklicherweise gibt es immer noch Typen wie Martinez, die in Wahrheit Ganoven in Uniform sind.«

Wir unterhielten uns noch eine Zeitlang über andere Dinge. Eulalia schien eine nette junge Frau zu sein. Als es Zeit für sie wurde, sich zurück auf den Weg zur Arbeit zu machen, bedankte ich mich noch einmal bei ihr, und wir verabschiedeten uns.

Ich mußte nun über vieles nachdenken. Nachdem ich die Rechnung bezahlt hatte, kehrte ich ins Hotel zurück, um ein bißchen auszuruhen. Die Mittagssonne war drückend heiß, und wegen meiner spätabendlichen Wanderungen hatte ich zu wenig Schlaf gehabt. Ein Nickerchen war jetzt das Gebot der Stunde, damit ich heute abend, wenn ich die Dinnerparty bei den Gomez besuchte, vor Witz und Geist sprühen konnte.

Im Hotel fragte ich an der Rezeption nach. Von Alex war keine Nachricht eingegangen.

Ich ging hinauf in mein Zimmer. Es war von Sonnenlicht durchflutet, und ich trat rasch ans Fenster, um die Läden zu schließen.

Erst als ich mich wieder umdrehte, sah ich den großen Karton auf dem Bett. Ich öffnete ihn, nahm das Packpapier heraus und entdeckte ein wunderschön besticktes Kleid, eines von Isas Modellen. Es war phantastisch – ein trägerloses Kleid aus grünblauer Seide mit weißen, türkisfarbenen und silbernen Stickereien und tiefem Ausschnitt. Außerdem fand ich ein Paar silberne Sandalen und eine kleine Abendtasche in dem Karton. Es war perfekt.

Auf einem kleinen Notizzettel stand: *Für meine liebe Freundin Lara. Auf daß es Dir diese düsteren Tage ein bißchen erhellen möge!*

Ich spürte einen Kloß im Hals. Ich hatte versucht, mir nicht anmerken zu lassen, wie tief meine zerbrochene Ehe und der Verlust meines Geschäfts mich getroffen hatten; ich hatte kein Wort darüber gesagt, welche Probleme die Morde in Mérida mir bereitet hatten. Doch Isa hatte die Symptome offensichtlich bemerkt und tat ihr Bestes, meine gedrückte Stimmung zu heben.

Mochten die Ereignisse in dieser Stadt und das vergangene Jahr noch so abscheulich für mich gewesen sein – ich wußte, daß ich mich glücklich schätzen konnte, Freunde wie Isa zu haben.

Santiago teilte mir mit, er würde mich von einem Hotelbediensteten zur Villa der Gomez fahren lassen. Ich nahm das Angebot dankend an und sagte ihm, ich würde mit einer Taxe zurück zum Hotel kommen, weil ich damit rechnete, daß es spät wurde.

Kurz vor halb neun stieg ich die Treppe zur Eingangshalle hinunter. Isa und Santiago warteten am Empfangsschalter. Isa lächelte, als sie mich in dem Kleid sah.

»Es ist wunderschön, Isa«, sagte ich. »Danke.«

»Du siehst phantastisch aus«, erwiderte sie und übersah geflissentlich die dunklen Ringe unter meinen Augen. »Ich habe mir gedacht, die Farbe paßt gut zu deinem hellen Haar.« Sie grinste. »Du bist eine wandelnde Schaufensterpuppe für mich, Lara. Ich sollte dir ein paar von meinen Geschäftskarten mitgeben, damit du sie heute abend unter den illustren Gästen verteilen kannst.«

Ich umarmte Isa.

Norberto hatte sich bereit erklärt, mich zu den Gomez zu

fahren. Er bestand darauf, daß ich mich auf die Rückbank setzte, damit er wie ein ›richtiger Chauffeur‹ aussah.

Diesmal brauchte ich nicht an der Gegensprechanlage am Tor des Anwesens zu halten. Ein Uniformierter mit weißen Handschuhen stand am Tor und hakte die Namen der Ankömmlinge von einer Gästeliste ab. Norberto hielt vor dem Eingang der Villa, wo ein weiterer Bediensteter mit weißen Handschuhen mir die Tür öffnete. Bevor ich ausstieg, sagte Norberto in gespieltem Zorn: »Und ich hatte mich so darauf gefreut, daß *ich* einer so schönen Frau die Tür aufmachen darf. Aber das wäre sowieso nicht gegangen. Ich habe nämlich meine weißen Handschuhe vergessen.«

Seine Bemerkung brachte mich zum Lachen – das mir in letzter Zeit ziemlich vergangen war –, und als ich in den ›Salon‹ geführt wurde, wie nun das Zimmer hieß, in dem ich einige Abende zuvor mit der angesäuselten Dame des Hauses einen Drink genommen hatte, fühlte ich mich schon viel besser. Ich mußte daran denken, daß es eine Zeit gegeben hatte, da man von mir behaupten konnte, Sinn für Humor zu haben. Aber der Humor war mir in den letzten ein, zwei Jahren mit Clive weitgehend abhanden gekommen.

Sheila und ihr Gatte standen an der Tür zum Salon, um jeden Gast persönlich zu begrüßen. Sie waren ein ungleiches Paar. Sheila war schlank, hochgewachsen, blond, blauäugig und anmutig. Gomez Arias war fast einen Kopf kleiner, dunkel und untersetzt. Doch aus der Nähe sah er besser aus als an dem Abend in der Hotelbar, als ich ihn nur aus einiger Entfernung gesehen hatte. Außerdem war er sehr charmant.

Er begrüßte mich zuerst. »Sie müssen die neue Freundin meiner Frau sein. Ich bin entzückt, Sie kennenzulernen. Sie sind also die Kollegin von Dr. Castillo Rivas. Meine Frau und mich hat sein Tod zutiefst erschüttert.«

Ich murmelte irgendeine höfliche Erwiderung; dann lächelte ich Sheila an. Sie trug ein paillettenbesetztes Kleid in gebrochenem Weiß und sah ganz reizend aus. Doch die allgemeine Aufmerksamkeit im Salon galt Montserrat, jedenfalls was die Männer betraf. In ihrem roten Kleid, das eng wie ein Handschuh saß, und in den hochhackigen Schuhen von gleicher Farbe sah sie wirklich umwerfend aus. Ihr dunkles Haar war hochgesteckt, und sie trug Ohrringe und eine Halskette, die mit Brillanten und Rubinen besetzt waren – zweifellos Geschenke von Daddy. Die meisten Männer im Salon umschwirrten sie wie Bienen den Honig. Und eine dieser Bienen war Jonathan.

Ich glaube, viele Männer – die meisten Männer – sehen im Smoking gut aus. Doch nur wenige machen überdies den Eindruck, sich im Smoking wohl zu fühlen. Jonathan war einer dieser wenigen. Ja, er sah aus, als wäre er dafür geboren, einen Smoking zu tragen. Zum Teil lag es an der Aura der Selbstsicherheit, die er immer und überall ausstrahlte; zum Teil war es auch – wenn Isas Vermutung richtig war – einfach Übung. Wahrscheinlich wird ein Smoking zur Gewohnheit, wenn man des öfteren Gast im Buckingham Palace ist.

Plötzlich bemerkte Jonathan mich und entfernte sich aus Montserrats Verehrertruppe. Ich sah, daß ihre Blicke ihm folgten, als er das Zimmer durchquerte und mir einen Kuß auf die Wange hauchte.

»Was für eine angenehme Überraschung.« Er lächelte.

Ich lächelte zurück. »Für mich auch.«

»Sie sehen phantastisch aus, Lara. Kommen Sie, ich möchte Ihnen einige Gäste vorstellen.«

Inzwischen befanden sich schätzungsweise dreißig Personen im Salon. Die nächste Stunde verbrachte ich damit, an einem Champagnerglas zu nippen und mit den Honoratioren von Mérida zu plaudern – dem Bankdirektor, verschiedenen Lokalpolitikern, dem stellvertretenden Bürgermeister und dem Chef des Museums-Verwaltungsrates.

Um zehn Uhr wurde im riesigen Eßzimmer das Dinner serviert. Um die Größe des Tisches zu verdeutlichen: Alle dreißig Gäste fanden daran Platz und plauderten angeregt unter dem riesigen Kronleuchter, den ich schon bei meinem ersten Besuch gesehen hatte.

Als Gastgeber saßen Don Diego Maria und Doña Sheila an den gegenüberliegenden Enden des Tisches; Montserrat aber saß zur Rechten ihres Vaters. Ich hatte den Eindruck, diese Sitzordnung spiegelte die familiäre Geographie im Hause Gomez perfekt wider: Diego und Montserrat waren unzertrennlich wie gewachsener Fels, und zwischen ihnen und dem Mauerblümchen Sheila klaffte ein Abgrund.

Ich bekam einen Platz auf der gleichen Seite des Tisches, an der Montserrat saß, doch gegenüber von Jonathan. Montserrat und er waren charmant und geistreich. Ich schaltete mein eingebautes Radar ein, das in wenigen Ehejahren mit einem Mann geschärft worden war, der stets ein waches Auge für andere Damen besaß und eine Schwäche für junge Frauen in Montserrats Alter hatte. Das Radar meldete mir, daß nicht wenige Bemerkungen Jonathans und Montserrats versteckte Komplimente und Flirtereien waren. Eifersucht loderte in mir auf.

Reiß dich zusammen, Lara, sagte ich mir und wandte mich strahlend an den Tischnachbarn zu meiner Rechten, einen gewissen Dr. Rivera, einen Spezialisten für die Leiden der Reichen: Leberkrankheiten, Magenprobleme, Fettsucht, Lipome und dergleichen.

Das Essen war üppig; meiner Meinung nach gab es ein paar Gänge zuviel. Cremesuppe, Salate, Fischgerichte, Wachteln, Rindfleisch, eine kulinarische Reise durch die Welt des Käses und eine Auswahl verschiedener Desserts. Sämtliche Gänge wurden von passenden Weinen begleitet, die in Strömen flossen. Jeden Tag eine solche Diät, und Dr. Rivera wurde zu einem schwerreichen Mann, falls er es nicht schon war.

Dann verkündete Don Diego, daß die Männer sich auf eine Zigarre und einen Portwein ins ›Clubzimmer‹ zurückziehen würden. Die Damen möchten sich zum *digestiv* bitte wieder in den Salon begeben.

»Mit dem größten Mißvergnügen«, murmelte ich und blickte Jonathan über den Tisch hinweg an. Er hatte Mühe, nicht vor Lachen herauszuplatzen.

Ich verbrachte eine halbe Stunde mit den Damen, die von steifer Konversation geprägt war. Während die anderen sich dann wieder zu den Herren gesellten, um die letzten ein, zwei Stunden der Party mit ihnen zu verbringen, ging ich zur Damentoilette. Sie war besetzt, doch ein Hausdiener erklärte mir, im Obergeschoß sei ein weiterer Waschraum. Ich machte mich auf den Weg dorthin. Auf dem Flur im ersten Stock blieb ich stehen und bewunderte mehrere Gemälde an den Wänden. Sie waren wirklich außergewöhnlich.

»Aah, auch Sie erfreuen sich an der Kunst«, sagte eine Stimme hinter mir. Sie gehörte dem Gastgeber, Don Diego Maria. Er hielt ein Glas Portwein in der einen Hand, eine Zigarre in der anderen. Offenbar hatte er gesehen, wie ich die Kunstwerke betrachtete und hatte sich für ein paar Minuten von seinen anderen Gästen freigemacht.

»Wer würde sich nicht daran erfreuen? Das hier ist ein Matisse, nicht wahr?« fragte ich und wies auf das Gemälde, vor dem ich stand.

»So ist es«, erwiderte er. »Eines meiner Lieblingsstücke. Soll ich Ihnen ein bißchen darüber erzählen?«.

Ich nickte, und Don Diego stellte das Glas auf einen kleinen Beistelltisch, legte die Zigarre in einen Aschenbecher und erklärte mir Einzelheiten des Gemäldes.

Er besaß unverkennbar großes Wissen auf diesem Gebiet. Doch das wirklich Außergewöhnliche an diesem Mann war seine Leidenschaft für die Kunst. Als er sprach, senkte seine Stimme sich zu einem beinahe ehrfürchtigen Flüstern. Vielleicht vergaß er sogar völlig, daß ich neben ihm stand.

Ich war sicher, daß die Linien des Gemäldes in Don Diegos Augen den Konturen des Körpers einer Geliebten entsprachen, und die Farben entsprachen denen der Augen, der Lippen, des Haares. Und der Künstler war der gottähnliche

Schöpfer, der diesem Wesen Leben eingehaucht hatte. Während Don Diego redete, bewegten seine Hände sich dicht über der Leinwand, berührten beinahe die Oberfläche, als wollte er das Gemälde liebkosen. In einem tieferen Sinne war es für diesen Mann fast so etwas wie ein Liebesakt, ein Gemälde zu beschreiben.

Als er geendet hatte, verharrte er einen Moment schweigend; dann schaute er mich an und lächelte verlegen. »Wie Sie sehen, bin ich ein Sklave der Kunst.«

Ich lächelte zurück. »Ich habe mir sagen lassen«, entgegnete ich, »daß Sie eine nicht minder beeindruckende Sammlung präkolumbianischer Fundstücke besitzen.«

Er nickte. »In der Tat. Allerdings fehlt mir inzwischen das eine oder andere Stück.«

Niemand hatte es gewagt, an diesem Abend den Diebstahl der Statue des Itzamná zur Sprache zu bringen; nun aber erzählte er mir ziemlich offen darüber.

»Das ist sehr bedauerlich«, sagte ich. »Ich habe es übrigens miterlebt. Ich war an dem Abend in der Ek-Balam-Bar.«

»Ach, wirklich? Glauben Sie auch, daß diese Kinder des Sprechenden Kreuzes dahinterstecken?«

»Was das angeht, stehe ich vor einem Rätsel. Mir wurde gesagt, daß vorher niemand von dieser Organisation gehört hat, und seit dem Raub ist sie auch nicht mehr in Erscheinung getreten. Zumindest hat sie kein öffentliches Aufsehen mehr erregt.«

»So ist es. Nur ich bin der Leidtragende. Deshalb nehme ich den Diebstahl sehr persönlich.«

»Weshalb haben Sie dann der Polizei gegenüber Andeutungen gemacht, daß Dr. Castillo für die Tat verantwortlich sei?«

Er blickte mich eher verdutzt als verärgert an. »Das war nicht ich, sondern meine Tochter Montserrat. Sie hat der Polizei von dem Streit zwischen mir und Dr. Castillo berichtet. Ich habe ihre Aussage lediglich bestätigt.

Um ehrlich zu sein – hätte Montserrat nichts von dem Streit erzählt, hätte ich ihn gar nicht erst erwähnt. Dr. Castillo und ich waren in manchen Fragen unterschiedlicher Ansicht, was diese Kunstgegenstände betrifft. Aber ich will mir nichts vormachen. Ich weiß, daß die meisten Leute Don Hernans Ansichten teilten und nicht die meinen. Man kreidet es mir an, daß ich den Wunsch habe, solche Raritäten für mich allein zu besitzen.

Wissen Sie, obwohl ich dem Verwaltungsrat des Museums angehöre, habe ich manchmal Schwierigkeiten, die Philosophie der Herren zu begreifen, die diesem Gremium angehören. Man macht mir zum Vorwurf, der Öffentlichkeit antike Kunstwerke vorzuenthalten, indem ich sie meiner Privatsammlung einverleibe. Aber achtzig Prozent der Museumssammlungen schlummern in Lagerräumen! Meine Stücke dagegen sind der Öffentlichkeit zugänglich, und sei es in einer Bar. Jetzt könnten Sie mir natürlich entgegenhalten, die Besucher meines Hotel seien nicht die ›Öffentlichkeit‹. Aber es sind auf jeden Fall mehr Leute als bloß ein paar Museumskuratoren!«

»Aber was ist mit den Forschungen, die das Museum mit diesen Stücken anstellt?«

»Wenn das *museo* meine Stücke zu Forschungszwecken haben will, braucht man mich nur zu fragen«, entgegnete er. »Und was die Idee betrifft, die Artefakte gewissermaßen ihren Schöpfern zurückzugeben«, fuhr er fort, »glaubt jemand ernsthaft, die Kinder des Sprechenden Kreuzes würden ihre neu erworbenen Schätze präkolumbianischer Kunst den Nachfahren der Maya schenken? Was für ein Unsinn! Sie werden die Artefakte auf dem schwarzen Markt verkaufen, an den höchsten Bieter – einen Sammler, der diese Antiquität dann irgendwo verstecken wird, wo nur er allein sie betrachten kann, eben *weil* sie gestohlen ist und es zu gefährlich wäre, sie anderen zu zeigen.«

Ich wollte ihm entgegnen, daß Don Hernans Ziel darin bestanden hatte, die Stücke unter eine gemeinsame Verwaltung durch die Indígenas und das *museo* zu stellen, zum beiderseitigen Nutzen, doch ich wußte, daß es keinen Sinn hatte. Für Gomez Arias war das Sammeln eine Besessenheit.

»Sie sagten vorhin, Ihnen würde das ein oder andere Stück fehlen. Haben Sie außer der Statue noch etwas verloren?«

»Ja. Vor ungefähr einem Jahr. Die wunderschöne Skulptur eines sich umarmenden Paares. Sie wurde aus meiner Villa gestohlen, als ich auf einer Geschäftsreise war. Die Versicherung hat den Schaden natürlich beglichen, wie auch bei der Itzamná-Statue. Aber in meinem Herzen« – er hielt für einen Augenblick inne – »sind diese Stücke unersetzlich.«

Ich glaubte ihm.

Inzwischen war es sehr spät geworden. Ich sagte Gomez, daß ich mich nun auf den Heimweg machen wolle und daß ich den Abend und seine Gastfreundschaft sehr genossen habe.

»Ich hoffe, Sie besuchen uns noch einmal, bevor Sie nach Kanada zurückkehren«, sagte er. »Meine Frau hat hier nicht viele Freundinnen. Es tut ihr gut, in netter Gesellschaft zu sein.«

In diesem Augenblick kam unten in der Halle Sheila in Sicht. Beim Dinner hatte sie sich mit dem Trinken zurückgehalten, doch es war nicht zu übersehen, daß sie das Versäumte in der Zwischenzeit nachgeholt hatte. Montserrat war bei ihr. Sie schleifte Sheila beinahe durchs Foyer. »Geh nach oben«, zischte sie. »Du bist eine Schande für meinen Vater und für mich!«

Sheila kam uns auf der Treppe entgegen. Sie hatte Tränen in den Augen. Diego schaute seine Tochter an; dann starrte er auf den Rücken seiner davontaumelnden Gattin und seufzte. Er ging ins Foyer hinunter, um sich von seinen Gästen zu verabschieden, die zum Aufbruch rüsteten.

Jonathan stand an der Tür. »Sind Sie mit dem Wagen da?« fragte er mich. »Oder kann ich Sie mitnehmen?«

»Danke. Ich fahre mit dem Taxi.«

»Kommt gar nicht in Frage. Ich habe schon angerufen. Mein Wagen ist jeden Augenblick hier.«

In diesem Moment erschien Montserrat. »Möchten Sie noch auf einen Schlummertrunk bleiben, Jonathan?« fragte sie.

»Heute abend nicht, meine Liebe. Ich fahre Señora McClintoch zu ihrem Hotel zurück.«

Montserrat blickte ein wenig mürrisch drein. Offensichtlich war sie es gewöhnt, alles zu bekommen, was sie wollte, Menschen eingeschlossen. Das lag wohl in der Familie.

Der Wagen wurde von einem Bediensteten vorgefahren, und wir stiegen ein. Jonathan fuhr ein gutes Stück den Zufahrtsweg hinunter; dann hielt er am Rand der schmalen Straße.

»Wir wär's, wenn wir unsere Verabredung einen oder zwei Abende vorziehen?« fragte er. »Oder wenn wir sie gleich auf heute verlegen?«

»Warum nicht?« erwiderte ich. Niemand wartete auf mich, und wenngleich ich das Gefühl hatte, noch irgendwie mit meinem Exgatten verbunden zu sein, wußte ich beim besten Willen keinen Grund, nein zu sagen.

Als Jonathan mit mir schlief, legte er die gleiche gelassene Selbstsicherheit an den Tag wie sonst auch. Und ich hatte das Gefühl, daß irgend etwas tief in meinem Inneren, das lange Zeit geschlummert hatte, wieder zum Leben erwachte.

Später lag ich neben Jonathan im Bett und betrachtete meinen schlafenden Liebhaber. In einer besitzergreifenden Geste hatte er einen Arm über meinen Leib gelegt, und im Mondschein, der durch die Ritzen in den Fensterläden fiel, sah sein Gesicht bleich aus.

Und ich fragte mich, warum ich mich so unzufrieden fühlte.

# Eb

Ich erwachte vom Prasseln des Regens. Das Bett neben mir war leer. Draußen fiel ein tropischer Schauer sintflutartig, doch gottlob nur von kurzer Dauer. Das paßte zum heutigen Tag im Maya-Kalender: Eb, einem Tag des Regens. Zehn Minuten später war der Himmel wieder klar, doch meine düstere Stimmung wollte nicht weichen.

Ich ging in die Küche, wo ich auf der Anrichte einen Zettel fand. *Habe einen Anruf bekommen. Probleme an der Grabungsstätte. Fühle Dich wie zu Hause, meine Liebe, und mache Dir ein Frühstück*, las ich. *Lucas kommt gegen halb zwölf und fährt Dich nach Mérida.* Wenigstens der Schluß besaß einen etwas positiveren Beiklang: *Heute abend?*

Es war kurz vor zehn. Deshalb beschloß ich, eine Runde im Pool zu schwimmen, ohne Rücksicht darauf, daß ich keinen Badeanzug dabeihatte. Der Pool lag immer noch im Schatten, still und friedlich und durch eine dichte Hecke vor den Blicken Neugieriger geschützt.

Doch als ich aus dem Wasser stieg, stand ich von Angesicht zu Angesicht einer kleinen Maya-Frau in einem traditionellen bestickten *huipil* gegenüber. Sie war so überrascht wie ich, als ich plötzlich vor ihr auftauchte, besaß mir gegenüber jedoch einen beträchtlichen Vorteil: Sie war angezogen.

Sie musterte mich mit tiefem Argwohn und vielleicht auch ein wenig Neugier, als ich mir mein Badetuch schnappte und ins Schlafzimmer flitzte. Während ich duschte und mich anzog, hörte ich die Frau im Haus hantieren.

Außer meinem Seidenkleid vom gestrigen Abend hatte ich nichts anzuziehen, und für halb elf vormittags war dieses Kleid ein bißchen übertrieben. Ich überlegte, ob ich mich im

Schlafzimmer verkriechen sollte, bis ich von Lucas gerettet wurde, erkannte dann aber, wie dumm dieser Gedanke war. Also ging ich in die Küche.

Die kleine Maya-Frau und ich betrachteten einander über die Anrichte hinweg. Die Frau war knapp eins fünfzig groß und hatte dunkles Haar mit grauen Strähnen, das zu einem Knoten geflochten war. In ihren Augen, die mich von oben bis unten musterten, lagen Fröhlichkeit und wache Intelligenz.

Schließlich lächelte sie und wies mit fragendem Blick auf eine Kaffeekanne, die auf dem Herd stand. Der Kaffee duftete herrlich, und ich nickte. Die Frau schenkte mir eine Tasse ein.

Sie sprach kein Englisch, und ihr Spanisch war von einem schweren Akzent gefärbt. Ihre Muttersprache, erklärte sie mir, sei Yukatekisch. Wir stellten uns einander vor. Die Frau hieß Esperanza und war, wie sie erklärte, die Haushälterin von Señor Hamelin. Sie kam jeden Tag zum Putzen und kochte ihm etwas zu Mittag.

Esperanza hatte offensichtliches Interesse an meinem Kleid, also erzählte ich ihr von meiner Freundin Isa, und kurz darauf schnatterten wir fröhlich wie zwei alte Bekannte. Ich erzählte Esperanza, daß ich aus Kanada käme und Freunde in Mérida besuchte. Wie viele andere Menschen, die nie in Toronto gewesen sind, glaubte auch Esperanza, daß die Stadt das ganze Jahr über von meterhohem Schnee bedeckt sei, und sie erkundigte sich neugierig, wie wir denn von einem Ort zum anderen gelangten, und wie Schnee eigentlich sei.

»Bei uns erzählt man sich, daß keine Schneeflocke wie die andere ist«, sagte sie. Als ich nickte, fügte sie hinzu: »Die Welt ist voller Wunder, nicht wahr?«

Sie fragte mich nach meiner Familie und wo ich aufgewachsen und zur Schule gegangen sei. Ihre Neugier kannte keine Grenzen. Dann erzählte sie mir von ihrem Dorf, das in der Nähe lag.

»Das Dorf war viel größer, als ich ein Mädchen war«, erklärte sie. »Heutzutage ziehen viele junge Leute fort. Sie gehen in die Städte, um dort ein besseres Leben zu führen. Aber ich glaube nicht, daß es ihnen bessergeht. Viele verlieren ihre Wurzeln, finden keinen Halt mehr. Die jungen Leute halten die Kultur der Maya für tot, für eine längst versunkene Welt, die von der europäischen Zivilisation verdrängt wurde. Und wie die jungen Leute nun mal sind, wollen sie an dem Neuen teilhaben.«

»Möchten Sie denn, daß sie die alten Zeiten wiederaufleben lassen? Daß die jungen Leute sich von den europäischen Einflüssen befreien?« fragte ich, denn ich war der Ansicht, daß Esperanza darauf hinauswollte.

»Das ist offensichtlich nicht möglich«, antwortete sie. »Aber für uns ist ebenso unmöglich, die europäische Kultur in ihrer Gesamtheit mit offenen Armen zu empfangen, ohne daß wir dabei einen wichtigen Teil unseres Selbst verlieren. Die jungen Leute müssen erkennen, daß die europäische Zivilisation die unsere eben *nicht* verdrängt hat. Es ist eher so, daß beide Kulturen miteinander leben, seit Hunderten von Jahren. Nur wenn die Jungen das einsehen, können sie an der Welt von heute teilhaben und erfolgreich sein.«

»Bei uns gibt es ein Sprichwort«, sagte ich. »Wer seine Vergangenheit vergißt, ist dazu verurteilt, sie noch einmal zu erleben. Es entspricht zwar nicht ganz dem, was Sie gesagt haben, aber ungefähr darauf läuft es hinaus, nicht wahr?«

»Ja.« Sie lächelte. »Das Sprichwort gefällt mir.«

»Was halten Sie eigentlich von den Kindern des Sprechenden Kreuzes?« fragte ich geradeheraus.

»Wenn Sie wissen wollen, ob ich gutheiße, was sie tun – nämlich rauben und stehlen, mag es auch für eine gerechte Sache sein –, lautet die Antwort: nein. Falls Sie aber wissen möchten, ob ich ihren Zorn und ihre Enttäuschung verstehen kann, die ja der Grund für ihre Taten sind, muß ich mit Ja antworten. Mein Volk wurde jahrhundertelang unterdrückt –

manchmal durch rohe Gewalt, manchmal mit politischen Mitteln und sehr viel spitzfindiger.

Denken Sie nur an die Maya in Guatemala, unsere Brüder und Schwestern, die aus ihrem Land vertrieben wurden und dem Terror von Todesschwadronen ausgesetzt sind, die von der Regierung geduldet, ja unterstützt werden. In den letzten zwanzig Jahren wurden dort mindestens hundertzwanzigtausend Maya getötet, und Zehntausende sind spurlos verschwunden.

Doch es gibt verschiedene Möglichkeiten, Terror und Unterdrückung zu überleben. Sich einfach mit dem Schicksal abzufinden ist eine davon. Besser gesagt, sich zu fügen. Eine andere Möglichkeit besteht darin, die Augen zu verschließen und alles vor sich selbst zu leugnen. Wieder eine andere Möglichkeit ist die Anpassung – am besten, noch europäischer zu werden als die Unterdrücker. Das haben viele von uns getan. Doch es gibt noch eine weitere Möglichkeit. Den Widerstand. Wenn es sein muß, bewaffnet und gewaltsam.«

An diesem Punkt unseres Gesprächs traf Lucas ein. Er umarmte Esperanza, als er ins Zimmer kam, und setzte sich dann zwischen uns an den Küchentisch.

»Meine Patentante«, sagte er und lächelte Esperanza an, doch die Worte waren an mich gerichtet.

Falls Lucas irgend etwas ahnte oder wußte, was mein verändertes Verhältnis zu Jonathan betraf, behielt er es für sich. Doch mir entging nicht, daß er es vermied, mich direkt anzuschauen, wenn er sich an mich wandte. Und falls unsere Blicke sich doch einmal trafen, schaute er rasch zur Seite.

Ganz anders seine Patentante, deren Blicke sich bis in mein tiefstes Inneres zu brennen schienen. Falls es einen Röntgenapparat für die Seele gibt – Esperanza war einer. Als Lucas das Haus verließ, um den Wagen vor die Tür zu fahren und ich mich zum Gehen wandte, nahm die kleine Frau plötzlich meine Hand.

»Bei meinem Volk gibt es eine Vorstellung von der Sonne,

die mir sehr gefällt«, sagte sie. »Die Maya glauben, daß die Sonne sich am Tag in unserer Welt befindet, nachts aber die Unterwelt durchreisen muß. Manchmal glaube ich, es ist ein Gleichnis für unsere Seelen. Denn manchmal müssen auch wir erst durch die Finsternis, um das Licht wirklich schätzen zu lernen.«

Nach diesen Worten verabschiedete sie sich von mir und wandte sich wieder der Küchenarbeit zu.

Ich stieg in den Jeep, um die Rückfahrt nach Mérida anzutreten. Ich wußte, daß mir eine lange und schweigsame Reise bevorstand, es sei denn, ich konnte Lucas zum Reden bewegen.

»Ich finde Esperanza sehr nett«, sagte ich, um ein Gespräch in Gang zu bringen. »Ist sie wirklich Ihre Patentante?«

»Ja«, antwortete er. Und schwieg. Ich hatte eine harte Nuß zu knacken.

»Dafür kommt sie mir ziemlich jung vor. Sie ist kaum älter als Sie, stimmt's?« Schweigen.

»Sie reden nicht sehr viel. Habe ich recht?«

»Ja.«

Schweigend fuhren wir eine Zeitlang weiter.

»Sie ist eine Kusine meines Vaters«, sagte er schließlich. »Das Leben hier kann sehr hart sein. Die Menschen werden früh erwachsen. Obwohl Esperanza erst fünfzehn war, als ich geboren wurde, hielt man sie für geeignet, meine Patin zu werden.«

»Ich nehme an, sie war schon damals sehr klug für ihr Alter.«

Lucas warf mir einen argwöhnischen Blick zu, um sich davon zu überzeugen, ob meine Bemerkung scherzhaft gewesen war. Er sah, daß ich es ernst gemeint hatte. »Man kann schwerlich überhören, daß sie klug und gebildet ist, nicht wahr?« sagte er. »Esperanza ist in meiner Familie eine wichtige Persönlichkeit. Ihr Bruder, der Vetter meines Vaters, ist das Oberhaupt der Familie aus der männlichen Linie. Manche Maya würden ihn als Mutter-Vater bezeichnen, als den Wächter des Tages.«

Von meinen Studien wußte ich, daß Wächter des Tages Wahrsager waren, die Vorzeichen lasen und heilige Texte auslegten.

»Wegen ihres engen Verhältnisses zum Mutter-Vater genießt Esperanza hohes Ansehen, aber auch wegen ihrer starken Persönlichkeit. Sie wird als Mensch von großer Weisheit betrachtet.« Er lachte leise. »Manche sagen sogar, sie könne die Zukunft vorhersehen. Aber diese Einschätzung ist wohl darauf zurückzuführen, daß Esperanza die Menschen und die Welt um uns herum so gut begreift.«

»Ich kann verstehen, daß man ihr übersinnliche Kräfte zuschreibt«, sagte ich und mußte an Esperanzas Bemerkung über die Finsternis der Seele denken. »Sie und Ihre Familie sind demnach Maya?«

»Mestizen. Meine Großeltern waren reinblütige Maya. Meine Mutter ist Spanierin.« Ich wußte, daß der Begriff Mestize eher kultureller als rassischer Natur war. Die Menschen, die indianisches und spanisches Blut besaßen und sich als Mestizen bezeichneten, betrachteten sich eher der hispanischen Kultur verbunden.

»Ihr Name – May – ist berühmt in der Geschichte der Maya, nicht wahr?«

Wieder warf er mir einen raschen Blick zu. »Berüchtigt, wollten Sie wohl sagen. Sie haben gewiß auf einen entfernten Verwandten angespielt, General Francisco May, der uns an die Spanier verkauft hat. Aber May ist hier in Yucatán ein weitverbreiteter Name.«

In seiner Stimme schwang irgend etwas mit, das mir riet, dieses Thema lieber nicht zu vertiefen; also beließ ich es dabei.

Wieder fuhren wir eine Zeitlang schweigend über die einsame Straße. Dann versuchte ich, das Gespräch erneut zu beleben und diesmal eine andere Richtung einzuschlagen.

»Ich glaube, ich habe eine Freundin von Ihnen kennengelernt…«

Er blickte mich erstaunt an. »Und wen, wenn ich fragen darf?«

»Eulalia Gonzales. Das erste Mal habe ich sie in der Leichenhalle gesehen. Sie ist sehr nett. Gestern haben wir zusammen einen Kaffee getrunken.«

»Sie ist meine Kusine«, sagte er, und schlagartig ging mir ein Licht auf. »Hat sie Ihnen von mir erzählt?«

»Nein. Aber ich habe Sie beide gestern gesehen. In dem Café am Marktplatz.«

Lucas schwieg längere Zeit. Schließlich sagte er nur: »Ja, sie ist sehr nett.« Damit war auch dieses Thema für ihn erledigt.

Trotzdem ließ ich nicht locker. »Jonathan sagte mir, es gibt Probleme an der Grabungsstätte.«

»Ja.« Schweigen.

»Ach, nun kommen Sie schon, Lucas. Reden Sie mit mir!« sagte ich mit einem Anflug von Zorn. »Ich habe Sie mit anderen Leuten sprechen sehen. Da waren Sie längst nicht so verschlossen. Warum wollen Sie nicht mit mir reden?«

Er starrte nach vorn auf die holperige Straße. Schließlich seufzte er und erklärte: »An der Grabungsstätte ist die Arbeit zum Erliegen gekommen. Sämtliche Helfer rühren keinen Finger mehr.«

»Eine Meuterei?« sagte ich. »Weshalb? Sind den Leuten die Arbeitsbedingungen zu schwer? Es ist ja kein Zuckerschlecken, in dieser Höhle graben zu müssen, nicht wahr?«

»Allerdings«, pflichtete er mir bei. »Aber das ist nicht der Grund, daß die Leute… gemeutert haben.«. Ein Lächeln huschte über sein Gesicht, als er diesen Ausdruck benutzte. »Sie sagen, die Fürsten der Finsternis sind erzürnt darüber, daß wir dort unten arbeiten. Daß wegen der Grabungen schreckliche Dinge geschehen werden… und bereits geschehen.«

»Was für schreckliche Dinge?« – »Ach, halb so wild. Einer der Arbeiter hat sich an einem der Flintsteinmesser, die Sie bei Ihrem Besuch in der Höhle gesehen haben, eine Schnittwunde zugezogen. Ein anderer hat irgendwelche Spuren im Sand entdeckt und behauptet, daß sie von den Fürsten der Finsternis stammen. Solche Dinge.« Er hielt kurz inne, fügte dann in entschuldigendem Tonfall hinzu: »Aber man sollte Verständnis dafür haben. Diese Leute sind ziemlich ungebildet.«

»Ja, das dürfte die Erklärung dafür sein, nehme ich an. Oder es geschehen *wirklich* schreckliche Dinge. Was ich bis jetzt hier erlebt habe, spricht jedenfalls dafür.«

»Ja, das war allerdings unerfreulich«, gab er mir recht. »Jedenfalls werde ich versuchen, mit den Leuten über die Bezahlung und die Arbeitsbedingungen zu verhandeln, sobald ich wieder an der Grabungsstätte bin.« Er lächelte.

Wir gelangten zum Hotel.

Ich bedankte mich bei Lucas und stieg die Treppe zum Eingang hinauf.

Isa und Santiago standen an der Rezeption. Santiago musterte mich ernst. Zweifellos betrachtete er sich – ungeachtet meines Alters – als eine Art Vatervertreter für mich, solange ich mich in Mexiko aufhielt. Isa lächelte, als sie mich in ihrem Kleid sah.

Dann reichte sie mir zwei Nachrichten. Eine war von Margaret Semple, meiner Ansprechpartnerin in der kanadischen Botschaft in Mexico City. Die andere Nachricht stammte von Alex. Er teilte mir mit, daß im Keller meines Hauses eine Wasserleitung geplatzt sei – kein Grund, sich Sorgen zu machen, doch ich solle mich mit ihm in Verbindung setzen.

Zuerst rief ich aus dem Hotel Margaret Semple an. Nachdem sie mir ihr Mitgefühl für den Tod Dr. Castillos ausgesprochen hatte, kam sie zu ihrem eigentlichen Anliegen.

»Sie haben es da mit einem höchst unangenehmen Polizeibeamten zu tun«, erklärte sie.

»Das können Sie laut sagen«, erwiderte ich. »Aber was genau wollen Sie mir damit sagen?«

»Daß ich den Eindruck habe, der saubere Major Martinez hat die Finger in illegalen Geschäften. Ich konnte allerdings noch nichts Konkretes herausfinden. Das ist hierzulande nicht ganz einfach, das kann ich Ihnen versichern. In Mexiko sind Militär und Polizei längst nicht solchen staatlichen Kontrollen unterworfen wie bei uns. Ich an Ihrer Stelle würde jedenfalls versuchen, den Mann nicht gegen mich aufzubringen.«

Zu spät, dachte ich, bedankte mich jedoch für die Warnung.

»Wir bemühen uns immer noch darum, daß Sie Ihren Paß zurückbekommen«, fuhr Margaret fort. »Allerdings habe ich gehört, daß Sie immerhin das Hotel wieder verlassen dürfen. Aber ich würde die Stadt nicht verlassen, ohne mich vorher mit Martinez abzusprechen. Geben Sie ihm keinen Vorwand, daß er sich Ihnen an die Fersen heftet.«

»Mach' ich.«

»Rufen Sie mich alle zwei, drei Tage an, damit ich weiß, daß alles in Ordnung ist, ja?«

Ich versprach es, und wir verabschiedeten uns. Sie schien wirklich besorgt zu sein, und ich fragte mich, wie es um meine Situation bestellt war, wenn eine Frau wie Margaret Semple sich Sorgen machte. Offenbar war meine Lage brisanter, als ich bislang vermutet hatte. Hinzu kam, daß Margaret Semple – nach Eulalia Gonzalez – bereits die zweite Person war, die Martinez für einen Ganoven hielt.

Unauffällig verließ ich das Hotel und machte mich auf den Weg zu meinem Lieblings-Münztelefon im Eingangsbereich des Café Escobar.

Alex nahm sofort den Hörer ab.

»Gut, daß du endlich anrufst«, sagte er. »Ich hatte mir schon Sorgen gemacht.« Ich beschloß, ihm lieber nicht zu sagen, wo ich die letzten fünfzehn Stunden verbracht hatte.

»Was hast du für mich, Alex?«

»Eine ganze Menge. Sehr interessantes Material, das muß ich schon sagen. Womit soll ich anfangen?«

»Mit den Büchern.«

»Okay. Vielleicht weißt du schon, was ich dir jetzt sagen werde, aber es dauert nicht lange, denn Bücher der Maya sind ja sehr selten. Nach unserem heutigen Wissensstand ist das Popol Vuh das wichtigste Werk. Es ist das Buch der Maya-Mythologie, eine Art *Ilias* oder *Odyssee* Mittelamerikas. Die Mythen sind allerdings nur bruchstückhaft – die Schöpfungsgeschichte, die Erlebnisse der Heldenzwillinge, zweier gewiefter Göttergestalten, und ein Bericht über die Ursprünge und die Geschichte der Quiché-Maya, die bedeutendste Gruppe der Maya zur Zeit der spanischen Eroberung.

Wir besitzen dieses Buch nur deshalb noch, weil es Mitte des sechzehnten Jahrhunderts in lateinischer Schrift niedergelegt wurde, von einem jungen Adeligen der Quiché. Ein Exemplar hat die Zeiten überdauert.

Die anderen Werke, die nach der spanischen Eroberung entstanden und die uns bekannt sind, sind die Bücher der Chilam Balam, die Werke der sogenannten Jaguar-Propheten. Ich habe allerdings keine weiteren Nachforschungen darüber angestellt, weil du ja sagtest, daß ich diese Bücher übergehen kann. Ich erwähne sie nur, weil die darin enthaltenen Geschichten möglicherweise aus Bruchstücken noch älterer Werke entstanden sind und weil auch die Bücher der Chilam Balam übersetzt wurden. Man benennt sie nach den Orten, an denen sie aufbewahrt werden.«

»Gibt es denn *noch* ältere Werke, Alex?«

»Tja, da wird's erst richtig interessant. Heute existieren auf der ganzen Welt nur noch vier Maya-Bücher in der ursprünglichen Hieroglyphenschrift.

Ich konnte nicht glauben, daß es so wenige sind – stell dir vor, unsere Zivilisation würde nur *vier* Bücher hinterlassen! Dann aber las ich von diesem berüchtigten spanischen Priester, Diego de Landa. Er und einige seiner Brüder in Christo hatten es sich zur Aufgabe gemacht, systematisch sämtliche Werke der Maya zu vernichten, die in Hieroglyphenschrift verfaßt waren. Damals schrieb er dem spanischen König, diese Bücher würden den Aberglauben und die Unwahrheiten der Teufels verbreiten und müßten deshalb verbrannt werden. Jeder Maya, der mit einem dieser Text erwischt wurde, mußte damit rechnen, gefoltert und getötet zu werden.

Die vier Hieroglyphenbücher, die sogenannten Codices, tragen die Namen der Städte, in denen sie heute aufbewahrt werden. Drei befinden sich in Europa: der Dresdner Kodex, der Pariser Kodex, den man in einer Glasvitrine in der Bibliothèque Nationale in Paris besichtigen kann, und der Madrider Kodex. Sie alle enthalten Informationen über Götter und Riten der Maya, aber auch Angaben über Astronomie und Astrologie. Die Werke sind allerdings in sehr schlechtem Zustand.«

»Und das vierte Buch?«

»Der Kodex von Grolier. Er ist in mehrerer Hinsicht der faszinierendste. Er wurde erst vor kurzem entdeckt – gemessen an den anderen, vor sehr kurzer Zeit, nämlich erst 1971.

Eine Geschichte besagt, daß er in Chiapas von Grabräubern in einer Holzkiste entdeckt wurde und daß er sich mindestens dreißig Jahre lang im Besitz eines Privatsammlers befand, bevor er im Grolier-Club auftauchte.

Die Codices bestehen aus einer Art Papier aus der Bastfaser des wilden Feigenbaums. Wie lange, glaubst du, kann ein Gegenstand aus Papier in diesem feuchten Klima überdauern? Ein paar Jahre, vielleicht. Dennoch wurde der Kodex von Grolier in das frühe dreizehnte Jahrhundert datiert, womit er der älteste der vier Codices ist! Viele Fachleute hielten es für unmöglich, daß dieses Werk so viele Jahrhunderte außerhalb der kontrollierbaren äußeren Bedingungen überlebt hat, wie man sie in einem Museum schaffen kann – Luftfeuchtigkeit, Temperatur, Lichteinflüsse und so weiter. Doch das Alter und die Echtheit des Kodex von Grolier wurden durch die Radiokarbondatierung bestätigt. Aber der Kodex ist in sehr schlechtem Zustand.«

»Wie sehen diese Bücher überhaupt aus?«

»Sie wurden auf meterlangen Papierstreifen geschrieben, die dann wie eine Ziehharmonika oder ein Wandschirm gefaltet wurden, wobei beide Seiten beschrieben wurden. Wegen des Faltsystems mußte zuerst der Text der gesamten Vorderseite gelesen werden, bevor man zur Rückseite übergehen konnte. Die Bücher hatten einen Einband aus Holz oder Fell. Beim Lesen hat man hat diese Bücher von oben nach unten auseinandergefaltet.«

Ich mußte an das Bild des schreibenden Kaninchens denken, das ich auf der Tonscherbe im Museum gesehen hatte: Sein Buch war in einen gefleckten Stoff eingewickelt, vermutlich das Fell eines Jaguars.

»Diese Bücher sind also außerordentlich selten.«

»Das kann man wohl sagen. Überleg doch mal – von einer Kultur, in der Lesen und Schreiben zum täglichen Leben gehörten, sind nur vier Bücher übrig geblieben! Welche Bücher wären es bei uns? Ein Werk von Shakespeare, ein Buch über Physik von Stephen Hawking, die Bibel und irgendein Gedichtband oder ein philosophisches Werk?

Aber damit will ich nur verdeutlichen, wie kostbar diese Bücher sind. Kommen wir jetzt zu der anderen Sache, zu den Leuten, über die ich Nachforschungen anstellen sollte. Da wäre zunächst einmal Gomez Arias, über den du selbst ja schon einiges herausgefunden hast. Er wurde in Mérida geboren und hat einen großen Teil seiner Kindheit in Panama verbracht. Sein Vater starb, als er dreizehn oder vierzehn Jahre alt war, und der Junge riß von zu Hause aus. In einer anderen Version heißt es, daß seine Mutter ihn hinauswarf. Er hat in verschiedenen Aushilfsjobs gearbeitet, bis er dann mit Windmühlen für Bewässerungssysteme ein Vermögen machte.

Heute besitzt Gomez mehrere Unternehmen, die er offenbar mit Vorliebe nach seiner Tochter und sich selbst benennt. Zum Beispiel gibt es das Hotel Montserrat, die Montserrat-Schiffahrtslinie und eine gewisse DMGA-Investmentgesellschaft, über die Gomez die Gewinne aus seinen Firmen in andere Unternehmen investiert.

Er war dreimal verheiratet. Seine erste Frau hieß Innocentia, mit der er eine Tochter hat, die bereits erwähnte Montserrat. Seine zweite Frau, Sharon, war Engländerin. Nach anderthalb Jahren ließ Gomez sich von ihr scheiden. Keine Kinder. Seine jetzige Frau heißt Sheila Stratton. Stammt aus einer schwerreichen amerikanischen Familie. Die beiden sind seit fünf Jahren verheiratet, aber auch aus dieser Ehe gibt es keine Kinder. Gomez liebt die Kunst und Blondinen – ob in dieser Reihenfolge, weiß ich nicht.

Jonathan Hamelin. Archäologe. Hat in Cambridge studiert. Er hat mehrere Artikel in Fachzeitschriften veröffentlicht. Hat in den letzten sechs Jahren Forschungen in Yucatán unternommen und dabei einige interessante archäologische Entdeckungen gemacht, zuletzt in der Nähe von Tulum. Aber an einigen seiner Grabungsstätten hatte er offenbar Pech. Stets waren Grabräuber ihm einen Schritt voraus. Einer der Gegenstände, die Hamelin suchte, eine Maske aus Jade, tauchte vor nicht allzu langer Zeit in einer Privatsammlung in Europa auf.

Er stammt offenbar aus guter Familie mit Sitz im englischen Oberhaus. Trotzdem scheinen die Hamelins nicht besonders wohlhabend zu sein. Der Stammsitz der Familie wurde in staatliche Treuhänderschaft gegeben. Hamelins Eltern haben das Nutzungsrecht bis zu ihrem Tod; dann geht alles in staatlichen Besitz über. Eine sehr angesehene, aber verarmte britische Aristokratenfamilie, könnte man sagen.

Lucas May. Tja, der Mann ist ein ziemliches Rätsel. Hat in Mexiko und an der Universität von Texas Archäologie studiert. Vor zehn Jahren hat er sein Praktikum am Nationalmuseum für Anthropologie in Mexico City gemacht. Und danach – nichts mehr. Keine Veröffentlichungen, keine Teilnahme an irgendwelchen Tagungen, keine archäologischen Entdeckungen.

Major Martinez. Auch ein seltsamer Fall. Bis vor ungefähr fünf Jahren hat er eine beeindruckende Karriere bei der Bundespolizei gemacht. Ein hochdekorierter Held. Er war Angehöriger einer inoffiziellen Antiterroreinheit, die den Anführer einer bedeutenden indianischen Rebellenorganisation festnahm.

Dann wurde Martinez an einer archäologischen Ausgrabungsstätte in eine häßliche Affäre verwickelt. Im Schatten der Ruinen gab es damals einen kleinen örtlichen Marktplatz. Die Regierung ließ gut fünfhundert Meter entfernt einen neuen Platz bauen. Aber den Einwohnern gefiel er nicht, was allerdings kein Wunder ist, denn soweit ich herausfinden konnte, war es eine Art Betonbunker.

Jedenfalls weigerten sich die Anwohner, ihren alten Marktplatz aufzugeben. Eine Zeitlang geschah nichts. Doch eines Tages rückten Planierraupen an, mit der Bundespolizei als Geleitschutz. Der Kommandeur war Martinez, und seine Leute waren mit Maschinengewehren bewaffnet. Man gab den Einwohnern vierzig Minuten Zeit, den Marktplatz zu räumen… man kann sich die Panik und das Durcheinander wohl vorstellen.

Martinez nahm seinen Auftrag sehr ernst. *Zu* ernst, sollte man wohl sagen. Denn am Ende dieses Tages gab es den alten Marktplatz nicht mehr. Er war völlig eingeebnet. Ich nehme an, die Behörden waren mit Martinez' Arbeit hochzufrieden, nur wurden leider mehrere Personen schwer verletzt. Martinez war überaus brutal vorgegangen, was einen öffentlichen Aufschrei der Empörung zur Folge hatte. Also machte die Regierung sich auf die Suche nach einem Sündenbock, und Martinez wurde als der Übeltäter hingestellt – nicht einmal zu Unrecht.

Er behielt zwar seinen Job, wurde nun aber mit unbedeutenderen Fällen betraut, zum Beispiel dem Diebstahl einer

Statue aus einer Bar. Mit so etwa hätte Martinez sich früher nicht abzugeben brauchen. Zweifellos steckt dieser Mann voller Zorn und Bitterkeit. – Tja, das wär's.«

»Danke, Alex. Du bist ein Genie. Du hast mir wirklich sehr geholfen.«

»Ruf mich an, falls du weitere Hilfe brauchst. Mein Computer ist allzeit bereit.«

Später rief Jonathan an und sagte mir, er müsse am Spätnachmittag nach Mérida, und wir könnten uns zum Abendessen treffen. Er lud mich ins Hotel Montserrat ein. Ich war ein wenig erstaunt, denn ein Essen im Montserrat war ein ziemlich teures Vergnügen, das Jonathan ein hübsche Stange Geld kostete.

Außerdem war ich auch deshalb ein wenig erstaunt über Jonathans Wahl, weil die junge Frau, deren Namen das Hotel trug, erst gestern abend ziemlich verärgert über ihn gewesen war, als er ihre Einladung zum Schlummertrunk ausgeschlagen hatte.

Irgendwann während des Essens kamen wir auf die Arbeit an der Grabungsstätte zu sprechen.

»Jemand hat mir erzählt, daß du an deinen Ausgrabungsstätten öfters Probleme mit Grabräubern hattest«, sagte ich und bezog mich damit auf die Information, die Alex mir am Telefon gegeben hatte.

»Und ob!« stieß er hervor und verlor plötzlich seine vornehme britische Zurückhaltung. »Diese verdammten Schweine! Entschuldige bitte meine Ausdrucksweise.«

»Erzähl mir von diesen Diebstählen.«

»Interessiert dich das wirklich?«

»Ja, sicher. Sehr sogar.«

»Tja, es ist zwei Jahre her. Es war zur Regenzeit, wenn Ausgrabungen unmöglich sind. Ich verbrachte die Zeit mit Nachforschungen und schrieb Briefe an die verschiedenen politischen Verantwortlichen in der Gegend. Ich war ziemlich sicher, das Grab eines berühmten *ahau*, eines adeligen Maya aus der späten klassischen Periode finden zu können. Ich hatte das Bruchstück eines Steines entdeckt, dessen Inschrift darauf hinwies, daß dieser *ahau* mit einer Maske aus Jade beigesetzt worden war.

Jedenfalls konnte ich das Ende der Regenzeit kaum erwarten. Ich wollte unbedingt die Grabungen fortführen. Und dann stieß ich tatsächlich auf das Grab. Es befand sich unter einer Pyramide in den Wäldern des südwestlichen Yucatán. Doch eine Maske fand ich dort nicht. Allerdings entdeckte ich Hinweise darauf, daß kurz vor mir jemand in das Grab eingedrungen war. Die Fußabdrücke stammten aus jüngster Zeit.

Ungefähr anderthalb Jahre später, also vor etwa sechs Monaten, tauchte auf einer Auktion in Europa eine Maske aus Jade auf. Ich konnte mir das Stück natürlich nicht leisten. Das Mindestgebot lautete zehntausend englische Pfund. Aufgrund der Tatsache, daß präkolumbianische Artefakte strengsten Ausfuhrbeschränkungen unterliegen, gelangen nur wenige Stücke nach Europa. Deshalb sind sie sehr teuer und übersteigen meine finanziellen Möglichkeiten bei weitem. Nun, ich konnte es zwar nicht beweisen, war aber sicher, daß die angebotene Maske diejenige war, nach der ich gesucht hatte. Am meisten ärgerte mich an der ganzen Sache, daß mir so etwas bereits das zweite Mal passiert war.

Während meines ersten Jahres hier in Yucatán hatte ich schon einmal das Glück, ein Grab zu entdecken. Doch auch dieses Grab war kurz zuvor geplündert worden. Ich weiß bis heute nicht, welche Gegenstände aus diesem Grab geraubt wurden. Aber es ist beinahe so, als würde jemand mir bei der Arbeit ständig über die Schulter blicken. Und wenn ich eine bedeutende Entdeckung mache, kommt dieser Jemand mir zuvor und raubt die kostbarsten Stücke. Verdammt ärgerlich, das muß ich schon sagen.«

»Suchst du bei deiner jetzigen Grabung nach irgend etwas Bestimmtem?« fragte ich.

»Eigentlich nicht. Aber es ist ein phantastischer und ergiebiger Grabungsplatz.«

»Was hat dich eigentlich zur Archäologie geführt?«

»Genau diese Frage haben meine Eltern mir auch gestellt, als ich ihnen vor Jahren erzählte, welches Studienfach ich gewählt habe.« Er lachte, fügte dann aber ernst hinzu: »Seitdem ist das Verhältnis zu meinen Eltern ziemlich abgekühlt. Sie hätten es lieber gesehen, wenn ich Arzt oder Anwalt geworden wäre.

Aber ich habe schon als Heranwachsender die Bücher der großen englischen Entdecker und Archäologen verschlungen. Während meine Freunde davon träumten, große Feldherrn oder Staatsmänner zu werden, las ich die Geschichten, wie Howard Carter und Lord Carnarvon das Grab des Tutanchamun entdeckten, von den Ausgrabungen Sir Leonard Woolleys in Mesopotamien und von den Entdeckungen Sir Arthur Evans' in Knossos auf Kreta. Ich wollte immer schon Archäologe werden, solange ich denken kann.«

»Und bereust du es?«

»Manchmal schon. Ich habe von Ruhm und Reichtum geträumt, aber die ganz großen Entdeckungen sind dünn gesät. Und im Unterschied zu Howard Carter habe *ich* noch keinen Lord Carnarvon gefunden, der mir die Grabungen finanziert. Aber im Leben läuft es nun mal nicht immer so, wie man es sich vorstellt, und wohl kein Beruf erweist sich als so aufregend, wie er einem erscheint, wenn man sich entschließt, diese Laufbahn einzuschlagen.

Um ehrlich zu sein, hat mich der Arzt- oder Anwaltsberuf nie interessiert. Ich hatte auch keinerlei Ambitionen auf einen Sitz im Oberhaus, in dem meine Familie seit langer Zeit vertreten ist. Diesen Sitz wird mein älterer Bruder einnehmen, nach dem Tod unseres Vaters. Von mir aus – herzlich gern!«

Eine Zeitlang saßen wir schweigend beieinander, und ich mußte an die Enttäuschungen in *meinem* Leben denken – wie ich mein Geschäft mühsam aufgebaut hatte, und wie hart ich während der schwierigen ersten Jahre dafür gekämpft hatte. Ich hatte nur einen Fehler gemacht: Ich hatte meinen ersten Angestellten geheiratet, einen Dekorateur namens Clive Swain, und machte ihm dann die Hälfte meines Geschäfts zum Hochzeitsgeschenk.

Plötzlich streckte Jonathan über den Tisch hinweg den Arm aus und nahm meine Hand. »Aber im Grunde bedaure ich nur, daß ich keine Frau gefunden habe, die bereit war, mein rastloses und manchmal schwieriges Leben zu teilen. Jedenfalls bis jetzt noch nicht«, fügte er hinzu und drückte meine Hand.

Wir gingen zum Hotel zurück. Da niemand sich an der Rezeption aufhielt, führte ich Jonathan rasch die Treppe hinauf. Bei Freunden der eigenen Eltern zu wohnen hat manchmal auch seine Nachteile.

Irgendwann in der Nacht, als wir uns zärtlich aneinanderkuschelten, sagte Jonathan: »Ich habe darüber nachgedacht, was du vor ein paar Tagen in der Leichenhalle über die polizeilichen Nachforschungen über den Mord an Don Hernan gesagt hast.«

»Hmmm.«

»Ich glaube, du könntest recht haben. Martinez ist ein komischer Vogel, nicht wahr? Vielleicht ist an seinen Nachforschungen wirklich etwas faul.«

»Hm-mmm.«

»Bist du noch mal in der Leichenhalle gewesen?«

»Ja.«

»Und?«

»Don Hernan wurde wahrscheinlich außerhalb der Stadt ermordet. An seinen Schuhen und der Hose waren Staub und irgendwelche Pflanzenreste, die aus einem Wald stammen.«

»Vielleicht könnten wir beide in dieser Sache auf eigene Faust Nachforschungen anstellen.«

»Zum Beispiel?« fragte ich vorsichtig.

»Na ja, Don Hernan hatte dich angerufen, damit du ihm

hier bei irgendeinem Projekt hilfst ... Vielleicht können wir herausfinden, um was für ein Projekt es sich dabei gehandelt hat.«

»Wir könnten es versuchen«, murmelte ich unverfänglich. Bald darauf schliefen wir ein.

Einige Zeit später, in den frühen Morgenstunden, schwang Jonathan sich aus dem Bett, um sich auf den Heimweg zu machen. Wir beide fanden den Gedanken ziemlich peinlich, daß er das Hotel durch die Eingangstür verließ; deshalb zeigte ich ihm meinen Fluchtweg durch das Badezimmerfenster. Er sagte, er käme sich dabei wieder ganz wie ein Teenager vor.

# Ben

Es war einer jener außergewöhnlichen Zufälle, die dem Lauf der Geschichte eine andere Richtung gaben, ja, die Geschichte vielleicht sogar vollkommen veränderten, daß Hernando Cortés im Jahre 1 Ben in der Neuen Welt landete. Denn genau für dieses Jahr hatten die Azteken vorhergesagt, daß Quetzalcoatl aus den Meeren im Osten zurückkehren würde.

Vermutlich hatten die hellhäutigen, bärtigen Spanier in ihren schimmernden Rüstungen, den geschuppten Waffenröcken und den Helmen mit Federbüschen eine flüchtige Ähnlichkeit mit der aztekischen Vorstellung eines bleichhäutigen Schlangengottes. Und eines stimmte genau mit der Prophezeiung überein: Sie kamen aus den Meeren im Osten.

Das mittelamerikanische Äquivalent eines Jahres entsprach achtzehn Tzolkin, wobei ein Tzolkin zwanzig Tage umfaßte; ein Jahr hatte somit 360 Tage plus fünf ›unglückbringende‹ Tage am Schluß des Jahres, um den Kalender mit dem Sonnenjahr, das auch die Maya bereits kannten, in Übereinstimmung zu bringen. Sonnenjahre wurden nach dem Tag benannt, mit dem sie begannen. Ohne in die komplizierten Einzelheiten zu gehen: Der Tzolkin und ein bestimmtes Jahr traten nur alle 52 Jahre in einer bestimmten Verbindung wieder auf – in diesem Fall 1 Ben. Cortés war ein Glückspilz.

Denn das Ergebnis dieser kalendarischen Übereinstimmung bestand darin, daß Cortés und sein kleines Heer für Götter gehalten wurden, jedenfalls eine Zeitlang, und daß man sie mit der entsprechenden Achtung und Furcht behandelte.

Cortes war gerissen genug, sich diese einzigartige Chance

nicht entgehen zu lassen. Bereits im Jahre 1521, zwei Jahre nach seiner Ankunft, hatte er die Azteken unterworfen.

1697 mußten sich die Itzá den Spaniern ergeben. Sie waren der letzte mittelamerikanische Volksstamm, der sich seine Freiheit hatte bewahren können. Bezeichnenderweise unterlagen die Itzá ihren Eroberern zu Beginn des Katun 8 Ahau, einem Katun oder Zwanzig-Jahre-Kreislauf, der in der Vorstellungswelt der Itzá stets Unglück bedeutete. Ob die spanischen Heerführer den Maya-Kalender in dieser Zeit bereits entschlüsselt hatten oder nicht – auf jeden Fall profitierten sie davon.

Was die spanischen Armeen, die verhängnisvollen Prophezeiungen des Maya-Kalenders und die überlegenen europäischen Waffen nicht schafften, erledigten die Pocken, die Grippe, die Masern und der spanische Schnaps, der *aguardiente*. Allein die Krankheiten vernichteten im ersten Jahrhundert nach Eintreffen der Europäer neunzig Prozent der eingeborenen Bevölkerung.

Doch das wirksamste und wichtigste Instrument der europäischen Kultur war die Kirche. Die Spanier brachten ihre christlichen Riten ins Land, ihre Bilder und vor allem ihre Priester. Den Franziskanern gab man freie Hand in den neuen Territorien; sie waren der einzige Orden, der in Yucatán zugelassen war.

Weil gerade die Mönche um die Macht der Sprache wußten, sowohl des geschriebenen als auch des gesprochenen Wortes, versuchten viele Ordensbrüder, systematisch sämtliche schriftlichen Hinterlassenschaften der Maya aufzuspüren und zu vernichten. Um ihr Ziel zu erreichen, wurden die Durchführung von Maya-Ritualen und der Besitz von Maya-Schriften mit Folter und Tod bestraft. Die Kinder der Maya wurden nur in Spanisch oder Latein unterrichtet – wenn überhaupt.

Diego de Landa, ein Franziskanermönch, der später zum Bischof von Mérida aufstieg, zählte zu den schlimmsten Kirchenvertretern. In den sechziger Jahren des sechzehnten Jahrhunderts ließ er in Mani, einem Ort unweit Uxmal, einer der schönsten Maya-Städte, ein gewaltiges Autodafé veranstalten. Riesige Feuer wurden entfacht, in denen sämtliche Schriften verbrannt wurden, die Landa und seine Schergen entdeckt hatten. Tausende von Maya wurden gefoltert, Hunderte starben.

Um alles noch viel schlimmer zu machen: Einer der wenigen Augenzeugenberichte, die wir aus dieser Zeit über das Leben der Maya besitzen, stammt ausgerechnet von Landa und findet sich in seiner Schrift *Relación de las cosas de Yucatán* aus dem Jahre 1566. Diesen ›Bericht über die Verhältnisse in Yucatán‹ schrieb Landa an den spanischen König, als eine Verteidigungsschrift gegen Vorwürfe, er habe ›zu hart durchgegriffen‹. Es ist ein mittelmäßiges Werk, in dem Landa praktisch nur die Lebensweisen schildert, die er so fanatisch auszurotten versuchte.

Doch die Maya waren unbeugsam. Da ihre Sprache und ihre Bücher verboten waren, schrieben sie ihre Geschichte im geheimen nieder und benutzten dabei die einzige ihnen damals erlaubte Schrift – die ihrer Eroberer. Ohne diese geheimen Werke wären das Popol Vuh der Quiché-Maya und die Schriften der Yucatán-Maya, die Bücher der Chilam Balam, für immer verloren, und diese uralte geistige Hinterlassenschaft wäre im Nebel der Vergessenheit versunken.

Was jedoch für Jahrhunderte verloren war, bis in die jüngste Zeit, war die Fähigkeit, die alte Hieroglyphenschrift zu lesen, in der viele Mythen und historische Texte abgefaßt waren. Selbst heute ist sie nicht vollständig entschlüsselt.

Die Geschichte der spanischen Eroberung ist eine unvorstellbare Tragödie. Technisch waren die Maya nicht so fortgeschritten wie andere Zivilisationen. Beispielsweise kannten sie das Rad nicht; ebensowenig die Benutzung von Metallen für Geräte und Werkzeuge. Sie waren nicht weniger kriegerisch als ihre Nachbarn, noch behüteten sie ihre Umwelt sorgsamer.

Die großen Leistungen der Maya lagen auf geistigem Gebiet. Sie ›erfanden‹ die Null, entwickelten geniale Multiplikationstafeln und kannten Quadratzahlen – was nicht einmal bei den Gelehrten der Hochkulturen des alten Griechenland und Rom der Fall war. Die Maya kannten komplizierte Methoden der Zeitmessung und Zeitbestimmung. Sie beobachteten den Lauf der Planeten und Fixsterne und entwickelten die Fähigkeit, ihn mit mathematischen Mitteln zu bestimmen.

Doch ihre vielleicht größte Errungenschaft war die Schrift. Die Inka aus Peru beispielsweise kannten keine geschriebene Sprache, trotz ihrer großen künstlerischen und architektonischen Leistungen.

Natürlich *gab* es andere geschriebene Sprachen in Mittelamerika; die Maya waren nicht einmal die ersten, die eine Schrift entwickelten. Doch was sie anderen Völkern voraushatten, war die schriftliche Ausdrucksmöglichkeit. Die Maya konnten komplexe Gedanken schildern. Diese Fähigkeit machte sie zum gelehrtesten Volk in ganz Mittelamerika, mit der am weitesten fortgeschrittenen Wissenschaft und dem vielfältigsten Schrifttum.

Schreiber waren geschätzte und geachtete Mitglieder der Gesellschaft, und stets sind ihre Werke mit ihrer Namensglyphe versehen. Die Schriften wurden hoch geschätzt – ob in den gefalteten Büchern aus dem Bastfaserpapier des Feigenbaums, den berühmten Codices, oder den in Stein gemeißelten Inschriften. Wenngleich es höchst unwahrscheinlich ist, daß in der klassischen Zeit der Maya jeder lesen und schreiben konnte, so deutet doch vieles darauf hin, daß die Führungsschicht das Lesen und Schreiben beherrschte.

Doch von dieser Sprache, dieser Schrift, die von den Maya vor Ankunft der Spanier jahrhundertelang gehegt und bewahrt wurden, sind nur noch bruchstückhafte Inschriften in den Ruinenstädten und die vier Codices übrig – jedes ein winziges, zerfleddertes Fenster in die Vergangenheit.

Mir stellte sich nun die Frage: Gab es möglicherweise einen fünften Kodex? Und wenn, wo konnte er sein?

Die Frage, ob ein solches Werk existierte, war ausgesprochen hypothetischer Natur. Wie Alex mir gesagt hatte, war einer der Codices, der Grolier, 1971 aufgetaucht, nachdem man ihn etwa dreißig Jahre zuvor in dieser Gegend gefunden hatte, und er war in extrem schlechtem Zustand. Je mehr Jahre vergingen, desto unwahrscheinlicher wurde es, daß ein weiterer Kodex die Zeiten überlebte.

Unter welchen Bedingungen, fragte ich mich, konnte ein Buch mindestens fünf Jahrhunderte überdauern?

Jonathan hatte gesagt, er würde mir helfen, den Mord an Don Hernan aufzuklären. Und wenn jemand die Antworten auf meine Fragen wußte, dann er. Doch ich scheute davor zurück, mich an Jonathan zu wenden. Ich war mir noch nicht ganz im klaren darüber, wie unser persönliches Verhältnis beschaffen war und wie sehr wir einander vertrauen konnten.

Wer kam sonst noch in Frage? Lucas? Bei ihm wußte ich noch viel weniger als bei Jonathan, woran ich war.

Antonio Velasquez.

Ich begab mich zum *museo* und in die kleine staubige Bibliothek. Der sonst so spröde Mann sah tatsächlich ein wenig erfreut aus, als ich erschien.

»Antonio«, sagte ich, »ich habe mir Gedanken darüber gemacht, was Sie mir über die Schriften der Maya erzählt haben. Und nun frage ich mich, wie solche Werke eigentlich die vielen Jahrhunderte überdauert haben. Selbst die Erstausgabe des Buches von John Lloyd Stephens, das Don Hernan mir hinterlassen hat, ist in ziemlich schlechtem Zustand. Das Leder ist rissig, und das Papier ist durch die Feuchtigkeit brüchig und spröde geworden. Das Buch stammt aus dem Jahre 1841. Wie können da Schriften der Maya, die aus der Zeit vor der spanischen Eroberung stammen, die Jahrhunderte überdauern?«

»Oh, da kann ich Ihnen einige Bücher heraussuchen, die

restauriert wurden. Ganze Stapel davon. Schließlich sind wir hier in einem Museum. Aber ich glaube, ich habe eine noch bessere Idee«, sagte er. »Darf ich Sie zum Mittagessen einladen? Wir treffen uns im Café Pirámide, einverstanden? Sie finden es am Marktplatz.«

»Ich kenne das Café«, sagte ich.

»Gut. Ich werde einen Kollegen mitbringen. Wäre Ihnen halb zwei recht?«

»Gern. Also, bis nachher.«

Diesmal hatte ich keine Schwierigkeiten, das Café zu finden, und ich wartete bereits an einem der Tische, als Antonio in Begleitung eines jungen Mannes erschien, den ich auf Anfang Zwanzig schätzte und der eine weite weiße Hose, ein weißes T-Shirt und Ohrringe trug. Das Erstaunlichste aber war sein Haar. Es war sehr kurz geschnitten und sehr blond gefärbt – von einem Amateur, denn der dunkle Haaransatz war deutlich zu sehen. Es war ein ziemlich modischer Aufzug.

»Das ist Ernesto Diaz, einer unserer begabtesten Restauratoren«, sagte Antonio. »Er arbeitet an dem Tongefäß, das ich Ihnen vor ein paar Tagen gezeigt habe.«

»Freut mich, Sie kennenzulernen«, sagte ich. »Ganz meinerseits«, erwiderte er.

Wir bestellten unser Essen. Um diese Tageszeit werden die Gerichte in Mexiko häufig nach der sogenannten Maisküche zubereitet, die auf die alten Azteken zurückgeht. Damals wurde der Mais getrocknet, in Limonensaft gekocht und dann zerstampft. Heutzutage kann man das Mehl, *masa harina,* natürlich in jedem Lebensmittelladen kaufen. Aber es ist längst nicht so romantisch.

Wir bestellten Enchiladas mit Koriander und grüne *tomatillos*, Enchiladas mit *mole*-Sauce und *tamales*, in Bananen gewickelte Maismehlpasteten, auf yukatekische Art zubereitet, mit Pfefferschoten und Hühnchen. Dazu einen Krug Bier, um alles hinunterzuspülen.

Während des Essens unterhielten wir uns über dies und das; dann brachte Antonio das eigentliche Problem zur Sprache.

»Señora McClintoch hat eine interessante Frage an dich, Ernesto. Sie braucht die Information für ihre Examensarbeit auf dem Gebiet der mittelamerikanischen Archäologie«, begann Antonio. Zu meinem Erstaunen konnte er fast so glaubhaft lügen wie ich.

»Sagen Sie bitte Lara zu mir, Ernesto«, sagte ich, als der junge Mann mich interessiert anschaute.

Er lächelte. »Gern. Und was möchten Sie wissen?«

»Ich stelle Forschungen über die Maya-Codices an«, erwiderte ich. »Die Geschichte und die Herkunft des zuletzt entdeckten Werkes, des Grolier, ist ziemlich ... nun ja ...«

»Verschwommen?«

Ich nickte. »Ja, verschwommen. Ich weiß, daß eine Radiokarbonuntersuchung ergeben hat, daß der Grolier der älteste der vier Codices ist ...«

»Anfang zwölftes Jahrhundert«, sagte Ernesto.

»Aber das ist doch unmöglich! Wie kann ein so altes Buch ... wie kann *Papier* so lange überdauern, ohne zu vermodern oder zu Staub zu zerfallen?«

»Eine interessante Frage«, murmelte er. »Aber nicht unser Fachgebiet, wie Sie wissen. Wir beschäftigen uns mit Funden aus Terrakotta. Doch einiges kann ich Ihnen trotzdem darüber erzählen.

Die Codices bestehen aus Papier, das aus der Rinde des Feigenbaumes gewonnen wurde. Organisches Material. Zellulose. Aber das Papier ist mit einer dünnen Kalkschicht überzogen, also einem Stoff mineralischen Ursprungs, der die Schreiboberfläche lieferte. Die Feuchtigkeit ist der schlimmste Feind dieses Materials. Die relative Luftfeuchtigkeit in dieser Gegend ist sehr hoch und beschleunigt Fäulnis und Zerfall. Sie ist der wahre Mörder, wenn ich mal so sagen darf. Und das ist einer der Gründe dafür, daß die Codices in Europa in so schlechtem Zustand sind. Selbst wenn man sie sofort nach dem Eintreffen fachgerecht behandelt hätte – und das war vermutlich nicht der Fall –, hätte man nicht mehr viel ausrichten können. Denn es gab damals nur eine Transportmöglichkeit. Mit dem Schiff. Eine lange Reise durch Nebel und feuchte, salzhaltige Luft.

Einem Kodex, der hier im Lande bliebe, würde also zumindest diese Schiffsreise erspart. Und noch etwas kommt hinzu. Baumrinde enthält häufig eine natürliche pilztötende Substanz, die eine Zeitlang Schutz bietet. Doch um zu überleben, müßte das Buch dennoch an einem relativ trockenen Ort liegen.

Aber es gibt noch weitere Gefahren. Papier ist sehr anfällig für Säuren. Doch der Boden in dieser Gegend ist alkalisch – Sandstein. Das ist ein Glücksfall. Doch Papier ist ziemlich empfindlich gegenüber Lichteinflüssen, was auch für die Schrift gilt, wenngleich wir noch nicht genau wissen, woraus die Maya ihre Tinte hergestellt haben. Und die Farben können leicht verblassen. Aber dieses Problem ist beim Grolier vermutlich gar nicht erst aufgetreten. Daß dieser Kodex erst vor relativ kurzer Zeit entdeckt wurde, läßt den Schluß zu, daß er unter verhältnismäßig günstigen Bedingungen aufbewahrt wurde, vermutlich an einem dunklen und vergleichsweise trockenen Ort. Doch es gibt noch eine weitere Gefahr. Insekten und Bakterien, die besonders in warmem, feuchtem Klima gedeihen.« Er hielt kurz inne. »Um diese Umweltfaktoren geht es Ihnen doch, nicht wahr? Sie möchten herausfinden, wo der Kodex von Grolier jahrhundertelang gelegen hat.«

Ich nickte. Wenn Antonio diesen Mann schon beschwindelte, weshalb dann nicht auch ich?

»Das ist eine wirklich hochinteressante Frage«, fuhr Ernesto fort. »Natürlich gibt es einige Gerüchte und Theorien.«

»Zum Beispiel?«

»Die glaubwürdigste Theorie besagt, daß dieses Buch in einer Höhle unweit von Tayasal lag, wo es von Grabräubern entdeckt wurde.«

»Wo ist das?«

»Tayasal, oder Tah Itzá, war die letzte Festung der Itzá, gegründet von den aus Chichén Itzá vertriebenen Maya, bevor sie von den Spaniern Ende des siebzehnten Jahrhunderts unterworfen wurden. Die Festung lag in der Nähe der heutigen Stadt Flores in Guatemala.«

»Wenn das Buch in einer Höhle gelegen hat, war es doch vor vielen der Gefahren geschützt, die Sie erwähnt haben«, sagte ich. »Lichteinflüsse, zum Beispiel. Auch die Schriftrollen vom Toten Meer wurden ja in Höhlen entdeckt.«

»Stimmt. Aber Schutz vor Insekten und Bakterien hatte der Kodex dadurch nicht. Und erst recht keinen Schutz vor Feuchtigkeit. Die Schriftrollen vom Toten Meer dagegen waren einem trockenen Wüstenklima ausgesetzt.«

»Und was ist mit dem Grab? Man sollte doch meinen, daß eine verschlossene Grabkammer solchen Schriften Schutz bietet«, sagte ich und wurde angesichts der vielen Theorien und Spekulationen allmählich ungeduldig.

»Ja, das sollte man annehmen. Zumal Bücher für die Maya etwas ganz Besonderes waren. Deshalb könnte man tatsächlich erwarten, daß sie in Grabkammern untergebracht wurden. Damit sie bis in alle Ewigkeit überdauern.« Er zuckte die Achseln. »Diese Vermutung hat sich leider als unrichtig erwiesen. In Grabkammern wurden keine Bücher gefunden.«

»Weil Grabräuber sie gestohlen haben?«

»In einigen Fällen, vielleicht. Aber das Entscheidende ist, daß die Grabkammern nicht hermetisch verschlossen sind. Und selbst wenn sie es wären, hätte sich zum Zeitpunkt der Versiegelung Luft darin befunden – *feuchte Luft*. Deshalb hätten Bakterien und Luftfeuchtigkeit auch in versiegelten Grabkammern ihr Zerstörungswerk verrichtet.«

Er hielt inne und kaute eine Enchilada.

»Wir müßten also nach einer Umgebung suchen, die sich im Gleichgewicht befindet. Eine Umgebung, die keinen äußeren Energieeinflüssen ausgesetzt ist wie Hitze, Licht, Bewegung. Wo es keine anderen Stoffe gibt, die chemisch mit Papier reagieren. Und wo auch biologische Einflüsse auf ein Minimum reduziert sind.« Wieder hielt er ein paar Sekunden inne. »Im Idealfall müßte ein solches Buch in einem verschlossenen Behältnis untergebracht werden. Aus einem Material, das wasserdicht und resistent gegen die alkalische Umgebung ist.«

»Und was wäre das?«

»Kalkstein zum Beispiel, auch wenn er ziemlich porös ist. Die meisten siliziumhaltigen Materialien – Keramik, Glas und Stein – würden diesen Zweck erfüllen. Jade, Flintstein und Obsidian beispielsweise eignen sich hervorragend. Auch Terrakotta, wenngleich es vielleicht ein bißchen zu porös wäre.

Jedenfalls müßte es ein kleiner Behälter sein, damit sich nicht zuviel Luft im Inneren befindet. Wenn er obendrein noch abgeschlossen ist – um so besser. Dann findet die physikalisch-chemische Umgebung innerhalb des Behältnisses rasch ein beständiges Gleichgewicht.

Nehmen wir also einen hypothetischen Fall. Stellen wir uns vor, wir leben zur Zeit der Maya. Worin bewahren wir unser Buch auf? In einer Schatulle. Einer Schatulle aus Stein. Und darin befindet sich ausschließlich der Kodex. Es ist zwar nichts darüber bekannt, ob die Maya solche Schatullen jemals angefertigt haben, aber was spricht dagegen? Schließlich haben die Maya eine Vielzahl von Inschriften in Stein gemeißelt. Sie haben ganze Städte aus steinernen Gebäuden errichtet! Da liegt es wohl nahe, daß sie auch steinerne Gefäße angefertigt haben. Auf jeden Fall besaßen sie die Fähigkeiten.

Wie wir wissen, hatten die Codices Deckel aus Holz, Leder oder Jaguarfell. In unserem hypothetischen Fall wäre es besser, die Deckel würden nicht zusammen mit dem Papier im Kasten verwahrt. Es käme zu chemischen Reaktionen und biologischen Prozessen. Die Materialien würden einander nachteilig beeinflussen. Im Idealfall müßten wir die Steinschatulle in Plastikfolie einschweißen.« Er lachte. »Aber da wir zur Zeit der Maya leben, geht das leider nicht.«

»Welches Material nehmen wir *dann,* um die Schatulle zu versiegeln?« fragte ich.

»Darüber müßten wir uns allerdings den Kopf zerbrechen. Einige Forscher behaupten, die Maya hätten bereits eine Art Regenmantel gekannt. Möglicherweise aus Baumwolle, die mit irgendeinem wasserundurchlässigen Material überzogen war. Lange Zeit waren wir der Meinung, die Maya hätten kein Gummi gekannt, doch neuere Forschungen deuten darauf hin, daß sie es sehr wohl kannten. Ich persönlich weiß nicht viel über natürliche Gummistoffe und wie es um die Haltbarkeit von Gummi über lange Zeiträume bestellt ist; deshalb kann ich nicht viel darüber sagen. Aber es gibt ein anderes Material, das den gleichen Zweck erfüllen würde. Wachs! Es ist sogar noch wasserundurchlässiger als Gummi. Die Maya kannten die Bienenzucht. Also käme Bienenwachs als Material zur Abdichtung und Versiegelung in Frage. Oder Elemiharz, das auf Yucatán vorkommt. Vielleicht auch Candelilla-Wachs, das aus einer in Mexiko beheimateten Pflanze gewonnen wird. Sogar Bitumen käme in Frage, ein natürlicher Asphaltstoff, den die Maya mit Sicherheit kannten. Das alles könnten wir benutzen.«

»Also könnte eine Schrift der Maya die Jahrhunderte grundsätzlich in einigermaßen gutem Zustand überdauert haben?« fragte ich.

»Kommt darauf an, was Sie unter ›einigermaßen gut‹ verstehen. Der Kodex von Grolier ist in einem schrecklichen Zustand. Aber theoretisch ist es möglich, daß ein Buch so lange Zeit in ziemlich *gutem* Zustand überdauert. Aber Sie interessieren sich doch nur für den Grolier, nicht wahr? Oder gibt es außer den vier Codices noch andere Werke?« fragte er bedächtig, und in seinen Augen lag gespannte Neugier.

»Nein, ich habe das rein theoretisch gemeint«, erwiderte ich rasch und fragte mich, ob ich zu weit gegangen war.

Ich dankte Ernesto für seine Hilfe und wechselte das Thema, so schnell ich konnte, ohne daß es zu offensichtlich war. Doch ich hatte das Gefühl, daß Ernesto irgendwie Verdacht geschöpft hatte; deshalb entschuldigte ich mich und ging in den Waschraum.

Als ich zurück an den Tisch wollte, verharrte ich im Schatten des Sonnendaches, denn ich wurde erneut Zeugin einer Szene zwischen zwei offensichtlich eng befreundeten Menschen. Ich sah, wie Ernesto den Arm ausstreckte und Antonios Knie streichelte; dann gab er ihm einen raschen Kuß auf die Wange. Das Café Pirámide war in der Tat ein ziemlich romantischer Fleck.

Als ich an den Tisch zurückkam, war dort wieder eine nüchterne, geschäftsmäßige Atmosphäre eingekehrt. Die beiden Männer diskutierten über irgendein aktuelles Forschungsvorhaben. Doch ich wußte nun, weshalb Antonio so viel Zeit damit verbracht hatte, dem Restaurator beim Zusammensetzen des bemalten Tongefäßes zu helfen, auf dem ich das Bild mit dem Kaninchen gesehen hatte, und weshalb Ernesto gleich bei der ersten Begegnung mit mir so überaus hilfsbereit gewesen war.

Ich sagte den beiden, daß es Zeit für mich wurde, mich auf den Weg zu machen, dankte Ernesto für die Informationen und Antonio für das Essen und begab mich zurück zum Hotel. Doch ich schlug einen kleinen Umweg ein und schaute am Krankenhaus vorbei, in dem Doña Josefina lag – noch immer vom Schlaganfall gelähmt. Wenn überhaupt, teilte die Schwester mir mit, habe der Zustand der alten Frau sich nur ein klein wenig gebessert.

Wieder blieb ich eine Zeitlang am Bett von Doña Josefina sitzen und hielt ihre Hand. Ich fragte sie, ob ich nach einem fünften Maya-Kodex suchen solle, und sie zwinkerte einmal mit ihrem gesunden Auge.

Ja.

Ich fragte sie, ob sie wisse, wo sich dieser Kodex befände. Zweimaliges Zwinkern.

Nein.

Ich wollte gern noch ein bißchen länger bei der alten Dame sitzen bleiben; deshalb erzählte ich ihr, daß ich an einer wundervollen Dinnerparty teilgenommen hatte, und berichtete ihr alles über die Villa, das Essen, die Gäste und mein neues Kleid. Doch als ich Doña Josefina erzählte, daß die Party bei den Gomez stattgefunden hatte, erregte sie sich plötzlich so sehr, daß ich die Krankenschwester ans Bett rufen mußte.

Schwester Maria sagte mir, sie würde sich um die alte Dame kümmern und daß es besser wäre, wenn ich sie nun ruhen ließe. Also verließ ich das Krankenzimmer – nicht minder aufgeregt als Doña Josefina. Was war der Grund für ihre plötzliche Erregung? Ich wollte der alten Frau keinen Kummer bereiten, mußte aber unbedingt herausfinden, weshalb sie dermaßen aus den Fassung geraten war, als ich Gomez Arias' Namen nannte.

Doch das alles war vergessen, als ich ins Hotel zurückkam. Denn die Ortiz waren schrecklich verärgert. Sie schimpften so wild durcheinander, daß ich eine Zeitlang brauchte, bis ich den Grund dafür herausfand.

Major Martinez war mit einem Haftbefehl für Alejandro ins Hotel gekommen. Der junge Mann wurde nicht nur des Diebstahls der Itzamná-Statue angeklagt, sondern auch des Mordes an Don Hernan Castillo.

Auch Ricardo Vallespino, der Bruder des ermordeten Luis, war zusammen mit mehreren Studenten der hiesigen Universität angeklagt worden. Die Polizei beschuldigte sie, Rädelsführer der Kinder des Sprechenden Kreuzes zu sein. Sogar der ermordete Luis stand auf der Liste der Angeklagten.

Alejandro war in Handschellen abgeführt worden. Und ich, als wichtige Zeugin jener Ereignisse, die zu den Festnahmen geführt hatten, wurde erneut unter Hausarrest gestellt und durfte das Hotel nicht verlassen.

# Ix

Nachdem die Heldenzwillinge das Reich von Xibalba betreten hatten, indem sie in einen tiefen Abgrund hinunterstiegen und einen Fluß aus Blut überquerten, wurden sie von den Fürsten der Finsternis einer Reihe von Proben unterzogen. Jede sollte den Zwillingen den sicheren Tod bringen.

Die erste Nacht mußten sie im Haus der Dunkelheit verbringen. Beide bekamen eine brennende Fackel und eine rauchende Zigarre. Sobald die Nacht vorüber war, mußten sie die Fackeln und Zigarren in unverändertem Zustand zurückgeben. Die listigen Zwillinge täuschten mit Hilfe der leuchtend bunten Federn eines Aras die Flammen der Fackeln vor und mit Leuchtkäfern die glühenden Zigarrenspitzen und konnten die Gegenstände nach Ablauf der Nacht so zurückgeben, wie man es von ihnen gefordert hatte.

Als nächstes mußten die Zwillinge ins Haus der Messer. Sie brachten die scharfen Klingen dazu, ihnen kein Leid zuzufügen, indem sie ihnen das Fleisch von Tieren versprachen. Als kleinen Scherz schickten sie überdies ein Ameisenheer, das die Blumen des ersten und siebenten Todes verzehrte, zwei der grausamsten Fürsten der Finsternis.

Die nächste Prüfung bestand darin, die Nacht im Haus der Kälte zu verbringen. Hier tobten eisige Winde, und Hagelschauer prasselten hernieder. Doch mit ihren Zauberkräften hielten die Zwillinge den Hagel und die Kälte vom Haus fern.

Dann kam das Haus der Jaguare an die Reihe. Die Zwillinge lenkten die wilden Tiere von sich ab, indem sie ihnen einen Berg Knochen vorwarfen, um den die Bestien sich balgten.

Die letzte und schlimmste Prüfung war das Haus der Fledermäuse, in dem riesige Vampire auf die Zwillinge gehetzt wurden, mit ›Zähnen wie Obsidian‹, um sie zu töten. Doch sie überlebten, indem sie im Inneren ihrer Blasrohre schliefen. Doch Hunahpú steckte den Kopf ein bißchen zu rasch ins Freie, so daß er ihm von einem der häßlichen Todesvampire abgebissen wurde und nur noch der Körper im Blasrohr steckte. Doch Ixbalanqué, der Bruder Hunahpús, bot all seine List und seinen Einfallsreichtum auf, tauschte den Kopf des Bruders gegen einen Kürbis, täuschte damit die Herren von Xibalba und erweckte Hunahpú wieder zum Leben. Die gedemütigten Fürsten der Finsternis fügten sich in ihre Schmach, und so trugen die Zwillinge schließlich den Sieg davon.

Doch die allerschlimmste Tortur war dem Zwillingspaar erspart geblieben: Es hatte sich nicht dem Medienrummel stellen müssen.

Das Gesicht Major Martinez' prangte auf den Titelseiten sämtlicher Zeitungen und erschien mit gnadenloser Regelmäßigkeit – so kam es mir jedenfalls vor – fast stündlich im Fernsehen.

Wie Martinez die Sache darstellte, waren Alejandro Ortiz und Ricardo Vallespino die führenden Köpfe einer Terroristengruppe gewesen, die archäologische Kunstwerke raubten, um damit ihre verbrecherischen Unternehmungen zu finanzieren. Der Hauptsitz der Organisation befand sich laut Martinez an der Universität, die für ihre subversiven Aktivitäten bekannt sei, wie der Polizeimajor immer wieder hervorhob.

Auch drei Professoren hatte man verhaftet und angeklagt, Führungsrollen bei der Terroristengruppe einzunehmen. Die fassungslosen Mienen der drei Gelehrten, als man sie unsanft in einen Polizeitransporter verfrachtete, sprachen Bände.

Auch der ermordete Luis Vallespino hatte nach Martinez' Aussage den Terroristen angehört. Wie der Major erklärte, hatte Luis sich aber von der Organisation losgesagt und versucht, Dr. Hernan Castillo zu warnen, daß die Kinder des Sprechenden Kreuzes ihn, Don Hernan, töten wollten, da er durch seine Verbindungen zur Kunstszene herausgefunden habe, wer die Räuber der Itzamná-Statue waren. Deshalb, so Martinez, sei Luis im *museo* von seinen Kumpanen abgefangen und ermordet worden, möglicherweise sogar vom eigenen Bruder; dann habe man seine Leiche auf das Dach des Gebäudes gelegt.

Anschließend hatten die Terroristen Dr. Castillo im *museo* aufgelauert und auch ihn getötet. Martinez machte Andeutungen, daß in Kürze weitere Verhaftungen vorgenommen würden.

Das alles hörte sich ziemlich schlüssig an, sah man einmal davon ab, daß Don Hernan nicht im *museo* ermordet worden war, wie ich wußte und wie Eulalia Gomez bestätigen konnte. Ich versuchte, Eulalia in der Leichenhalle anzurufen, doch man sagte mir, daß sie um eine längere Beurlaubung ersucht hätte, die man ihr gewährt habe. Ich fragte mich besorgt, ob Eulalia freiwillig um Urlaub gebeten hatte und ob es ihr gutging.

Die Medien berichteten groß und breit über die ganze Geschichte. Es war eine Riesenstory. Die Kinder des Sprechenden Kreuzes hatten bereits nach dem Raub der Itzamná-Statue aus der Hotelbar die Phantasie der Öffentlichkeit erregt. Viele örtliche Größen aus Politik und Wirtschaft hatten sich zu dem Vorfall geäußert und Sympathie für die Sache der Aufständischen bekundet; manche hatten den Raub sogar gutgeheißen.

Doch angesichts der neuesten Entwicklungen – den Morden an dem jungen Luis Vallespino und Don Hernan, einem der angesehensten Bürger Méridas – distanzierten sich diese Fürsprecher der Armen und Entrechteten sehr schnell von ihren einstigen Schützlingen.

Um für eine möglichst umfassende Berichterstattung zu sorgen, hatte der örtliche Fernsehsender direkt vor der Casa de las Buganvillas einen Übertragungswagen auffahren lassen. Das große Fahrzeug, die Satellitenschüssel und die Kabel machten es den Gästen und Lieferanten nahezu unmöglich, die kleine Straße zum Hotel zu befahren.

Jedesmal, wenn jemand unverfroren genug war, das Hotel zu betreten, flammten die Scheinwerfer auf, und die Kameras begannen zu surren. Um nicht hinter den Fernsehleuten zurückzustehen, hatten die örtlichen Zeitungen und Radiostationen ebenfalls Reporter zum Hotel entsandt, die mit Essenswagen aus der Stadt beliefert wurden. Keine Kosten und Mühen wurden gescheut, um jeden Winkel dieser menschlichen Tragödie zu beleuchten. Da es aber kaum neue Informationen gab, die auszuschlachten sich lohnte, stürzten die Reporter und Fernsehleute sich auf die Familie Ortiz und versuchten mit allen Mitteln, ihnen irgend etwas zu entlocken. Santiagos Karriere im diplomatischen Korps wurde genauestens unter die Lupe genommen; Isas Modegeschäft wurde in allen Einzelheiten geschildert. Vorzugsweise zeigte man Fotos von ihrer kleinen Kleiderfabrik in Mérida.

Nachbarn, die bereit waren, sich vor den Kameras zu produzieren, wurden über das Hotel ausgefragt, über die Familie Ortiz, und besonders über Alejandro. Eine der Nachbarinnen, eine schwatzhafte Frau namens Carmelita Chavez, erzählte dem Fernsehteam, sie habe immer schon gewußt, daß es mit Alejandro ein böses Ende nehmen würde, denn er sei schon als kleiner Junge von acht Jahren über die Mauer in ihren Garten geklettert und habe eine Apfelsine von einem ihrer Obstbäume gestohlen.

Meines Erachtens war der absolute Tiefpunkt erreicht, als in einer beliebten Talkshow ein bekannter Psychologe aus Mérida interviewt wurde. Alejandro, erklärte der Mann, leide darunter, der jüngste Sohn eines sehr erfolgreichen Mannes zu sein, in dessen Schatten er stehe. Vermutlich sei er das Opfer väterlicher Vernachlässigung, da Santiago zweifellos selten zu Hause gewesen sei und seinem Sohn aus diesem Grunde nicht die erforderliche Aufmerksamkeit habe zukommen lassen, was bei Alejandro zu einem Mangel an Disziplin und Achtung geführt habe.

Es war widerwärtig.

Mittags hielten wir Kriegsrat. Jean Pierre, Isas Partner, kam von Mexiko City nach Mérida geflogen, um bei der Familie zu sein. Ich rief Jonathan an. Beide Männer mußten einen Spießrutenlauf durch die Reporter und die neugierigen Gaffer hinter sich bringen, um ins Hotel zu gelangen.

Wir hielten es mit dem Motto, daß Handeln besser ist als Warten, und wiesen einander verschiedene Aufgaben zu. Doch zuerst einmal verpflichteten wir einen privaten Sicherheitsdienst, um draußen vor dem Hotel die Ordnung aufrechtzuerhalten und dafür zu sorgen, daß die Reporter dem Grundstück fernblieben. Von der öffentlichen Straße konnten wir sie allerdings nicht fernhalten.

Als nächstes befragten wir sämtliche Hotelgäste, um zu erfahren, wie ihre Wünsche aussahen. Jene Gäste, die nur auf Zeit in der Casa abgestiegen waren, brachten wir in Hotels in der Nähe unter. Einige der Dauergäste wollten trotz der Belästigungen bleiben; andere konnten zu Freunden oder Verwandten umziehen. Am späten Nachmittag hatten sämtliche Gäste, die ausziehen wollten, das Hotel verlassen.

Santiagos Zustand, der sich unter Streß stets verschlimmerte, wurde so bedenklich, daß wir einen Arzt riefen. Doch er konnte nicht viel tun und riet Santiago zur Ruhe.

Ich muß zugeben, daß Jonathan sich in dieser Situation hervorragend hielt. Er war es, der uns – gemeinsam mit Jean Pierre – immer wieder antrieb und uns aufmunterte, und unermüdlich trug er das Gepäck der Gäste bis ans Ende der Straße; denn es war den Taxen unmöglich, durch das Gewühl der Menge bis zum Hotel vorzufahren.

Irgendwann am Nachmittag zog Jonathan mich in ein leeres Arbeitszimmer, wo er mich zuerst umarmte, bevor wir eine kleine Konferenz unter vier Augen hielten.

»Hör mal, Lara«, sagte er. »Wir müssen hier etwas unternehmen. Und du weißt mehr über die ganze Sache, als du mir erzählst, nicht wahr? Weshalb hat Don Hernan dich angerufen und gebeten, hierher nach Mexiko zu kommen?«

»Ich kann es dir wirklich nicht genau sagen, Jonathan«, erwiderte ich. »Ich habe selbst versucht, die Bruchstücke zusammenzusetzen und mir ein Bild zu machen. Don Hernan hat mir damals nichts Genaues gesagt. Nur, daß er nach einem schreibenden Kaninchen sucht.«

Wie nicht anders zu erwarten, schaute Jonathan mich an, als hätte ich den Verstand verloren.

»Ich habe versucht, etwas darüber herausfinden. Offenbar bezog sich Don Hernan mit dem schreibenden Kaninchen auf ein Buch der Maya, einen Kodex in Hieroglyphenschrift. Aber ich habe keine Ahnung, wo dieses Buch sein könnte.«

»Eine interessante Geschichte. Vielleicht weiß Doña Josefina Genaueres darüber«, meinte Jonathan.

»Ich glaube nicht. Ich war bei ihr im Krankenhaus, und wir haben versucht, uns durch eine Art Zeichensprache zu verständigen.«

»Tatsächlich?«

»Ja. Sie konnte mir bestätigen, daß Don Hernan nach einem Kodex suchte. Aber sie wußte nicht, wo das Buch sich befindet. Ich weiß nicht einmal, ob Don Hernan selbst es gewußt hat.«

»Interessant«, lautete Jonathans ganzer Kommentar.

Bald darauf setzte die Dämmerung ein – und damit auch die Erleichterung, die ich seit ein paar Tagen verspürte, sobald die Sonne unterging. Denn während der hellsten Stunden des Tages suchte ich in letzter Zeit immer wieder den Schatten auf, die kühlen Räume des Hotels, wo ich dann saß und auf die Dunkelheit wartete.

Nach einem leichten Abendessen machte Jonathan sich auf den Heimweg, und wir anderen gingen früh zu Bett, erschöpft von dem langen und anstrengenden Tag. Ich wußte, daß Francesca nicht würde schlafen können, solange Alejandro nicht wieder nach Hause gekommen war, doch wir konnten sie schließlich überzeugen, daß sie versuchen sollte, ein paar Stunden Ruhe zu finden.

Ich hatte Don Hernans Tischkalender in einer Plastiktüte hinter einer Klappe in der Badezimmerwand versteckt, die Zugang zu den Rohrleitungen bot. Nun nahm ich den Kalender heraus, legte mich ins Bett und begann zu lesen.

Neben mehreren Eintragungen, die sich auf Treffen mit Gomez Arias bezogen – die letzte Zusammenkunft hatte eine Woche vor meinem Eintreffen in Yucatán stattgefunden –, hatte Don Hernan vor seinem Verschwinden nur Nebensächlichkeiten notiert: einen Zahnarzttermin, ein Treffen mit seinem Bankier. Beides hatte er versäumt, da er zu dem Zeitpunkt bereits verschwunden war. Auch den Tag meiner Ankunft in Mexiko hatte er vermerkt.

Aber das alles brachte mich nicht weiter.

Dann fiel mir auf, daß die Ränder jeder Seite mit Kritzeleien bedeckt waren, die Don Hernan offenbar in Gedanken aufs Papier gekrakelt hatte. Die meisten waren geometrische Muster, wie viele Leute sie kritzeln, wenn sie an einer langweiligen Versammlung teilnehmen oder Telefongespräche führen. Doch auf der letzten Seite hatte Don Hernan drei sehr detaillierte und komplizierte Zeichnungen angefertigt.

Die erste zeigte eine Frau in einer Mantilla, die ein Kind in den Armen hielt.

Die zweite zeigte einen Maya-Krieger in einem vollständigen Kostüm mit Federschwanz und einem großen, ballonförmigen Kopfschmuck, auf dem ein Vogel mit prächtigen Schwanzfedern saß. Über dem Krieger stand eine Maya-Hieroglyphe, bei der es sich offenbar um den Namen des Kriegers handelte.

Die dritte Zeichnung war die kunstvollste. Sie schien zwei Schlangen oder Drachengestalten zu zeigen, deren Schwänze ineinander verschlungen waren; die Leiber waren aufgerichtet, so daß sie ein großes *U* bildeten. Das Ganze sah wie ein riesiges, weit aufgerissenes Maul aus.

Ich war mir ziemlich sicher, die beiden letzten Zeichnungen identifizieren zu können, entweder mit Hilfe der Bücher in Don Hernans Büro oder in Antonio Velasquez' Bibliothek. Ich fragte mich, ob ich mit dem Generalschlüssel des *museo*, den ich besaß, auch in die Bibliothek hineinkonnte; denn während der normalen Öffnungszeiten kam ich jetzt nicht dorthin.

Ich riß ein Blatt aus dem Hotel-Notizblock auf meinem Nachttisch. Das Papier war dünn und ein wenig durchscheinend und deshalb ideal für meine Zwecke. Ich legte das Blatt auf die beiden letzten Zeichnungen Don Hernans. Sie waren durch das dünne Papier gut zu erkennen, so daß ich sie ohne Schwierigkeiten nachzeichnen konnte. Dann verbarg ich den Tischkalender wieder in seinem Versteck und versuchte zu schlafen.

Ich mußte fast augenblicklich eingeschlummert sein, erwachte aber schon um zwei Uhr früh, wie in letzter Zeit fast jede Nacht. Eine Zeitlang lag ich im Dunkeln, bis wieder der Wunsch in mir aufstieg, etwas zu tun, hinaus in die Dunkelheit zu gehen, zu suchen und zu forschen.

Ich zog mich an, schlich die Treppe zur Eingangshalle hinunter und spähte nach draußen. Der Übertragungswagen des Fernsehteams stand immer noch auf der Straße, doch sämtliche Lampen waren gelöscht. Auf den Vordersitzen des Wagens konnte ich zwei Personen erkennen, deren Umrisse sich gegen das Licht der Straßenlaternen abzeichneten. Beide Insassen schienen tief und fest zu schlafen. Die anderen Reporter waren offenbar nach Hause gegangen, doch ich bezweifelte nicht, daß sie am Morgen wieder hierherkamen. Außerdem stand ein Polizeifahrzeug auf der Straße, dessen Insassen hellwach waren und im Licht der Innenbeleuchtung Zeitung lasen.

Hier gab es für mich kein Durchkommen. Ich ging zurück

auf mein Zimmer und nahm wieder meinen Schleichweg durchs Badezimmerfenster. Im Baum verharrte ich mehrere Minuten, wartete, versteckt im Geäst, bis der Sicherheitsmann, den die Ortiz eingestellt hatten, seine Runde um das Hotel beendet hatte und um eine Gebäudeecke verschwand.

Und schon war ich die Mauer hinunter und auf der Straße, rannte fort vom Hotel und durch die stillen Gassen zum *museo.* Dort wartete ich erneut in der Dunkelheit und Stille des kleinen Gartens hinter dem Museum, bevor ich durch die Hintertür ins Gebäude eindrang. Diesmal stieg ich hinunter ins Kellergeschoß und versuchte, in der Finsternis den Weg wiederzufinden, den ich vor kurzem mit Antonio Velasquez gegangen war.

Hier unten brannte nachts nicht einmal die Notbeleuchtung. Ich knipste meine Taschenlampe an und ging an den Regalen vorüber, die voller Fundstücke lagen und die Wände der Gänge säumten. Jedesmal, wenn ich um eine Ecke bog, schienen mich die grotesken Gesichter und Gestalten von Maya-Gottheiten anzuspringen, eingefangen vom Lichtstrahl meiner Taschenlampe.

Ich mußte daran denken, daß heute Ix war, der Tag der Nachtsonne, die sich in den Jaguargott verwandelte, der Nacht für Nacht die Unterwelt durchquerte. Es kam mir so vor, als würde das *museo* des Nachts zum Leben erwachen und als ob die Statuen, die ich erblickte, tatsächlich die Götter von Xibalba wären, die auf ihre menschlichen Opfer warteten. Ich muß gestehen, daß ich schreckliche Angst hatte, doch ich zwang mich, weiterzugehen.

Antonio Velasquez hatte gesagt, Don Hernan sei bei ihrer letzten Begegnung wegen irgendeiner Sache sehr aufgeregt oder wütend gewesen und sei aus dem Fragmentenlabor gestürmt. Ich hoffte, daß ich mich durch dieses unterirdische Labyrinth nun zu genau diesem Raum bewegte, wenngleich ich nicht den blassesten Schimmer hatte, wonach ich dort eigentlich suchen sollte.

Schließlich gelangte ich an mein Ziel, öffnete die Tür, trat ein und sah den kleinen Schreibtisch in der Mitte des Zimmers, an dem, wie ich wußte, tagsüber eine Mitarbeiterin die Museumsbestände auf dem Computer katalogisierte.

Ich zog das Rollo herunter, das über dem Glasfenster der Tür hing, und befestigte es. Dann knipste ich die kleine Leselampe auf dem Schreibtisch an. Ich war sicher, daß der Wachmann des Museums auf seinem Rundgang bloß kurz mit dem Lift ins Kellergeschoß gefahren kam und mit der Taschenlampe rasch nach links und rechts in den Gang leuchtete. Denn hier unten war es schlichtweg zu gespenstisch, als daß irgend jemand über die Gänge schlich, wenn es nicht unbedingt sein mußte.

Es ist erstaunlich, was einem Schreibtische über die Personen verraten können, die daran arbeiten. Die Eigentümerin dieses Schreibtisches war eine Frau namens Maria Benitez. Das herauszufinden war allerdings kein Kunststück, denn der Name stand auf einem kleinen Schild, das am Tisch befestigt war.

Señora Benitez hatte vier reizende Kinder, drei Jungen und ein Mädchen; Fotos von den vieren waren an einer Stelle aufgestellt, wo Maria sie bei der Arbeit jederzeit sehen konnte. Sie schien besonders an ihrem jüngsten Kind zu hängen, dem kleinen Mädchen. Ein Bild, das mit bunter Kreide von Kinderhand gezeichnet war, nahm einen herausragenden Platz am Schreibtisch ein. Die Zeichnung zeigte ein Haus mit Garten, eine Mutter und ein Kind, wobei die Bäume im Garten, das Haus und die Menschen alle gleich groß waren. *Für Mami in Liebe, Frida* stand in krakeliger Kinderschrift auf der Zeichnung.

Maria Benitez war offensichtlich eine sehr ordentliche und pflichtbewußte Frau, und ihr aufgeräumter Schreibtisch spiegelte diese Eigenschaften wider. Ich wandte mich dem Computer zu und schaltete ihn ein, kam aber nicht in die Programme, denn wie ich befürchtet hatte, flimmerte der Begriff

Passwort auf dem Monitor. Ich versuchte mit den gängigen Methoden, ins System hineinzukommen, indem ich den Vornamen eintippte, rückwärts buchstabiert, dann ›Mérida‹, dann den Namen des *museo*.

Doch jedesmal flimmerte mir die Meldung *falsches Passwort* entgegen. *Zugriff verweigert.*

Ich ließ den Blick über den Schreibtisch schweifen. Dann fiel mir die Zeichnung des Mädchens ins Auge. Ich tippte *Frida* ein.

Und war drinnen.

Ich brauchte eine ganze Weile, bis ich herausgefunden hatte, auf welche Weise die Museumssammlungen katalogisiert wurden. Doch ich erkannte bald, daß die Fundstücke nicht nur nach dem Typus, sondern zusätzlich nach dem Fundort aufgelistet wurden. In den nächsten Minuten lief ich immer wieder zwischen dem Computer und den Schränken hin und her, die ich mit Hilfe eines Schlüssels geöffnet hatte, der in der Schreibtischschublade lag, wie ich wußte: Antonio Velasquez hatte ihn dort herausgenommen, als ich vor ein paar Tagen mit ihm in diesem Raum gewesen war. Ich stellte fest, daß zum einen die Fundstücke selbst aufgelistet waren – Werkzeuge, Waffen, Schmuck, Gefäße –, zum anderen die Schranknummern. Ich konnte also die Nummer eines bestimmten Schranks eintippen, und auf dem Monitor erschien der gesamte Inhalt des jeweiligen Schranks – sehr hilfreich für jemanden, der Forschungen anstellte und wissen wollte, welche speziellen Fundstücke in welchem Schrank aufbewahrt wurden.

Ich machte die Probe aufs Exempel und öffnete einen Schrank. Es lagen zwölf Fundstücke darin. Ich ging zurück zum Computer, tippte die Nummer des Schranks ein und sah, daß genau die zwölf Fundstücke auf dem Monitor erschienen.

Ich versuchte es mit einem weiteren Schrank. Zehn Stücke im Schrank, zehn Fundstücke auf dem Monitor.

Dann versuchte ich es andersherum und gab die Bezeichnungen für die gesuchten Fundstücke ein, um zu erfahren, in welchen Schränken sie lagen. *Terrakotta*, tippte ich. Augenblicklich erschienen die Nummern der entsprechenden Schränke auf dem Schirm. Ich schaute nach. Und tatsächlich: Ich sah genau die Tonscherben, die auf dem Monitor aufgelistet waren. Zwei Stücke wurden als ›ausgeliehen‹ aufgeführt.

Ich suchte weiter, auch wenn ich keine Ahnung hatte, wonach ich suchen mußte. Irgend etwas Außergewöhnliches. Ich tippte Kodex ein. Keine Meldung.

Ich versuchte es mit Stele. In verschiedenen Schränken wurden Bruchstücke steinerner Grabsäulen aufbewahrt.

Ich tippte *Waffen* ein. Zwei Schranknummern erschienen.

Ich schaute im ersten nach und entdeckte Splitter von Speerspitzen aus Flintstein. Fünfzehn Stück wurden vom Computer genannt, und fünfzehn lagen im Schrank.

Ich rief den Inhalt des zweiten Schrankes auf den Bildschirm. Neunzehn Fundstücke. Ich schaute im Schrank nach. Ich zählte. Zählte noch einmal. Zwanzig Fundstücke. Maria Benitez war ein Fehler unterlaufen.

Ich schaute mir die Fundstücke an. Es handelte sich um verschiedene Bruchstücke von Klingen aus Flintstein und Obsidian.

Vor Aufregung klopfte mir das Herz bis zum Hals, als ich mir noch einmal die Liste auf dem Monitor anschaute und sie mir dann ausdruckte.

Dann ging ich mit dem Ausdruck zum Schrank, um mir jedes Fundstück einzeln anzuschauen.

Doch ich wußte sofort, welches Stück nicht auf der Liste stand. Es war die wunderschön geschliffene Klinge, die ganz hinten im Schrank lag.

»Zum Schluß werden es neun Stück sein.« So oder ähnlich hatte Lucas gesagt, als Isa und ich ihn und Jonathan an ihrer Grabungsstätte in der Höhle besucht hatten. Neun Klingen für die neun Fürsten der Finsternis. Bis jetzt hatten Lucas und Jonathan erst acht Klingen in der Höhle entdeckt. Diese hier mußte die neunte sein.

Was hatte das zu bedeuten? Möglicherweise hatte irgend jemand die Höhle bereits vor langer Zeit erforscht, die Klinge gefunden und sie dem *museo* übergeben, ohne zu wissen, daß an der Grabungsstätte noch weitere Schätze der Entdeckung harrten. Vielleicht aber stammte die Klinge von einem ganz anderen Fundort – den ich jedoch nicht ermitteln konnte, denn das Fundstück war ja nicht ordnungsgemäß katalogisiert.

Zuerst gelang es mir nicht, den Gedanken zu fassen, der sich in meinem Unterbewußtsein bildete. Er war zu monströs, zu ungeheuerlich.

Dann aber wurde er immer deutlicher und klarer; eines fügte sich zum anderen.

Maria Benitez war eine gewissenhafte Archivarin; es war ausgeschlossen, daß sie ausgerechnet das größte und schönste Stück in diesem Schrank übersehen hatte.

Und die Klinge war messerscharf.

Ich nahm sie hervor, schaute sie mir ganz genau an. Wenn man so lange Zeit im Dunkeln verbracht hat, läßt die Farbwahrnehmung nach, und die Augen brauchen eine gewisse Zeit, sich auf das Licht einer Taschenlampe einzustellen, doch in meiner Phantasie sah ich die Klinge plötzlich in Blut getaucht.

Mit einem Mal wußte ich, daß Don Hernan mit dieser Klinge erstochen worden war. Ich wußte es so genau, als hätte ich die Klinge unter einem Mikroskop untersucht. Jemand hatte sie hier versteckt, für jeden sichtbar. Jemand, der Zugang zum *museo* hatte, zu den Lagerräumen und den Labors der Restauratoren. Jemand, der brutal und eiskalt genug war, einen Menschen zu töten, den Toten ins *museo* zu schaffen, in sein einstiges Büro zu legen und die Mordwaffe dann in aller Ruhe hier im Fragmentenlabor zu verstecken.

Also konnte jeder Mitarbeiter des *museo* der Mörder sein, auch Ernesto und Antonio. Es konnte sogar jeder Besucher sein, der hier Forschungsarbeiten machen durfte. Ich fragte mich, ob es ein Besucherbuch gab, aus dem hervorging, wer außer den Museumsangestellten in diesen Raum gewesen war.

Ich durchsuchte den Schreibtisch. Und dann fand ich es. Ein Besucherbuch. Ich ließ den Blick über die Namen der Personen schweifen, die in den Tagen hiergewesen waren, seit man Don Hernans Leiche entdeckt hatte. Die meisten Namen sagten mir nichts. Doch zwei kannte ich.

Jonathan Hamelin und Lucas May.

Mit Tränen in den Augen verschließe ich die Schränke und den Schreibtisch, schalte den Computer ab und knipse die Bürolampe aus. Dann taumele ich durch die Dunkelheit zur Tür, lasse das Rollo vor der Glasscheibe hoch, schließe die Zimmertür hinter mir ab, kehre durch das Labyrinth der Flure zum Hinterausgang zurück und trete hinaus auf die Straße.

Jetzt ist sogar die Dunkelheit gefährlich. Ich beschließe, zu Doña Josefina zu gehen, denn ich glaube, daß ich Zuflucht bei ihr finden kann, in der Stille, der sterilen Sauberkeit und der Ruhe des Krankenhauses.

Doch als ich dort ankomme, steht ein Polizeifahrzeug vor dem Eingang; das helle, blitzende Blaulicht sticht mir in die Augen.

Ich laufe zurück zum Hotel, und überall scheinen Schatten zu sein, die mir auflauern, die nach mir greifen wollen. Ich weiß nicht, wer mein Feind ist. Ich weiß nur, daß er jetzt hinter mir her ist, daß er ganz in meiner Nähe ist.

Ich renne, so schnell ich kann, und als das Hotel vor mir auftaucht, nehmen die Schatten plötzlich menschliche Gestalt an und packen mich von hinten. Ich bekomme keine Luft mehr, ich keuche, winde mich im Griff des Angreifers. Die Welt wird dunkel, schwarz und undurchdringlich, und ich falle. Dann höre ich ein sirrendes Geräusch, und einen Schrei, und die Schatten huschen davon.

Und dann sitze ich auf dem Boden, den Rücken an die steinerne Mauer des Hotels gelehnt, und ringe verzweifelt nach Atem. Don Santiago, der ebenfalls vor Anstrengung keucht, sitzt in seinem Rollstuhl. Er hatte nicht schlafen können, und als er sah, daß sämtliche Reporter verschwunden waren, hatte er beschlossen, eine Zeitlang auf der Straße vor dem Hotel zu verbringen, allein und ungestört.

Er hat mir das Leben gerettet.

Ich bemerke, daß ich noch immer die Flintsteinklinge in der Hand halte. Ich habe schreckliche Angst.

# Men

Am nächsten Tag versuchte ich, die Scherben meines in der Nacht zersplitterten Selbstbewußtseins zusammenzufügen, denn ich brauchte Kraft und Mut, um die Aufgaben bewältigen zu können, die noch vor mir lagen.

Natürlich hatte Santiago die Polizei anrufen wollen, doch wir sahen rasch ein, daß es alles andere als hilfreich für mich sein würde – ich hatte das Hotel ja gar nicht verlassen dürfen.

Santiago konnte mir nichts über meinen Angreifer sagen, nur daß er einen Umhang, schwarze Handschuhe und eine schwarze Gesichtsmaske getragen hatte, was im Karneval nicht ungewöhnlich war. Immerhin versprach Santiago mir, den anderen Familienangehörigen nichts von dem Angriff zu erzählen. Sie hatten schon Sorgen genug.

Ich kehrte auf mein Zimmer zurück und versuchte mit mäßigem Erfolg, ein bißchen Schlaf zu finden. Wieder wurde ich von den altbekannten Alpträumen geplagt, in denen ich das Kaninchen verfolgte, diesmal durch die Straßen von Mérida; dann fiel ich wieder durch einen leeren Raum und wurde von einer Kreatur beobachtet, die eine schwarze Kapuze trug und das Gesicht einer Eule besaß, dem Totenvogel. Und wieder waren die Stimmen der Fürsten von Xibalba um mich herum, während ich in die Tiefe stürzte. Es war alles andere als eine friedliche Nacht.

Am späten Morgen brachte Isa mir Kaffee und Toast sowie als ›Sonderservice‹, wie sie es nannte, die *International Herald Tribune* und ein Exemplar einer der größten Zeitungen Mexikos. Offenbar hatte Jean Pierre den Reportern vor dem Hotel die Stirn geboten, sich durchgekämpft und mir die Zeitungen besorgt.

In der *Herald Tribune* reihte sich eine schlechte Nachricht an die andere. Die düstere Weltwirtschaftslage bildete den Schwerpunkt der Berichterstattung. Sinkende Rohölpreise, unberechenbare Wechselkurse und die abstürzenden Aktienkurse schienen bereits zur Tagesordnung zu gehören.

Eine Sonderreportage beschäftigte sich mit Mexiko. Es wurde über die bislang vergeblichen Bemühungen berichtet, den Peso zu stützen, der sich im inflationären Sturzflug befand, und das Vertrauen in die mexikanische Wirtschaft und die politisch Verantwortlichen des Landes wiederherzustellen. Daß Mexiko an Vertrauen verlor, war nicht zuletzt auf die Aktivitäten der Guerillas in Chiapas zurückzuführen, wie auch auf das Unvermögen der Regierung, zu einer Übereinkunft mit den Aufständischen zu gelangen und die Kämpfe zu beenden. In dem Bericht wurde besonders hervorgehoben, daß die Streitkräfte der Rebellen sich der Unterstützung durch die Kirche erfreuten. Eine im Vergleich zu früheren Zeiten interessante Kehrtwendung des Klerus, wie ich fand.

Die Zeitung aus Mexico City berichtete über die Vorfälle im Zusammenhang mit den Kindern des Sprechenden Kreuzes, doch Gott sei Dank nicht so ausführlich wie die örtlichen Zeitungen, was wohl auch der Grund dafür war, daß Jean Pierre mir dieses Blatt besorgt hatte und keine der Zeitungen aus dieser Gegend. Der Artikel, den ich trotz meiner wachsenden Abneigung gegenüber dieser Art von Berichterstattung las, beschäftigte sich auch mit den Unruhen in Chiapas; der Journalist stellte die These auf, daß ein Zusammenhang zwischen den Kindern des Sprechenden Kreuzes und den Zapatistas bestand, was ich ziemlich lächerlich fand; vermutlich waren die ›Kinder‹ nur Alejandro und seine Freunde, die Rebellen spielten.

Der Wirtschaftsteil der mexikanischen Zeitung malte die Lage im Land ebenfalls in düsteren Farben.

Die Börse in Mexico City war extrem unbeständig, und die meisten Aktienkurse fielen in den Keller. Wachsende

Angst machte sich breit, weil fast Tag für Tag riesige Vermögen verloren wurden.

Ich mußte an Gomez Arias denken und fragte mich, wie sehr ihn dieser allgemeine wirtschaftliche Niedergang traf. Ein inflationärer Peso würde auch seinen Geschäften schaden, zumal alle seine Unternehmen ihren Sitz in Mexiko hatten, soviel ich wußte. Vielleicht hatte der günstige Wechselkurs einen Anstieg des Tourismus zur Folge, der Gomez Arias' Hotel in eine wahre Goldgrube verwandelte, wenngleich ich noch nie davon gehört hatte, daß die Hotelbranche ein sicherer Weg zu finanzieller Stabilität war. Hotels schienen immer wieder den Besitzer zu wechseln oder zu schließen. Dennoch gab Gomez Arias immer noch extravagante Dinnerparties.

Um sich zu beschäftigen, während sie auf Neuigkeiten über den verhafteten Alejandro warteten, nahmen Isa und Francesca die traurige Aufgabe in Angriff, die Habseligkeiten Don Hernans zusammenzupacken. Ich schloß mich ihnen an, um mich von meinen eigenen Problemen abzulenken. Die Flintsteinklinge hatte ich zusammen mit Don Hernans Tischkalender hinter der Wandklappe im Badezimmer versteckt, doch der bloße Gedanke an das Obsidianmesser machte mir schrecklich zu schaffen, und ich konnte es kaum erwarten, dieses Mordwerkzeug loszuwerden.

Die Polizei hatte den Anzug, den der tote Don Hernan getragen hatte, inzwischen den Ortiz übergeben. Nun wurde er mitsamt den anderen Sachen aus Don Hernans Besitz verpackt, um dann einer Wohltätigkeitsorganisation übergeben zu werden.

Noch einmal betastete ich die Aufschläge der Hose, an denen sich immer noch Spuren von Staub befanden. Dann, als Isa und ihre Mutter sich daranmachten, das Bad und den Wandschrank zu reinigen, durchsuchte ich die Taschen des Anzugs.

Ich fand nur einen Gegenstand. In einer Brusttasche der

Jacke steckte ein Papierschnipsel, der offenbar von irgendeiner Eintritts- oder Fahrkarte stammte. Wie eine Kino- oder Theaterkarte sah der Schnipsel nicht aus. Ich tippte eher auf ein Bus- oder Eisenbahnticket, wenngleich ich mir nicht sicher war. Vom Bestimmungsort – falls es tatsächlich eine Eisenbahnfahrkarte war – konnte man nur noch die letzten Buchstaben lesen: *o-l-i-d*.

»Ist Don Hernan eigentlich viel gereist?« fragte ich die Ortiz-Frauen und versuchte, meiner Stimme einen beiläufigen Klang zu geben.

»In letzter Zeit war er nicht mehr oft unterwegs«, erwiderte Francesca. »Natürlich war er stets viel auf Reisen, in der ganzen Welt. Und er hat sich immer auf den Weg gemacht, ohne uns vorher ein Wort zu sagen. Aber wenn ich recht darüber nachdenke … in den letzten zwei, drei Jahren hat er nur dich auf deinen Einkaufsreisen begleitet. Und vor ungefähr zwei Monaten war er in Mexico City, um dort irgendeine Auszeichnung an der Universität entgegenzunehmen. Aber meist blieb er hier in der Stadt. Manchmal ist er sogar im Museum geblieben, wenn er in seinem Büro eingeschlafen war und mitten in der Nacht aufwachte. Dann hat er auf dem Sofa im Aufenthaltsraum für die Mitarbeiter übernachtet, statt über die dunklen Straßen hierher zum Hotel zu kommen.«

»Hm«, machte ich bloß, schob den Fetzen der Fahrkarte in die Tasche meiner Jeans und machte mich wieder daran, Isa und Francesca beim Aufräumen des Zimmers zu helfen. Vor allem Francesca fiel die Arbeit schwer. Mehrmals brach sie in Tränen aus.

Später an diesem Tag kam Isa zu mir. »Wir haben uns überlegt, am besten gleich alles hinter uns zu bringen«, sagte sie. »Bist du so nett, und hilfst uns dabei, auch Doña Josefinas Zimmer auszuräumen? Wir haben im Krankenhaus angerufen. Es ist nicht damit zu rechnen, daß sie jemals wieder hierher ins Hotel kommt.«

Ich erklärte mich gern einverstanden. Doch als wir Doña Josefinas Zimmer betraten, erschrak ich. Es war stockdunkel, und die Fensterläden waren geschlossen. Isa sagte, Doña Josefina habe es immer so gehalten. Als endlich Licht ins Zimmer fiel, erlebte ich eine weitere Überraschung: Der Raum erinnerte mich irgendwie an ein kleines Museum, so als würde das ganze Zimmer aus einer versunkenen Epoche stammen. Doña Josefina hatte den Raum zusätzlich mit ein paar eigenen Möbelstücken ausgestattet, darunter ein kleiner Stuhl mit bestickten Kissen und ein altmodisches Damen-Schreibpult.

Doch das seltsamste Stück war eine Kommode in einer Ecke des Zimmers. Sie war wie ein kleiner Altar aufgebaut. Auf einem Tuch aus schwarzem Samt stand ein sehr altes, vergilbtes Foto in einem silbernen Rahmen. Das Bild zeigte einen kleinen Jungen, wahrscheinlich Doña Josefinas Sohn; neben dem Foto standen ein braunes Babyschühchen und eine silberne Tasse, neben der ein kleiner silberner Babylöffel lag. Das Foto trug einen Trauerflor aus schwarzem Krepp. In einem Kandelaber, der neben dem gerahmten Bild stand, steckten niedergebrannte Weihekerzen.

In der obersten Schublade der Kommode entdeckten wir ein vergilbtes, in Stoff gewickeltes Taufhemd, ein Kinderhäubchen und ein paar alte Holzspielzeuge. Erinnerungsstücke an ihren vermißten Jungen, der vielleicht längst schon tot war. Es war sehr, sehr traurig.

Während wir aufräumten, fragte Isa mich, ob ich schon davon gehört habe, daß jemand ins Krankenhaus eingedrungen sei, in dem Doña Josefina lag. Ich erinnerte mich an das Polizeifahrzeug, das ich am Abend zuvor vor dem Eingang des Hospitals gesehen hatte, und erwiderte nichts, schüttelte nur den Kopf.

»Offenbar ist jemand über die Flure geschlichen und hat in die Krankenzimmer geschaut«, fuhr Isa fort. »Den Schwestern kam der Mann nicht geheuer vor, und sie haben ihn fortgejagt. Genauer gesagt, die Oberschwester. Wenn dieser Drache hinter mir her wäre, würde auch ich die Flucht ergreifen!«

Bei dieser Bemerkung legte sich der Hauch eines Lächelns auf Francescas trauriges Gesicht.

Isa räumte die restlichen Schubladen der Kommode aus, in denen sich keine weiteren Kindersachen befanden, sondern nur Kleidungsstücke Doña Josefinas: ihre schwarze Mantilla, Fächer und Handschuhe sowie schwarze, sehr extravagante seidene Damenunterwäsche.

Mir wurde die Aufgabe übertragen, den Wandschrank auszuräumen, in dem Doña Josefinas Kleider hingen. Ihr Geschmack war ziemlich einheitlich: mehrere lange schwarze Röcke, schwarze Kleider, schwarze Blusen in einem altmodischen spanischen Stil.

Auf einem Ablagebrett standen zwei Schachteln. Eine enthielt zwei alte, spitzenbesetzte weiße Mantillas, wunderschöne Stücke; dazu eine prachtvolle bestickte schwarze Gesichtsmaske, die offenbar für Maskenbälle gedient hatte.

In der anderen Schachtel lag ein Sammelalbum.

»Ob es Doña Josefina wohl etwas ausmachen würde, wenn ich mal einen Blick in ihr Sammelalbum werfe?« fragte ich Isa und Francesca, als wir mit dem Aufräumen fertig waren. Die Sachen sollten in einem Lagerraum untergebracht werden, denn Francesca hatte erklärt, sie habe das unbestimmte Gefühl, daß Doña Josefina doch wieder ins Hotel zurückkehren würde.

»Ich kann mir nicht vorstellen, daß sie etwas dagegen hätte«, sagte Francesca, also nahm ich das Buch und setzte mich damit unten in den Salon.

Auf den ersten Seiten waren einige Fotos, die Josefina offenbar viel bedeuteten und die sie mit ihrem Sohn zeigten. Mutter und Kind trugen weiße Kleidung. Josefinas Vorliebe für Schwarz hatte sich offenbar erst nach dem Verschwinden ihres Sohnes entwickelt und war nicht, wie bisher alle geglaubt hatten, ein äußeres Zeichen ihrer sogenannten Witwenschaft.

Außer diesen Fotos hatte Doña Josefina Zeitungsausschnitte und Fotos von Personen in das Buch eingeklebt, die ihr etwas bedeutet hatten. Die neuesten Zeitungsausschnitte waren Artikel über Isa und ihr Modegeschäft sowie Berichte über das Hotel und über Francescas berühmte Küche.

In etwas älteren Ausschnitten wurde Santiagos brillante diplomatische Karriere behandelt. Außerdem fand ich einen kleineren Artikel aus einer örtlichen Zeitung, in dem berichtet wurde, daß die Fußballmannschaft des Gymnasiums von Mérida aufgrund des Siegtores von Norberto Ortiz ins Endspiel der Schulmannschaften gekommen war.

Überdies entdeckte ich Artikel über Don Hernan und sein Museum sowie einen langen Bericht über seine Zusammenarbeit mit Städten, die schon vor der spanischen Eroberung bestanden hatten; auf diese Weise hatte Don Hernan die Kultur der Maya besser bewahren wollen.

Außerdem waren alte Tanzkarten ins Buch eingeklebt, und Einladungen zu rauschenden Festen und Gala-Bällen, zu Theater- und Galerie-Eröffnungen. Doña Josefina schien das gesellschaftliche Leben in Mérida in vollen Zügen genossen zu haben, und das freute mich für diese nun so einsame, kranke alte Frau.

In den Zeitungsberichten war öfter von einer geheimnisvollen maskierten Dame die Rede, die an verschiedenen gesellschaftlichen Veranstaltungen in Mérida teilgenommen hatte. Ich mußte sofort an die elegante Maske denken, die ich im Schrank gefunden hatte, und war ziemlich sicher, daß Doña Josefina diese geheimnisvolle Dame gewesen war.

Außer diesen Erinnerungsstücken entdeckte ich mehrere Artikel, die über den Erfolg verschiedener Geschäftsleute aus Mérida berichteten. Ich war sicher, daß es vielen von ihnen peinlich gewesen wäre, hätten sie gewußt, daß ihre wirtschaftlichen und gesellschaftlichen Heldentaten von einer

Frau dokumentiert worden waren, bei der es sich um ihre einstige Geliebte handelte, wie ich stark vermutete.

Einer dieser Geschäftsleute war Diego Gomez Arias, der in den alten Zeitungsausschnitten als aufstrebender junger Mann geschildert wurde. In dem ältesten Artikel wurde ausführlich über seine Windmühlenerfindung berichtet. Offenbar hatte er die Rechte an dem Entwurf an große europäische und nordamerikanische Maschinenfabriken verkauft.

Außerdem fand ich die Ankündigungen seiner diversen Hochzeiten sowie die Anzeigen anläßlich der Geburt seiner Tochter, der Eröffnung seines prachtvollen Hotels und der Champagnertaufe seines ersten Schiffes. In mehreren Artikeln wurde über die rauschende Party berichtet, die Gomez Arias gegeben hatte, als Montserrat in die Gesellschaft Méridas eingeführt wurde – offenbar *das* gesellschaftliche Ereignis der Saison.

Über die Jahre hinweg hatte Doña Josefina diesen Mann genauestens im Auge behalten, und ich fragte mich nach dem Grund dafür. Sie war mindestens zwanzig oder dreißig Jahre älter als er. Vielleicht ist sie die erste Frau in seinem Leben gewesen, dachte ich mit leichter Erheiterung. Gomez Arias' Schwäche für Blondinen war jedenfalls offensichtlich.

Vielleicht aber war es etwas ganz anderes. Ich mußte daran denken, wie Doña Josefina sich aufgeregt hatte, als ich an ihrem Krankenbett Gomez Arias' Namen nannte. Damals hatte ich geglaubt, ihre Erregung würde damit zusammenhängen, daß Gomez irgendwie in den Tod Don Hernans verwickelt sei und daß Doña Josefina davon wußte. Und vielleicht war es ja tatsächlich so.

Erneut fragte ich mich, wie es um Gomez Arias' derzeitige finanzielle Lage bestellt sein mochte. Anfangs war ich davon ausgegangen, daß seine anderen Unternehmen ihm fette Gewinne brachten, selbst wenn das Ölgeschäft nicht so gut lief. Aber jetzt war ich mir nicht mehr so sicher. Vielleicht versuchte Gomez nur, den Schein zu wahren, wie man so sagt. Und angeblich war seine Frau sehr wohlhabend.

Irgendwie mußte ich mehr darüber herausfinden. Gomez Arias war einer meiner Hauptverdächtigen, und Geld war eine mächtige Antriebskraft, wie ich wußte. Allerdings hatte ich nicht den blassesten Schimmer, wie Gomez Arias durch die Ermordung Don Hernans seine finanzielle Lage hätte verbessern können.

Ich legte das Sammelalbum in die Schachtel zurück und stellte sie zu den anderen Habseligkeiten Doña Josefinas. Dabei hoffte ich inständig, daß Francesca mit ihrer Ahnung recht behielt und Doña Josefina wieder ins Hotel zurückkehren konnte, um sich an diesen Sachen zu erfreuen.

Den Rest des Tages verbrachte ich mit den Vorbereitungen für meine Flucht. Von Isa borgte ich mir eine große Schultertasche, in der ich das Notwendigste verstaute: Toilettenartikel, Unterwäsche zum Wechseln, meine Jeans und T-Shirts sowie zwei andere Gegenstände, die ich vielleicht brauchte, ein Foto von Don Hernan und eine Taschenlampe.

Als niemand mich beobachtete, schlich ich zu den Kisten, in denen wir Doña Josefinas Habseligkeiten verstaut hatten, und nahm ein langes schwarzes Kleid, eine Mantilla, Handschuhe und Fächer und schließlich die Maske heraus. Dann probierte ich in meinem Zimmer mein neu erworbenes Karnevalskostüm an.

Der Rock hätte bei Doña Josefina gewiß bis auf den Boden gereicht; bei mir endete er ein ganzes Stück über den Knöcheln. Gott sei Dank war der Rock über den Hüften weit geschnitten; in der Taille saß er mir ein bißchen eng, so daß ich ihn mit einer großen Sicherheitsnadel befestigen mußte. Zum Rock zog ich eine schwarze, langärmelige Bluse an.

Wieder versuchte ich, an diesem späten Nachmittag ein bißchen zu schlafen. Die Sonne schien noch hell, und so schloß ich die Fensterläden. Doch wieder bekam ich keine Ruhe, denn Major Martinez kam ins Hotel und bestand darauf, daß ich persönlich bei ihm erschien, damit er sich davon überzeugen konnte, daß ich das Hotel nicht verlassen hatte.

Endlich wurde es dunkel. Ich wartete, bis im Hotel völlige Ruhe eingekehrt war; dann hinterließ ich Isa eine schriftliche Nachricht, sie solle sich keine Sorgen machen. Außerdem sollte sie Jean Pierre überreden, seine Verbindungen in der Banker-Welt spielen zu lassen und nachzuforschen, wie es um Gomez Arias' finanzielle Lage bestellt war.

Dann kletterte ich ein letztes Mal aus dem Badezimmerfenster.

In dem langen Rock, mit einer großen Einkaufstasche in der Hand, gestaltete sich dieses Unternehmen weitaus schwieriger als üblich, doch schließlich schaffte ich es. Ich wartete im Baum, bis ein kostümiertes Pärchen an der Mauer vorüber war, kletterte dann auf die Straße hinunter und rannte so schnell ich konnte zum Paseo de Montejo. Dort setzte ich die Maske auf, legte mir die Mantilla um die Schultern und mischte mich unter die feiernde Menschenmenge.

Mein Kostüm hatte ich mir zwar wohlüberlegt zusammengestellt, doch einen gut durchdachten Plan hatte ich noch nicht. Ich wußte nur, daß ich die Flintsteinklinge irgendwie loswerden mußte, schnellstmöglich, bevor ich noch den Verstand verlor. Ich folgte der Menschenmenge über den Paseo de Montejo, bis wir in die Nähe des *museo* gelangten; dann huschte ich rasch über Seitenstraßen bis hinter das Museumsgebäude und versteckte mich wieder einmal in dem kleinen Garten.

Als ich sicher war, daß niemand mich beobachtete, drang ich durch die Hintertür ins Gebäude ein, von schrecklicher Furcht und Entsetzen erfüllt. Ich knipste die Taschenlampe und stürmte ins Kellergeschoß hinunter, so schnell ich konnte, rannte zum Fragmentenlabor und stürzte zu Maria Benitez' Schreibtisch, schnappte mir den Schlüssel des Schranks, in dem die Flintsteinklingen lagen, öffnete ihn, und zog das Schubfach heraus. Augenblicke später lag die Klinge – sorgfältig abgewischt, damit meine Fingerabdrücke nicht darauf waren – wieder an Ort und Stelle.

Wie Lady Macbeth hatte ich das Gefühl, meine Hände wären in Blut getaucht. Sie bluteten tatsächlich. In meiner Hast, die Klinge abzuwischen, hatte ich mich ziemlich böse in die Hand geschnitten. Wirklich kein guter Anfang.

Nachdem ich das Museum verlassen hatte, hielt ich nach einem öffentlichen Waschraum Ausschau. Ein paar Querstraßen weiter, in der Nähe der Bushaltestelle, fand ich, was ich suchte. Ich wusch mir die Hände und sagte der Reinmachefrau, daß ich zu stürmisch Karneval gefeiert hätte. Sie fand meine Lüge erheiternd. Die Frau war so freundlich, mich mit Jod und einem Stück Verband aus einem Erste-Hilfe-Kasten zu verarzten. Kurz darauf war ich wieder unterwegs.

Als ich am Fahrkartenschalter vorüberkam, mußte ich an das zerrissene Ticket denken, das ich in Don Hernans Sachen gefunden hatte. Ich blieb stehen und beobachtete, wie die Leute Fahrkarten kauften. Die Busfahrscheine hatten tatsächlich Ähnlichkeit mit dem Papierschnipsel.

Ich ging zu der Tafel, auf der die Fahrtziele und die Abfahrts- und Ankunftszeiten standen, und suchte nach einem Ort, der mit *olid* endete. Und da stand es: Jede Stunde – in der Nacht alle zwei Stunden – fuhr ein Bus nach Valladolid, ungefähr hundertsechzig Kilometer östlich von Mérida. Ich kaufte eine Fahrkarte und mischte mich dann wieder unter die Menge der Feiernden, um auf den nächsten Bus zu warten, der um zwei Uhr früh abfuhr.

Ich hatte nur noch wenig Bargeld dabei, lediglich Travellerschecks, entdeckte dann aber eine Wechselstube, die rund um die Uhr geöffnet hatte. Ich zahlte zwar einen unverschämt hohen Zuschlag, als ich meine Dollars in Pesos wechselte, brauchte dafür aber keinen Ausweis oder sonstige Papiere vorzuzeigen, konnte letztendlich also von Glück sagen; schließlich hatte Major Martinez immer noch meinen Paß.

Als der Bus eintraf, wartete ich bis zur letzten Minute, bevor ich einstieg. Niemand schien eine hochgewachsene, ganz in Schwarz gekleidete Frau mit einer Mantilla und einer Maske für fehl am Platze zu halten. Wahrscheinlich vermuteten die anderen Fahrgäste, daß ich an diesem Abend nach Mérida gefahren war, um hier Karneval zu feiern, und nun wieder nach Hause zurückkehrte.

Ich ging zu einem freien Sitz im hinteren Teil des Busses und hoffte, daß der Fahrer die Innenbeleuchtung ausschaltete, sobald wir losgefahren waren. Er tat mir den Gefallen, und ich lümmelte mich in der Dunkelheit in den Sitz.

Ich war sehr müde und döste rasch ein. Der Bus machte einmal Station, in Pisté, und bereits eine Stunde später trafen wir in Valladolid ein. Die Stadt ist viel kleiner als Mérida, und hier ist man nicht so verrückt auf den Karneval; also nahm ich rasch die Maske und die Mantilla ab und zog den Rock so hoch ich konnte.

Doch in einem vernünftigen Hotel konnte ich so nicht absteigen, zumal ich kaum Gepäck bei mir hatte und die Kreditkarten nicht benutzen wollte, weil mein Name darauf stand. Die Morgendämmerung brach an, als ich schließlich unweit der Bushaltestelle ein Hotel entdeckte – eher eine bessere Absteige. Wie ich gehofft hatte, nahm man es auch hier mit den Papieren nicht allzu genau. Ich mietete für zwei Tage ein Zimmer.

Einen Aufzug gab es nicht, und das Zimmer erwies sich als klein und schäbig. Es war nur mit einem Waschbecken ausgestattet – das Bad befand sich am Ende des Flurs –, und das Bett quietschte entsetzlich. Ich hatte Angst, meine Sachen auszuziehen; also zog ich die Tagesdecke zurück, die eine ausgesprochen häßliche grüne Farbe besaß, hielt sorgfältig nach Wanzen und anderen Tierchen Ausschau und legte mich dann vollständig bekleidet auf das Oberbett. Seit meiner Studentenzeit hatte ich nicht mehr in einer solchen Bude gehaust.

Mir war nur verschwommen bewußt, weshalb ich eigentlich hierhergekommen war. Vielleicht, weil auch Don Hernan diese Reise gemacht hatte. Aber war er vor kurzem hiergewesen, oder schon vor längerer Zeit? Der Fahrkartenfetzen gab keine Auskunft darüber. Ich bewegte mich jetzt gewissermaßen per Autopilot, handelte rein instinktiv. Zwei Dinge wußte ich mit Sicherheit: Erstens mußte ich so weit weg von Martinez wie möglich und, was noch wichtiger war, weg von demjenigen, der gestern abend versucht hatte, mich zu erwürgen. Zweitens hatten sämtliche Geschehnisse auf irgendeine Weise, die ich noch nicht verstand, miteinander zu tun: der Raub, die Morde, das Verschwinden all der präkolumbianischen Meisterwerke, die Jadeperle in Don Hernans Mund. Sogar Doña Josefina spielte dabei irgendeine Rolle.

Ich brauchte jetzt erst einmal Ruhe. Obwohl ich nicht glaubte, daß ich in dieser Wanzenbude ein Auge zubekam, war ich nach kurzer Zeit eingeschlafen. Ein sehr langer Tag lag hinter mir, der Tag Men im Maya-Kalender – ein Tag, der mit dem Adler im Verbindung gebracht wurde, ein ›Tag der Klugheit‹.

Doch am Ende dieses langen Tages war ich nicht klüger als am Tag zuvor.

# Cib

Im Jahre 1846 löste Yucatán sich von Mexiko. Reiche Hazienda-Besitzer, die Angriffe durch die Vereinigten Staaten oder Mexiko fürchteten, bewaffneten ihre Maya-Arbeiter, die praktisch als Sklaven auf den Sisal- und Zuckerrohrplantagen schufteten. Die Hazienderos waren der Überzeugung, ihre Arbeiter würden sie beschützen.

Doch 1847 benutzten die Maya die Waffen ihrer Herren, um Valladolid zu plündern und jeden Europäer zu töten, der ihnen in die Hände fiel. Es war die Rache der Maya für die Zerstörung ihrer heiligen Stadt Zaci und die Unterwerfung der Einwohner durch Francisco de Montejo genau drei Jahrhunderte zuvor.

Es war der erste Kampf in der bewaffneten Auseinandersetzung, die als der ›Kastenkrieg‹ geschichtliche Bedeutung erlangen sollte.

Wer jemals nach Valladolid kommt, trifft eine verschlafene, kleine, landwirtschaftlich geprägte Stadt an, die um einen zentralen Platz herum erbaut ist, so wie Mérida. Und wie in Mérida verbirgt sich auch in Valladolid die blutige Vergangenheit beinahe vollständig hinter einem kolonialen Erscheinungsbild.

Ich wurde vom lauten Knall einer zuschlagenden Tür und dem Geräusch von Stimmen in der Eingangshalle aus tiefem Schlaf gerissen. Als ich träge ein Auge öffnete, sah ich gerade noch, wie eine fette Küchenschabe unters Bett kroch, um dort in der Dunkelheit Deckung zu suchen.

Es war heiß im Zimmer, und ich war völlig schlaftrunken. Meine Uhr zeigte mir, daß es bereits nach Mittag war, was ich kaum glauben konnte, selbst wenn ich berücksichtigte, daß ich erst am frühen Morgen in dieses gräßliche Hotel gekommen war.

So lange hatte ich gar nicht schlafen wollen. Ich vermutete, daß Major Martinez irgendwann im Laufe dieses Tages im Hotel in Mérida erschien – eher später als früher, wie ich hoffte –, und daß er dann die Jagd auf mich eröffnete. Bevor das geschah, mußte ich noch viel erledigen.

Am Waschbecken in meinem Zimmer machte ich eine hastige Katzenwäsche, wobei ich wachsam zum Bett spähte und nach der Küchenschabe und anderem Ungeziefer Ausschau hielt, das sich in meinem Zimmer eingenistet haben mochte. Dann streifte ich mir die Jeans und ein Hemd über und trat hinaus in die mittägliche Hitze und den Sonnenschein.

Falls Martinez jetzt schon nach mir suchte, überlegte ich, würde er sich wohl erst einmal in Mérida umschauen. Oder er kam auf die Idee, daß ich versuchte, aus dem Land zu fliehen – was ich wahrscheinlich tatsächlich getan hätte, hätte ich meinen Paß gehabt. Vielleicht ließ Martinez sogar den Flughafen überwachen. Ich wollte auf jeden Fall kein Risiko eingehen, auch nicht hier in Valladolid.

Der zentrale Platz dieser Stadt ist nicht weit von der Gegend um den Busbahnhof entfernt, und da ich mir wie eine Flüchtige vorkam – zu Recht, wie ich vermute –, hielt ich den Kopf gesenkt und blieb im Schatten, wo immer möglich.

Als ich den zentralen Platz erreichte, schaute ich sehnsüchtig zu den Hotels der gehobenen Kategorien hinüber und entdeckte dann den Weg zum Bazar Municipal, einem Laubengang auf der Plaza Grande, wo Obst- und Gemüseverkäufer zu den Essenszeiten Tische und Stühle aufstellen, an denen sie Gäste bewirteten. Es war inzwischen fast zwei Uhr nachmittags, Zeit für die *comida*, die Hauptmahlzeit im Tagesablauf der Mexikaner, die irgendwann zwischen zwei und fünf Uhr nachmittags eingenommen wird. Die kleinen Tische waren von Geschäftsleuten, Händlern und Arbeitern besetzt, die ihre Mittagspause machten.

Es standen nur wenige Gerichte zur Auswahl. Die Gäste schauten sich an, was an diesem Tag zubereitet wurde, und zeigten auf das Gericht, das sie wünschten. Ich versuchte, mich unauffällig unter die Menge zu mischen. Als ich schließlich unter einem Sonnendach saß, den Rücken zur Wand, mit Blick auf den Platz, so daß niemand sich mir unbemerkt nähern konnte, bestellte ich eine *sopa de elote con pimientos,* eine Maissuppe mit rotem Pfeffer, und eine Schüssel Reis mit heißen Würstchen, für die Valladolid berühmt ist.

Für gewöhnlich erwartet man von einem Gast, daß er sich anschließend noch ein Fleisch- oder Fischgericht bestellt, und dann einen Nachtisch, doch so großen Hunger hatte ich nicht, und ich legte auch keinen Wert darauf, länger hier zu bleiben als nötig. Denn die Zeit drängte, und ich hatte noch einiges zu tun.

Ich ging auf einer anderen Route zum Busbahnhof zurück, um mögliche Verfolger abzuschütteln, und versuchte, stets einen ungehinderten Blick auf die Straßen und Häuser um mich herum zu haben, für den Fall, daß ich wieder Hals über Kopf die Flucht ergreifen mußte.

Das Foto, das Don Hernan zeigte, trug ich bei mir. Er war ein Mann von unverwechselbarem Aussehen gewesen; deshalb war ich zuversichtlich, auf irgend jemanden zu treffen, der ihn hier gesehen hatte. Ich fragte jeden, der auf dem Platz einen Stand oder einen Laden oder sonst etwas besaß, einschließlich des Personals am Busbahnhof, des Zeitungsjungen und des Schuhputzers an einer Gebäudeecke. Doch ich hatte kein Glück.

Bis eine Frau, die eine Querstraße vom Busbahnhof entfernt einen Blumenstand besaß, sich zu erinnern glaubte, Don Hernan eine Nelke verkauft zu haben, die er sich dann an den Aufschlag seiner Jacke gesteckt hatte. Das konnte stimmen; es wäre typisch für Don Hernan gewesen. Doch die Frau sagte, sie könne sich nicht daran erinnern, woher der Mann gekommen und in welche Richtung er gegangen sei. Aber immerhin hatte ich jetzt die leise Hoffnung, auf der richtigen Fährte zu sein.

Ich ging in mehrere Hotels, die sich in der Nähe des Busbahnhofs befanden, und fragte dort nach. Doch auch hier hatte ich kein Glück. Dann fiel mir ein, daß ich in meinem eigenen Hotel noch gar nicht gefragt hatte, verwarf diesen Gedanken aber sofort wieder. Es war unwahrscheinlich, daß Don Hernan so tief gesunken wäre, dort abzusteigen, mochte es ihm noch so schlecht ergangen sein.

Ich wußte, daß er nur selten selbst Auto gefahren war. Also hatte er sich vermutlich keinen Wagen gemietet. Falls er die Stadt verlassen hatte, dann bestimmt mit einem Taxi. In der Nähe des Busbahnhofs befand sich ein Taxistand, wo die Fahrer beisammenstanden, Kaffee tranken und schwatzten, während sie auf Fahrgäste warteten. Im Lauf der nächsten Stunden ging ich mehrmals dorthin und zeigte den neu eingetroffenen Fahrern, die von einer Tour kamen, das Foto von Don Hernan. Ohne Erfolg.

Ich war am Rande der Verzweiflung, als mir plötzlich ein junger Taxifahrer sagte, er würde den Mann auf dem Foto wiedererkennen. Am liebsten wäre ich in lauten Jubel ausgebrochen.

»Wissen Sie noch, wohin Sie ihn gebracht haben?« fragte ich.

Der junge Mann kratzte sich am stoppeligen Kinn und blickte mich abwartend an. Plötzlich begriff ich und reichte ihm fünfzig Pesos.

»Amerikanische Dollar?« wollte er wissen.

Ich tat ihm den Gefallen und tauschte die Pesos in einen Zehndollarschein. Die Summe schien dem jungen Burschen zu genügen.

»Ich glaube, jetzt fällt es mir wieder ein«, sagte er liebenswürdigerweise. »Ich könnte Sie dorthin fahren. Aber es ist sehr weit. Und sehr teuer.« Er nannte eine Summe, die umgerechnet fast zweihundert Dollar betrug.

Mir ging das Bargeld aus, und ich war mir nicht sicher, ob ich mir eine derartige Ausgabe noch leisten konnte, doch der junge Mann war hartnäckig. Er wußte etwas, daß ich gern wissen wollte, und früher oder später würde ich schon bezahlen.

Die anderen Taxifahrer beobachteten uns interessiert. Einer löste sich aus der Menge, kam zu uns herüber und verpaßte meinem Fahrer eine Ohrfeige. Der junge Bursche sank im Sitz zusammen.

»Mein jüngerer Bruder«, sagte der Mann. »Ich möchte mich für ihn entschuldigen. Ich weiß, wohin er Ihren Freund gefahren hat, und ich bringe Sie dorthin. Es kostet einhundert Dollar. Aber im Moment kann ich Sie nicht fahren, weil heute der letzte Abend des Karnevals ist, und ich muß meine Familie zu den Feiern begleiten. Aber wenn Sie morgen um zwölf Uhr wieder hier sind, fahre ich Sie gern.«

Ich ging davon aus, daß es zur Zeit keine bessere Lösung für mich gab, so unbefriedigend sie auch sein mochte, also schüttelte ich dem Mann die Hand, um die Abmachung zu besiegeln. Als ich mich vom Taxistand entfernte, konnte ich die zwei Brüder streiten hören. Sie sprachen sehr schnell, und ich war schon zu weit weg, als daß ich jedes Wort hätte verstehen können, doch ein paar Brocken schnappte ich auf, darunter ›La Huaca de Chac‹. Offenbar der Name eines Ortes, den ich mir genau einprägte.

Inzwischen war es später Nachmittag geworden. Ich schlenderte zurück zu der Wanzenbude, in der ich mein Zimmer genommen hatte, um dort auf den Einbruch der Dunkelheit zu warten, so daß ich mein Karnevalskostüm anlegen und mich unter die Menge mischen konnte.

Die Vorhänge zugezogen, saß ich mit übereinandergeschlagenen Beinen auf dem Bett; denn es ekelte mich davor, die nackten Füße auf den Fußboden zu setzen. Vielleicht kam die fette Küchenschabe mit Freunden und Verwandten wieder unter meinem Bett hervorgekrochen.

Ich war müde und in düsterer Stimmung, und mit einem

Mal kam mir der absurde Gedanke, daß ich vielleicht eine Art von verwandtschaftlichem Gefühl für das Tier empfinden sollte, das mein Zimmer mit mir teilte: Auch die Küchenschabe suchte die Dunkelheit, versteckte sich ständig, bewegte sich scheinbar ziellos umher. Bei diesem Gedanken fragte ich mich, was, zum Teufel, ich hier eigentlich tat und was ich mir von dieser Reise versprach.

Ich war froh, als ich um neun Uhr Doña Josefinas Kleider anzog und das Hotel verließ. Ich mußte unter Menschen, fort vom Hotel und den düsteren Gedanken. Ich beobachtete die Menschenmenge, als der Karnevalszug, der nur zwei größere Festwagen umfaßte, sich in Bewegung setzte. Auf dem ersten Wagen war eine zwei Meter durchmessende spiralförmige Schneckenmuschel in einer scheußlichen rosa Farbe zu sehen, aus Segeltuch und Draht gefertigt, die auf der Ladefläche eines blauen Lieferwagens montiert war.

Der andere Festwagen war ein Erntewagen, der von einem Traktor gezogen wurde; auf der Ladefläche des Wagens standen mehrere Leute, die sich als Maya verkleidet hatten und irgendein uraltes rituelles Opfer nachspielten. Völlig unpassend zum Geschehen auf dem Festwagen dröhnte aus einem Lautsprecher, der auf der Fahrerkanzel des Traktors befestigt war, hämmernde Discomusik.

Auch viele Zuschauer waren kostümiert. Kleine Mädchen trugen Glitzerkleider und Kronen aus Alufolie, und ihre Gesichter waren grell mit dem Rouge, Lidschatten und Lippenstift ihrer Mütter geschminkt. Die Kinder hatten einen Riesenspaß.

Es gab Clowns auf Fahrrädern, die ihre Sprößlinge in Tragkörben umherfuhren, und bunte Ballons, und Leute mit den phantastischsten Kopfbedeckungen aller Art. Die Menschen tanzten buchstäblich auf den Straßen. Ich schaute dem bunten Treiben neidisch zu und wünschte mir, dies wäre eine andere Zeit, ein anderer Ort, an dem ich unbeschwert und sorglos hätte mitfeiern können.

Plötzlich breitete sich Stille aus; dann erklang vereinzeltes nervöses Gelächter. Aus einer Seitenstraße kam ein Mann, der sich als Priester verkleidet hatte, gefolgt von einer Gruppe ›Soldaten‹ in Tarnanzügen, die Spielzeuggewehre aus Sperrholz trugen. Die Gesichter waren hinter schwarzen Masken verborgen.

»Die Kinder des Sprechenden Kreuzes«, wisperten die Leute, und Augenblicke später spendete die Zuschauermenge stürmischen Beifall. Die Maskierten hoben ihre Gewehre zum Salut und schlossen sich dem Ende des Karnevalszuges an.

Kurz darauf traf die Bundespolizei ein, und ich zog mich rasch in eine dunkle Seitengasse zurück, wo die Männer mich nicht sehen konnten. Nach während ich mich aus dem Staub machte, konnte ich beobachten, wie die Polizisten losrannten, um zu den Leuten aufzuschließen, die sich als Aufständische verkleidet hatten. Einige Zuschauer – wahrscheinlich diejenigen, die den Kindern des Sprechenden Kreuzes am lautesten applaudiert hatten – zischten und stießen Buhrufe aus, als die Polizisten an ihnen vorüberrannten.

Ich blieb nicht mehr lange genug, um zu beobachten, was nun geschah, konnte ein Gefühl hilflosen Zorns aber nicht zurückhalten. Die hiesige Polizei schien wenig Sinn für Humor zu haben, wenn sie es sogar auf harmlose Feiernde abgesehen hatte, die sich bloß als Rebellen verkleideten.

Als ich versuchte, soviel Abstand wie möglich zwischen mich und die Polizisten zu bringen, gelangte ich in eine Seitenstraße, die zu einem heruntergekommenen, düsteren Stadtviertel gehörte. Ich wußte nicht genau, wo ich mich befand, doch als ich um eine Straßenecke bog, sah ich einen kleinen Platz vor mir, in dessen Mitte ein ausladender Baum und eine Holzbank standen.

Auf der gegenüberliegenden Seite des Platzes erblickte ich ein Lokal, vor dem ein großer, von Menschen umlagerter Grill aufgebaut war. Köstliche würzige Bratendüfte wehten zu mir herüber. Erst jetzt bemerkte ich, wie hungrig ich war, und überquerte den Platz.

Aus einem mir unerfindlichen Grund trug das Lokal den Namen Pajaros, ›Vögel‹. Es war zum Platz hin offen; das Dach, das im Palapa-Stil errichtet war, bestand aus ineinander verflochtenen Palmwedeln. Die Gäste waren vorwiegend Weiße, Europäer und Amerikaner, wobei letztere sofort an ihren Baseballmützen und Cowboystiefeln zu erkennen waren. Die Frauen waren zumeist in Blusen, fransenbesetzte Westen und kurze Röcke gekleidet und trugen ebenfalls Stiefel nach Cowboyart. Im hinteren Teil des Lokals stand eine altmodische Jukebox; aus dem Lautsprecher drangen die Country-&-Western-Klänge von Waylon Jennings.

Ich setzte mich an einen kleinen Tisch in der Ecke und lauschte einer Gruppe von Männern, die sich am Nebentisch über ihre Abenteuer in Vietnam unterhielten. Offenbar hatte ich durch Zufall genau das Lokal gefunden, das der bevorzugte abendliche Treffpunkt der Expatrioten in dieser Gegend war. Dies hatte zumindest den Vorteil, daß ich hier keine ungewollte Aufmerksamkeit erregte.

Die Kellnerin brachte mir ein Bier, ohne daß ich eins bestellt hätte, und sagte mir, falls ich etwas zu essen wollte, solle ich zum Barbecue gehen; dort würde ich bedient. Also ging ich zum Grill, wo ein hochgewachsener Amerikaner – wahrscheinlich der Eigentümer des Lokals – mir irgend etwas auf einen Teller gab, das in eine Bananenschale gewickelt war; dazu gab es eine warme Tortilla und Bohnen. Trotz der Dunkelheit trug der Mann eine verspiegelte Sonnenbrille und die unvermeidliche Cowboykluft, die hier zum guten Ton zu gehören schien.

Im Inneren der Bananenschale befand sich *polio pibil* – geschnetzeltes Hühnerfleisch in einer würzigen roten Sauce. Ich verschlang das Essen und zupfte mit bloßen Fingern den letzten Rest Fleisch aus den Schalen. Die Kellnerin lächelte, als sie meinen gesunden Appetit bemerkte. »Sie können essen, soviel Sie herunterbekommen«, sagte sie. »Bedienen Sie sich ruhig.«

Ich dankte der Frau, doch ich hatte keine Zeit, mich noch lange hier aufzuhalten: Ich hatte Isa auf meinem Zettel die Nachricht hinterlassen, daß ich sie in Kürze anrufen würde. Ich bat die Kellnerin, mir die Rechnung zu bringen, und fragte sie, wo ich einen Münzfernsprecher finden könne. Die Kellnerin wies in eine dunkle Ecke neben dem Lokal. »Sie müssen sich aber ziemlich behelfen«, sagte sie, »denn die Lampe ist kaputt. Aber der Apparat funktioniert.«

Ich machte mich auf den Weg zum Telefon, nachdem ich mir sämtliche Münzen in die Taschen gesteckt hatte, die ich noch besaß, und kam mit einigen Schwierigkeiten schließlich nach Mérida durch.

Santiago meldete sich.

»Ich bin's«, sagte ich.

»Theresa! Wie schön, daß du dich meldest. Kleinen Moment, ich hole Isa sofort an den Apparat.«

*Theresa?*

Augenblicke später erklang Isas Stimme. »Hallo, Theresa«, sagte sie. »Nett, daß du anrufst.«

»Ist jemand bei euch?« fragte ich. »Unser Freund Martinez?«

»Ja. Wir haben uns wegen deiner Erkrankung große Sorgen gemacht. Ist wieder alles in Ordnung?«

»Ja«, sagte ich. »Wie geht es Alejandro?«

»Mutter hat ihn im Gefängnis besucht. Dem armen Kerl geht es ganz schön dreckig.«

»Das tut mir ehrlich leid, Isa.«

»Danke. Aber du wolltest dich bestimmt wegen deiner geplanten Investitionen erkundigen, nicht wahr? Kleinen Moment, ich gebe dir unseren Fachmann.« Kurze Pause, dann meldete sich Jean Pierre. »Hallo, Theresa. Also, ich habe die Finanzlage der Unternehmen überprüft, in die du investieren wolltest. Du hattest recht mit deiner Vorsicht. Ich würde dir dringend davon abraten, auch nur einen müden Peso in diese Firmen zu stecken. In den letzten ein, zwei Jahren sind sie tief in die roten Zahlen geraten. Wie es aussieht, hat die Muttergesellschaft sich zu sehr auf ihren Lorbeeren ausgeruht. Ich bin sicher, der Hauptaktionär und seine Familie haben empfindliche Verluste hinnehmen müssen. Und ich will natürlich nicht, daß du dein Geld gewissermaßen in ein sinkendes Schiff steckst.«

»Der Hauptaktionär ist Gomez Arias, nehme ich an«, sagte ich.

»So ist es.«

»Und wie ist er in diese Schwierigkeiten geraten? Baut jemand bessere Windmühlen als er?«

»Nicht nur bessere, sondern auch billigere, falls man den Gerüchten glauben darf. Und, offen gesagt, ist die Nachfrage nach diesen Mühlen heutzutage nicht mehr allzu groß. Der Markt schrumpft. Kommt hinzu, daß die anderen Firmen unter dem Wertverlust des Peso leiden, vorsichtig ausgedrückt. In Insiderkreisen heißt es, daß die Unternehmen in ernsten Schwierigkeiten stecken. Und ob diese Gerüchte stimmen oder nicht – auf jeden Fall haben sie Einfluß auf die Aktienkurse.«

»Verstehe. Hast du auch die Aufsichtsräte der drei Unternehmen genauer unter die Lupe genommen?«

»Ja, habe ich. Abgesehen vom Hauptaktionär und seiner Tochter tauchen nur wenige Namen in allen drei Firmen auf. Aber keiner dieser Namen sagt mir etwas.«

»Und die Direktoren?«

»Da gilt das gleiche.«

»Du bist ein Schatz, Jean Pierre. Danke.«

»War mir ein Vergnügen. Moment, Isa möchte dich noch mal sprechen.«

Isa kam wieder an den Apparat. Ich konnte hören, wie Santiago sich im Hintergrund mit irgend jemandem stritt, wahrscheinlich mit Martinez. Es war ein ziemlich lautstarkes Gespräch. Ich vermutete, daß Martinez mein Verschwinden entdeckt hatte und seinen Zorn nun an Santiago ausließ.

»Paß auf dich auf, Theresa«, sagte Isa. »Und ruf mich wieder an, sobald du Gelegenheit hast.«

»Mache ich. Und vielen Dank, Isa, dir und deiner ganzen Familie. Hoffentlich habe ich euch keinen allzu großen Ärger mit diesem Widerling Martinez eingehandelt.«

»Wir kommen schon klar. Bis dann«, sagte sie und legte auf.

Ich ging zurück zum Tisch, setzte mich, trank mein Bier aus und lauschte der Country-&-Western-Musik, die aus den Lautsprechern dröhnte. Die Kellnerin ging mit einer Kanne Kaffee herum, und ich ließ mir eine Tasse einschenken.

Als ich trank, erschien ein weiterer Baseballmützen-Typ mit Cowboystiefeln und zog sich einen Stuhl an den Tisch neben dem meinen. Dann erzählte er seinen Kumpanen aufgeregt vom Karnevalszug und dem Einsatzkommando der Bundespolizei.

»Das hättet ihr sehen müssen. Da waren Burschen in dem Zug, die sich wie Indio-Rebellen verkleidet hatten. Kurz darauf kommen die Bullen angesaust. Die haben diese Typen offenbar für echt gehalten. Vielleicht waren sie's sogar. Gerade, als ich dachte, jetzt schnappen die Cops sich diese Kerle, verschwinden sie in dunklen Seitenstraßen, genauso wie damals der Vietkong in den Reisfeldern. Die hatten wirklich was drauf, diese Typen!«

Die anderen Männer am Tisch waren beeindruckt. »Ich hab' gehört«, sagte einer von ihnen, »daß es draußen in den Wäldern echte Guerillatruppen gibt, die für 'ne große Revolution ausgebildet werden. Sie nennen sich Kinder des Sprechenden Kreuzes. Hängen irgendwie mit den Zapatistas zusammen. 'ne gefährliche Bande.«

Alle nickten einvernehmlich. Ich stellte mir Alejandro vor, wie er im Dschungel zum Guerillakämpfer ausgebildet wird, und hätte beinahe laut gelacht. Ich war froh, als die Feierabendkrieger am Nebentisch sich auf den Weg machten.

Einer der anderen Gäste ging zur Jukebox. Augenblicke später erklang wieder Country & Western.

Ich bin kein besonderer Fan von Country-Musik. Ich mache mir nicht viel daraus. Doch heute abend bekam ich bei den Klängen dieser Musik Heimweh. Ich sehnte mich nach meinem kleinen Häuschen, nach meiner Familie, nach Alex, nach meinen Freunden, nach meiner Katze.

Ich bestellte einen Xtabentun, den yukatekischen Bienenhoniglikör, dann noch einen. Wenn ich nicht aufpaßte, endete ich heute abend als unglückliche betrunkene Frau. Niemand sprach mit mir; niemand schenkte mir Beachtung. Dieses Lokal schien zu jenen Treffpunkten zu zählen, die nur von Stammgästen besucht wurden. Fremde wie ich wurden zwar neugierig gemustert, aber nicht weiter beachtet.

Ich dachte an die Familie Ortiz. Sie waren ein großes Wagnis eingegangen, als sie sich mit mir am Telefon unterhielten, obwohl Martinez bei ihnen war. Doch sie hatten sich offensichtlich zuvor genau überlegt, was sie zu mir sagen sollten, und sie hatten die Sache mit viel Schwung und Bravour durchgezogen. Sie waren wunderbare Freunde.

Dann schweiften meine Gedanken zu den Gomez, die ein Leben in Luxus und Überfluß führten – aber wie lange noch? Vielleicht lebten sie jetzt schon vom Vermögen der Strattons, der Familie Sheilas. Falls dem so war, sollte Montserrat lieber versuchen, ein bißchen freundlicher zu ihrer Stiefmutter zu sein.

Oder war der Raub der Maya-Antiquitäten aus der Familiensammlung der Gomez nur vorgetäuscht? Ein Versicherungsbetrug? Aber warum? Ich zweifelte keine Sekunde daran, daß es ein schwerer Schlag für Gomez Arias wäre, müßte er sich von irgendeinem Stück aus seiner Sammlung trennen. Aber wenn er in finanziellen Schwierigkeiten steckte, wieso verkaufte er nicht einen oder zwei Matisse? Vom Verkaufserlös hätten die meisten von uns ein sorgenfreies Leben führen können.

Doch alle diese Überlegungen brachten mich keinen Schritt weiter auf meiner Suche nach dem schreibenden Kaninchen; allenfalls führte es mich ein bißchen näher an mögliche Motive für die Ermordung Don Hernans heran.

Schließlich, gegen drei Uhr in der Frühe, machte ich mich auf den Rückweg zu meinem gräßlichen Hotel, von Selbstmitleid erfüllt. Es war ein deprimierender Tag gewesen – ein Cib, einer der unglückbringenden Tage im Kalender der Maya, ein Tag der Eule – jene Vögel, die mit den Fürsten der Finsternis in Verbindung gebracht werden. Heute hatten die Herren von Xibalba eindeutig die Oberhand behalten.

# Caban

In dieser Nacht fand ich kaum Schlaf. Und wenn ich doch für kurze Zeit einschlummerte, träumte ich von riesigen Kakerlaken, die auf mich zukamen. Das hat man nun davon, wenn man zu viel Xtabentun intus hat.

Ich stand früh auf, und nach einer weiteren Katzenwäsche am Waschbecken in meinem Zimmer – den Zustand der Badewanne im Waschraum auf dem Flur möchte ich lieber nicht genauer beschreiben – packte ich meine spärlichen Habseligkeiten zusammen und verließ dieses gastliche Haus. Der Hotelangestellte hinter dem Empfangsschalter schaute nicht einmal auf, als ich ihm die Schlüssel reichte. Wer in einer solchen Wanzenbude arbeitet, lernt wahrscheinlich mit der Zeit, daß es besser ist, sich die Gäste lieber gar nicht erst anzuschauen.

Die Straßen waren still; nur ein paar bemitleidenswerte Straßenkehrer hatten sich bereits darangemacht, den Müll zusammenzufegen, der von den Feiern der vergangenen Nacht übrig geblieben war. Die meisten Einwohner von Valladolid lagen noch in den Betten, ruhten sich vom Trubel aus und würden wohl erst in ein paar Stunden aus den Federn steigen.

Ich blieb an einer Straßenecke stehen, als ein Lieferwagen herangefahren kam, und beobachtete, wie ein junger Mann einen Packen Zeitungen in die ungefähre Richtung eines Kiosks schleuderte. Sofort fuhr der Lieferwagen weiter.

Es war eine Zeitung aus Mérida, wie mir ein Blick verriet. Da der Kiosk noch nicht geöffnet hatte, zog ich die oberste Zeitung aus dem verschnürten Packen und legte zwei Münzen auf den Stapel. Dann schlenderte ich, die Zeitung unter dem Arm, zu einem kleinen Lokal, das bereits geöffnet hatte, und bestellte ein Kännchen Kaffee. Während ich wartete, schlug ich die Zeitung auf.

Der Artikel auf der Titelseite befaßte sich wieder einmal mit den Kindern des Sprechenden Kreuzes, doch zu meinem Entsetzen stand dort auch eine ganze Menge über mich. ›Hauptzeugin aus polizeilichem Gewahrsam geflüchtet‹ stand dort, und daß die Polizei auf der ›fieberhaften Suche‹ nach mir sei. Sie hatten sogar ein Bild von mir veröffentlicht, eine schlechte Kopie meines Paßfotos. Glücklicherweise besaß ich eine nur flüchtige Ähnlichkeit mit der Frau auf dem Foto, so daß ich mir keine allzu großen Sorgen machen mußte, anhand dieses Bildes erkannt zu werden.

Doch die Personenbeschreibung war ziemlich genau. Sie stammte von der Reinmachefrau an der Busstation in Mérida, wie ich erfuhr. Die Frau hatte in den leuchtendsten Farben geschildert, wie sie mich im Waschraum gesehen hatte, ›über und über mit Blut bedeckt‹. Sie hatte erzählt, wie sie mir geholfen hatte, mich sauberzumachen, wobei ihr nicht einmal der Gedanke gekommen sei, eine flüchtige Verbrecherin vor sich zu haben. Der Reporter machte Andeutungen, das Blut stamme von einer ›noch unbekannten, aber eindeutig grauenhaften Tat‹ und warf die Frage auf, in wessen Blut ich ›die Hände getaucht‹ hätte.

Wäre es das Blut eines anderen Menschen gewesen, hätte ich natürlich weder das Jod noch den Verband gebraucht, was dem Reporter aber entgangen zu sein schien. Oder er hatte es auf eine reißerische Story abgesehen, was wahrscheinlicher war.

Jedenfalls wurde ich als ›geheimnisvolle Frau in Schwarz‹ bezeichnet, und meine Größe und andere Äußerlichkeiten wurden bis ins kleinste beschrieben. Falls einer der Cowboys im Pajaros des Spanischen mächtig war, hatten er und seine Kameraden auf Wochen hinaus Gesprächsstoff, wenn sie diesen Artikel lasen.

Bis zu meiner Verabredung am Taxistand mußte ich noch ein paar Stunden totschlagen. Wenngleich ich nicht wußte, ob Major Martinez bereits herausgefunden hatte, daß ich mich in Valladolid aufhielt, ging ich vorsichtshalber davon aus und beschloß, mich so unauffällig wie möglich zu verhalten.

Ich machte mich auf den Weg zum Marktplatz – für gewöhnlich eine Gegend, die gut dazu geeignet ist, unterzutauchen. Die Bauern, die sich von dem Karnevalstrubel fernhielten, hatten bereits ihre Stände errichtet und priesen lautstark ihre Waren an. Ich ging mit schnellen Schritten zwischen den Ständen hindurch. Niemand schien besondere Notiz von mir zu nehmen. Ich kaufte mir einen Strohhut mit breiter Krempe und zog ihn mir tief über den Kopf. Ich trug Jeans und ein Wollhemd, konnte also davon ausgehen, ganz und gar nicht wie eine ›geheimnisvolle Frau in Schwarz‹ auszusehen, sondern wie eine normale Touristin.

Von Zeit zu Zeit sah ich einen Polizisten auf dem Marktplatz und in den umliegenden Straßen, ging aber unverdrossen weiter, hielt mich aus dem Sonnenlicht und versuchte, mich so unauffällig wie möglich zu verhalten.

Gegen elf Uhr vormittags schlenderte ich langsam in Richtung Taxistand, machte einen Umweg und achtete sorgsam darauf, nicht zu hastig um Straßenecken zu biegen und womöglich direkt in die Arme des Gesetzes zu laufen.

Als ich mich dem Taxistand näherte, blieb ich kurz im Schatten eines Türeingangs stehen und ließ den Blick über die Fahrer und Wagen schweifen. Der Fahrer, der mich erwartete, war bereits an Ort und Stelle und stritt sich immer noch – oder schon wieder – mit seinem jüngeren Bruder. Alles sah normal und unverdächtig aus.

Ich wollte gerade aus dem Dunkeln hervortreten und zum Taxi gehen, als ich das Heulen von Sirenen hörte. Ein Polizeifahrzeug hielt an der Bushaltestelle, nur wenige Meter vom Taxistand entfernt. Major Martinez höchstpersönlich sprang aus dem Wagen. Es hatte ganz den Anschein, als könnte er ein tüchtiger Ermittler sein, wenn er nur wollte.

Ich änderte rasch die Richtung, entfernte mich vom Taxistand, sah dann aber eine Gestalt, die mir vom anderen Ende der Straße entgegenkam und die ich auf Anhieb erkannte.

Ich duckte mich in einen Hauseingang und drückte mich so tief in den Schatten, wie ich nur konnte. Nach ungefähr einer Minute kam Lucas May an mir vorbei, offensichtlich, ohne mich bemerkt zu haben. Ich wartete, bis er um eine Ecke gebogen war; dann rannte ich in entgegengesetzter Richtung davon.

Ich kam über den kleinen Platz, auf dem ich schon am Abend zuvor gewesen war, und eilte am Pajaros vorüber, dem Ausländerlokal, das um diese Zeit geschlossen hatte. Dann bog ich in eine enge Seitengasse ein, ohne zu wissen, in welche Richtung ich mich bewegte.

Die Gasse mündete in eine Hauptstraße. Ich winkte ein Taxi herbei und wies den Fahrer an, mich an den einzigen Ort zu bringen, an dem ich mich halbwegs sicher fühlte.

Fast eine Stunde später hielt das Taxi vor Jonathans kleinem Haus, und ich zahlte und eilte zur Tür. Esperanza öffnete mir. Sie machte einen aufrichtig erfreuten Eindruck, als sie mich sah, und führte mich über den Flur und am Schlafzimmer vorbei zu dem kleinen Büro, in dem Jonathan arbeitete.

»Lara!« rief er, als er mich sah. »Wie schön, dich zu sehen«, sagte er. »Ich hatte gehofft, du würdest zu mir kommen.«

Kurze Zeit später hatte Esperanza meine sämtliche Kleidung zum Waschen mitgenommen, während ich ein heißes Schaumbad genoß. Jonathan kam zu mir herein, brachte mir einen Cognac – »Für einen Rémy Martin ist es nie zu früh«, sagte er – und setzte sich auf den Wannenrand, während ich mich einseifte.

Sauber und erfrischt saß ich einige Zeit später in einem

weißen Frottee-Morgenmantel mit Jonathan im Wohnzimmer. Es war früher Nachmittag, und das grelle Sonnenlicht fiel durchs Fenster.

Plötzlich erhob Jonathan sich aus dem Sessel, kam zu mir herüber, kniete sich neben das Sofa und nahm meine Hand.

»Ich würde dir wirklich gern helfen, Lara. Aber du mußt dich mir anvertrauen. Ich weiß nicht, gegen was oder wen ich eigentlich kämpfen soll. Und das muß ich wissen, sonst *kann* ich dir nicht helfen.«

»Ich werde dir alles erzählen, Jonathan, ich versprech's. Aber ich weiß nicht, wie ich beginnen soll.«

»Erzähl mir einfach alles von Anfang an«, sagte er.

»Ich glaube, alles hat mit dem Anruf angefangen, den ich von Don Hernan bekommen habe... als er mich bat, hierher nach Mexiko zu kommen, um ihm bei einer Suche zu helfen... bei der Suche nach irgend etwas, das von einem Kaninchen geschrieben wurde, so verrückt es sich anhört. Seit diesem Anruf habe ich herauszufinden versucht, was Don Hernan damit gemeint haben könnte. Ich glaube, er meinte damit einen Kodex in Hieroglyphenschrift, wie ich dir vor ein, zwei Tagen schon sagte. Aber ich habe keine Ahnung, wo dieses Buch ist oder wie ich es finden kann. Ich weiß nur, daß zwei Menschen getötet wurden... und mindestens einer der beiden wurde wegen dieser rätselhaften Sache ermordet.«

»Hast du einen Verdacht, wer Don Hernan ermordet hat?«

»Alle Spuren scheinen zu Diego Maria Gomez Arias zu führen. Er und Don Hernan hatten einen Streit. Es ging um das Besitzrecht an Maya-Artefakten. Soviel ich weiß, steckt Gomez Arias in großen finanziellen Schwierigkeiten. Und für einen Maya-Kodex kann man zweifellos jeden Preis verlangen, zumindest in bestimmten Kreisen. Und offen gesagt... ich habe den Eindruck, daß Gomez Arias zu jenen Leuten zählt, die ein solches Geschäft machen würden.«

»Auf eigene Faust, meinst du? Ohne Mitwisser?«

»Nein, ich glaube nicht. Er ist nicht der Typ, der eine so

schmutzige Arbeit allein macht. Würde mich jemand fragen, wer sein Komplize ist – ich würde auf Major Martinez tippen. Aber das mag daran liegen, daß ich den Kerl nicht ausstehen kann. Aber vielleicht ist Gomez Arias' Komplize eine Person, die dir sehr nahe ist, Jonathan«, sagte ich und spielte auf Lucas an.

Jonathan blickte mich erstaunt an. »Dann wäre es wohl das beste, zuerst einmal diesen Kodex zu suchen«, erwiderte er bedächtig.

»Genau das versuche ich ja. Ich habe in Don Hernans Kleidung einen Papierschnipsel gefunden, der wahrscheinlich von einer Busfahrkarte nach Valladolid stammt. Also bin ich dorthin gefahren und ...«

»Und?«

»Und dann ... und dann ... Jonathan«, sagte ich, »ich bin schrecklich müde. Laß mich erst ein paar Stunden schlafen, bevor wir darüber reden, ja?«

»Natürlich, Lara. Tut mir leid, daß ich dich so sehr mit Fragen gelöchert habe. Wie dumm von mir.« Er erhob sich und zog mich vom Sofa. »Komm, ich bringe dich ins Schlafzimmer. Wir reden später weiter.«

Erst jetzt fiel ihm die Schnittverletzung an meiner Hand auf. »Wie ist denn das passiert?« fragte er.

»Später, Jonathan«, brachte ich mühsam hervor, denn mit einem Mal überkam mich die Müdigkeit mit aller Macht. »Später.«

Er führte mich ins Schlafzimmer und legte mich ins Bett. Es war so weich und weiß und sauber, daß ich vor Dankbarkeit hätte weinen können. Augenblicke später merkte ich bereits, wie ich in Schlaf versank.

»Sag keinem, daß ich hier bin«, murmelte ich. »Besonders nicht Lucas.«

»Du kannst dich ganz auf mich verlassen«, versprach er.

Dann weiß ich nur noch, daß seine Lippen über meine Wange strichen, und mit dem Gedanken, diesen Mann mit der Zeit ehrlich und aufrichtig lieben zu können, fiel ich in tiefen Schlaf.

Ich erwachte am späten Nachmittag. Der Himmel im Westen färbte sich bereits blutrot. Im Haus herrschte vollkommene Stille. Ich schwang mich aus dem Bett, ging in die Küche und sah meine Kleidung, gewaschen und gebügelt, auf einem Stuhl liegen. Auf der Anrichte entdeckte ich eine Nachricht von Jonathan.

*Es gibt wieder Schwierigkeiten an der Grabungsstätte,* stand auf dem Zettel. *Bin rechtzeitig zum Abendessen zurück. Dann unterhalten wir uns weiter. Bis nachher! Jonathan.*

Ich schaute im Kühlschrank nach und entdeckte kaltes gebratenes Hühnchen und eine Flasche sehr guten Weißwein. Doch bevor ich aß, ging ich unter die Dusche und zog meine saubere Wäsche an.

Beim Essen überlegte ich mir, daß ich die Zeit bis zu Jonathans Rückkehr genausogut damit verbringen konnte, meine Suche weiterzuführen. Ich ging in Jonathans Arbeitszimmer, in dem sich eine ansehnliche kleine Bibliothek mit Büchern über die Maya befand, wie mir zuvor bereits aufgefallen war. Dann nahm ich das Blatt Papier hervor, auf das ich die Kritzeleien von Don Hernan übertragen hatte, und machte mich auf die Suche nach den zwei Maya-Schriftzeichen.

Ich entdeckte ein Buch über die Hieroglyphenschrift der Maya, das ich aus meiner Studienzeit kannte. Es dauerte nicht lange, und ich hatte das erste Schriftzeichen entdeckt, die Glyphe über der Zeichnung des Maya-Kriegers. Es war das Symbol für ›Rauchender Frosch‹, ein *ahau* oder Adeliger aus Tikal, der für seinen König, ›Große Jaguartatze‹, einen Feldzug gegen die rivalisierende Stadt Uaxactún geführt hatte.

Dieser Feldzug war für die Maya eine neue Art der Kriegführung gewesen; es war eine bewaffnete Auseinandersetzung, bei der sehr viel auf dem Spiel gestanden hatte. Denn zum erstenmal wurden die Besiegten nicht bloß erniedrigt und gefangengenommen – diesmal übernahm der Sieger das Königreich des Besiegten. Das Heer Tikals eroberte Uaxactún am 16. Januar 378, und Rauchender Frosch wurde zum neuen König gekrönt. In der Folgezeit wurde Tikal zu einer der mächtigsten und reichsten Städte der klassischen Epoche in der Geschichte der Maya. Der Einfluß Tikals auf die Künste, die Architektur und vor allem auf die Rituale der Maya war immens. In mancher Hinsicht markierte der Aufstieg Tikals den Beginn der großen Maya-Kultur, wie wir sie kennen.

Um das zweite Schriftzeichen zu finden, brauchte ich ein bißchen länger. Doch als ich es entdeckte, ließ ich mich vor Erstaunen in den Schreibtischstuhl fallen und atmete tief durch. Das Schriftzeichen, das mich an ein großes *U* erinnert hatte – zwei in die Höhe gestreckte Arme im oberen Teil der Zeichnung, zwei ineinander verschlungene Drachen- oder Schlangenwesen im unteren –, war das Symbol für den Schlund von Xibalba, den Eingang zur Unterwelt, der als Schädel einer skelettierten Kreatur mit aufklaffendem Maul betrachtet wurde. Hier befand sich nach dem Glauben der Maya jene Stelle, wo unsere Welt und die Xibalbas aufeinandertreffen. Es hieß, daß man das Reich der Fürsten von Xibalba betrat, sobald man durch ein Tor schritt, auf dem sich dieses Symbol befand.

Ich zog die Schublade auf und suchte nach einem Schreibblock und einem Stift, um mir Notizen zu machen. Dabei entdeckte ich die Scherbe eines Gefäßes aus Terrakotta, in Baumwolle und feines Papiertuch gewickelt. Auf der Scherbe befand sich eine hieroglyphische Inschrift. Zu meiner großen Überraschung waren auch das Schriftzeichen für ›Rauchender Frosch‹ sowie die Glyphe für den Schlund von Xibalba auf der Scherbe zu sehen. Das Wörterbuch mit den Maya-Hieroglyphen in der einen Hand, die Tonscherbe in der anderen, versuchte ich, die Inschrift zu entziffern.

Ich kann nicht behaupten, daß ich sofort auf die richtige

Lösung kam. Doch immerhin fand ich heraus, daß die Schriftzeichen von einem Schreiber namens Rauchender Frosch in das Tongefäß geritzt worden waren, bevor es gebrannt wurde. Aber es war nicht der berühmte Krieger aus Tikal, sondern ein Mann, der zur Zeit der spanischen Eroberung gelebt hatte.

Und dieser Mann, der Schreiber mit Namen Rauchender Frosch, versuchte, das ›Uralte Wort‹ zu schützen, wie er es nannte. Wahrscheinlich verstand er darunter die Geschichte, die Mythologie oder die Rituale der Maya. Und er versuchte, diese Überlieferungen dadurch zu schützen, indem er das ›Uralte Worte‹ in den ›Höhlen von Itzá‹ versteckte, wie er schrieb, am Tor zur Unterwelt.

Lange Zeit saß ich im Arbeitszimmer und beobachtete, wie die Schatten länger wurden, während die Sonne tiefer sank.

Dann hörte ich, wie sich ein Wagen näherte. Bestimmt war es Jonathan. Endlich! Ich ging zum Fenster des Arbeitszimmers und beobachtete, wie der Fahrer den Jeep parkte. Doch nicht Jonathan stieg aus, sondern Lucas.

Das Herz schlug mir bis zum Hals, als ich mir meine Schultertasche schnappte und das Haus durch die Glastüren im rückwärtigen Teil des Gebäudes verließ. Ich rannte am Swimmingpool vorbei, schlüpfte durch eine Lücke in der Hecke, gelangte auf einen staubigen Fahrweg und rannte ihn entlang.

Ich blieb erst stehen, als ich völlig außer Atem war; dann tauchte ich in den Sträuchern am Rand des Fahrwegs unter und wartete, vor Angst beinahe gelähmt, ob Lucas mich bemerkt hatte und mir gefolgt war.

Erst als es völlig dunkel war und es keinerlei Anzeichen dafür gab, daß jemand auf meiner Fährte war, kroch ich auf den Fahrweg zurück und ging in Richtung der alten Schnellstraße. Dort reckte ich wie eine Anhalterin den Daumen in die Höhe und hatte Glück. Ein Wagen hielt, und der Fahrer erwies als ein sehr freundlicher Mann namens Renaldo Salinas. Ich sagte ihm, daß ich nach La Huaca de Chac müsse – der Ortsname, der beim Streit zwischen den Brüdern am Taxistand gefallen war.

Salinas erwiderte, bis dorthin sei es nicht weit; freundlicherweise nahm er sogar einen kleinen Umweg in Kauf und fuhr eine Straße hinunter, an der ein Schild mit der Aufschrift ›KEINE AUSFAHRT‹ stand.

Als ich schließlich ausstieg, fand ich mich in einem kleinen Ort wieder, nicht weit von Jonathans archäologischer Grabungsstätte entfernt. Über der einzigen Straße brannte eine helle Bogenlampe, und es gab nur wenige Gebäude, darunter eine kleine Cantina und einen Gemischtwarenladen, der geschlossen hatte.

Ich ging in die Cantina, wo die Frau des Eigentümers, die sich mir als Guadelupe vorstellte, mir eine selbstgekochte Mahlzeit anbot – *panuchos*, Tortillas mit Huhn und gebratenen Bohnen –, dazu ein Glas kühles Bier. Ich zeigte Guadelupe das Foto von Don Hernan. Sie erkannte ihn auf Anhieb.

»Ja, dieser Mann war hier bei uns, vor ungefähr einer Woche«, sagte sie. »Ein sehr netter Herr. Er hat Arturo, meinem kleinen Jungen, ein paar Pesos gegeben und war sehr freundlich zu ihm. Er hat ziemlich lange draußen auf der Veranda gesessen. Ich habe gar nicht gesehen, wie er gegangen ist.«

»Könnten Sie mir sagen, wo ich hier wohnen kann, Guadelupe? Ich bin müde ... und ein bißchen hilflos. Kennen Sie vielleicht eine Pension oder ein Hotel, das nicht zu teuer ist?«

Sie wies mit der Hand zum hinteren Teil des Lokals, und ich folgte ihr durch die Küche. Wir überquerten einen kleinen Hof – ich konnte Orangen riechen –, und schließlich führte Guadelupe mich in eine kleine *na*, eine Holzhütte mit Palapa-Dach. Im Inneren der Hütte gab es eine Hängematte, ein Waschbecken und ein paar Handtücher. Alles war peinlich sauber.

Der Preis, sagte Guadelupe, betrage zwanzig Pesos; darin eingeschlossen war ein Frühstück am nächsten Morgen. Das

Bad befand sich im Hauptgebäude, auf der anderen Seite des Hofes, gleich neben der Küche. Ich nickte, und Guadelupe reichte mir zufrieden ein paar Kerzen und eine Schachtel Streichhölzer und ging davon.

Kurz darauf lag ich in der Hängematte und starrte hinauf zum Palapa-Dach.

Ich hatte das seltsame Gefühl, bereits alles zu wissen, was es zu wissen gab. Daß irgendwo in meinem Inneren das Wissen schlummerte, wo der Kodex zu finden war, und daß sich mir offenbaren würde, wo er sich befand, wenn ich nur angestrengt genug darüber nachdachte.

Heute war Caban, ein sehr machtvoller Tag im Kalender der Maya, ein Tag, der mit Erdbeben in Verbindung gebracht wurde. Vielleicht sorgten die geheimnisvollen Kräfte dieses Tages auch dafür, daß ich endlich die Lösung des Rätsels fand.

Und so lag ich da und wartete darauf, daß der Nebel sich lichtete und den Blick auf die Wahrheit freigab. Ich war sicher, in der Hängematte sowieso nicht schlafen zu können. Doch bald darauf schlief ich – und träumte.

Ich renne durch den Wald, verfolge wieder einmal ein riesiges Kaninchen. Diesmal sehe ich, daß es ein Buch bei sich hat, einen Kodex, auf dessen Einband das Namens-Schriftzeichen von Rauchender Frosch steht.

Gerade, als ich das Kaninchen ergreifen will, gelangen wir an ein Portal, an dem das Symbol für das Tor zur Unterwelt, für den Schlund Xibalbas, eingemeißelt ist. Es sieht seltsam aus, dieses Portal: wie ein Türeingang mitten auf einem einsamen Waldweg. Das Kaninchen und ich rennen hindurch.

Und dann falle ich in eine unergründliche Schwärze, und Stimmengewirr ist um mich herum, so daß ich kein Wort verstehen kann. Der Wind heult in meinen Ohren.

Aus der Höhe beobachten mich zwei Gestalten, die Umhänge mit Kapuzen tragen. Die eine Gestalt hat das Gesicht und die leuchtend bunten Schwanzfedern eines Ara – ein Vogel, der häufig zum Kopfschmuck der Fürsten von Xibalba gehört. Die andere Gestalt besitzt das Gesicht einer Eule, eines Totenvogels; eines der wenigen Wesen, die den Fürsten der Finsternis nach ihrer Niederlage gegen die Heldenzwillinge die Treue hielten und sie weiterhin verehrten.

Ich stürze tiefer und tiefer in die Finsternis, und diesmal schlage ich auf dem Boden auf. Ich befinde mich in einer tintigen Schwärze und vermag kaum zu sagen, wo oben und unten ist, rechts und links.

Ich weiß, daß irgend jemand ganz in meiner Nähe ist, oder irgend etwas, doch aus irgendeinem Grund habe ich keine Angst.

Ein kaum wahrnehmbarer Lichtschimmer zeigt mir, daß ein schwarzer Jaguar mich beobachtet. Und nun sehe ich, daß das schwache, unirdische Licht, in dem ich das Tier erkennen kann, von seinen Augen ausgeht.

Der Jaguar bewegt den Kopf in einer Geste, die besagt: »Folge mir.« Und ich gehe hinein in die Finsternis.

Als ich erwachte, brauchte ich einen Augenblick, um in die Wirklichkeit zurückzufinden. Ich wurde von einem Lieferwagen geweckt, der mit defektem knatterndem Auspuff lärmend zur Cantina gefahren kam.

Ich ging zur Tür meiner kleinen Hütte und schaute zum Hauptgebäude hinüber.

Die Cantina hatte inzwischen geschlossen; über der Hintertür brannte nur eine Lampe.

Guadelupe hatte mir erzählt, daß ihr Mann einen Zweitjob angenommen habe, weil sie sonst nicht über die Runden kämen, und daß sie ihn sehr spät zurückerwarte. Ich sah, wie im Lokal kurz eine Lampe aufflammte und dann wieder erlosch; dann leuchtete ein Licht im Waschraum gleich neben dem Lokal auf.

Ich vermutete, daß der Eigentümer von seinem Zweitjob nach Hause gekommen war.

Es dauerte eine Weile, bis ich wieder in meine Hängematte stieg und zu schlafen versuchte. Lange Zeit hatte ich im Türeingang gesessen und hinauf zu den Millionen von Sternen des südlichen Himmels geblickt. Es kam mir so vor, als würde diese funkelnde Pracht nur ein paar Meter über meinem Kopf schweben.

Ich wußte nicht, was mein Traum zu bedeuten hatte... all diese seltsamen Wesen, und der Sturz in die Finsternis. Doch eines hatte der Traum mir deutlich gemacht: Was ich suchte, war direkt vor meiner Nase. Und nicht erst jetzt. Es war dort schon die ganze Zeit gewesen.

# Etz'Nab

Und wie, und von wem, werden die Fürsten der Finsternis besiegt? Von jemandem, dessen Herz und Geist rein sind und der allen Versuchungen widersteht, um den Sieg davonzutragen? Oder von einem großen Krieger, der die Ungeheuer tötet und die Welt rettet? Oder von jemandem, der sein Leben gibt, auf daß die anderen verschont bleiben?

Nichts von alledem. Die Fürsten der Finsternis werden von zwei hergelaufenen Tänzern und Zauberern bezwungen, und nicht durch Opferbereitschaft und Heldenmut, sondern durch Gerissenheit und Schwindeleien.

Als die Bewohner Xibalbas überzeugt sind, daß sie ihre Feinde, die Heldenzwillinge, endgültig vernichtet haben, beschließen sie, zwei Vagabunden zu sich zu rufen, von denen erzählt wird, daß sie erstaunliche Zauberkunststücke vollbringen können.

Weil es sie nach Zerstreuung verlangt, befehlen die Bewohner der Unterwelt die beiden zu sich, auf daß sie ihre Künste zeigen. Die Vagabunden aber zögern. Sie erklären, daß sie zu unbedeutend seien, um vor den Herren von Xibalba aufzutreten. Doch letztlich müssen sie gehorchen. Sie weigern sich jedoch, ihre Namen preiszugeben.

Und so erscheinen die Vagabunden vor den Fürsten der Finsternis. Sie tanzen den Tanz der Nachtschwalbe, den Tanz des Wiesels, den Tanz des Gürteltieres.

Sie setzen ein Haus in Brand und bauen es durch Zauberkräfte wieder auf. Sie töten einen Hund und erwecken ihn wieder zum Leben. Die Fürsten der Finsternis sind begeistert, und nun fordern sie ein Menschenopfer. Ein Mann wird ausgewählt; das Herz wird ihm aus dem Leib geschnitten. Doch auch ihn rufen die Vagabunden wieder ins Leben zurück. Es braucht wohl nicht betont zu werden, daß der Mann überglücklich ist.

Doch selbst dieses Kunststück genügt den Herren von Xibalba nicht. Sie verlangen, daß die Vagabunden selbst ihr Leben opfern. Also töten sich Ixbalanqué und Hunahpú (denn die Vagabunden sind natürlich die Heldenzwillinge, die noch immer – oder schon wieder? – am Leben sind) und kehren dann aus dem Totenreich zurück.

Daraufhin verlangen die Fürsten der Finsternis, daß die Vagabunden sie an den Zauberkunststücken teilhaben lassen. Auch sie wollen geopfert und wieder zum Leben erweckt werden. Der erste Tod, der höchste Fürst von Xibalba, und der siebente Tod treten vor.

Als erster wird der oberste Fürst getötet, der erste Tod. Doch die Vagabunden erwecken ihn nicht wieder zum Leben. Der siebente Tod fleht um Gnade, doch auch er wird geopfert. Und nun ducken die anderen Fürsten sich furchtsam vor den beiden Magiern, worauf die Heldenzwillinge sich zu erkennen geben.

Die Niederlage der Fürsten von Xibalba ist besiegelt.

Als ich erwachte, hatte ich ein sehr seltsames Gefühl. Es kam mir so vor, als würde das Zimmer schwanken, und ich konnte heißen Atem auf dem Gesicht spüren. Es war eine seltsame und beängstigende Empfindung, doch als ich die Augen aufschlug, erkannte ich, was los war. Der kleine Arturo starrte mich aus nächster Nähe an und schaukelte dabei die Hängematte hin und her. Zum erstenmal seit Tagen mußte ich lachen – so laut und so von Herzen, daß der kleine Kerl erschreckt in eine Ecke der Hütte flüchtete.

Kurz darauf erschien Guadelupe, um nach mir zu sehen, und schimpfte mit Arturo, daß er mich gestört hätte. Ich erklärte Guadelupe, daß alles in Ordnung sei und daß ich hinüber in die Cantina käme, um eine Tasse Kaffee zu trinken.

Es dauerte nicht lange, bis ich die Hütte verlassen konnte. Ich hatte natürlich in meinen Sachen geschlafen, denn ich hatte nichts anderes dabei. Ich hoffte, mir im Gemischtwarenladen des Dorfes das Nötigste kaufen zu können.

Ich war zu unruhig, als daß ich draußen auf der Veranda gesehen werden wollte; deshalb trank ich den Kaffee an einem Tisch in der Cantina und aß dazu ein paar Plätzchen. Dann ging ich nach draußen, um mir ein Bild von der Gegend zu machen.

Das Dorf war winzig, aber hübsch und sehr malerisch. Die kleinen Häuser waren kaum mehr als Hütten, machten aber einen sauberen und ordentlichen Eindruck, und die Farben waren wundervoll. Die Fassade des Gemischtwarenladens war in einem leuchtenden Purpur gestrichen; die Mauerränder waren in einem intensiven Rosa abgesetzt. Die Cantina war strahlend blau und ebenfalls mit rosa Mauerrändern verziert.

Die übrigen Häuser waren weiß verputzt, so wie meine kleine Hütte hinter der Cantina. Überall rankten sich Bougainvilleen die Mauern empor, und bei fast allen Häusern hingen Blumenkästen an den Fenstern, in denen blutrote Blüten leuchteten.

Ein Stück die Straße hinunter befand sich ein Dorfbrunnen, an dem die Frauen des Ortes sich zu versammeln schienen. An diesem Morgen war zweifelsohne ich der Gegenstand ihres Interesses.

Außerdem gab es einen Spiel- und Sportplatz. Die älteren Jungen aus dem Dorf vertrieben sich die Zeit mit Volleyball. Sie spielten lustlos, bis ich erschien. Als sie plötzlich einen Zuschauer hatten, wurde das Spiel sehr viel kampfbetonter.

Einer der Jungen – er hieß Carlos, wie ich durch die Zurufe der anderen aufgeschnappt hatte – kam zu mir herüber. Offenbar war er der Anführer der Dorfjungen und somit derjenige, der das Recht hatte, die *gringa* zu fragen, was sie hier zu suchen hatte.

Ich sagte ihm, daß ich bloß Touristin sei, aber sehr gern die Gegend kennenlernen wolle. Carlos blickte angemessen zweifelnd drein.

Dann fragte ich ihn, wie das Dorf zu seinem Namen gekommen sei – La Huaca de Chac.

»Das ist eine Mischung aus Spanisch und Maya«, sagte er wichtigtuerisch. »*Huaca* ist Spanisch und bedeutet soviel wie heiliger Ort, und Chac... na ja, Chac ist der Regengott der Maya. Ein sehr mächtiger Gott. Bis vor kurzem wußte niemand, warum unser Dorf so heißt. Dann haben Archäologen nicht weit von hier eine Höhle mit riesigen Felsbildern von Chac entdeckt. Mein Vater arbeitet an der Ausgrabungsstätte, und er hat mir davon erzählt.

Er sagte, daß unser Volk, die Maya, vor langer Zeit sehr mächtig war und daß es ein großes Reich mit riesigen Städten besaß. Je mehr wir darüber erfahren, hat mein Vater gesagt, um so stolzer können wir sein, daß wir Maya sind.«

Ich sagte dem Jungen, daß ich ganz seiner Meinung sei und dachte an mein Gespräch mit Esperanza zurück, als wir uns darüber unterhalten hatten, daß viele jugendliche Maya ihrem geschichtlichen Erbe den Rücken zukehren.

Doch Carlos hatte recht. Je mehr wir über die Zivilisation der Maya herausfanden, um so eindrucksvoller erwies sie sich. Ein Grund mehr, den Kodex von Rauchender Frosch zu finden. Aber zuerst wollte ich mehr über die Höhle erfahren.

»Was du mir über diese Höhle erzählt hast, diesen heiligen Ort, interessiert mich sehr«, sagte ich. »Können Touristen die Höhle besichtigen? Ist sie für jeden zugänglich?«

»Nein. Und das wird wohl nie so sein«, erwiderte der Junge und senkte die Stimme. »Mein Vater sagt, die Götter sind zornig, daß wir in der Höhle arbeiten.«

»Wie kommt er darauf?« fragte ich.

»Wegen irgendwelcher Sachen«, erwiderte Carlos geheimnisvoll. »Bloß wegen Sachen.« Und damit wandte der Junge sich wieder dem Volleyballspiel zu.

Inzwischen hatte der Gemischtwarenladen geöffnet. Ich ging hinein und wurde von einer Frau namens Maria begrüßt, die sich – genau wie Guadelupe – um das Geschäft kümmerte, während ihr Mann irgendwo arbeitete, um das dürftige Einkommen der Familie aufzubessern.

Ich verbrachte lange Zeit in dem Laden. Zuerst kaufte ich mir Gegenstände für den täglichen Bedarf. Im hinteren Teil des Ladens befand sich ein kleiner Bereich, in dem Toilettenartikel verkauft wurden, so daß ich mir endlich eine Zahnbürste, Zahnpasta und Shampoo besorgen konnte.

Anschließend rüstete ich mich für die Expedition aus, die ich unternehmen wollte. Ich erwarb zwei wasserdichte Planen in Armeetarnfarbe, ein Seil und Taschenlampenbatterien und einen kleinen Kompaß.

In einer staubigen dunklen Ecke des Ladens wurden verschiedene, zum Teil arg ramponierte Sachen aus zweiter Hand zum Verkauf angeboten. Dort entdeckte ich ein altes Armeefernglas in einem braunen Lederfutteral. Eine Linse war verkratzt, und die Schutzkappen für die Objektive fehlten ebenso wie der Trageriemen. Doch alles in allem war der Feldstecher ideal, vor allem preislich: Er kostete mich ungefähr fünf Dollar. Zum Schluß erwarb ich einen ebenfalls gebrauchten Rucksack, der aber noch in halbwegs gutem Zustand war, und verstaute meine Neuerwerbungen darin. Ich war mit meinen Einkäufen zufrieden.

Dann ging ich zur Cantina zurück und fragte Guadelupe, ob ich eine weitere Nacht bleiben könne und ob sie mir für meine Wanderung ein Brötchen machte, eine *torta.* Beide Wünsche wurden mir erfüllt.

Bald darauf wanderte ich durch den Wald, in die ungefähre Richtung der Höhle. Ich wußte nicht genau, wie man dorthin gelangte, und ich wollte auf keinen Fall plötzlich und unerwartet auf die Baustelle stolzieren; deshalb bewegte ich mich vorsichtig voran.

Ich roch den Rauch, noch bevor ich die Stimmen hörte, so

daß ich rechtzeitig in Deckung gehen konnte. Dann schlich ich langsam und so leise ich konnte auf eine kleine Lichtung zu, die ich zwischen den Bäumen erblickte.

Vier Männer saßen im Halbkreis unter einem Felsüberhang. Einer von ihnen, ein älterer Mann, beschäftigte sich mit irgendwelchen Gegenständen. Ich setzte den Feldstecher an die Augen, stellte die Schärfe ein und erkannte, daß der Mann sich an einer Art Altar zu schaffen machte, auf dem Kerzen und tönerne Räucherschalen standen, in denen irgend etwas wie Weihrauch schwelte, vermutlich Kopalharz. Der alte Mann sang leise, während die drei anderen sich unterhielten. Vielleicht brachte er irgendein Opfer dar, denn heute war Etz'nab, der Tag im Kalender der Maya, der mit dem Opfern in Verbindung gebracht wurde.

Die Männer saßen so, daß ich nur drei von ihnen sehen konnte: den Alten, der offenbar als Priester oder Schamane auftrat, einen jungen Burschen, und einen weiteren älteren Mann. Der vierte Mann saß mit dem Rücken zu mir und hatte den Kragen seiner schwarzen Windjacke hochgeschlagen, so daß ich sonst nichts von ihm sehen konnte.

Die Männer unterhielten sich mit gedämpften Stimmen; vermutlich wollten sie die Zeremonie nicht stören, worum es sich dabei auch handeln mochte. Der junge Mann machte einen aufgeregten Eindruck. Seine Stimme war lauter und besser zu verstehen als die seiner Gefährten.

»Es interessiert mich nicht, was ihr sagt«, erklärte der junge Mann. »An diesem Ort geschieht irgend etwas Seltsames. Hier ist's mir nicht geheuer.«

Der ältere Mann machte eine wegwerfende Handbewegung und machte dann auf Kosten seines jungen Gefährten irgendeine scherzhafte Bemerkung, die ich nicht hören konnte, die die beiden anderen Männer aber zum Lachen brachte.

»Es war Blut«, sagte der junge Bursche. »Kein Wasser, kein Schlamm, keine Essensreste. Blut!«

Wieder sagte einer der Männer etwas, das ich nicht verstehen konnte.

»Es war schon dort, bevor Gustavo sich in die Hand geschnitten hat, nicht erst später. Also erzählt mir nichts! Und überhaupt... wie erklärt ihr euch, daß die Kisten sich von selbst bewegen?«

»Die Artefakte sind noch da. Und nur darauf kommt es an.«

»Kisten bewegen sich nicht von selbst«, sagte der junge Bursche.

»Und wer bewegt sie deiner Meinung nach?« fragte der ältere Mann. »Die Fürsten der Finsternis?«

Bei dieser Bemerkung lachten sie alle.

»Vielleicht sind es die Kinder des Sprechenden Kreuzes«, fuhr der ältere Mann fort. »Vielleicht verstecken sie sich nachts in der Höhle, wenn wir nicht darin sind, und stehlen die Artefakte, um sie zu ihrer Sammlung zu geben, die fast schon so groß sein muß wie die im Nationalmuseum.«

Die Gruppe fand diese Bemerkung sehr erheiternd. Der ältere Mann hielt sich vor Lachen den Bauch.

»Die Kinder des Sprechenden Kreuzes sind Hirngespinste«, sagte der dritte Mann. »Phantasiegebilde irgendeines Verrückten. Genauso wie dieser Unsinn über die Kisten, die sich von selbst bewegen oder spurlos verschwinden.« Er schaute seinen jungen Gefährten an. »Oder wie dieser Quatsch mit den geheimnisvollen Blutlachen. Das bildest du dir nur ein.«

Der junge Bursche blickte mürrisch drein, schwieg aber.

Plötzlich drehte der vierte Mann, der bis jetzt geschwiegen hatte, sich um und begann mit sehr leiser Stimme zu reden. Seine drei Gefährten beugten sich vor und lauschten ihm gespannt. Leider konnte ich auch diesmal nichts hören.

Nach ein paar Minuten nickten die drei Männer, standen auf und schüttelten einander die Hände.

»Ich werde heute nacht Wache halten«, sagte der dritte

Mann; dann wies er auf den seltsamen Alten. »Morgen bist du dann an der Reihe.« Der alte Mann nickte.

Ich zog mich ein Stück in den Wald zurück, als die vier Männer den Felsüberhang verließen, hielt das Fernglas aber auf den vierten Mann gerichtet und beobachtete ihn. Am Rande der Lichtung blieb er plötzlich stehen und drehte sich in meine Richtung.

Es war Lucas May.

Er schien mich direkt anzustarren. Mir stockte der Atem. Aber ich beobachtete ihn ja durch ein Fernglas und hielt mich überdies im Schatten des Waldes; er konnte mich unmöglich sehen. Allerdings fragte ich mich, ob er die Linsen hatte aufblitzen sehen. Doch nach wenigen Sekunden drehte er sich um und folgte den anderen.

Ich breitete eine der Planen auf dem Waldboden aus, setzte mich, den Rücken an einen Baumstamm gelehnt, hin und ließ mir meine Beobachtungen durch den Kopf gehen.

Wer waren diese Leute? Guerillas? Zapatistas? Und hatten auch sie es auf den Kodex von Rauchender Frosch abgesehen? Ein solcher Fund hätte zweifellos die Macht, nationalistische Gefühle bei den Indios zu wecken und sie zu einer wirkungsvollen Waffe in den Händen der Aufständischen zu machen.

Falls diese Männer, wer immer sie sein mochten, die Höhle nachts bewachten, würde dies meinen Plan erheblich erschweren. Dann mußte ich eine Möglichkeit finden, den Wachposten wegzulocken oder ihn auf irgendeine Weise abzulenken.

Ich erhob mich, packte meine Plane ein und machte mich auf die Suche, bis ich im Wald eine Stelle fand, von der aus ich den Eingang zur Höhle deutlich sehen konnte. Arbeiter kamen daraus hervor oder verschwanden darin. Mit Hilfe des Fernglases konnte ich auch die drei Männer ausmachen, die zusammen mit Lucas unter dem Felsüberhang gesessen hatten.

Gegen ein Uhr aß ich drei *tortas* – dick mit Käse, Fleisch und Rührei belegte Brötchen – und nahm einen Schluck Wasser aus einer Blechflasche. Ich hatte Guadelupe gesagt, ich wollte die Gegend zu Fuß erkunden; deshalb hatte sie mir reichlich zu essen und zu trinken eingepackt, damit ich bei Kräften blieb, wie sie sich ausgedrückt hatte. Nach dieser üppigen Mahlzeit fiel es mir schwer, wach zu bleiben, als ich nun im Wald saß und weiter beobachtete. Ich vermute, daß ich dann und wann für kurze Zeit einschlief.

Gegen fünf Uhr nachmittags fuhr ein Jeep vor, und Jonathan stieg aus. Ich beobachtete ihn aufmerksam, als er zum Höhleneingang schritt und darin verschwand. Etwa eine Stunde später kamen er und Lucas gemeinsam wieder zum Vorschein, stiegen in ihre Fahrzeuge – Jonathan in den Jeep, Lucas in einen der Lieferwagen – und fuhren davon. Ob Jonathan sich Sorgen um mich machte? Ob er sich fragte, wo ich stecken mochte?

Kurz nachdem Lucas und Jonathan die Grabungsstätte verlassen hatten, ertönte eine Dampfpfeife, und die Arbeiter kamen müde, mit schweren Schritten aus der Höhle geschlurft. Der letzte Mann stellte den Generator ab.

Mehrere Arbeiter kletterten auf die Ladefläche eines Lastwagens, der von einem der Männer aus dem Wald gefahren wurde. Andere winkten zum Abschied und machten sich zu Fuß auf den Heimweg. Sie schlugen eine andere Richtung ein als die, aus der ich gekommen war; wahrscheinlich wohnten sie in einem anderen Dorf. Nur ein Mann blieb – vermutlich derjenige, der in dieser Nacht freiwillig die Wache übernehmen wollte, falls ich das Gespräch der vier Männer unter dem Felsüberhang nicht falsch verstanden hatte.

Bald darauf hatte sich tiefe Stille über die Grabungsstätte gesenkt. Rasch brach die Dunkelheit herein, und der Wald lag in völliger Finsternis. Dennoch rührte ich mich nicht, beobachtete jedoch aufmerksam die Umgebung und hielt nach Anzeichen irgendeiner Bewegung Ausschau.

Ich hatte länger als eine Stunde gewartet, als ich es sah: Ein kurzes Auffackern von Licht, als ein Streichholz angerissen wurde. Wahrscheinlich hatte der Wachposten sich eine Zigarette angezündet, oder er hatte das Streichholz entfacht, um einen Blick auf die Uhr zu werfen. Doch das kurze Aufflakkern hatte mir gezeigt, wo der Wachposten stand.

Der Mann hatte ganz in der Nähe des Höhleneingangs Stellung bezogen, und ich erkannte, daß es an diesem Abend unmöglich war, in die Höhle hineinzukommen.

Doch morgen würde Lucas die Wache übernehmen, und das bot mir eine Reihe interessanter Möglichkeiten.

Als ich ins Dorf zurückkehrte, spielten die Jungen im hellen Licht einer Bogenlampe immer noch Volleyball. Ich rief meinen jungen Freund Carlos herbei, und wir unterhielten uns eine Zeitlang. Nach einigen Minuten hatten Carlos und ich einen Handel abgeschlossen.

Wenn man die Fürsten der Finsternis nur durch einen Schwindel besiegen konnte, wollte auch ich es auf diese Weise versuchen.

# Cauac

Kurz nach Anbruch der Dämmerung brach das Unwetter mit erstaunlicher Heftigkeit los. Schon bevor sich das erste Licht des neuen Tages am Himmel zeigte, war die Luft schwer und unbewegt geworden – die Ruhe vor dem Sturm. Dann fielen die ersten Regentropfen und hinterließen kleine Krater auf dem ausgetrockneten Boden, die aber rasch wieder verschwanden, als der Regen heftiger wurde. Bald fegten Wasserschleier, von stürmischem Wind gepeitscht, über die Straßen und verwandelten sie binnen Minuten in Schlammpisten.

Der Donner grollte fast ununterbrochen, und die Blitze krachten mit elementarer Gewalt, so daß die kleinen Hunde im Dorf winselnd in ihre Lieblingsverstecke flüchteten.

Die Heftigkeit des Unwetters war ebenso erstaunlich wie die Tatsache, daß es sich mehrere Wochen vor Beginn der Regenzeit ereignete. Diejenigen, die das Pech hatten, zu dieser Tageszeit im Freien zu sein, wurden von Sturm und Regen überrascht und suchten Schutz, so schnell sie nur konnten.

Gegen Mittag war das plötzliche, verfrühte Unwetter im Dorf zum Thema Nummer eins geworden. Die wildesten Theorien wurden aufgestellt. Einer behauptete, in der Stratosphäre hätten sich Staubwolken gebildet, die von Vulkanausbrüchen im Südpazifik herrührten; ein anderer führte das Gewitter auf das Ozonloch zurück, wieder ein anderer auf die Abholzung der Regenwälder. Meine persönliche Lieblingstheorie besagte, das Unwetter sei auf den Zorn der Regengötter über den politischen Unfug zurückzuführen, der zur Zeit in Mexico City getrieben wurde.

Aus meiner Sicht kam die letztgenannte Theorie der Wahrheit auch aus einem anderen Grund am nächsten: Das Unwetter war hereingebrochen, weil heute Cauac war, ein Tag des Donners und Blitzes im Kalender der Maya.

Am frühen Nachmittag hatte ich es mir in einem kleinen selbsterrichteten Unterstand im Wald bequem gemacht; eine Plane bildete den Fußboden der Behausung und gewährte mir Schutz vor der schlammigen Erde, während die andere Plane, die ich in den Ästen eines Baumes befestigt hatte, mich vor dem Regen schützte. Zum Glück ließ das Unwetter allmählich nach.

Mein Fernglas war auf den Höhleneingang gerichtet, der ein paar hundert Meter entfernt lag. Ich wußte selbst nicht, wonach ich eigentlich Ausschau hielt, doch ich spähte so konzentriert durch den Feldstecher, daß mich die Augen schmerzten. Immer wieder wischte ich Wassertropfen von den Objektiven, während ich schaute und wartete, schaute und wartete.

Als die Siesta vorüber war, rannten mehrere Arbeiter zum Höhleneingang, wobei sie sich Zeitungen oder Papiertaschen als Regenschutz über den Kopf hielten. Dann verschwanden die Männer rasch im Inneren der Höhle.

Wie schon am gestrigen Tag, erschien gegen fünf Uhr nachmittags ein Lieferwagen, und Lucas stieg aus und rannte durch den strömenden Regen zum Höhleneingang. Einige Minuten später traf Jonathan ein und folgte seinem Kollegen. Soviel ich über die Grabungen wußte, waren die beiden Archäologen gekommen, um sich ein Bild über den Fortgang der Arbeiten an diesem Tag zu machen und jedes neue Fundstück zu verzeichnen.

Bald brach wieder die Dunkelheit herein, und ich konnte kaum mehr als schattenhafte Gestalten ausmachen, die aus dem Höhleneingang hervorkamen und zu den Lastwagen rannten, um die Heimfahrt anzutreten. Ein dunkler Schemen, vermutlich Jonathan, stieg in den Jeep, fuhr von der Lichtung auf den Fahrweg – oder was nach den sintflutartigen Regenfällen noch davon übrig war – und bog in die Richtung ab, in der sich Jonathans Haus befand.

Ein paar Minuten später folgte eine weitere Gestalt, wahrscheinlich Lucas. Der Generator vor dem Höhleneingang wurde abgestellt, und ein Lastwagen fuhr davon. In Stille und Dunkelheit gehüllt, lag die Grabungsstätte vor mir.

Ich richtete das Fernglas auf jene Stelle, an welcher der Wachposten am Abend zuvor Stellung bezogen hatte. Falls meine Vermutung zutraf, würde Lucas zurückkommen und in Kürze dort erscheinen. Bald sah ich eine schattenhafte Bewegung in der Nähe des Höhleneingangs, konnte mir aber nicht sicher sein, um wen es sich handelte. Falls es Lucas war, verhielt er sich verstohlener und vorsichtiger als der Mann, der gestern Wache gestanden hatte.

Pünktlich erschien Carlos, mein junger Mitverschwörer. Das Licht seiner Taschenlampe verriet den Jungen schon lange, bevor er auf die Lichtung trat. Als Carlos dann zum Höhleneingang gelangte, sah ich, daß tatsächlich Lucas dort stand und dem Jungen in gespannter und wachsamer Haltung entgegenschaute. Carlos reichte ihm einen Brief, den Lucas im Licht seiner Taschenlampe las.

Dann machte Carlos sich wieder auf den Rückweg. Kurz darauf konnte ich in der Dunkelheit am Höhleneingang eine Bewegung ausmachen. Wenige Minuten später hörte ich, wie ein Stück die Straße hinunter ein Motor angelassen wurde, und kurz darauf holperte Lucas' Jeep über den schlammigen Fahrweg in Richtung Hauptstraße.

Ich brauchte nicht herumzurätseln, was in dem Brief stand, den Carlos überbracht hatte, denn der Brief stammte von mir. Ich teilte Lucas darin mit, daß ich Neuigkeiten über den Mord an Don Hernan in Erfahrung gebracht hätte; er solle zum *museo* nach Mérida kommen und sich dort um zehn Uhr mit mir treffen. Ich hatte mir ausgerechnet, daß Lucas nach Erhalt des Briefes sofort losfahren mußte, um rechtzeitig in Mérida einzutreffen, und daß er den ganzen Abend unterwegs sein würde. Sofern Lucas nicht jemand anderen fand, der seine Wache übernahm – und ich rechnete nicht damit, daß ihm Zeit genug blieb, einen Ersatzmann aufzutreiben –, gehörte die Grabungsstätte an diesem Abend mir allein.

Ganz kurz knipste ich meine Taschenlampe an und blickte auf die Uhr, wobei ich mich so tief in meinen Unterstand duckte, wie ich konnte. Es war kurz vor acht. Ich beschloß, noch zwei Stunden zu warten, bevor ich zur Tat schritt, aß erst einmal die vom Regen durchweichte *torta*, die Guadelupe mir als Wegzehrung eingepackt hatte, und trank dazu Mineralwasser. Es war ein ziemlich matschiges Abendessen, doch ich mußte damit zufrieden sein.

Die Zeit verging quälend langsam, und meine Konzentration ließ allmählich nach. Plötzlich hatte ich das Gefühl, daß jemand in meiner Nähe war. Ich erstarrte, spähte zum Eingang der Höhle.

Für einen Moment glaubte ich, dort eine Bewegung gesehen zu haben, doch in der Dunkelheit dieser mondlosen, stürmischen und stockfinsteren Nacht konnte ich nicht sicher sein. Doch weder war der Generator eingeschaltet worden, noch hatte ich das Licht einer Taschenlampe gesehen. Wahrscheinlich hatte meine Phantasie mir einen Streich gespielt.

Doch für alle Fälle wartete ich noch eine weitere Stunde. Ich sah und hörte nichts; nur das Rauschen des Windes in den Bäumen war zu vernehmen, das Prasseln des Regens, und hin und wieder fernes Donnergrollen. Selbst die Tiere des Waldes, die Eulen, die nachtaktiven Insekten – sie alle hatten Schutz vor dem Unwetter gesucht.

Kurz vor Mitternacht beschloß ich zu handeln. Ich verließ meinen provisorischen Unterstand und bewegte mich so schnell und vorsichtig zum Höhleneingang, wie die Dunkelheit es zuließ. Ich konnte mich erinnern, daß das erste Stück des Stollens hinter dem Höhleneingang ziemlich steil abfiel, war aber auf den Abstieg über die vom Regen glitschige Schräge hinunter nicht vorbereitet. Deshalb glitt ich im

Schlamm aus und rutschte auf dem Hosenboden den Hang hinunter, wobei ich einen ziemlichen Lärm verursachte. Unten angelangt, verharrte ich erst einmal und lauschte. Nichts rührte sich. Vorsichtig machte ich mich wieder auf den Weg, wobei ich mich an dem Kabel festhielt, das vom Generator bis hier herunterführte, wodurch ich zugleich einen Halt und eine Orientierungshilfe besaß.

Als ich der Meinung war, tief genug in den Stollen vorgedrungen zu sein, daß mich von oben niemand mehr bemerken konnte, knipste ich die Taschenlampe an. Vom Höhleneingang konnte man das Licht auf keinen Fall mehr sehen. Dann bewegte ich mich langsam weiter voran, drang tiefer in die Höhle ein und blieb hin und wieder stehen, um auf verdächtige Geräusche zu lauschen, die vielleicht darauf hindeuteten, daß sich noch jemand hier unten in der Finsternis aufhielt.

Der Stollen kam mir sehr viel bedrohlicher vor als damals, als ich mit Freunden hiergewesen war. Besser gesagt, mit Menschen, die ich für meine Freunde hielt. Es war ein schrecklicher Gedanke, daß einer von ihnen vielleicht ein Mörder war.

Schließlich gelangte ich in die eigentliche Höhle und ließ den Strahl meiner Taschenlampe in die Runde gleiten. Die schrecklichen Fratzen der Cauacs an den Höhlenwänden zu beiden Seiten jagten mir Angst ein. Dann warf ich einen raschen Blick auf das rätselhafte Relief über dem Eingang des Tunnels, hinter dem es steil hinunter zur Cenote ging. Erleichtert und entsetzt zugleich erkannte ich, daß es das gleiche Maya-Symbol war, wie ich es in Don Hernans Tischkalender und auf der Tonscherbe in Jonathans Scheibtischschublade gesehen hatte.

In der Höhle war alles fast noch genau so, wie ich es in Erinnerung hatte: Da waren die großen Holzkisten, in denen sich die Artefakte befanden, die bereits katalogisiert waren und auf den Transport ins *museo* warteten, wo sie wissenschaftlich untersucht wurden und in die Sammlungen kamen. Allerdings waren es weniger Kisten als bei meinem ersten Besuch. Dann fielen mir die Kisten ein, die ich im Kellergeschoß des *museo* gesehen hatte: Wahrscheinlich stammten sie aus dieser Höhle.

Der Strahl meiner Taschenlampe glitt über den kleinen Berg aus Schutt, Tonscherben und anderen, noch unbestimmten Artefakten hinweg – wie hatte Jonathan ihn genannt? –, den WDT-Haufen, für ›Weiß der Teufel‹. Ich stellte fest, daß der Berg beträchtlich gewachsen war, und lächelte, als ich an die respektlose Bezeichnung dachte.

Ich kam am WDT-Haufen vorbei, als ich zu dem Relief an jener Wand der Höhle ging, an der sich der Tunnel zur Cenote befand. Ich wollte mich davon überzeugen, ob es sich tatsächlich um das Symbol für den Schlund von Xibalba handelte – und damit um jene Stelle, an der ich vielleicht den Kodex von Rauchender Frosch finden konnte.

Als ich näher trat, stieg ich über ein schwarzes, verästeltes Rinnsal hinweg, das zwischen mir und der Tunnelöffnung über den Boden der Höhle verlief. Zuerst hielt ich es für Wasser, das beim Unwetter durch Erdspalten bis in diese Tiefe gesickert war, schaute dann aber genauer hin.

Es war kein Wasser. Es war Blut. Mit dem Strahl meiner Taschenlampe folgte ich dem gewundenen Lauf des Rinnsals. Das Blut schien aus dem WDT-Haufen herauszusickern, der nur wenige Schritte vom Tunneleingang zur Cenote entfernt war.

Ich wollte nicht hinschauen, mußte es aber, wollte ich Gewißheit haben. Mit steifen, zögernden Schritten ging ich zu dem Haufen aus Schutt und Fragmenten hinüber. Dann legte ich meine eingeschaltete Taschenlampe so auf den Boden, daß ihr Licht den kleinen Trümmerberg beleuchtete, und stocherte mit einem Stock, den ich in der Nähe auf dem Boden fand, vorsichtig im Schutt.

Der Stock stieß auf irgend etwas Weiches, Nachgiebiges.

Behutsam schob ich mit dem Stock die Tonscherben, die Steinchen und den Staub zur Seite – und das verzerrte Gesicht des toten Major Martinez kam zum Vorschein. Seine leeren Augen starrten mich an.

Entsetzt wich ich vor dem gräßlichen Anblick zurück und drehte mich hastig um, kehrte dem Schutthaufen den Rücken und wandte mich dem Tunneleingang zu, die Hände vor das Gesicht geschlagen.

Dann hörte ich ein Geräusch, doch bevor ich reagieren konnte, spürte ich, wie jemand mich von hinten packte. Ich wehrte mich mit aller Kraft und hätte mich beinahe aus dem Griff befreien können, doch ich setzte mich so verzweifelt zur Wehr, daß ich das Gleichgewicht verlor – und im gleichen Augenblick stießen mich kräftige Hände nach vorn und schubsten mich durch den Tunneleingang der Cenote.

Ich fiel in die Tiefe. Der Sturz schien eine Ewigkeit zu dauern; dann klatschte ich ins Wasser der Cenote. Der Aufprall war hart und schmerzhaft, und mein Mund und die Nase füllten sich mit Wasser, als ich in die Tiefe schoß. Ich würgte, ruderte wild mit den Armen, als ich mich zur Oberfläche emporkämpfte und mich am felsigen Rand der Cenote festklammerte.

Mein Angreifer, hoch über mir, hatte sich derweil eine Taschenlampe beschafft – meine, vermutlich –, und nun glitt der Lichtstrahl über die Wasseroberfläche, auf der Suche nach mir. Zum Glück war es ein langes und steiles Stück bis zu mir hinunter in diese tintige Schwärze. Und es war schwierig, sich dort oben weit genug vorzubeugen und einen ungehinderten Blick in die Tiefe zu werfen, ohne Gefahr zu laufen, selbst in die Cenote zu stürzen.

Ich drückte mich an die Felswand des tiefen Schachtes, auf jener Seite der Cenote, auf der sich der Tunneleingang befand, und versuchte, meine flatternden Nerven zu beruhigen. Direkt über mir befand sich eine schmale, umlaufende Felsleiste, die mir ein bißchen Schutz vor dem noch immer suchenden Lichtstrahl der Taschenlampe bot. Doch von dieser Leiste abgesehen, schienen die Wände der Cenote sehr glatt zu sein, so daß ich wohl keine Chance hatte, daran hinaufzuklettern. Wahrscheinlich kam ich nur mit Hilfe eines Seils, das mir von oben heruntergeworfen wurde, wieder aus diesem dunklen Schacht heraus.

Das aber mußte auch mein Angreifer wissen. Deshalb gab es für ihn eigentlich gar keinen Grund, die Wasseroberfläche nach mir abzusuchen oder am Tunneleingang zu warten, ob ich es bis nach oben schaffte.

Ich blieb im Wasser, dicht an die felsige Wand der Cenote gedrückt, und beobachtete verzweifelt, wie das Licht der Taschenlampe hin und her schwenkte. Als der Strahl einmal kurz die Felswand auf der anderen Seite streifte, sah ich zu meiner Verwunderung, daß es eine zweite Öffnung gab, knapp einen Meter über der Wasserlinie. War es nur eine kleine Höhlung in der Wand? Oder war es der Eingang zu einem anderen Tunnel?

Wie dem auch sei, ich mußte dorthin. Es war die einzige Möglichkeit, die mir blieb. Doch immer noch kreiste der Lichtstrahl über die Wasseroberfläche. Wer auch dort oben lauerte, er wollte ganz sichergehen, daß ich nicht hinaufgeklettert kam.

Zum Glück für mich ist die menschliche Natur so beschaffen, daß man sich – ob beabsichtigt oder nicht – rasch bestimmte Verhaltensmuster aneignet. Das galt auch für meinen Gegner: Nach wenigen Minuten leuchtete er die Wasseroberfläche nicht mehr hektisch und sprunghaft ab, sondern schwang den Lichtstrahl bedächtig und regelmäßig von einer Seite der Cenote zur anderen.

Nach einiger Zeit stellte ich fest, daß ich langsam bis vierzehn oder fünfzehn zählen konnte, bis der Lichtstrahl, der nun beständig von rechts nach links pendelte, wieder an mir vorüberglitt.

Ich wartete, bis der Strahl an mir vorbei war; dann

schwamm ich ganz vorsichtig in die Richtung, in der ich die Einbuchtung in der Wand der Cenote gesehen hatte. Ich versuchte, Arme und Beine so langsam wie möglich zu bewegen, um keine Wellen zu verursachen. Als ich die Stelle erreichte, streckte ich in der Dunkelheit einen Arm in die Höhe, tastete mit den Fingern und suchte nach dem unteren Ende der Höhlung, die ich in der Felswand gesehen hatte.

Ich hatte inzwischen bis dreizehn gezählt. Jeden Augenblick mußte der Lichtstrahl von links über mich hinwegwandern, und mein Gegner würde mich sehen. Ich holte tief Luft und ließ mich unter Wasser sinken, hielt die Augen geöffnet und schaute nach oben. Sekunden später sah ich den verschwommenen gelben Lichtkreis über jene Stelle wandern, an der ich eben noch gewesen war.

Kaum war das Licht weitergewandert, tauchte ich langsam wieder an die Oberfläche und suchte erneut mit der Hand nach der Höhlung im Fels. Ich hatte bereits wieder bis zehn gezählt, als ich endlich den unteren Rand ertastete; also mußte ich noch einmal tauchen und unter Wasser warten, bis der Lichtstrahl erneut über mich hinweggewandert war.

Ich wußte, daß ich mich schnell bewegen mußte; denn es würde mir nicht gelingen, mich vollkommen geräuschlos aus dem Wasser zu ziehen und in die Höhlung in der Wand zu klettern. Es mußte so schnell wie möglich geschehen. Noch einmal wartete ich unter Wasser, bis der Lichtstrahl vorübergezogen war; dann tauchte ich auf, griff nach dem Rand der Höhlung und zog mich so schnell und so leise in die Höhe, wie ich konnte.

Doch es trat genau das ein, was ich erwartet hatte: Das Wasser lief vom meinem Körper und plätscherte in die Cenote. In meinen Ohren war das Geräusch so laut wie Donner. Der Strahl der Taschenlampe wanderte wieder auf mich zu, doch mein Angreifer hatte sich offenbar ein Stück dem Steilabfall genähert; denn als das Licht die Stelle erreichte, an der ich aus dem Wasser geklettert war, lag der Lichtstrahl tiefer als zuvor, und ich befand mich bereits in der Wandöffnung, außerhalb des Sichtfelds meines Angreifers.

Keuchend und zitternd kauerte ich mich in die Höhle, mit dem Rücken zur Wand, und versuchte, wieder zu Atem zu kommen. Ich konnte nun Stimmen und andere Geräusche hören, die von oben aus der Haupthöhle bis zu mir hinunterdrangen. Ich überlegte, ob ich hier ausharren und warten sollte, bis die Arbeiter am nächsten Morgen zurückkamen. Doch ich glaubte nicht, daß ich so lange durchhalten konnte. Außerdem bestand die Möglichkeit, daß mein Angreifer, wer immer es sein mochte, das Plätschern des Wassers gehört hatte, als ich in die Höhle geklettert war – und wenn das der Fall war, würde er irgendeine Möglichkeit finden, mir bis hier hinunter zu folgen, oder er würde so lange warten, bis er sicher sein konnte, daß ich ertrunken war.

Also verharrte ich in der Höhle und wartete, beobachtete aus der Dunkelheit meines Verstecks den noch immer hin und her wandernden Lichtstrahl, der über die Wasseroberfläche und die Wände der Cenote glitt.

Ich fragte mich, wer da oben sein mochte. Waren die schattenhaften Gestalten, die ich gesehen hatte, als ich den Höhleneingang beobachtete, Martinez und seine Mörder gewesen? Oder hatte man den Polizeimajor bereits irgendwann im Laufe des Tages ermordet? Als letzter hatte Lucas die Grabungsstätte verlassen, soviel stand fest. Doch ich hatte Martinez heute nicht die Höhle betreten sehen, jedenfalls nicht, solange es hell gewesen war. Und ich konnte mir schwer vorstellen, daß seine Leiche den ganzen Tag hier gelegen hatte, ohne von den Arbeitern bemerkt zu werden. Aber vielleicht steckten sie alle unter einer Decke. Schließlich hatte ich vorhin mehrere Stimmen oben in der Haupthöhle gehört. Leider hatte ich sie nicht erkennen können; denn sie wurden vom tiefen Schacht der Cenote verzerrt.

Was hatte Martinez überhaupt hier gewollt? Hatte er immer noch nach mir gesucht?

Trotz der schwülfeuchten, klammen Luft wurde mir allmählich kalt. Ich war naß, und ich hatte Angst, und meine Zähne schlugen aufeinander. Ich kauerte mich zusammen und rieb mir die Arme, um mich ein bißchen aufzuwärmen. Es dauerte einige Zeit, bis ich erkannte, daß die Kälte von einem Luftzug herrührte, der von rechts kam – aus der Wand neben mir, nicht aus Richtung der Cenote.

Ich saß gar nicht in einer Höhle. Es mußte noch einen anderen Weg in die Cenote geben, und was in meinem Fall viel wichtiger war – einen Weg hinaus. Ich drehte das Gesicht in die Richtung, aus der die sanfte Brise kam. Es war stockdunkel; ich konnte nichts erkennen. Doch ich spürte die kühle Luft auf meinem Gesicht.

Vorsichtig drehte ich mich um, erhob mich vorsichtig und ging langsam, mit den Händen in der Dunkelheit tastend in die tintige Schwärze hinein. Die Wände des Stollens waren kalt und feucht, und der Boden rauh und felsig. Mehrmals verlor ich den Halt oder stieß mir den Kopf an herabhängenden Felszacken. Von meinem Schweiß, vielleicht auch meinem Blut, das mir übers Gesicht lief, hatte ich einen salzigen Geschmack auf der Zunge.

Von Zeit zu Zeit watete ich durch hüfttiefes Wasser. Dann wieder mußte ich auf Händen und Knien durch den Stollen kriechen, um Überhängen auszuweichen.

Einmal spürte ich, wie mich irgend etwas streifte, und ich stieß einen leisen, erschreckten Schrei aus. Ich hörte ein lautes Quietschen zu meiner Rechten, das offenbar aus einem Seitenstollen drang, und ein stechender Geruch stieg mir in die Nase. Fledermäuse.

Als eines der Tiere dicht an mir vorüberglitt, verlor ich das Gleichgewicht und stürzte. Einige Minuten lag ich atemlos da; der harte Aufprall hatte mir die Luft aus den Lungen getrieben.

Doch ich konnte immer noch die kühle Brise auf dem Gesicht spüren, diesen Atem der Hoffnung. Ich rappelte mich auf, kämpfte mich weiter voran.

An irgendeinem Punkt meiner langen Reise stieg die Ahnung in mir auf, daß die Ereignisse der letzten Tage mich hier heruntergeführt hatten; daß es mir bestimmt gewesen war, diese Reise durch das dunkle, nasse Reich Xibalbas zu machen von dem Moment an, als ich den Fuß auf yukatekischen Boden gesetzt hatte. Plötzlich wußte ich, daß die Dunkelheit, die ich gesucht hatte, und die Reisen, die ich fast jede Nacht in meinen Träumen unternommen hatte, eine Vorausahnung dieser Nacht und dieser Reise gewesen waren.

Ich erkannte, daß meine ständige Flucht vor dem Licht in den letzten Tagen und der Schmerz, den die Helligkeit mir bereitet hatte, ein Symptom für die finsteren Depressionen meiner Seele gewesen waren – ein Dämon, der sein Gesicht schon in den letzten Monaten meiner Ehe gezeigt hatte, wie auch bei meiner Scheidung und bei dem Verlust meines Geschäfts, das ich geliebt hatte. Und als ich die Leiche von Luis Vallespino entdeckt hatte und mein Freund Don Hernan ermordet worden war, hatte dieser finstere Dämon eine alles durchdringende, unwiderstehliche Kraft entwickelt.

Mit einem Mal betrachtete ich diese Reise, die Durchquerung des Flusses aus Blut, den Sturz in den schwarzen Schlund der Cenote und mein verzweifeltes Bemühen, aus diesem Reich der Finsternis und der Fledermäuse zu entkommen, als Bewährungsprobe meiner Lebenskraft und meines Lebenswillens.

Ich fragte mich, welche Kreaturen in dieser Finsternis existieren konnten, so weit vom Licht des Lebens entfernt. Ich erinnerte mich, von einem Fisch gelesen zu haben, der in lichtlosen unterirdischen Höhlensystemen lebte und ohne Augen geboren wurde – ein lebender Triumph darwinistischer Logik. Wie stark mußte die Lebenskraft sein, daß es ein Wesen ohne Augen gab, das ein Dasein in völliger Finsternis und Stille führte!

Ich wußte nicht, wie tief ich in den Stollen vorgedrungen war und wie lang der Weg war, der noch vor mir lag. Aber ich wußte, daß ich leben wollte, wieder das Licht sehen wollte, die Begeisterung für das Leben wiedererlangen wollte, die ich einst empfunden hatte und deren Verlust mich mit so schrecklichem Schmerz erfüllte. Ich wußte, daß ich wieder lieben wollte, und mochten die Gefahren noch so groß sein.

Ich spürte, daß die kühle Brise mit jedem meiner Schritte kräftiger und frischer wurde. Der Stollen führte nach oben, ans Licht, in die Sicherheit!

Und dann prallte ich gegen die Mauer. Ich watete gerade durch hüfttiefes Wasser, als ich plötzlich gegen eine Felswand stieß.

Doch ich konnte noch immer die Brise spüren. Ich konnte sogar den Wind wispern hören. Hier *mußte* der Weg ins Freie sein. Wie eine Blinde streckte ich die Arme vor, tastete den Fels ab und versuchte herauszufinden, wie die Wand vor mir beschaffen war.

Und dann erkannte ich, woher die kühle Brise kam. Sie wehte durch eine Felsspalte in der Wand vor mir – ein Riß im Fels, der etwa fünfzehn Zentimeter breit und gut dreißig Zentimeter hoch war. Auf der anderen Seite dieser Spalte waren die Freiheit, das Leben und die Liebe. Doch mir war der Weg versperrt.

Ich zog mich aus dem Wasser auf einen schmalen Sims, ließ die Stirn gegen die Felsspalte sinken und weinte.

# Ahau

Mir war kalt, und ich saß in verkrampfter Haltung auf dem Felssims. Noch immer wehte mir die Brise ins Gesicht. Nun aber konnte ich einen Lichtschimmer auf der anderen Seite der Felsspalte erkennen, ein verlockender Blick auf eine Welt, die ich nicht zu erreichen vermochte.

Es war klar, daß ich mich niemals durch den Felsspalt zwängen konnte. Wie ein Schwerverbrecher im Todestrakt beobachtete ich, wie das Sonnenlicht, das ich wohl nie mehr würde genießen können, nur knapp einen Meter von mir entfernt draußen heller wurde, je weiter der Morgen voranschritt. Verzweifelt krampfte ich die Hände in den Fels, bis meine Finger bluteten.

Das Licht, das von draußen in die Höhle fiel, erhellte mein kleines Gefängnis mehr und mehr.

Ich schaute nach oben, und plötzlich stieg neue Hoffnung in mir auf. Im Halbdunkel kam es mir so vor, als wäre dort ein Weg nach draußen, eine Art Falltür zur Außenwelt. Ich kletterte die Felswand hinauf, doch die Falltür erwies sich als schwere Felsplatte an der Decke des Stollens. Ich drückte von unten mit aller Kraft, die ich aufbieten konnte, aber die Platte bewegte sich keinen Millimeter. Es war hoffnungslos.

Ich stieg wieder zum Felssims hinunter und saß in stummer Verzweiflung da, während ein Speer frühmorgendlichen Lichts durch die Höhle stieß und die gegenüberliegende Seite der Felsenhöhle erhellte. Sehnsüchtig blickte ich auf das Licht, dann auf die angestrahlte Wand. Plötzlich bemerkte ich, daß die Sonne eine Art Nische in der Höhlenwand beleuchtete. Sofort sprang ich vom Sims, watete durch das Wasser am Boden des Stollens dorthin, wo der Lichtstrahl endete, und schaute in die Nische.

Was hatte Ernesto gesagt, der junge Restaurator aus dem *museo*? Eine Schatulle aus Stein, mit Wachs versiegelt und von einer wasserabweisenden Substanz umhüllt. Und da stand tatsächlich eine Schatulle vor mir, mit den Resten irgendeines Materials überzogen, möglicherweise Leder oder Fell.

Ich versuchte, die Schatulle zu öffnen, doch der Deckel saß zu fest. Vielleicht enthielt dieses steinerne Behältnis den kostbaren Kodex von Rauchender Frosch – vielleicht aber auch nicht. Was spielt es schon für eine Rolle? sagte ich mir. Ich war in diesem Stollen gefangen. Falls ich zurück zur Cenote kroch, würde ich mit Sicherheit ermordet, oder ich ertrank. Blieb ich hier, in dieser kleinen Höhle, würde ich verhungern oder verdursten. Das Wasser auf dem Stollenboden besaß einen leichten Salzgeschmack.

Konnten Menschen vor Durst den Verstand verlieren? Wahrscheinlich. Es hatte keinen Sinn, die letzten Stunden meines Lebens mit dem Versuch zu verbringen, die Schatulle zu öffnen, so daß man irgendwann, vielleicht in Jahrzehnten, meine Überreste finden würde – ein Skelett mit einem scheußlich grinsenden Totenschädel, die Knochenarme um eine steinerne Schatulle geschlungen.

In gespenstischer Einsamkeit beobachtete ich, wie das Sonnenlicht mein kleines Gefängnis mehr und mehr erhellte. Dann schaute ich mir die Felswand am Stollenende genauer an. Erst jetzt sah ich, daß auch in dieser Wand ein Relief eingemeißelt war. Es hatte Ähnlichkeit mit jenem Relief, das sich oben in der Haupthöhle über dem Tunneleingang befand, doch es gab Unterschiede. Das Relief hier unten versinnbildlichte, wenn ich mich recht erinnerte, den Ausgang aus Xibalba; es symbolisierte das Tor zur Welt der Lebenden.

Ich saß da und beobachtete, wie das Sonnenlicht nach und nach das Wasser auf dem Stollenboden erhellte. Es war glasklares, reines Wasser. Für einen Augenblick war ich verzaubert von den blauen und grünen Lichtreflexionen auf den kräuselnden Wellen. Dann sah ich, wie winzige silbergraue und blaue Fische durchs Wasser glitten, und fragte mich, woher sie kommen mochten.

Und dann, ganz plötzlich, wußte ich die Antwort. Ich sprang ins Wasser, tauchte unter die Oberfläche, hielt die Augen geöffnet. Ich sah den hellen, verschwommenen Lichtfleck direkt vor mir: ein Unterwasser-Tunnel in der Felswand. Er war vielleicht drei, vier Meter lang und an einigen Stellen bedrohlich eng, doch er war meine letzte und einzige Hoffnung. Ich tauchte auf, holte tief Luft, ließ mich wieder unter Wasser sinken und schwamm dann so schnell ich konnte auf den Lichtfleck zu, zog mich in die Unterwasser-Öffnung hinein, bewegte mich in Richtung des Lichts und betete, nicht steckenzubleiben.

Von einem Augenblick zum anderen war ich draußen.

Ich durchstieß die Wasseroberfläche, in Sonnenlicht gebadet, und rang keuchend nach Atem. Ich erkannte, daß ich mich in einer urzeitlichen Welt befand. Ich schwamm in einer wunderschönen Cenote, die das klarste Wasser besaß, das ich je gesehen hatte und von Wald umgeben war. Von den Ufern, die sich einige Meter über mir befanden, hingen lange Kletterpflanzen bis ins Wasser hinunter.

Über der Cenote ragte ein pyramidenförmiges Bauwerk auf, das mindestens fünfzehn, zwanzig Meter hoch war, wenn man hinzurechnete, daß ich in die Höhe schaute, während ich im Wasser der Cenote trieb.

Ich schwamm zum Rand und hangelte mich an einer Schlingpflanze empor; dann ging ich mit schwankenden Schritten über den schmalen Uferstreifen bis zum Waldrand und schaute mich um.

Es war noch früh am Morgen; immer noch trieben Nebelschwaden zwischen den Bäumen, die von schwachen, trüben Sonnenstrahlen durchdrungen wurden, welche der erwachenden Welt allmählich Leben einhauchten. Ich schaute auf das azurblaue Wasser der Cenote unter mir, dann empor zum rosa und hellblauen Himmel des frühen Morgens, und schließlich auf das intensive, satte Grün der Bäume, deren Laub vom Regen des Vortags reingewaschen war. Es kam mir so vor, als wäre die Welt neu erschaffen worden, rein und unbefleckt, und nur für mich allein.

Ich drehte mich um, betrachtete die Pyramide, den Hüter dieses verzauberten Ortes, den Wächter zum Eingang nach Xibalba – denn hier mußte er gewesen sein. Die Pyramide war zu einer Ruine zerfallen; die Treppen, welche die Maya jahrhundertelang hinaufgestiegen waren, hatten sich in Rampen aus Gesteinsschutt verwandelt. Zwei oder drei riesige Baumwollbäume, die heiligen Bäume der Maya, wuchsen nun aus der Pyramide heraus; ihre Wurzeln hatten sich um die gewaltigen Steine am Fuß des Bauwerks gewunden. Der Tempel auf der Plattform an der Spitze der Pyramide war kaum mehr zu erkennen; die Säulen und der Eingang waren von Schlingpflanzen überwuchert.

Doch selbst in diesem Zustand des Verfalls war die Pyramide beeindruckend und ehrfurchtgebietend. Ich konnte nachempfinden, was die Forscher aus vergangenen Jahrhunderten gefühlt haben mußten, als sie zum erstenmal die Ruinen der großen Maya-Städte Yucatáns erblickt hatten. Sogar im Zerfall und in der Verlassenheit konnte man immer noch die Kraft der großartigen Zivilisation spüren, die hier einst blühte, und ich dachte an die Menschen, die hier gelebt hatten, die Bildhauer und Steinmetze, die Krieger und Könige, die Schreiber und die Bauern. Sie waren längst vergessen, doch vielleicht konnte durch den Kodex von Rauchender Frosch Licht in ihr Leben gebracht werden.

Von der Pyramide führte ein Pfad zur Cenote, der sich an Baumwollbäumen und Trümmerhaufen vorbeischlängelte, die offenbar die Eckmarkierungen einer riesigen Plaza bildeten.

Ich folgte dem schmalen Pfad, der sich zu einem gepflasterten Gehweg weitete und schließlich zu einer Straße wurde. Fasziniert ging ich weiter, ohne zu wissen, wohin ich gelangen würde.

Es schien ein heißer Tag zu werden; ein Stück voraus konnte ich bereits die Luft über den Mauersteinen flimmern sehen. Von Zeit zu Zeit glaubte ich, in einiger Entfernung Menschen zu erblicken. Doch ich war zu müde, als daß ich schnell genug zu ihnen gehen konnte, und sie wurden kleiner, als sie sich von mir entfernten.

Zwei Gestalten jedoch kamen auf mich zu, wie es schien. Ich beobachtete mit seltsamer Gelassenheit, wie sie sich näherten und größer wurden.

Dann erkannte ich eine von ihnen. Es war Esperanza. Sie wurde von einem Mann begleitet, der in den traditionellen *sarape* der Maya gekleidet war, einen ponchoähnlichen Umhang. Als die beiden auf mich zutraten, sah ich das Entsetzen und die Besorgnis auf ihren Gesichtern, und mir wurde klar, daß ich schrecklich aussehen mußte.

Ich wollte die beiden beruhigen, wollte ihnen sagen, daß mir nichts geschehen sei, doch als ich den Mund öffnete und zum Sprechen ansetzte, fühlte meine Zunge sich geschwollen an, und meine Stimme klang rauh und krächzend. »Ich hatte einen kleinen … Unfall«, sagte ich mit ziemlicher Untertreibung. »Aber zum Glück … ist mir nichts passiert.«

Kaum hatte ich diese Worte gesagt, wurde meine neue und strahlende Welt unerträglich hell – und dann versank ich von einem Moment zum anderen wieder in tiefer Dunkelheit.

Als ich zu mir kam, lag ich hinten in einem Lieferwagen und blickte in mehrere fremde Gesichter. Eines gehörte einem Mann, der ein Gewehr in den Händen hielt. Guerillas! dachte ich. Doch Esperanza hatte meinen Kopf in ihren Schoß gebettet und streichelte mir mit kühlen Händen beruhigend über die Wangen.

Inzwischen war es drückend heiß. Mein Mund war pulvertrocken, und ich konnte mich nicht bewegen, nicht einmal die Augen öffnen. Ich spürte, wie starke Arme mich aus dem Lieferwagen hoben und mich in ein Bett legten. Wieder umfing mich Dunkelheit.

Später wußte ich, was geschehen war: Die Fürsten der Finsternis waren wütend auf mich. Ich hatte entdeckt, was ich nicht hätte entdecken dürfen. Ihre Stimmen waren überall um mich herum; ich spürte ihren heißen Atem auf dem Gesicht und fühlte ihre Hände, faulig und verwesend von Krankheiten, wie sie aus der Unterwelt zu mir emporgriffen, um mich zu packen und zurück in ihr Reich unter den steinernen Überresten im Wald zu zerren. Ich versuchte zu schreien, brachte aber keinen Laut hervor; ich versuchte davonzulaufen, doch meine Beine wollten mich nicht tragen.

Ich spürte Arme, die mich umfingen, und vernahm eine Stimme, die mir sagte, daß ich in Sicherheit sei. Ich kannte diese Stimme, vermochte sie aber keiner Person zuzuordnen; meine Benommenheit war zu groß, als daß ich die entwirrten Fäden meines Bewußtseins wieder hätte verknüpfen können. Erneut schlief ich ein.

Dem Licht nach zu urteilen, das durch die Ritzen in den Zimmerwänden fiel, erwachte ich am späten Nachmittag. Ich hatte das Zimmer, das sich in einer schlichten Hütte befand, nie zuvor gesehen. Auf einem kleinen Nachttisch standen ein Krug mit kaltem Wasser, daneben ein Teller mit Früchten, Käse und Tortillas. Dankbar aß und trank ich.

Draußen vor dem Zimmer konnte ich keinerlei Geräusche hören. Leise stand ich auf und versuchte, die Tür zu öffnen.

Sie war abgeschlossen. Wie es aussah, war ich von einem Gefängnis in ein anderes geraten.

Ich fühlte mich immer noch sehr schwach, doch die Benommenheit war geschwunden, und mir war klar, daß ich von hier flüchten mußte. Die Leute hatten zwar einen recht freundlichen Eindruck gemacht, doch ich entwickelte allmählich eine tiefe Abneigung dagegen, in kleinen Zimmern oder Höhlen gefangen zu sein. Außerdem mußte ich die steinerne Schatulle bergen, in der sich der Kodex befand, wie ich vermutete. Nur dann hatte ich etwas in der Hand, mit dem ich mich gegen die Leute schützen konnte, die hinter mir her waren. Dann konnte ich mir die Freiheit erkaufen, das Leben.

Ich öffnete die Fensterläden – und stellte fest, daß sich dahinter ein weiteres Paar Läden befand, das von außen mit einem Haken verschlossen war.

Doch zwischen den äußeren Läden war ein schmaler Schlitz. Ich war ziemlich sicher, daß ich den Haken aus der Öse heben konnte, wenn ich ein Stück Draht oder ähnliches fand, das ich durch den Schlitz hindurchschieben konnte. Ich schaute mich im Zimmer um und entdeckte einen Kleiderbügel aus Metall. Ich bog ihn zu einem langen Draht auseinander, den ich dann in den Schlitz schob. So langsam und leise wie möglich hob ich den Haken an. Schließlich schwangen die Läden auf, und ich kletterte ins Freie.

Ich befand mich hinter einer kleinen strohgedeckten Hütte am Rande einer Lichtung. Auf dem Hof scharrten Hühner im Boden, und in der Ferne konnte ich Rauch aus den Maisfeldern aufsteigen sehen: Die Bauern brannten die abgeernteten Halme nieder, um Platz für die neuen Anpflanzungen zu schaffen. Nach den Regenfällen gab es viel mehr Rauch als Feuer, doch das war mir nur recht, denn der Rauch konnte mir Deckung gewähren.

Der Lieferwagen, in dem man mich hierhergebracht hatte, stand in einer Scheune hinter der Hütte. Im Laderaum des Wagens fand ich eine Taschenlampe, die ich vielleicht gebrauchen konnte; deshalb nahm ich sie an mich.

Eine Straße, die sich nach dem Unwetter in eine Schlammpiste verwandelt hatte, schien vor der Hütte zu enden, also drang ich in die Sträucher am Rande der Straße ein und entfernte mich parallel zum Fahrweg von der Hütte.

Schließlich gelangte ich an eine befestigte Straße. Ich

blickte zur Sonne, die inzwischen tief am Himmel stand, und versuchte angestrengt, mich zu erinnern, aus welcher Richtung die Sonnenstrahlen gekommen waren, als ich am Morgen im Wald an der Pyramide gewesen war. Schließlich schlug ich den Weg ein, der mich hoffentlich ans Ziel führte.

Mehrmals hörte ich, wie sich Fahrzeuge näherten, doch die dichten Sträucher reichten bis an den Straßenrand, so daß ich schnell genug in sichere Deckung gehen konnte.

Nach ungefähr einer halben Stunde Fußmarsch sah ich einen Pfad, der nach links von der Straße abzweigte – in die Richtung, die ich einschlagen mußte. Ich bog auf den Pfad ab. Das Licht des Tages schwand; die Dämmerung setzte ein, doch ich verzichtete darauf, die Taschenlampe einzuschalten. Ich hatte Angst, meine Häscher könnten das Licht sehen.

Als ich endlich die Pyramide erreichte, war es fast dunkel. Ich war ziemlich sicher, den Unterwasser-Tunnel wiederfinden zu können, der in die Höhle führte, in der ich die steinerne Schatulle gesehen hatte, wußte aber nicht, wie ich die Taschenlampe unter Wasser schützen sollte, bis mir der Spalt in der Felswand einfiel. Wenn ich ihn wiederfand, konnte ich die Lampe hindurchschieben, dann in die Cenote springen und durch den Unterwasser-Tunnel in die Höhle schwimmen.

An einer Schlingpflanze ließ ich mich ins Wasser hinunter.

Beim Schwimmen hielt ich die Taschenlampe über den Kopf und leuchtete dabei die Ränder der Cenote ab, bis ich den Spalt in der Felswand entdeckte. Ich schwamm dorthin und stieß die Lampe so tief hinein, wie ich konnte. Dann tauchte ich und fand den Unterwassertunnel, wenngleich ich im verblassenden Tageslicht einige Mühe hatte.

Im Inneren der Höhle tauchte ich auf, holte mehrmals tief Luft, um wieder zu Atem zu kommen, und lauschte. Nur das Plätschern von Wasser war zu hören. Die Fledermäuse hatten ihre nächtliche Jagd noch nicht begonnen.

Ich kletterte zum Felsspalt hinauf, zog die Taschenlampe zu mir herein und knipste sie an.

Die steinerne Schatulle war noch dort, wo ich sie abgestellt hatte: neben der Nische in der Felswand. Ich legte die Taschenlampe so auf den Boden, daß sie mir möglichst viel Licht spendete. Dann nahm ich zwei Steine; den einen benutzte ich als Hammer, den anderen, schmäleren, als Meißel. Ich entfernte die lederne Umhüllung der Schatulle und meißelte die Fugen aus, die mit einem wachsartigen Material versiegelt waren, genau wie Ernesto es vorhergesagt hatte.

Endlich löste sich der Deckel. Ich hielt vor Spannung den Atem an, als ich ihn abhob.

Ich glaube, es lag an dieser Anspannung und an den Geräuschen, die ich beim Hämmern mit den Steinen verursacht hatte, daß ich die Eindringlinge erst hörte, als es zu spät war.

Plötzlich erklang beinahe direkt über meinem Kopf ein lautes Schaben und Poltern, und die große Felsplatte an der Höhlendecke wurde zur Seite geschoben. Eine dunkle Gestalt ließ sich in den Stollen herunter, dicht gefolgt von einer zweiten. Beide trugen schwarze Kapuzen mit Augenschlitzen. Eine der beiden Gestalten richtete einen Revolver auf mich.

»Herzlichen Dank, daß du so freundlich warst, uns zu dem Kodex zu führen, meine Liebe«, sagte eine englische Stimme.

Ich traute meinen Ohren nicht. Im ersten Moment hatte ich geglaubt, ein Freund hätte mich gefunden, doch der Klang der Stimme und die Waffe, deren Mündung auf mich wies, belehrten mich eines Besseren.

Mit der freien Hand zog Jonathan sich die Kapuze vom Kopf, während er mit der anderen Hand unverwandt die Pistole auf mich gerichtet hielt. Die Gestalt hinter ihm blieb verborgen.

»Du hast uns eine Menge Ärger gemacht, Lara, so viel ist sicher. Andererseits hast du uns viel Zeit erspart. Ich weiß nicht, wie lange wir gebraucht hätten, um diesen Durchgang zu finden, wenn wir dich nicht verfolgt hätten.«

»Wer ist ›wir‹?«

»Ich glaube, das brauchst du nicht zu wissen. So, und nun nehmen wir uns die Schatulle, wenn es dir recht ist.«

»Das hier ist deine Grabungsstätte, Jonathan. Dich wird man sowieso als Entdecker des Kodex feiern. Du wirst den Ruhm einheimsen. Ich gehöre nämlich nicht zu den Grabräubern, über die du dich so ärgerst«, sagte ich, ohne auf die Bedrohung durch die Waffe zu achten.

»Ruhm? Ich ziehe Bargeld vor, meine Liebe. Und der Kodex dürfte uns ein hübsches Sümmchen einbringen.«

Allmählich ging mir ein Licht auf. »*Du* verscherbelst die Maya-Schätze!« stieß ich fassungslos hervor. »Du gibst vor, hier rechtmäßig als Archäologe zu arbeiten, und machst öffentlich deinem Ärger über Grabräuber Luft, die dir angeblich zuvorgekommen sind, um jeden Verdacht von dir abzulenken. In Wahrheit aber bist du es, der die Artefakte raubt!«

Er lächelte bloß und wies auf die Schatulle. »Halte sie in die Höhe, damit wir den Inhalt sehen können«, befahl er. Ich gehorchte. Ich mußte ziemlich viel Kraft aufbieten, denn die Schatulle war schwer.

Und tatsächlich lag der Kodex darin. Während der wenigen Augenblicke, die er mir gehörte, hatte ich das brüchige Rindenpapier gesehen, und die wunderschön ausgeführten Malereien in Schwarz und Rot, und die flüssige, gleichmäßige Hieroglyphenschrift. Natürlich war der Kodex in einem sehr schlechten Zustand, doch die Schrift war noch gut lesbar, wie mir der rasche Blick gezeigt hatte.

In dem Augenblick, als ich den Kodex erblickte, war mir klargeworden, daß ich Botschaften entdeckt hatte, die sich über Äonen hinweg bis in die heutige Zeit erhalten hatten; kostbare Informationen, welche die Geschichte der Maya erhellen würden wie noch kein Fundstück zuvor. Dieser Kodex konnte der Zivilisation der Maya ihren rechtmäßigen Platz unter den großen Weltkulturen sichern.

Und diese Leute wollten ihn verhökern, wollten ihn des

materiellen Gewinns wegen verkaufen, an irgend jemanden, der außerhalb Mexikos lebte, weit weg von den Menschen, denen diese Schrift von Rechts wegen gehörte.

»Man wird dir auf die Schliche kommen, Jonathan«, sagte ich. »Einen so bedeutenden Fund kannst du nicht geheimhalten.«

»Meinst du? Ich glaube, außer uns beiden«, Jonathan wies auf die zweite vermummte Gestalt, »und dir, meine Liebe, weiß niemand von der Möglichkeit, daß es einen fünften Kodex geben konnte.«

Ich dachte an Antonio Velasquez und Ernesto, den Restaurator, und mußte mich zusammenreißen, daß nicht die sprichwörtlichen Pferde mit mir durchgingen und ich die Namen preisgab.

»Ja, ich weiß. Und du wirst mich töten. Genau wie du Don Hernan getötet hast. Und«, ich holte tief Luft und fügte hinzu: »Luis Vallespino.«

»Bedauerlicherweise, ja.«

Die Gestalt hinter Jonathan machte eine plötzliche, ruckartige Bewegung, aus der Zorn sprach. In diesem Moment wußte ich, wer es war.

»Und Montserrat?« fragte ich. »Hat sie ihren eigenen Vater bestohlen? Oder steckt Gomez Arias selbst in dieser Sache mit drin?«

»Du meinst, Gomez Arias würde seine geliebten Maya-Antiquitäten stehlen? Das glaube ich kaum. Er würde eher pleite gehen, als eine antike Statue zu verkaufen. Ebensowenig würde er sein Luxusweibchen fragen, ob es ihm finanziell unter die Arme greift. Aber seine Schiffahrtslinie kam mir sehr gelegen, um das Zeug aus dem Land zu schaffen.« Er wandte sich an die vermummte Gestalt hinter ihm. »Du kannst deinen Kopfschützer abnehmen, Schatz. Die gute Lara weiß inzwischen, wer du bist.«

»Zum Glück für Gomez Arias, und natürlich auch für mich«, fuhr Jonathan fort, »hat seine Tochter keine Hemmungen, sich von Maya-Artefakten zu trennen. Zumal sie wußte, daß ihr Vater die Prämien von der Versicherung kassieren würde, wenn sie ihm seine Antiquitäten stahl. Sie und ich haben das Geld für den Verkauf eingestrichen, Gomez Arias die Versicherungssummen. Auf diese Weise hat die ganze Familie von dem Geschäft profitiert.«

Montserrat Gomez.

Unter anderen Umständen hätte ich über meine eigene Dummheit gelacht. Da so viele Spuren zu Gomez Arias führten, war ich davon ausgegangen, daß er selbst der Schuldige war. Dabei hatte ich schlicht und einfach übersehen, daß für Montserrat genau das gleiche galt wie für ihren Vater: Falls er in finanziellen Schwierigkeiten steckte, dann war auch sie in der Klemme. War Montserrat nicht stellvertretende Direktorin sämtlicher Unternehmen ihres Vaters? Geschäftsführerin der Investmentgesellschaft? Managerin des Hotels?

»Kann sie nicht für sich selbst sprechen?« fragte ich spöttisch.

»Da bin ich sicher. Was möchtest du denn noch wissen? Jetzt kannst du erfahren, soviel du willst. Du wirst es sowie keinem mehr sagen können.«

»Weshalb habt ihr euch nicht viel Zeit und Mühe gespart und einen Picasso gestohlen? Oder einen Matisse?«

Doch ich kannte die Antwort bereits, noch während ich die Frage stellte. Ein Picasso oder ein Matisse sind unverwechselbar und deshalb schwer zu verkaufen, und die Fährte solcher Gemälde läßt sich viel leichter verfolgen als die von namenlosen Kostbarkeiten aus der Maya-Zeit. Und beim Raub moderner Gemälde hätten Jonathan und Montserrat nicht die unwissentliche Hilfe ihrer ehemaligen Komplizen gehabt: der selbsternannten und weitgehend irregeleiteten Kinder des Sprechenden Kreuzes.

»Wie hat sie … wie haben Sie, Montserrat«, wandte ich mich direkt an die Gestalt im Hintergrund, die ein paar

Schritte zurücktrat, »Alejandro Ortiz und Ricardo und Luis Vallespino dazu gebracht, bei dieser Sache mitzumachen?«

Die Gestalt hinter Jonathan zog sich den Kopfschützer herunter, und eine Flut schwarzen Haares wogte darunter hervor.

»Diese dummen, rührseligen Kinder! Sie wußten nicht einmal, von wem sie gelenkt und geleitet wurden. Sie haben mehr Zeit damit verbracht, sich einen Namen für ihre Organisation auszudenken, als irgend etwas zu bewirken!« sagte Montserrat. »Sie glaubten, die Antiquitäten im Interesse ihrer ›Sache‹ zu stehlen, wie sie es nannten, für die Revolution. Sie haben beobachtet, wie die Zapatistas ergebnislos mit der Regierung verhandelten und sich zerstritten. Daraufhin hielten sie sich allein für die wahren Kämpfer gegen die Unterdrückung, für die Rächer der Armen und Rechtlosen. Aber Luis gehörte nicht zu ihnen.«

»Warum haben Sie ihn dann ermordet!«

»Weil Ricardo so dumm war, sich vor seinem Bruder damit zu brüsten, welche Schätze er für die Kinder des Sprechenden Kreuzes geraubt hatte. Daraufhin ist Luis sofort zum *museo* gelaufen, um Hernan Castillo davon zu erzählen. Luis hatte im Museum einen Vortrag von Dr. Castillo gehört – darüber, wie das Museum und jene Städte, die Maya-Gründungen sind, zusammenarbeiten könnten, um das Erbe der Maya zu bewahren. Luis hielt das für den besseren Weg. Doch als er zum Museum kam, war Castillo nicht da. Aber wir. Und es hatte für uns keinen Sinn, so lange zu warten, bis Luis wieder zur Vernunft kam.« Sie sagte es so beiläufig, als würde sie über das Wetter reden.

»Und Don Hernan? Hatte er es auch herausgefunden?«

»Nein. Er hatte nur entdeckt, daß es möglicherweise diesen Kodex gab. Und er war entschlossen, ihn zu finden, bevor mein Vater das Stück entdeckte. Castillo war bloß ein dummer alter Mann, der uns im Weg stand. Daß er von dem Kodex wußte, machte die Sache für uns nur komplizierter.

Denn er hätte herausfinden können, daß zu viele Fundstücke von Jonathans Grabungsstätte verschwanden.«

»Also habt ihr Don Hernan hier ermordet und seine Leiche in den Kisten, in denen die Artefakte untergebracht waren, ins *museo* transportiert. Dann habt ihr euch im Museum versteckt, bis es geschlossen hatte, und habt dann Don Hernans Leiche in sein Büro geschleppt und dort liegenlassen.«

»Sie sind ein kluges Kind«, entgegnete Montserrat zynisch.

So, wie sie redete, wie sie sich gab, wie Jonathan sich ihr gegenüber verhielt, erkannte ich, daß mir ein weiterer Irrtum unterlaufen war. Montserrat war nicht Jonathans Helferin bei den Morden und der Schieberei der Antiquitäten – sie war der Boß. Sie besaß die Eigenschaften ihres Vaters – Willensstärke, Hartnäckigkeit und Aggressivität –, setzte sie jedoch zur Erreichung ihrer verbrecherischen Ziele ein.

»Und Martinez?« fragte ich.

»Er war bloß einer von vielen bestechlichen Polizisten. Er hatte gerochen, daß an dieser Sache irgend etwas faul war. Also ließ er sich den Fall übertragen und fand eine ganze Menge heraus. Dann wollte er sein Wissen in klingende Münze umsetzen. Leider kam er bei uns an die falsche Adresse. Niemand wird Martinez eine Träne nachweinen, das kann ich Ihnen versichern.

Ich glaube, jetzt wissen Sie über fast jeden Bescheid, Señora McClintoch. Wer fehlt noch? Ach ja, diese Doña Josefina. Jonathan hat versucht, sie zu ersticken. Falls sie durchkommt, wird er ihr einen weiteren Besuch abstatten und seine Sache diesmal gründlich machen. Und jetzt kümmere dich um Señora McClintoch, mein Schatz«, sagte Montserrat, tippte Jonathan mit ihren scharlachroten Fingernägeln auf die Schulter und wies in meine Richtung.

Ich sah Jonathan an. Erst vor achtundvierzig Stunden hatte ich mich gefragt, ob ich diesen Mann liebte. Jetzt fragte ich ihn ungläubig: »Soll das heißen, du hast drei Menschen wegen eines Buches ermordet?«

»Vier«, sagte er und hob den Lauf der Waffe an. Ich glaube, niemand weiß, woran er in den letzten Augenblicken vor seinem Tod denkt. Einige Leute werden sich vielleicht Sorgen über die Qualität ihrer Unterwäsche machen; andere, eher philosophisch veranlagte Menschen werden sich möglicherweise die Frage stellen, ob sie ihre Kinder oft genug umarmt haben.

Ich dagegen hatte ein lächerliches Bild vor Augen: Ich sah meine Eltern, meinen Freund Alex, meinen Exgatten Clive und die Familie Ortiz auf einem Friedhof um einen Grabstein stehen, der die Inschrift trug: LARA McCLINTOCH, DIE SCHLECHTESTE MENSCHENKENNERIN DER WELT.

Es war einfach zu peinlich!

Grelle Wut stieg in mir auf, und ich schleuderte die Schatulle mitsamt ihrem unbezahlbaren Inhalt in Jonathans Richtung – in dem Moment, als er den Abzug betätigte. Der Schuß war in dem engen Stollen so laut, daß er mich fast taub machte, und ich spürte, wie mir Gesteinssplitter ins Gesicht flogen, als die Kugel über meinem Kopf gegen die Felswand schmetterte.

Für einen Augenblick schien die Zeit stillzustehen. Wir verharrten regungslos und beobachteten entsetzt, wie die steinerne Schatulle und der Kodex durch die Luft flogen. Dann prallte die Schatulle mit einem scharfen Laut zu Boden, der wie ein Nachhall des Pistolenschusses klang. Doch die Schatulle landete auf der festen steinernen Unterseite, so daß der Kodex nicht herausfiel und unversehrt blieb. Während Montserrat und Jonathan sich auf die Schatulle stürzten, sprang ich ins Wasser und tauchte so schnell ich konnte durch den Unterwassertunnel bis in die Cenote.

Draußen durchstieß ich prustend die Oberfläche und machte mich sofort daran, die steile, rutschige Uferböschung hinaufzuklettern. Doch Montserrat und Jonathan waren schneller als ich. Offenbar waren sie durch die Felsöffnung in der Höhlendecke geklettert und von dort durch einen Stollen ins Freie und bis ans Ufer der Cenote gelangt. Mit einem Mal drückten starke Hände meinen Kopf unter Wasser und hielten ihn eisern fest. Ich strampelte, wand mich, kam aber nicht frei.

Plötzlich verschwand der Druck, und ich schoß wieder zur Oberfläche, würgend und keuchend, da mir Wasser in Kehle und Nase gedrungen war. Dann kletterte ich mühsam die Uferböschung hinauf. Und da sah ich es: Aus dem Wald näherte sich ein Halbkreis aus Fackeln und Taschenlampen, vielleicht zwanzig an der Zahl.

Auch Montserrat und Jonathan hatten die Lichter gesehen und verharrten für einen Moment unschlüssig. Als die Fremden aus dem Wald hervorkamen und die kleine Lichtung betraten, konnte ich ihren Anführer erkennen. Es war Lucas.

Er ließ seine Taschenlampe fallen und stürmte auf Jonathan los. Ich rannte der flüchtenden Montserrat hinterher und holte sie in dem Moment ein, als sie den Rand der großen Plaza erreichte. Ich warf mich auf sie, und wir gingen beide zu Boden, schlidderten und rutschten durch den Schlamm.

Sie war kleiner und leichter als ich, und vielleicht nicht ganz so kräftig. Doch sie war sehr viel jünger, und nach den Strapazen der letzten Tage ermüdete ich schnell. Überdies setzte Montserrat ihre langen Fingernägel als sehr wirkungsvolle Waffen ein. Keuchend wälzten wir uns am Boden. Wahrscheinlich boten wir ein Bild wie zwei Gegnerinnen beim Frauen-Schlammcatchen, für das ich nie viel übrig gehabt hatte. Jedenfalls gelang es Montserrat schließlich, mir die Arme nach hinten zu drehen und mich bäuchlings in den Schlamm zu drücken, wobei sie mir die Knie in den Rücken stemmte und mit den Fäusten so fest auf mich eintrommelte, wie sie konnte.

Dennoch gelang es mir, den Kopf zur Seite zu drehen; dann rief ich über ihr Keuchen und Fluchen hinweg: »Hab' ich dir schon gesagt, daß Doña Josefina wahrscheinlich deine Großmutter ist?«

Sie verharrte eine Sekunde lang, doch diese kleine Zeitspanne genügte mir. Ich rollte mich auf die Seite und versetzte ihr einen wuchtigen Faustschlag an die Schläfe. Montserrat schrie auf und kippte nach hinten. Ich stieß sie von mir herunter und rappelte mich auf.

Gerade wollte Montserrat sich wieder auf mich stürzen, als wir beide wie angewurzelt verharrten. Wir sahen, wie Jonathan im Lichtkreis der Taschenlampen die brüchige Treppe der verfallenen Pyramide hinaufstieg, verfolgt von Lucas. Warum Jonathan gerade diesen Fluchtweg gewählt hatte, sollte ich nie erfahren. Vielleicht war es die einzige Richtung, die ihm noch offengeblieben war; denn der Weg durch den Wald oder in Richtung Platz war ihm von den Männern und Frauen versperrt, die unter Lucas' Führung erschienen waren.

Jonathan gelangte zur Spitze der Pyramide; Lucas war ungefähr fünf Meter unter ihm. Doch der Regen und das Unwetter des vergangenen Tages hatten die Steine rutschig gemacht. Ein schreckliches Geräusch erklang, ein Poltern und Rumoren, begleitet von einem gellenden Schrei, als die Steine des Tempels auf der Pyramidenspitze unter Jonathans Gewicht nachgaben. Lucas brachte sich mit einem waghalsigen Sprung zur Seite in Sicherheit, als Gesteinsbrocken in die Tiefe donnerten. Jonathan hatte nicht soviel Glück.

Entsetzt beobachteten wir alle, wie sein Körper die steile Flanke der Pyramide hinunterstürzte, zwischen Schlingpflanzen und den zentnerschweren Oberschwellen und Säulen des eingestürzten Tempels gefangen, bis er den Fuß des Bauwerks erreichte. Reglos lag er da, halb von Schlamm und Gesteinstrümmern begraben, den Kopf in einem unnatürlichen Winkel verdreht.

Lucas rannte zu ihm und kniete ein paar Sekunden neben ihm nieder. Dann erhob er sich und schüttelte den Kopf. Die

Fürsten von Xibalba hatten Jonathan Hamelin zu sich ins Reich der Finsternis geholt.

Inzwischen hatten zwei andere Verfolger – beides Frauen, die ich an diesem Morgen im Lieferwagen gesehen hatte – zu mir aufgeschlossen; sie packten Montserrat und führten sie davon.

Ich fiel mit den Knien in den Schlamm. Ich war zu erschöpft, als daß ich mich hätte bewegen können.

Lucas kam zu mir herüber und ließ sich ebenfalls auf die Knie sinken. Er legte mir beide Hände auf die Schultern, blickte mich fest an und sagte: »Sie sind eine Frau, die man verdammt schwer im Auge behalten kann!«

# Epilog

Jene Maya, die an die Worte des Sprechenden Kreuzes glauben, sagen eine Umwälzung mythischen Ausmaßes voraus. Der Prophezeiung zufolge wird in Chichén Itzá ein neuer Anführer erscheinen. Gemeinsam mit einer versteinerten geflügelten Schlange werden Kreaturen eines versunkenen Universums wieder zum Leben erwachen und sämtliche Wesen der jetzigen Welt vernichten – nach der Mythologie der Maya die vierte aller Welten seit Anbeginn der Zeiten.

Doch bis es soweit ist, glaube ich, werden wir alle unverdrossen weitermachen. Jeder so gut er kann.

Alejandro Ortiz verbrachte mehrere Monate in einem mexikanischen Gefängnis, wo er auf die Gerichtsverhandlung wegen seiner Beteiligung am Raub der Statue des Itzamná aus der Ek-Balam-Bar wartete. Zum Schluß wurde ihm die Untersuchungshaft als Haftstrafe angerechnet, und er kehrte als geläuterter und einsichtiger junger Mann zu seiner Familie und seinen Studien zurück.

Montserrat Gomez wird wahrscheinlich nicht so glimpflich davonkommen. Es wird interessant sein, zu beobachten, wie ihr Urteil ausfällt; denn das mexikanische Rechtssystem kennt keine Unschuldsvermutung, wie es bei den Juristen heißt, und was das Strafmaß angeht, kann man nur Spekulationen anstellen.

Soviel ich gehört habe, wird man zu ihrer Entlastung anführen, daß Jonathan die Morde verübt hat und daß Montserrat nur eine widerwillige Komplizin gewesen sei, deren Rolle sich darauf beschränkte, sich um den Export der geraubten präkolumbianischen Artefakte zu kümmern, was mit Hilfe der Schiffahrtslinie ihres Vaters geschah. Vermutlich werde ich als Belastungszeugin vor Gericht erscheinen müssen, und ich werde alles tun, daß Montserrat verurteilt wird.

Diego Maria Gomez Arias hat im Grunde eine Tochter verloren, wurde aber wieder mit seiner Mutter vereint, die niemand anders war als Doña Josefina. Überdies söhnte er sich mit seiner Frau aus. Sheila Stratton Gomez wiederum zeigte, aus welchem Holz sie geschnitzt war, und hielt standhaft zu ihrem Mann, half ihm aus seiner finanziellen Klemme, nachdem die Versicherungen ihr Geld zurückverlangt hatten, und gab ihm den seelischen Halt, den er in diesen schweren Zeiten brauchte. Das letzte Mal, als ich Sheila traf, erzählte sie mir, sie habe nun erkannt, weshalb Gomez Arias sie geheiratet hatte: Sie, Sheila, würde dem Bild ähneln, das Gomez über Jahrzehnte hinweg von seiner verlorenen Mutter im Herzen getragen habe, ohne sich dessen bewußt zu sein. Doch mit der Zeit würde er lernen, sie um ihrer selbst willen zu lieben. Außerdem, sagte Sheila, habe sie seit einem halben Jahr keinen Tropfen Alkohol mehr getrunken.

Als man Doña Josefina mitteilte, daß ihr Sohn sie sehen wollte, erwachte sie aus ihrem komaähnlichen Zustand und konnte allen anderslautenden ärztlichen Prognosen zum Trotz tatsächlich in ihr Zimmer in der Casa de las Buganvillas zurückkehren, wo sie nun wieder residiert, gebieterisch wie eh und je. Ich glaube, sie hatte Don Diego gleich nach ihrer Rückkehr nach Mérida als ihren verlorenen Sohn wiedererkannt, wagte es ihrer bewegten und zweifelhaften Vergangenheit wegen aber nicht, an ihn heranzutreten und sich als seine Mutter zu erkennen zu geben. Nun sind Doña Josefina und ihr Sohn nach langen Jahren wiedervereint und finden immer näher zueinander.

Ich kehrte nicht mehr an die Universität zurück, sondern nahm das Leben als Geschäftsfrau wieder auf. Sarah Greenhalgh, der ich meinen Antiquitätenladen McClintoch und Swain verkauft hatte, trat an mich heran und fragte, ob ich nicht ihre Teilhaberin werden wolle. Sie habe nicht ›das Auge für günstige Gelegenheiten‹, erklärte sie, und auch nicht den Wunsch, die langen und strapaziösen Einkaufsreisen zu unternehmen, die in diesem Geschäft erforderlich sind.

Zuerst lehnte ich ab und erzählte Sarah vom dringenden Rat meiner Anwältin, eine Zeitlang die Finger vom Geschäft zu lassen, damit Clive nicht wegen weiterer finanzieller Forderungen an mich herantreten könne.

Dann aber tat Clive mir einen Gefallen, wenngleich er die Sache wohl anders betrachten würde. Er angelte sich eine reiche Witwe und heiratete sie. Die Hochzeit, wurde mir gesagt, war *das* gesellschaftliche Ereignis der Saison. Trotzdem konnte ich auf eine Teilnahme gut verzichten.

Kaum hatte mein Exgatte sein Jawort gegeben, rief ich Sarah an und fragte sie, ob ich ihr Angebot noch annehmen könne. Ich konnte. Und ich tat es. Einen Monat später hing das neue Schild ›Greenhalgh und McClintoch‹ über dem Laden, und sämtliche Spuren Clives waren beseitigt. Inzwischen kommt Alex jeden Tag ein paar Stunden zu uns ins Geschäft, um auszuhelfen.

Lucas erklärte sich einverstanden, die Stelle als unser mexikanischer Agent aufzunehmen, bis ich einen Ersatz für Don Hernan gefunden habe. Doch ich habe es nicht eilig damit. Alle drei, vier Monate fliege ich nach Mérida, um mir anzuschauen, was Lucas für uns aufgetrieben hat. Zwischenzeitlich treffen wir uns etwa einmal im Monat in Miami, um dort ein langes gemeinsames Wochenende zu verbringen.

Lucas hatte die Leiche Don Hernans im *museo* gefunden, nachdem er tagelang nach ihm gesucht hatte. Er wußte damals nicht, daß Don Hernan genau an jenen Ort gereist war – wie später auch ich –, an dem Lucas seine Grabungsarbeiten vornahm. Und er war es auch, der dem toten Don Hernan die Jadeperle in den Mund gesteckt hatte. Er hatte es nicht geschafft, dem alten Mann das Leben zu retten, sagte er mir später; deshalb wollte er ihm wenigstens etwas mit auf den Weg ins nächste Leben geben.

Vorerst ist mein Verhältnis zu Lucas in vielerlei Hinsicht perfekt. Ich habe kein Interesse daran, noch einmal zu heiraten, jedenfalls noch nicht, und Lucas ist ein sanfter und aufmerksamer Freund und Liebhaber.

Doch es ist eine interessante Frage, ob man ein intimes und vertrauliches Verhältnis zu einem Menschen beibehalten kann, von dem man weiß, daß er etwas sehr Bedeutsames vor einem verbirgt.

Lucas hat mir immer noch nicht gesagt, wer die Leute waren, die ihm damals durch den Wald gefolgt sind, oder was er mit den Guerillas zu tun hat.

Und was noch wichtiger ist: Ich werde ihn nie fragen, was er mit dem Kodex von Rauchender Frosch getan hat. Ich erwarte auch nicht, daß er es mir von sich aus erzählt. Doch so gut, wie ich Lucas inzwischen kenne, kann ich wohl davon ausgehen, daß er nichts Böses damit anstellen wird.

Weltbild Buchverlag –Originalausgaben–
Genehmigte Taschenbuch-Lizenzausgabe 2007 für die
Verlagsgruppe Weltbild GmbH,
Steinerne Furt, 86167 Augsburg

2. Auflage 2007

Projektleitung: Almut Seikel
Umschlaggestaltung: Hauptmann und Kompanie
Werbeagentur GmbH, München
Umschlagabbildung: © Bowers Museum
of Cultural Art/CORBIS (Don Wiechec)
Übersetzung: Wolfgang Neuhaus
Satz: Uhl und Massopust GmbH, Aalen
Druck und Bindung: CPI Moravia Books s.r.o., Pohorelice

Gedruckt auf chlorfrei gebleichtem Papier

Printed in the EU

ISBN 978-3-89897-653-4